吴煮冰◎著

廣東旅游出版社
GUANGDONG TRAVEL & TOURISM PRESS
悦读书·悦旅行·悦享人生

图书在版编目（CIP）数据

江城潜哨 / 吴煮冰著 . —广州：广东旅游出版社，2013.10
ISBN 978-7-80766-598-4

Ⅰ . ①江… Ⅱ . ①吴… Ⅲ . ①长篇小说—中国—当代 Ⅳ . ① I247.5

中国版本图书馆 CIP 数据核字 (2013) 第 190334 号

责任编辑：蔡子凤
封面设计：艺升设计
责任校对：李端苑
责任技编：刘振华

广东旅游出版社出版发行
（广州市越秀区先烈中路 76 号中侨大厦 22 楼 D、E 单元　　邮编：510095）
邮购电话：020-87348243
广东旅游出版社图书网
www.tourpress.cn
印刷：北京毅峰迅捷印刷有限公司
地址：（通州区潞城镇南刘各庄村村委会南 800 米）
710 毫米 ×1000 毫米　16 开　18 印张 292 千字
2013 年 10 月第 1 版第 1 次印刷
定价：36.00 元

目录

第一章

不速之客 ····························· 001

第二章

擅自缉私 ····························· 029

第三章

秘密策划 ····························· 062

第四章

越狱 ····························· 096

目录

第五章

揭露 ················· 138

第六章

绑架 ················· 158

第七章

撤退 ················· 184

第八章

守护江汉关大楼 ························· 219

第九章

有挑战的生活 ························· 263

第一章 不速之客

01

自从举办画展后，刘怡冰就被一些人盯上了，而她还一无所知。

下午一上班，李源就来告诉刘怡冰，总署来的特派员找她，又说赫斯特隔壁是他的办公室。李源说完转身要走，刘怡冰追上去问什么事儿，李源说他也不知道，特派员上午才来，下午就要见她。

刘怡冰退回来，从衣帽钩上取下帽子，又整理了一下关服，准备出门。郭佳丽说她像中了头彩，一整天都是长官找谈话，真让人羡慕。刘怡冰苦笑一下，摇摇头，戴上帽子出门。

刘怡冰来到特派员办公室门前，犹豫了一会儿，正要敲门，门却开了，一位三十多岁的男人，笑容可掬地问她，是不是刘怡冰小姐？不等她回答，中年男子又请她进去。刘怡冰犹豫了一会儿，才走进去。

王朝胜把一杯水放在她面前，然后坐到刘怡冰对面，专注地打量她。

刘怡冰有点不好意思，低头喝水。

王朝胜说："今天上午来江汉关，见了赫斯特就见你，这可是很大的面子哟。"

刘怡冰未置可否地看一眼王朝胜，心里说你打扰我，居然还说给我面子。

王朝胜问为什么要给她这个殊荣？

刘怡冰摇头说："不知道。"

王朝胜说："因为你的画展，因为你的画，尤其是那幅《残垣》，深深打动了我。"

他又指着桌子上的报纸说："《大刚报》用一整版来介绍，十分难得。"

刘怡冰的脸红了说："没那么好，特派员过奖了。"

王朝胜说："你脸红了，说明你还是很在乎的嘛。讲一讲创作这幅画的动机。"

刘怡冰想了一会儿说："上中学的时候，参加社会实践活动，亲眼目睹农民家园，被日本鬼子毁坏的悲惨景象，去年回河南老家，又目睹因内战而破坏的乡村。这两次外出武汉，给我留下难以忘却的印象，心里一直放不下，所以就创作了这幅画，原来想画整个被毁的村庄，画的时候偷懒，只画了一段残墙。"

王朝胜问："画的过程中有没有人指导？"

刘怡冰说："想到什么画什么，没找人指点。"

王朝胜又问："江汉关还有谁像你这样多愁善感？"

刘怡冰说："可能有，但我不知道。现在是特殊时期，大家都不谈国事。"

王朝胜说："这是好的品质，应该鼓励，至少不应该压制。如果江汉关同仁们要开展什么活动，叫上我一起参加。现在国家、民族，又走到了一个十字路口，面临新的抉择，大家应该适应这个潮流，并为此作出自己的贡献。"

刘怡冰点头赞同。

特派员又讲了一通，年轻人是国家生力军，是国家的未来，应该勇敢地站出来，投身到革命的洪流中，勇挑重担，为国家作贡献。见刘怡冰似乎不太感兴趣，收住话头："第一次来武汉，想请刘小姐当向导，到大街小巷转一转，感受一下武汉风情民俗。"

刘怡冰说："武汉大不如前了，没什么好看，好看的被日本鬼子破坏了。"

王朝胜说："就看日本鬼子的累累罪行。"

刘怡冰回到办公室时，郭佳丽已把一天的工作做完，见她回来，拉住她问特派员找她谈什么。

刘怡冰没好气地说："也是画展。"

郭佳丽说："真是奇怪了，长官们怎么对画展感兴趣？"

刘怡冰说："我也纳闷。"

郭佳丽说："难道捅马蜂窝了？"

02

终于下班，刘怡冰匆匆换了便装，走出大楼。

大门外广场上停满了人力车，挤挤闹闹的，不过，她还是一眼就找出接自己的车。她走下台阶，向那辆车走去。

鲁火从台阶上冲下来，扯住她的衣袖，说请她去民众乐园看电影。

鲁火是气象站的关员，刘怡冰的男朋友。

刘怡冰说："没心情看，想回家休息。"

鲁火说："看场电影就淡了。"

刘怡冰想了想，又从车上下来，让车夫老王去别的地方拉客，老王应声而去。

老王是雇来接自己上下班的，坐不坐他的车，钱照付，刘怡冰不坐他的车，他可以去拉别人，多挣一份钱，对他来说也是何乐而不为。

鲁火是"海归"，在美国留学时，学的是气象专业，本来是个冷门，国内不好找工作，他甚至准备留在美国谋生了，这时，江汉关缺一个气象工程师，在海关总署工作的一个学长，想到了他，让他回来补缺，经过考试体检，终于顺利进入江汉关。鲁火对刘怡冰一见倾心，本来追刘怡冰的人成群结队，但刘怡冰一概不理会，许多人见追她的路太漫长，不想在她这棵树上吊死，便另寻红颜知己去了，只有鲁火不舍不弃，一如既往的追着，打动了刘怡冰的芳心。

刘怡冰、鲁火并肩走在歆生路上，朝民众乐园走去。

刘怡冰说："今天太阳从西边出了，科长找我谈话，赫斯特把我叫去谈话，就连刚来的特派员，也把我叫去谈了一通。"

鲁火说："太阳照到你的屁股上，要高升了。"

刘怡冰说："李源说会有什么人找我，好像是指共产党的人。"

鲁火说："他又不是共党，怎么知道？"

…………

二人说着话，来到"民众乐园"。

从报童手里买了份《大刚报》，打开一看，只见头版右下角，赫然刊载着她的那幅《残垣》，还专门配了一段文字，说她是一位有责任心、有正义感的画家，关心人民群众的疾苦，用画笔向黑暗势力作斗争等。从这段文字看，她就是一个不折不扣的革命战士。

刘怡冰一边把报纸递给鲁火看，一边说："难怪个个找我。"

鲁火一目十行地看了一遍，说："看上去你就是进步分子。"

刘怡冰说："明天去找鹿鸣鸣，怎么能虚假宣传呢。"

不想她话音一落，鹿鸣鸣竟然出现在她面前。

鹿鸣鸣开玩笑说："不要不识好人啦，告诉你，这一宣传，你不但成了著名画家，而且成了有正义感的人士，这可是别人求之不得的，已经有人想找你谈谈呢。"

刘怡冰说："有什么好谈的？没兴趣！"

鹿鸣鸣说："我说的这个人，你一定要见，可能会改变你的人生呢。"

刘怡冰问："什么人？有这么大本事。"

鹿鸣鸣说："见了就能知道。"

刘怡冰说："反正今天被人谈了一天，也不差这一回，把他找来吧。"

鹿鸣鸣说："明天吧，我今天也是来看电影的，正巧遇上你。"

刘怡冰斩钉截铁地说："明天画展的事情，就永远成为历史！"

鹿鸣鸣说既然这样，她这就去打电话把人叫来，说着朝电话亭走去。

望着鹿鸣鸣扭动的背影，鲁火自言自语地说："倒觉得她像个革命者。"

刘怡冰说："她是不是革命者不知道，她们《大刚报》却是进步报纸，被查封过几次了。"

二人正说着，鹿鸣鸣扭动着身子走过来，兴奋地说联系上了，他们很快就过来。说着扯着刘怡冰的胳膊，往咖啡馆走去。

这时的武汉，尽管经历日本人侵略和破坏，但正在缓慢地恢复，渐有生机，浪漫生活已回到人们生活中，沿街随处可见咖啡馆。

三人走进一家咖啡馆，点的咖啡还没端上来，鹿鸣鸣突然又站起来，对服务生说要一个单间，又冲刘怡冰做个鬼脸，说他们来了，你和他们单独谈。

刘怡冰不解，说见个面还这么神秘？

鹿鸣鸣说："虽然我是个记者，靠到处打听谋生，但一贯坚持，不该知道的不打听。我比你小一岁，看上去比你还要大五岁，就是因为知道的太多，心累造成的。"

三个人没正经的正聊着，过来两位西装革履的人，鹿鸣鸣迎上去说了几句什么，二人便直接进了那个单间。鹿鸣鸣又过去把刘怡冰拉过去。

鹿鸣鸣先给来人介绍刘怡冰，又扭头对刘怡冰说："这两位是顾先生和周先生，你们先谈，我到外面等。"

鹿鸣鸣退出去后，刘怡冰有点拘束起来，后悔答应见这两个人。犹豫了一会儿，才在二人对面坐下来。

年龄稍长的顾先生首先打破沉默，说："冒昧打扰，请原谅。"

刘怡冰朝二人看过去，见顾先生三十开外，比较深沉。周先生三十岁的样子，白白净净，脸上似乎有激动的表情。

顾先生先开口说话："画展我们去看了，很受启发。尤其是那幅《残垣》，很有感染力，让人联想到人民没有享受抗战胜利果实，国民党政府又开始内战。"

刘怡冰吃惊地瞪大眼睛，一时说不出话。

顾先生又说："从画展和这幅画可以看出，刘小姐富有同情心和社会责任感。"

刘怡冰："高估了我，其实，不过是用艺术手法，再现了看到的东西，无论是我本人，还是我的画，都没有达到顾先生说的那个高度，而且差得很远。"

顾先生说："刘小姐果然修养好，令人佩服。接着话锋一转，问她是否认识许中玉？"

刘怡冰又吃一惊，好一阵子才说："原来是同事，后来失踪了。"

顾先生说："她是一名革命者，因为叛徒告密，关进了监狱。"

刘怡冰兴奋地说："原以为再也见不到她了呢。"

顾先生说："也许不久的将来，你们就能见面。"

顿了一下，顾先生又说："四五年时候，你参加过'抗日民主先锋队'。"

刘怡冰点头说："过去的事情了，我那时刚读大学。"

顾先生说："这已经很不容易了……"

顾先生正说着，鹿鸣鸣进来说："外面来了一群人，看样子是黑社会的，说

要包了这个咖啡馆搞活动，换个地方再谈吧。"

顾先生说："既然如此，改日再见。见到刘小姐很高兴，谢谢刘小姐给这个机会。"

说着与刘怡冰握手告别。

03

周末一大早，刘怡冰、鲁火陪王朝胜逛街。

出了大楼，王朝胜问往哪儿走，刘怡冰告诉他，去逛黄陂街。黄陂街紧临长江、汉水，商铺林立，百业兴旺，中外百货，应有尽有。

王朝胜问为什么叫黄陂街，刘怡冰边走边介绍说："叫黄陂街，是因为当初黄陂人在这条街里做生意，时间久了，就叫黄陂街了。"

刘怡冰接着说，黄陂街又叫前花楼，《汉口竹枝词》中有"车马如梭人似织，夜深歌吹未曾休"诗句，当年的繁荣程度可想而知。

刘怡冰这样一说，特派员更兴奋，恨不得马上就到。

说着话，三人分别上了三辆黄包车，不多会儿，来到黄陂街，跳下车，往前一看，却是一副破败景象，王朝胜皱着眉头问，怎么这副模样？

刘怡冰说："1938年10月，日军占领武汉前，国民政府为了抗日，实施焦土政策，国军撤退时，一把火焚毁了。"

王朝胜愣了好一会儿，才说："日本人太可恨！"

刘怡冰说："这个时候，你理解了我为什么要画《残垣》了吧？"

特派员说："日本鬼子损毁的家园，何止这一处，好端端的长沙市都烧焦了。"

鲁火说："烧长沙的时候，我正在美国上学，美国的报纸说是自己人放的火，与日本人无关，蒋委员长还下令枪毙了几个高官呢。"

王朝胜说："美国报纸放屁，日本鬼子不来侵略，谁的胆子再大，也不敢去放火，那几个人也死得冤枉。这些仇要记在日本鬼子头上。"

刘怡冰说："这儿离铜锣街很近，外公在那儿开了一家店，顺便去看看。"

铜锣街也叫打铜街，有许多铜器艺人。三人一拐进去，脚一踩上街道的麻石上，就听到锤子敲敲打打的声音。

刘怡冰指着不远处一家飘着"鲁氏铜器"旗子的店面说，那就是外公家。

三人来到铜器店，早有店员迎出门外，一边请他们三人进来，一边去后院向外公报告。刘怡冰引着二人往里走，一路上，见十几个工匠低头敲敲打打。

刘怡冰介绍说，别看这里生产设备简陋，全靠手工捶打，但工匠们技艺高超，做工精巧，做出的铜器，在国内外享有盛名，还拿过几个国际大奖呢。宣统二年，江汉关从这儿挑选的铜器，参加南洋博览会，获得银奖。民国四年，商业部从外公家选了一批铜器，去参加巴拿马博览会，又获金奖。

特派员听了，不由得肃然起敬。

正说着话，外公迎出来。老人家须眉皆白，身板硬朗，精神矍铄，满面红光。三人向老人请安后，来到客厅喝茶。老人听说王朝胜是特派员，不由得又客气几分。他做了几十年的生意，与各类人打过交道，也遇到过各种各样的困难，不过他一再体会到，对政府官员一定要恭敬，如果得罪了，一定不会有好果子吃。虽然他管不到自己头上，但管得着自己的外孙女。

终究是年龄太悬殊，中间有一条看不见的鸿沟，说话总也说不拢，坐下不久，三人就要告辞。老人留三人吃饭，说已让伙计去老通城买豆皮去了，再有半个时辰就端回来。

鲁火一直被老人忽视着，有些尴尬，最不愿意留下来，他想如果留下，毫无疑问，吃饭的过程中，老人的注意力一定还在特派员身上，他仍然可有可无，甚至是一个混饭吃的角色。特派员也不愿意留下来，老人对自己太客气，感觉不舒服，自己装着对老人十分恭敬，脸上一直挂着笑，挺累的。刘怡冰看出二人的心思，便对外公说，他们两位今天是出来视察的，有工作餐，不必强留。外公说工作餐哪有老通城的豆皮好吃。

没有留下特派员，外公总觉得过意不去，抓起一把铜壶，塞给特派员，说拿回去泡茶用。

三个人正要出门时，外公扯着刘怡冰的耳朵，说有一件喜事要告诉她，问她什么时候来听。刘怡冰说过几天再来，老人一听，神情有点暗淡。

刘怡冰知道没有留下客人，外公已经有点失望，如果自己再拍屁股走人，他会更失落。外公说有喜事告诉她，其实就是想把她留下来，陪他一起吃老通城豆皮。她犹豫了一会儿，让鲁火找个地方请特派员吃饭。

送走二人，刘怡冰和外公又回到客厅，本准备一边与外公拉家常，一边等着吃老通城豆皮。外公却走进里间，好一会儿才出来，手里拿着一张名片，得意地说攀上了城防司令，以后有靠山了。

刘怡冰接过名片，只见名片上写着"司令部副官鲁凤山"，刘怡冰不明白，问是怎么回事儿，老人坐下来，不无得意地说，前天上午，店里来了一位中校军官，店员问他买什么东西？他说有事找店主谈。伙计把外公叫出来，问他有什么事，那个军官递过名片，说他是城防司令部的副官，他们司令鲁道源派他来找鲁姓人去做客，因见招牌上有鲁字，所以就寻来了。外公问怎样与他们联系，鲁副官说只要是星期天，司令官一定在桥口司令部，到营房时，拿着名片向卫兵说明情况，他出来迎接。说完就走了。

外公让刘怡冰吃过午饭后，陪他去一趟城防司令部，刘怡冰不想去，说她对当兵的没好感。外公说自己没文化，年纪又大了，怕说不好惹人耻笑。

下午三时，刘怡冰和外公分乘两辆黄包车，来到桥口司令部。下车后，刘怡冰持鲁副官名片，对大门口卫兵说来见鲁司令。卫兵班长把他们请进值班室，拿着名片进去报告。不多会儿，鲁副官出来，外公上前解释说，他年纪大了，怕有什么不周到，特让外孙女陪着。鲁副官冲刘怡冰笑一下，说司令官让他来迎接，请随他进去。

二人在鲁副官带领下，来到二楼一间大办公室里，办公室里干净整洁，一张大军用地图覆盖了一面墙。鲁司令见二人进来，说欢迎老先生和小姐光临。刘怡冰打量了一下鲁司令，只见他身材魁梧，年龄约50岁开外。

落座后，外公果然有点拘束，刘怡冰想了一下，恭维鲁司令说："鲁司令指挥万寿宫战役，消灭日军数千人，鼓舞了人心。"

外公似乎也找到了话题，说："鲁司令来镇守武汉，老百姓尽可以放心无忧。"

鲁司令说："打鬼子是蒋委员长领导有方，现在不同往日，今天不谈这个。接着他又说，鲁无二姓，都是周公之子伯禽公之后代，伯禽封于鲁，后世遂以鲁为姓。"

外公笑着说："我们都姓鲁，五百年前是一家。"

鲁司令说："我一不打牌，二不吸烟、喝酒，三不喜欢庸俗下流的事，只喜欢收集和读鲁氏族谱。"

又吩咐鲁副官，把墙边十个大木箱打开，给二人看。

刘怡冰走过去看一眼，全是鲁氏族谱。她正惊奇时，鲁司令介绍说，木箱里装的书，都是他收集的鲁氏族谱，收集族谱，是他最大的心愿。想拜托外公，将他们的鲁氏族谱给他一套。

外公说："一定设法弄一套送来。"

鲁司令说："非常感谢您。"

三人正说着话，机要参谋进来，说有紧急电报，鲁司令说过会儿再看，机要参谋附在他耳朵上说："共军进攻信阳了。"

鲁司令听了，脸色骤变，不一会又恢复过来，对二人说："本来想留你们吃晚饭，现在军情紧急，不便再留，请原谅。"

刘怡冰与外公立即起身告辞。

鲁司令又吩咐鲁副官，派吉普车送他们二人。

04

自从与顾先生见面后，好几天没有消息，刘怡冰渐渐地把这事儿忘了。每天按部就班的上下班，偶尔和鲁火出去拍拖一下。

一天，她和鲁火在咖啡厅喝咖啡时，碰上中央银行汉口分行的同学余彬，聊天时，你说海关收入高，他说银行待遇优厚。突然，余彬悄悄告诉他们，汉口分行 400 多万块银元，装船运往徐家棚车站，然后转运广州。银元运走后，将引发金融恐慌，使老百姓的困苦生活，雪上加霜。

刘怡冰问："没有人阻止吗？"

余彬说："强权政治体制，政府想干什么就干什么。又是这样的时期，只能

听之任之。"

刘怡冰想了一会说："我有办法，找报纸曝光，让全体武汉市民站出来，维护自己的利益。"

余彬说："这个办法也不一定有用，不要把报纸的力量高估了。"

刘怡冰说："有没有用做了才知道。前一段时间办画展，正好认识几个记者，这就去找他们。"

余彬说："我不便去，也不要对别人说是我透的风。"

刘怡冰说："大不了把你开除嘛，为武汉人民作贡献，也是值得的。"

余彬说："我一家老小，还指我养活。你是大小姐，无后顾之忧。"

从咖啡馆出来，他们叫了辆黄包车，直奔《大刚报》报社，下了车，急匆匆往里走，迎面碰上鹿鸣鸣。

鹿鸣鸣问："急匆匆的，是不是来找我的。如果是就太不好意思了，我要出去采访。"

刘怡冰说："给您提供一条有价值的新闻线索。"

鹿鸣鸣说："再有价值，也没有新任湖北省政府主席，举行任职仪式重要。你们先回去，我采访了省主席后，再去找你们。"

刘怡冰说："还没说呢，怎么知道不重要。"

鹿鸣鸣说："在湖北这个地方，除了剿匪总司令白崇禧，也就他重要了，至少名义上是这样，再说白总司令也要出席。"

刘怡冰说："武汉要发生金融恐慌了，难到不重要。"

鹿鸣鸣一惊，问到底怎么回事儿，刘怡冰便把余彬说的话，简单说了一遍。

鹿鸣鸣听了，又吃一惊，气愤地说："还有这种伤天害理的事儿，不去采访狗屁省主席了，这就去徐家棚车站暗访。"

刘怡冰说："多找几家报社的记者一起去，明天几家报社同时发稿，影响更大。"

鹿鸣鸣想了想，说时间紧急，三个人分头通知《华中日报》、《武汉日报》、《华中通讯》的记者，然后在徐家棚车站碰头。

鹿鸣鸣说着把要找的名子写给他们，三个人分别坐黄包车飞奔而去。

几家报社记者暗访后，到茶馆碰头，就如何发稿进行讨论，鹿鸣鸣说不但要保护自己，也要保护提供消息的人，为了造成广泛舆论，把写的稿子，发给武汉所有报纸，以"本报讯"同时发表，这样就不好追查了。大家认为有道理，分别回各自报社赶写新闻稿。

次日，汉口大小报纸，在重要位置，对银元转移进行报道，《大刚报》标题是《国家银行动摇人心，库存金银全部运走》，《华中日报》的标题是《汉市国行库存金银，昨全部运往广州，金银存兑业已绝望》。

新闻发表后，白崇禧急令华中"剿总"新闻处召开记者招待会，说"当此非常时期，社会极需安定，各报刊载如此刺激新闻，白总甚表震怒"。

中央银行的金银存户看报纸后，纷纷成立"索债团"，向中央银行索取黄金，发誓要限期索回黄金，必要时以中央银行经理作人质。

迫于社会舆论压力，中央银行把装车待发的银元，又运回入库。

下班时，刘怡冰刚一走出大门，鹿鸣鸣就迎上来，说："请你吃饭，代表武汉人民感谢你。"

刘怡冰说："不过是告了一回密，不值得感谢。"

鹿鸣鸣开玩笑说："我代表武汉人民感谢你呢，一定要赏光。"

二人来到江边"月朦胧"咖啡馆，各要了一份意大利通心粉，慢吞吞地吃起来。

吃过饭，刘怡冰说："不能白吃你的饭，下一步要干什么？"

鹿鸣鸣笑起来，说："上次见过一面的顾先生，想再见你一面。"

刘怡冰说："吃你的嘴软，你让干啥就干啥。"

鹿鸣鸣说："好，他们也快到了。"

鹿鸣鸣的话音刚落，顾先生就到了，他仍然穿着棉长袍，戴着礼帽。周无止还是西装革履，打扮的干干净净。

顾先生一坐下就说："刘小姐做了一件功德无量的事情。"

鹿鸣鸣怕刘怡冰没听懂，补充说："就是'告密'那件事儿。"

刘怡冰说："同学聚会，偶尔听到的消息，觉得重要，就找鹿小姐说了一下，也没什么。"

顾先生说："这说明你有维护人民群众利益的责任感。"

经顾先生一表扬，刘怡冰倒有点不好意思，脸也红了。

鹿鸣鸣说："你脸红了，说明还是在意的。"

周无止坐在刘怡冰对面，两眼盯着她看，不知道是在观察她，还是被她的漂

亮吸引住了。这时他也开口了，轻轻地说："顾先生的表扬，刘小姐受之无愧。"

顾先生接过周无止的话，说："周先生在南洋烟草公司工作，离江汉关比较近，有什么事情，直接找他。"

周无止说："非常乐意为刘小姐效劳。"

顾先生又说，要把关员们召集起来，成立一个群众组织，开展活动。刘怡冰认为自己难以胜任。

顾先生开导说世上无难事，只怕有心人。

周无止对刘怡冰说："没事的，还有我们呢。"

鹿鸣鸣也说："地上本来没有路，去走一走，路就出来了。"

几个人这样一说，刘怡冰也不好再推托，只好点头应承下来。

顾先生说许中玉等人关在武昌监狱，上级希望与他们建立联系，了解他们的状况。停了一会儿，又问刘怡冰能否去做这件事情？

刘怡冰有点茫然，说试一试吧。

05

午饭后，刘怡冰扯着郭佳丽陪她去外公的作坊。

来到外公的作坊时，外公还没吃饭，店伙计刚收工，正在铜盆里洗脸洗手。

郭佳丽指着桌子上两盆豆腐，问刘怡冰，外公也吃这个吗？刘怡冰说伙计吃啥他吃啥，不搞特殊。郭佳丽有点怀疑，刘怡冰说外公的这点家业，都是从他嘴里省出来的。

外公听了，故意不高兴，说："这妮子说的什么话，我省着还不都是省给你。"

刘怡冰笑起来，说："您只有一个闺女，闺女又只有这一个闺女，不给我给谁？"

郭佳丽说："外公岁数大了，要加强营养，开小灶。"

刘怡冰说："那样他会病得起不了床。"

郭佳丽说："还有这样的外孙女，教唆老人家吃粗茶淡饭。"

伙计们已围着桌子坐好，正等着外公坐过去开吃。他们劳作了一上午，肚子正饿得咕咕叫，两眼盯着三盆菜，无心听她们唠叨。刘怡冰看在眼里，用手扯一下郭佳丽，拉着她去院子里喝茶，不再缠着外公说闲话。

郭佳丽也是聪明人，一下子就明白过来。二人一边喝茶，一边闲聊，不多时，外公就捋着胡须过来。

刘怡冰问外公："鲁司令要的族谱，找到没有？"

外公说："明天派伙计回孝感老家拿，取回来后让鲁副官来取。"

刘怡冰说："我送过去。"

外公说："兵营里兵多狼多，女孩子少去。"

刘怡冰说："亲自送过去，加深印象，这兵荒马乱的，将来有用得着他们的时候。"

外公说："也对，一回生二回熟。"

刘怡冰让伙计带五十斤麻糖回来，外公和郭佳丽听了，都吃一惊，说又不做生意，要那么多干什么？刘怡冰告诉二人，有几个朋友想吃，多给他们弄些，让他们一次吃个够。

隔日，外公派伙计捎信给刘怡冰，说族谱拿过来了，麻糖也买回来了。

刘怡冰去找李源请假，说外公那儿有点事儿，去一趟，快去快回。李源说老人有事儿，也不知轻重，不用急着回。

刘怡冰来到外公作坊时，外公正抱着族谱翻呢。外公上过一年私塾，看别的不行，看族谱这类东西，倒能看全八九不离十。见她进来，外公指着族谱说，上面还有他的名字。刘怡冰接过来一看，族谱共有三卷，第一卷为石刻印刷，第二卷、第三卷是木版印刷，族谱上记载的外公，还只有十几岁，说他在汉口铜器店里做学徒。

刘怡冰又让外公把名片找出来，她去城防司令部时用。外公早有准备，从怀里掏出来给她，嘱咐她快去快回，兵营不是女孩子久留的地方。刘怡冰说她知道，说着抱起三册族谱离去。

刘怡冰来到桥口兵营时，站岗的还是上次来时的卫兵，她笑盈盈的走上前，拿出鲁副官的名片递过去，说来给鲁司令送族谱。卫兵把名片接过去，也不怎么

看，就打电话给鲁副官。不多会儿，鲁副官匆匆走出来，给她行了个军礼。刘怡冰有点不知所措，毕竟没有和军人接触过，忙将族谱递过去。

鲁副官接过族谱说："鲁司令正在召开作战会议，外人不便进去，我先代表鲁司令，向刘小姐和外公感谢。"

刘怡冰说："不用感谢，还要麻烦鲁副官呢。"

鲁副官说："什么事儿，我办不了，就请示鲁司令。"

刘怡冰说："有一个很好的同事，叫许中玉，被人诬陷说是地下党，关在武昌监狱快两年了，也没有结果，她是广州人，在武汉也没有一个亲戚，怪可怜的，想去看她一下，送她一点吃的、用的。"

鲁副官想了一会儿说："即使真是个共产党，送点吃的喝的，也可以理解，我打个电话给监狱就行了。"

又问刘怡冰什么时候去？刘怡冰告诉他，周日才有时间，鲁副官让她拿名片去。

听了鲁副官的话，刘怡冰似乎不相信，自言自语问能行吗？鲁副官告诉她，城防司令部的话，他们不敢不听。

06

刘怡冰到南洋烟草公司时，周无止正在忙碌着，没时间说话，只打了个招呼，不过可以看出，周无止对她来找他，很高兴，有点喜形于色。

刘怡冰说她先去"蓝鸟咖啡馆"等他。

坐到咖啡馆里，刘怡冰想他真有工夫，天天打扮得干干净净，头发也梳理得一丝不乱。这回是近距离看周无止，原来他脸色有点发黄，似乎有倦意，只是眼睛很灵活，说话时上下左右转动。她想他一脸的倦意，一定是革命工作太辛苦。

终于下班了，周无止飞奔着，来到刘怡冰面前，问她想吃什么、喝什么，刘怡冰说外公过生日，一家人去汉口饭店吃饭，有几句话转告顾先生。周无止听了，似乎很失望。

刘怡冰说："通过城防司令部的关系，可以去监狱了。"

周无止一听激动起来，抓住刘怡冰的一只手，说："我代表顾先生感谢你。"

刘怡冰说："这个周日去监狱，有什么要交代的？"

周无止说："没什么特别交代的，就是了解一下他们的情况。"

刘怡冰挣脱周无止的手，说："既然这样，我先走了。"

周无止似乎意犹未尽，但还是说："快去吧，别让一家人等你。"

刘怡冰听周无止这么一说，心里倒有点不好意思，说下次她请周先生。

刘怡冰从咖啡馆里出来，坐上老王的黄包车，直奔汉口饭店。

老王拉着车子猛跑，刘怡冰见他背上汗都出来了，有点不忍心，让他慢一点，晚一会儿到，也没关系。老王说老人家过生日，图个吉祥快乐，早点去老人家就早开心一会儿，也免得大家等她。

刘怡冰平日对老王不薄，别人送她的一些小礼物、小点心，甚至衣服什么的，她用不着或不想吃的，就让老王带回去给他小女儿。另外，每个月和老王结账时，从来不计较少几趟，按谈好的价钱给他，如果多几趟，她却一定要多给，所以，每月结账时，总是多不会少。老王打心眼里感谢她，但又无从报答，便在她用车时提前到，把车子擦干净，刘怡冰坐上车后，跑得快一点，少耽搁她的时间。

尽管老王跑得汗流浃背，到汉口饭店时，已经快七点了，外公、爸爸、妈妈三个人正在等着。

刘百川见她进来，拉着脸说："早就说过，一个姑娘家，下了班尽快回家。现在兵荒马乱，你就不能让家长少替你担心。"

刘怡冰想解释几句，外公却先说话了："最近攀上了城防司令，再乱也不怕，他什么事儿都能摆平。那天去司令部，鲁司令还夸她漂亮聪明呢。"

刘百川说："铁打的营盘流水的兵，他今天在这里当司令，明天也许就会带着部队开拔走了，又是别的什么人来当司令。"

外公说："这倒是，就这么几年，武汉换了几任城防司令。"

又转头对刘怡冰说："爸爸说的对，下了班就回家，不想回去就到我那儿，多陪陪外公，外公七十二了，也活不了几年了。"

妈妈一脸不高兴地对外公说："您说的什么话？人家活到八十四了，还没想

过要死呢。"

刘怡冰也说外公能活一百岁，又说给外公家装一部电话，有什么事儿好联系。刘百川说茶叶款收回后就装。

一家人说着话，聊着家常，就算给外公过了生日。

吃过饭，刘百川对外公说，他想再到信阳进一批茶叶，问他能不能借他笔钱，周转一下。外公说要多少开口就是了。又说他也活不了几年了，铜器店也要交给他。刘百川说以后的事情，以后再说，现在还是有借有还。

07

周日一大早，刘怡冰就爬起来，王奶奶早餐还没有做好，她也不等了，围上围巾就出门。老王扶刘怡冰上车后，直奔打铜街。

外公正在门外散步，见她这么早过来，吓一跳，不等车子停稳，就迎上前问出什么事了？快去找鲁司令帮忙。

刘怡冰一听，笑起来，笑了好一会儿才说："什么事儿都没有，想您了。"

外公把刘怡冰拉进院子，让她泡茶喝。刘怡冰告诉他，要去武昌监狱，把麻糖拿走。

外公一听，又吓一跳，说："那可不是随便去地方，弄不好会惹祸的。"

刘怡冰说："鲁副官打电话关照过，不会有事儿。"

外公说："那也不行，也许明天鲁司令开拔了，别的人就不认他的茬了。"

刘怡冰说："去探望小许呢，要亲自去。"

外公问哪个小许，劳她亲自去。

刘怡冰告诉他："过去来过的许中玉，您老说她比我漂亮的那个。"

外公想了一会儿，说："想起来了，她咋被关进去了。"

刘怡冰说："受了恶人的陷害，硬说她是地下党。"

外公心疼地说："她一定受了不少折磨，遭了不少罪。"

刘怡冰说："可想而知。"

外公不再说什么，叫来一个伙计，把麻糖送到老王的车上。刘怡冰跳上车，正要离开时，外公又急忙的赶过来，让她从监狱回来后，先到他这里说一声，免得他的心放不下来。

老王拉着车子，直奔苗家码头轮渡，因为天还早，过江的人不太多，整个码头稀稀拉拉几个人，显得有几分冷清。老王把车子停在角落里，扶刘怡冰下车后，准备送她上轮渡船，说她是大小姐，平时没干过活儿，提这么重的东西会扭着腰。

等了二十多分钟，渡船才起锚。半小时后，渡船已到对面的武昌，早有搬运工迎上来，替她提起那包东西，一直把她送上黄包车，刘怡冰付了搬运工小费，吩咐车夫去武昌监狱。车夫有点犹豫，说沿途盘查的紧，耽误时间不说，还可能让狱卒、宪兵叫过去，白拉人、白拉货。刘怡冰看出来，车夫见她一大早急匆匆来，一定是事情急，趁机让她多给一些钱，虽然谈不上敲诈，但也不厚道。不过她又一想，这也是生活所迫，于是说付两份钱。车夫听了，弯下腰，拉起车子，沿着文昌门正街奔去，跑了好一会儿，远远见一座高大红色建筑。

车夫指着暗红色牌坊式大门，告诉她那就是武昌监狱。刘怡冰看过去，只见大门上没有招牌，但有卫兵站岗。车夫又说监狱门禁森严，有三道"岗"，最外面是几个铁的路障，再往里有一道铁栅栏，然后才是大铁门，有3米高，旁边还有侧门。

刘怡冰来到武昌监狱时，狱吏刚上班。

值班室里，一位麻脸少校军官，歪歪扭扭的坐着。刘怡冰走上前，问他接到鲁副官的电话没有？麻脸少校翻了一会儿电话记录，才告诉她，昨天打过来的。又说虽然他打过电话，也不是每一个囚徒都能见。刘怡冰听了，心里一阵紧张，生怕自己白来一趟，陪着小心说："要见许中玉，不是什么重要犯人。"

麻脸少校冷笑一下，说："是不是重要犯人，不是你说了算数。"

刘怡冰怕麻脸少校生气，忙说："这得由你定。"

麻脸少校说："也不是我定，是军统保密站、警察局定。"

停了一会儿，麻脸少校又打开一个本子，漫不经心的翻了一阵子，才说许中玉是政治犯，不可以见。

刘怡冰听了，愣在那儿好一会儿，才醒悟过来，解开包袱，拿出两盆麻糖递

过去，赔着笑脸，说："长官，这是孝感麻糖，请您品尝。"

麻脸少校伸手接过去，丢在一边，两胳膊抱在胸前，一副拒人千里的样子。刘怡冰又从包里取出八百块钱，让他拿去喝茶。

麻脸少校把钱接过去，放进口袋里，冷冷地说："不是用钱能办得到的。"

刚说完，却两眼直勾勾地盯着她腕上的金表，刘怡冰明白过来，正准备脱下来时，又犹豫了，这是她十八岁生日时，爸爸给的礼物，不能随便送人。又一想，如果不送这个给他，就见不到许中玉，完不成顾先生、周无止交给的任务。想到这里，一狠心，摘下金表，递给麻脸少校。

麻脸少校一脸笑意的接过去，说他请示一下再答复。他拿起电话，说了几句话，又对刘怡冰说，值班典狱长同意了。

尽管刘怡冰心疼金表，听了麻脸少校的话，还是高兴起来。

麻脸少校又抓起电话，说带许中玉出来。

刘怡冰抱着一大包麻糖，在宪兵的带领下，来到会见室。放下包袱，她四下看一眼，室内空荡荡的，被一道铁栅栏一分为二隔开，仿佛隔开的是阴阳两个世界。

过了一阵子，只听里面铁门打开，一个瘦弱的人走进来。刘怡冰走上前，看了好一会儿，才认出是许中玉。只见她脸色蜡黄，脖子上留有受刑时的伤痕。刘怡冰的心一酸，流出眼泪，轻轻叫了一声。许中玉眯起眼睛，看她好一阵子，才问她是不是刘怡冰。

刘怡冰抓住她的手说："连我都认不出来了？"

许中玉说："我患了夜盲证，这房间光线暗，什么都看不清楚。"

刘怡冰又急切地问："脸怎么黄得像蜡一样？"

许中玉淡淡地一笑，说："经常挨饿，营养不良。肺也有问题，得了肺结核。"

刘怡冰说："怎么不治啊？"

许中玉说："连饭都吃不饱，更不要谈治病。"

刘怡冰的泪又流出来，说："这样下去命会没的。"

许中玉说："已经把生命置之度外了，盼着他们早点把我处决。这些病的折磨，比上刑还难熬，真是有什么别有病。"

刘怡冰劝她别老想着死，大家正想办法救她出去。说着她把包裹打开，取出一片麻糖，递到许中玉面前，说："这是你喜欢吃的麻糖。"

许中玉伸手捻起一块，放进嘴里，闭上眼睛，轻轻嚼了几口，轻轻的咽下去，又慢慢睁开眼，说："两年没吃了，真香啊。"

刘怡冰又递给她一块，许中玉接过去，却没吃，说："留着吧，还有十多个狱友，也都像我一样，自从进了这个地方，就没吃过一次像样的东西，天天是能照见人的稀饭。"

刘怡冰说："带了五十斤，有她们吃的。"

听刘怡冰这样说，许中玉才把手里的一块麻糖，又放进嘴里，又像刚才一样，闭上眼睛，轻轻的嚼，但咽下去的时候却噎住了，一下子咳起来，呛出了眼泪。

许中玉咳了一阵子，才平静下来，说："喝了两年稀饭，食道不适应吃硬东西了。"

刘怡冰的泪又涌出来，说："以后每周来看你一次，想吃什么给你带过来。"

许中玉想了一会儿说，去搞些药来，有不少人也像我一样，受着折磨。

她顽皮地笑一下又说：" '三症' 齐全的，只有我一人。"

08

春天来了，白天越来越长，到下班时间，太阳光还透过窗户玻璃，照进办公室里。

照例快下班前，刘怡冰、郭佳丽开始忙碌起来，一面收拾办公桌，一面记当天的工作日志。这时，电话铃声响起，两人都没听见似的，各忙各的。

刘怡冰刚拿起电话，就听话筒里传来周无止声音。刘怡冰听了，又兴奋，又有点别扭。高兴的是把探视情况向他汇报后，他说尽快报告顾先生，等顾先生的指示，别扭的是和他接触，总觉得不自在。

刘怡冰说她就是，周无止很激动，告诉她晚上老地方见，不见不散。郭佳丽正好从更衣间出来，隐约听见不见不散，以为是鲁火的电话，就打趣说，过几天

就要说老夫老妻了吧。

刘怡冰吓一跳，告诫她不许乱说。说着放下电话，却忘了周无止话还没说完。

放下电话，见太阳还没有落下去，又等了一会儿，直到太阳光从窗户上滑走，她才拿起包，走出办公室。

天还没有黑下来，马路两旁的路灯，已经亮了，在晚霞的映衬下，光线显得很弱，像萤火虫一样。马路旁咖啡馆里的霓虹灯，也亮起来，也是无精打采，不太惹人注目。刘怡冰沿着江边马路，朝前走了二十分钟，来到"月色撩人"咖啡馆。

沿江酒吧、咖啡屋，是有钱阶层休闲娱乐的首选。汉口租界收回前，这里是洋人的世界，中国人难得停留。

刘怡冰走进咖啡馆，吩咐服务生找一张桌子时，周无止突然出现在她面前，扯着她的胳膊说，已经订了，连西餐都点了。

刘怡冰随他来到墙角一张桌子边坐下。

周无止很兴奋，说他等了好一阵子，还担心她不来。刘怡冰告诉他，说来就一定来。

在咖啡馆见面，是周无止的主意，他说咖啡馆里环境好，感觉好，最重要的是咖啡馆消费高，一般人消费不起，不会引起特务怀疑。

上次见面时，周无止也很高兴，他说像刘怡冰这样的，属于"进步关系"，武汉像她这样的人还有很多。刘怡冰不懂，问什么是"进步关系"，周无止告诉她，所谓"进步关系"就是朋友。在白区搞地下工作，都是从交朋友开始，然后变成一种进步关系。这个进步关系既不是党员，也不是党的外围组织成员。但却为党组织发展提供人选，也给从事地下工作的党员，提供一个社会资源网络。同时，还起着保护核心成员的作用。

周无止向服务生打个手势，服务生扭头离去，不多会儿，将牛排和意大利面端上来，刘怡冰告诉周无止回家吃，又问顾先生有什么话给她？

周无止大概是饿了，并不急着转达顾先生的话，只顾自己吃牛排，一边吃，一边用手比划着，让刘怡冰也动叉子。刘怡冰见他这个吃相，便知道周无止平日里难得吃一回，虽然他平日里很讲究，但他的那份收入，可能常常捉襟见肘，没有多余的钱来吃这种西餐。所以，她不再提回家的事儿，让他一心一意吃下去。

刘怡冰一边品着咖啡，一边看着窗外穿着背心、短裤、手拿大蒲扇的行人，来来往往。往远处望去，有人开始往江边搬竹床，竹床越来越多，像一条长龙。

周无止终于吃完牛排，用餐巾擦擦嘴巴，端起咖啡，慢慢地喝起来，似乎忘了叫刘怡冰来的目的。刘怡冰看了他一眼，提醒他尽快转达顾先生的话。周无止还是没有理会，品了一会儿咖啡才告诉她，顾先生说要想办法购药，为监狱的同志治病。

顿了一下，周无止又说："顾先生也会想办法，但他的工作太忙，许多工作都靠他，我们要主动为他排忧解难。"

刘怡冰点点头，没说话。

周无止还要再说下去，门外进来三位头戴文明帽，身穿马褂的男子。三人进来后，四下张望一阵子，在邻桌坐下来。

周无止有点紧张，抓住刘怡冰的手，悄声说："我们要像一对恋人，亲热起来。"

刘怡冰有点犹豫，甚至想抽出手来，但周无止抓得很紧，没能抽出来，也就索性让他抓着。

两人"含情脉脉"地坐了几分钟，周无止把服务生叫来，递了一把钱，说不用找了。

在三个特务的注视下，周无止拉着她往外走。

出了门，周无止长长出一口气，说："我亲眼见过，这三个家伙抓人。他们是军统武汉保密站的。"

听周无止这么一说，刘怡冰也舒一口气，说："他们对你这样的人感兴趣，我倒没什么。"

周先生说："千万不能这样想，他们不会放过任何人，宁肯抓错一千，不放过一人。"

刘怡冰说："也听说过被他们抓进去，别想囹圄出来。"

刘怡冰想把手抽出来，周无止却抓住不放，边走边说话。

周无止说："顾先生那儿的经费紧张，拿不出购药的经费。"

刘怡冰："我想办法，不是大问题。"

周无止笑起来，说："早就听说海关收入高。"

刘怡冰说："那都是老黄历了，现在也仅能养家糊口。"

二人又往前走了一段路，刘怡冰挣脱周无止，坐一辆黄包车，急匆匆赶回家。

09

几天来，刘怡冰和鲁火到处找药店，买治肺结核用的链霉素、治夜盲症的维生素 A，所有药店都没有，有几家药店说，年前曾经有过，后来国军大军一到，都被他们收购了。有一个药店老板还说，城里城外驻着几十万大军，患什么病的都有，什么药他们都用得着。也有一家药店让他们改日再来打听，说他们已从上海那边订了货，过两天就到。刘怡冰很高兴，恳求伙计一定留几盒，但伙计又说，怕路上遇到国军检查，药店缺这些药，就是因为他们。刘怡冰问查住了怎么办，伙计说只能认倒霉，国军高兴了给点钱，不高兴就没收。

过了两天，再去那家药店，还没开口，伙计先开口，说船都到阳逻了，眼看就要进武汉，还是被查了。

鲁火要写信给美国同学，让他们从美国寄过来。刘怡冰说从美国寄药过来，许中玉她们早支撑不住了。

药店伙计听了二人对话，告诉他们如果有关系，托上海的熟人把药买好，让国军的飞机捎带过来，就不会出意外。

鲁火高兴起来，认为这主意好。刘怡冰告诉他，没有门路联系国军飞机。

往回走的路上，刘怡冰一副愁眉苦脸的样子，鲁火一句不说的跟着她走。

两人走了一阵子，鲁火建议她去找鲁副官。

刘怡冰说："去探监刚找过他，再去找他，不好意思开口。"

鲁火又说："你爸爸做那么大的生意，就没有关系？"

刘怡冰有点不高兴，说："你想到的，我早想到了。他是生意人，跟军队和政府官员很少往来，用国军的飞机运药，对他来说比登天都难。他要是知道我天天不落家，干这些事儿，就不让我再出来了。"

走了一会儿，鲁火又说找特派员试一试？刘怡冰一听，停下脚步，朝鲁火看一眼，伸手扯住鲁火的耳朵，说："这一点我倒没想到，真是愚人千虑必有一得。"

刘怡冰突然又一脸愁云，不知怎么向特派员开口。

鲁火说："亲戚生病急需。"

刘怡冰说："特派员是什么人，能瞒得过他，谁家有那么多亲戚，患肺结核、夜盲症。"

鲁火挠一下头，说："听你这样分析，确实不合情理。"

刘怡冰想了一会儿说："晚上请他到汉口饭店吃饭，先试探一下，看他愿不愿意帮忙，如果愿意就实话实说。"

鲁火有些忧虑地说："让特派员购药，会不会有负面影响，这药可是去救监狱的政治犯啊。"

刘怡冰说："他刚来时找我谈过话，感觉他不是坏人，也很有同情心，对政治现状也不太满意。他虽然是总署来的，并不一定没人情味，政治犯也是人嘛，他们有病，政府不给治，还不允许自己的朋友想办法，这道理他也懂得。"

鲁火去邀请特派员时，特派员说不必破费，有机会陪他各处走走，比请他吃饭还开心。鲁火告诉他，刘怡冰已在饭店等着了，特派员这才放下手上的文件，随鲁火一起往外走。

刘怡冰等了好一会儿，鲁火、特派员才姗姗来迟。特派员一落座，她就示意服务生上菜。

服务生把一应西餐端上来，刘怡冰问特派员喝什么酒，王特派员说听从安排。鲁火想了一下，说："喝法国拉菲特红酒，这种酒纯。"

服务生转身去取酒。

特派员说："留过洋的，对洋酒情有独钟。"

服务生端着一瓶红酒过来，问是否打开，刘怡冰点点头。

特派员说："我们的民族工业起步晚，又受外国资本家的算计，发展举步维艰，为了支持民族企业，喝'张裕葡萄酒'吧。"

刘怡冰心里一热，说："特派员的思想境界高，我们没有想到。"

特派员说："不是没想到，是怕我崇洋媚外。"

等服务生换酒的工夫，刘怡冰介绍说，这家饭店曾是法租界领地，1901年建成，原来是立兴洋行，后来，德国人发利续租后，改开饭店，取名"发利饭店"。

发利夫妇居家勤俭，通常自己下厨，做的牛排也颇有名气。1935年，发利病逝，妻子将房子卖给一个波兰人，才改名为汉口饭店。

特派员说："一不留神，踩到外国人耀武扬威的地儿，心情不由自主的沉重。"

鲁火说："这也没什么，虽然他们是侵略者，对我们造成了伤害，可也留下了这些遗产。"

特派员严肃起来，说："鲁火在美国留学，中毒太深，这是洋人剥削中国人的，应该痛恨才对。"

刘怡冰打圆场说："建筑并没有罪过，还可为国人服务。"

三个人正说着，服务生把酒拿上来。

特派员指着张裕葡萄酒说："差一点让我崇洋媚外了。又说也不能怪他们，总署机关确实有不少人崇洋媚外，以为和洋人一起工作，就必须按洋人的方式和习惯生活，土不土洋不洋，成了假洋鬼子。本来洋人统治中国海关，就是不对的，是对中国主权的侵犯，这种大事儿，我们改变不了，但可以按中国人的生活方式生活。"

三人举杯，把杯中的酒一饮而尽。

特派员朝窗外看去，马路上路灯已经亮起来，人来人往，马路对面江滩上，人影绰绰，再远处的长江里，点点渔火闪烁，江轮的汽笛声，声声入耳。特派员收回目光，说如果不是内战，如果不是两军对垒，武汉一定会更美，更有生机。

鲁火问特派员谁能打胜？特派员毫不迟疑地说："我们是国民政府的公务员，当然希望国军打胜仗。"

鲁火还想就这个话题说下去，刘怡冰赶紧把话引开，说："虽然我们是国家的公务人员，但今晚不谈国事。"

特派员长叹一口气，说："古人说国家兴亡，匹夫有责，可是我们实在是微不足道啊。"

刘怡冰说："特派员太谦虚谨慎，听说你要接任税务司了呢。"

特派员说："就是当上署长又能如何？国家命运由大人物决定，你、我、他只能听之任之。这些大道理，你们也都懂，只是闷在心里不说罢了。"

吃喝了一阵子，特派员举起酒杯又放下，说："请我吃饭，一定还有别的事儿，说吧。"

鲁火张嘴想说，刘怡冰用脚踢了他一下，口边的话咽不下，张着嘴。

刘怡冰说："算我们感情投资，等你将来当了税务司长，多多关照我们。"

特派员说："这话有点虚情假意，我也和你们一样，上过大学，接受过高等教育，对感情投资这类事儿，从来不屑一顾。我的第六感觉很灵，瞒不过的。刚才鲁火都要说出口了，被刘小姐一脚踢得说也不是，不说也不是。"

刘怡冰想了一会儿，下决心似的说："特派员高明，我们心里的小九九和小伎俩，瞒不过您。"

特派员说："你们有困难想到我，说明我还有点用处。"

刘怡冰说："江汉关有一位同仁，被关在监狱一年多。祸不单行，患了肺结核、夜盲症。"

特派员问："这个人是许中玉吧？她是政治犯，与她接触要小心。"

刘怡冰说："过去常和她一起逛街、看电影，没看出她和我们不一样。"

特派员说："他们都是聪明人，哪能一眼就能看出来，她们有她们的组织，有她们的内部关系。"

刘怡冰说："反正我不信。"

特派员说："她一直没承认，也没审出什么结果。"

刘怡冰说："那应该把她放出来。"

特派员说："那能说放就放，即使错了，也要错下去。"

刘怡冰说："不放人，就要给人家治病，这是监狱的责任，也是政府的责任。"

特派员说："政府连良民百姓都无暇顾及，哪还顾得上反政府的人。"

刘怡冰说："政治犯也是国民，只是观点和政府不同。"

鲁火说："西方国家政府，不管犯了什么罪，基本的人权还能保障。"

特派员说："你们太有爱心，也太理想主义了。"

刘怡冰说："许中玉是海关同仁，再不救就要死了。这本来是政府的事情，政府不做，只有我们自己做。"

特派员问："你们想怎样做？"

刘怡冰说："给她买药治病，让她活下来。"

特派员问："我怎样才能帮得上？"

刘怡冰说："整个武汉都买不到链霉素，也没有维生素A，你有法买到吗？"

特派员想一会儿说："这个不太难，去上海买几盒就是了。"

刘怡冰说："她还有好几个牢友，也像她一样，患有肺结核和夜盲症，请特派员多买一些。"

特派员有点犹豫，说："救监狱的政治犯，要担风险。"

刘怡冰说："许中玉的性格我知道，给她的药，她一定先给别人，只有人人有份，她才会心安理得用药。"

特派员犹豫了一会儿说，再考虑考虑。

10

一上班，郭佳丽就扯着刘怡冰的胳膊，要告诉她一件有趣的事情，说她家邻居，陈海儿作风不正，给老公王子旦戴绿帽子，老天有眼，让她得了梅毒。刘怡冰说不是老天惩罚她，是她自作自受。

郭佳丽说："她有一个相好，是国军的连长，带着几个兵，到黑市抢了几盒盘尼西林给她，快治好了。"

停了一会儿，又说国军连长也有情有义。

刘怡冰说："既然如此，你也嫁一个国军连长。"

郭佳丽说："我倒是想哟，可是国军今天在这里，明天又转移别的地方，像个兔子似的。现在这个形势，还不知道是共军的天下，还是国军的天下。"

刘怡冰问她会是谁的天下，郭佳丽认为共军比国军厉害，都把国军赶到长江边了。

刘怡冰突然意识到什么，问她黑市在哪儿？郭佳丽摇头，说陈海儿才知道。

刘怡冰心里隐隐有一种兴奋，她想真是踏破铁鞋无觅处，得来全不费工夫。昨天，特派员告诉她，上海那边买药没问题，但没本事送上飞机，都不认识空军的人，或者即使认识，也都不中用。

整个上午，刘怡冰都暗自高兴着，她想这是救许中玉有了希望，高兴得哼起了小曲。郭佳丽扯着她，问什么事儿这么高兴，像中了头彩。

刘怡冰兴奋地说："有中头彩的预感。"

郭佳丽说："有了好事要请客。"

刘怡冰说："先陪我去见陈海儿。"

郭佳丽说："她一个风骚娘儿们，有什么好见的。"

刘怡冰："看她到底有什么魅力，值得国军连长为她发狂。"

两人正有一搭没一搭说着话，下班铃声响了，刘怡冰扯着郭佳丽就往外跑，郭佳丽说别太急，要换便装，刘怡冰说不用换了，又不是去相亲。

两人冲出江汉关大楼，跳上一辆黄包车，朝六渡桥方向奔去。

到了六渡桥，车夫在郭佳丽的指点下，又拐了几回，才来到一个小巷子口，郭佳丽让车夫等着，她拉着刘怡冰跳下车，往巷子里走。

差不多到巷子尽头，才来到一处低矮的青色瓦房前，郭佳丽说这就是王子旦的家。刘怡冰打量了一下，门半开着，屋里的光线昏暗，看过去模模糊糊。

郭佳丽说："王子旦的媳妇叫陈海儿。"

刘怡冰走上前，轻轻地叩了叩门，轻声问："有人吗。"

不多会儿，一个头发蓬松的女人，探出半个脑袋半张脸，问她们找谁，郭佳丽说："来找你。"

陈海儿一听，突然又将门关上，隔着门说："这个样子不便见人，收拾一下，再请你们进屋。"

郭佳丽冲刘怡冰挤挤眼，说："她要和你斗美了。"

刘怡冰说："人家爱美，也没什么不对，见客人就要干干净净嘛。"

这时，隔壁的房门打开，马二帅探出头来，见她们二人站在门外，皮笑肉不笑地说："桃花运来了。"

郭佳丽瞪了他一眼，说："也不撒泡尿照一下，还想桃花运，怕是霉运要来了。"

马二帅听了，也不生气，围着二人转了一圈，阴阳怪气地说："指不定谁会有霉运呢。"

马二帅还想说下去，见陈海儿探出头瞪了他一眼，又把话咽下去，回到自己屋里。

刘怡冰看着他的后背想，真是地痞，连背影都一副流氓模样。

陈海儿终于打开门，一身粉味和珠光宝气，笑嘻嘻地请二人进屋。

二人早等急了，也不客气，一脚跨进去。从阳光明媚中，一步走进阴暗的屋内，眼睛眨巴了好一会儿，才适应过来。刘怡冰四下里扫一眼，见室内虽然阴暗甚至潮湿，但收拾得井井有条，也很干净，虽然摆设简单，家具不多，但生活用品齐全。正对着门的墙上，贴着一张蒋委员长画像，画像上的蒋委员长，两眼炯炯有神，正专注地看着陈海儿。刘怡冰感觉有点可笑，她过去看过蒋委员长的画像，没什么感觉，（过后很久，她才想，因为想起陈海儿得了梅毒，国军连长带兵给她抢来了青霉素，蒋委员长要是知道了这件事儿，该做何感想）。

刘怡冰又去打量陈海儿，见她果然有几分姿色，虽然住在低矮阴暗的房子里，却一身的时尚，只是脸有点黄，尽管上了不少粉，也没能盖住。她想这是梅毒造成了，如果梅毒病治好了，一定还会面色红润。不过，从陈海儿的眼睛里看出，她有些轻浮，浑身透着妖娆气息。

陈海儿扭着身子，一边给二人倒水，一边请二人坐下来。

郭佳丽说："不喝水，也不坐，想打听点事儿。"

陈海儿停下来问："什么事儿？"

刘怡冰问："连长从那儿弄的盘尼西林？"

陈海儿听了，有点吃惊，迟疑了一会儿，有些难为情地说："这事你们也知道。"

郭佳丽忙说："是这样的，都说连长有情有义，这是你的福气。"

陈海儿说她早知道，有人在背后说她，可是人家连长确实不是坏人，她和他好，也是有原因的，她的公公婆婆、她的爸爸妈妈，过完年后，像商量好了似的，一起生病，又要治病、又要生活，单靠王子旦，就是把他煮了，也卖不了三块大洋。这个时候，她认识了国军连长，人家二话不说，把积攒下来的钱给了她，让她渡过了难关。人家连长也不容易，家在东北，家里人早被日本鬼子杀光了，就他一人活在这个世上，这仗马上就要开打了，也不知道还能活几天。陈海儿又叹口气，说她的病就是他传染的，可是她心甘情愿。

见说到了陈海儿的痛处，刘怡冰忙说，她们能理解，也为她遇到一个好连长高兴。

陈海儿心情平静了一会儿，问她们是不是也得梅毒了，又说那是走私货，在火车站弄到的，不知道是大智门火车站、还是徐家棚火车站。

第二章　擅自缉私

11

下了班，刘怡冰叫上鲁火，直奔大智门火车站。站内站外，人来人往，站前广场两侧旅店，一家挨着一家，来往旅客进进出出。

在火车站内外转了几圈，也没有发现所谓的黑市，也没看见有人交易。一些人，乍一看像搞走私的，再细一看，又像好人，看来看去，不多会儿就眼花缭乱了。

转了大半晌，也没有个眉目，刘怡冰拉着鲁火，往车站路赞誉药房走去。

车站路原来是法租界，法租界工部局、巡捕房、兵营和洋行，都在这条路上。赞誉药房在车站路与洞庭街交界处，是香港华生有限公司分店。两人来到药店，问店员有没有链霉素，店员不说话，头摇得像拨浪鼓一样。刘怡冰问他黑市在哪儿，店员还是摇头。

刘怡冰有点泄气，说："唯一的希望又破灭了。"

鲁火说："明天去徐家棚火车站看看。"

刘怡冰说："即使有走私分子卖药，也分不清楚，去了还不是白跑一趟。"

鲁火说："让缉私科的人来认，他们一眼就能看出来。"

刘怡冰停住脚步，深情地看一眼鲁火，说："原来认为你是个书呆子，关键时刻总能想出办法。"

鲁火说："这是急中生智，平时有点呆头呆脑，其实是装的。"

第二天一上班，刘怡冰拿出办公用具后，对郭佳丽交代一声，就去了缉私科。到缉私科时，李白瑞正在看报纸，见她来找他，嬉皮笑脸地说："美女想我了？"

因为李白瑞和她一起入关，曾经在一起培训过，见了她总是嘻嘻哈哈没正经。

刘怡冰说："是啊，一日不见如隔三秋呢。"

李白瑞说："这话应该去对鲁火说，他信我不信，说吧，什么事儿让我效劳。"

刘怡冰说："知道黑市卖走私西药吗？"

李白瑞说："岂止是知道，前段时间，还查了十几宗案子呢。"

刘怡冰说："我怎么不知道这事儿。"

李白瑞说："你们坐办公室的，不知道这事儿也正常啊，如果知道了，才不正常呢。"

刘怡冰问："怎么回事儿？"

李白瑞说："说来话长。"

刘怡冰说："我有时间听你慢慢说。"

李白瑞想了一会儿，说抗战胜利后，大批散兵游勇和退役军人，因未得到国民政府安置，迫于生计，长年累月活动在广九铁路上，以走私维生。他们穿着军装，啸聚成群，携带私货，无票强行登车，海关难以稽查。

李白瑞喝口水，问刘怡冰听明白没有，刘怡冰摇头说不明白。

李白瑞说："是不是美女都像你这样，脑子不好使。"

刘怡冰说："你说的是广东走私，我问的是武汉黑市，二者风马牛不相及嘛。"

李白瑞说："二者有密切关联，那些走私分子和走私物品，大部分流入武汉，就有了你说的所谓黑市交易。"

刘怡冰恍然大悟。

李白瑞接着说，走私分子成分复杂，现役军人也参与其中。现役军人、退役军人走南闯北，打过日本鬼子、也打过共军，他们从香港走私后，要么坐火车直冲徐家棚火车站，要么先到岳阳下车，然后从洞庭湖乘船来汉口，为了逃避检查，在上游十里外下船，步行来汉口。花楼街形成最大黑市，那儿有走私香烟、奶粉、玻璃纸、玻璃丝袜、毛毯、呢料、燕窝、海参、糖精等。

刘怡冰问为什么不查缉，李白瑞告诉她，前两个月，他们查了三十二起，价值三百万元。三月份后，不让查了，上级担心他们的生命安全。走私分子有武器，惹恼了他们，什么都敢干。有几次，若不是躲闪得快，就被他们打死了。

刘怡冰说："难怪国军连长能搞到药，原来是他们在走私。"

李白瑞问："这事儿和你没关系呀？"

刘怡冰问："还记得许中玉吗？"

李白瑞点点头说："她不是失踪了吗。"

刘怡冰说："在武昌监狱里坐牢呢，得了肺结核，再不想办法给她弄药，就会没命。"

李白瑞想了会儿说："晚上到花楼街走一趟，看能否买到。"

12

下了班，李白瑞来找刘怡冰，让她先请他吃饭，天黑了再去，不然让人认出海关也买私货，影响不好。

二人来到一家饭馆，点的饭菜不多会儿就上来，李白瑞也不客气，拿起筷子就吃。刘怡冰却心不在焉，吃不下去，担心还会无功而返。

从饭馆出来时，天已黑了下来，马路上的路灯也亮了，喧嚣的街道似乎平静下来，来来往往行人少了许多。

刘怡冰无心观看行人和街景，跟着李白瑞直奔花楼街。

李白瑞到几家药店问了一下，都说没有，再问什么时间有，都三缄其口，不愿多说。刘怡冰有些失望，李白瑞告诉她，百子巷有他们一个线人，再去问问他。

百子巷（建国后更名革新巷）巷深墙高。小巷深处有多间牌楼，巷内建筑以木构架承重，有墙倒屋不塌特点。两人来到巷内的陆余庆堂，走了一段直线楼梯，又走旋转楼梯，终于来到一间房前。

李白瑞一边叩门，一边交代刘怡冰在外面等，告诉她这是海关纪律，也是为了保护线人。刘怡冰让他放心进去，她能理解。李白瑞说能不能理解，都得站在外面。说着弯腰钻进去。

大约过了一个时辰，李白瑞又钻出来，挥一下手，示意刘怡冰下楼。刘怡冰也不问，默默跟着他往下走。下了楼，来到一个僻静处，李白瑞低声告诉她两种

药一时买不到。刘怡冰的心一下子吊起来，颤抖着问为什么？李白瑞告诉她，国军的野战医院，正在大量收购西药，尤其是这两种药，不问来路，统统收购，还在车站和各码头、路口拦截。不但如此，他们还派人专门走私。

刘怡冰一听，双腿一软，蹲到地上哭起来，说："许中玉只能等死了！"

李白瑞把刘怡冰扶起来，说："总会有办法的，不怕做不到，就怕想不到。"

刘怡冰说："能想的都想了，还能有什么办法。"

李白瑞想了一会儿，说："我们自己去查缉。刚才线人告诉我，明天凌晨，有几个走私西药的，从白沙洲上岸。"

刘怡冰说："就靠你和我，怎么行啊？！"

李白瑞说："请关警队的人一起去。"

刘怡冰说："这事难了，调关警队需要税务司批准。"

李白瑞说："我和关警队的关系好，经常一起行动，查缉过很多案子，我开口，他们会给面子的。"

刘怡冰说："这可是有风险的，千万要小心。"

李白瑞说："如果做得干净利落，不会有事儿。不过这种事儿，只此一次。"

刘怡冰问："我能做点什么？"

李白瑞问："你去借一辆车，查缉后尽快撤出，走私分子也不会怀疑。"

刘怡冰说："我去找爸爸，把他们公司运货的车借来。"

李白瑞说："现在分头行动，你去找汽车，我去关警队，然后到海关码头碰面。"

刘怡冰匆匆回到家里时，爸爸还没回来，她等了一个时辰，再也等不下去了，告诉妈妈她要用汽车去缉私，妈妈告诉她，用车要爸爸同意。

刘怡冰说："等不及了，同事们还在等着，我这就去找老梅师傅。"

妈妈站起来想拉住她时，她已经冲到门外。

刘怡冰到老梅家的时候，老梅正洗脚，听说要出车，问刘百川的条子，带来没有，没有他的条子，他不能动车。

刘怡冰说："爸爸不在家，妈妈同意了。"

老梅犹豫了一会儿，说："这车只他一个人能动，你妈妈怕也不行。"

刘怡冰说："我去把我妈叫来给你说。"

老梅赶紧说："让你妈妈亲自来，我消受不起。"又说他这就开车过去。

老梅开车来到海关码头时，李白瑞还没有过来，刘怡冰让他等一会儿，她过去看看。

关警队宿舍在海关码头一角，共有十二人，队员都是从退役军人中招募的，一个队长，一个副队长，十名警员。职责是协助缉私科查缉，主要对付武装走私，不能单独行动。此外，在查缉过程中，保护关员安全。刘怡冰到关警队的时候，李白瑞正与他们吃夜宵，有酒有肉。见她过来，李白瑞扯着她的胳膊，告诉队员们，为了救许中玉，她已经奔波十几天，都瘦了一大圈，咱们一群大老爷们，总不能还不如她。

关警们纷纷说，救许中玉是大家的责任，今晚的行动是自觉自愿。

一伙人又吃又喝了一会儿才出来，刘怡冰带着他们来到汽车边，李白瑞挥手让队员们登车。

刘怡冰也钻进驾驶室，屁股还没坐稳，李白瑞就把她扯下来，告诉她这是男人的事儿。

刘怡冰说："一定要去。"

李白瑞说："你去会增加大家的负担，还要保护你。走私贩子看出有女的，就会怀疑，就会负隅顽抗。"

刘怡冰说："我已经准备了男装，到了白沙洲就穿上。"

李白瑞说："就是穿上虎皮大衣、戴上虎皮帽子，也能看出你是女流之辈。"

刘怡冰来了小姐脾气，说："就是要去。"

李白瑞想了想说："到了地方，你和老梅一起待在车上。"

赶到白沙洲时，已经凌晨一点，李白瑞看老梅把车停在隐蔽处后，带着关警队朝江边走去。

刘怡冰匆忙穿上男式上衣，又戴上鸭舌帽，跳下车，跟了过去。

凌晨两点的时候，一艘帆船顺流而下，到白沙洲的时候，掉头朝岸边驶来，李白瑞提醒大家，等走私贩子上岸，船开走后再行动。队员们两眼盯着帆船，也不说话。虽然这样的行动过去常有，但每次缉私行动，对他们来说，也是一次生死考验。走私贩子都是亡命之徒，又都是身经百战的老兵，危险性更大。

帆船靠岸后，下来三个人，每人背着一个包袱，刘怡冰想，那一定是朝思暮想的链霉素。

一会儿，帆船又朝江心驶去，消失在夜色中。三个走私贩子，四下看了一阵子，其中一个人拿出烟，一人一支点上火后，开始朝堤岸上走。李白瑞突然站起来，大喝一声："我们是海关的，举起手来。"

关警队的队员们一跃而起，向三个人包围过去。

三个走私贩子先是一愣，接着就反应过来，分头逃窜，一边逃、一边开枪。队员分成三组追过去。

刘怡冰本来也想跟过去，听见枪声，吓得两腿发软，站立不稳，一脚踩空，往坡下滚去，幸运的是快到江边时，被一丛荆棘挡住。

走私贩子胡乱的开一阵子枪，朝江边退去，退到刘怡冰身边时，见已难逃走，一个走私贩子告诉同伙，把货扔进江里，让他们白忙活一趟，没有东西，他们就不能定罪。

走私贩子们把肩上的包袱取下来，往江里扔。

一个走私贩子取下包袱，正要往江里扔的时候，刘怡冰突然跳起来，大叫一声，一把扯住包袱，却又被掼倒在地。倒是那三个走私贩子，被突然爬起来的她吓了一跳，一时竟愣在那儿。

听到刘怡冰的叫声，李白瑞吓出一身冷汗，拍了一下脑袋，暗自叫苦。他也不顾自己安全，站起来朝刘怡冰这边跑来。一个走私贩子朝他开了一枪，正好打在他的大腿上。李白瑞虽然倒下去，但还是朝刘怡冰爬过去，他知道再慢一会儿，走私贩子就会对她下手。他一边爬着，一边高声喊："你们听着，我们高抬贵手，饶你们一回，如果再敢开一枪，就将你们统统打死，然后扔进长江里。"

走私贩子犹豫了一会儿，朝下游方向逃走。直到他们消失在夜幕中，队员们才来给李白瑞包扎，两个队员过来，把吓呆的刘怡冰扶起来。

刘怡冰抱着包袱，见了李白瑞，失声哭起来，她自己也不知道，是哭李白瑞、还是哭自己受了惊吓。

13

刘怡冰回到家的时候，天已大亮，爸爸、妈妈正在客厅等她。

刘百川面前的烟灰缸里，堆满了烟头，从他们二人的脸上看出，一夜没有合眼。见她回来，妈妈站起来，把她拉进怀里，嘤嘤地哭起来。刘百川淡淡地问，把车弄去干什么了？刘怡冰本来做好爸爸发火，甚至抽耳光的思想准备，听他这样问自己，心里踏实了一些，告诉他借给关警队，查缉走私。

刘百川强压着火气说："国军大部队一开到武汉，海关就停止缉私了。即使查缉走私，海关也有车。这话骗你妈还行，骗不了我。"

刘百川本来是江汉关关员，日本军队占领武汉后，他不愿意为日本人服务，就辞去海关工作，开了一家贸易公司，做茶叶出口生意，兼营批发和零售，生意越做越大，尤其是日本人投降后，长江恢复通航，茶叶出口一年比一年多，已成为一名大商人。尽管如此，却行事低调，出行和日常起居，从不讲排场。他一直与海关保持着联系，尤其是隔些日子，与一些老关员吃餐饭，叙叙旧。日本投降，赫斯特接收江汉关后，曾劝他回海关，他谢绝了赫斯特的好意，说离开海关几年，已养成散漫生活方式，难以适应海关约束。后来，刘怡冰大学毕业考海关，就是他的主张，那个时候，刘怡冰的理想是当一名教员，最好是美术教员。

刘怡冰想了一下，说："去缉私是真的，只是关里不知道。"

接着她把许中玉在监狱里患肺结核，自己到处找药的事情，前后说了一遍。

刘百川听后，沉吟半晌说："救许中玉的心情能理解，但是不应该采取这种方式，不但太冒险，弄不好许中玉没救好，你们自己先搭进去，得不偿失。许中玉要是知道这样乱来，也会生气。你们还太年轻、不懂事儿，买不到药，可以给我说，拿金条去换。"

刘百川又叹口气，说："你已经长大了，以后遇事要多想，尤其是我和你妈，年龄越来越大，你是我们的命根子，要是有个三长两短，我和你妈、你外公都活

不下去。要不是为了你，我早就把这些家业、生意处理了，带着你妈和外公，回信阳老家生活了。"

听爸爸这样一说，刘怡冰鼻子一酸，哭起来。

刘百川站起来，说通过这件事儿，使他想起了他年轻的时候。那个时候，他也是天不怕地不怕，什么事儿都敢干，如果不是刘怡冰的爷爷坚持让他考海关，他就投黄埔军校了，如果是那样的话，不知道现在是个什么样子。

刘怡冰笑起来，说："肯定是指挥千军万马的将军，我就是将军的千金了。"

刘百川说："也许早为国捐躯了，留下你和你妈孤儿寡母的过日子。想了一下又说，要是那样，就会和另外一个女人成家。人生无常，世事无常。他长叹一声，让刘怡冰去洗脸，准备上班去。"

刘怡冰走进洗脸间，又听爸爸对妈妈说，过去一直担心她娇生惯养，自私自利，心里只有她自己，现在看来，担心多余。妈妈说女儿大了，她有她的生活方式。爸爸说，虽然如此，兵荒马乱的，心里放不下。听着听着，刘怡冰心里一热，又流出眼泪。

匆匆吃了早饭，刘怡冰坐上老王的车，急匆匆赶到关里，吩咐老王先在门外等着，她三步并作两步，进了大楼，直奔李源办公室。

李源见了她，大吃一惊，问："怎么这个样子，是不是生病了？"

刘怡冰说："没生病，昨晚没睡好。许中玉患肺结核了，我想请半天假，给她送药过去。"

李源一时摸不着头脑，一头雾水的问："许中玉在哪儿？"

刘怡冰这才知道，自己没说清楚，便坐下来，将探监和买药的事情，说了一遍，不过她没说昨晚缉私的事儿。李源听后，似乎也动了感情，说她一个人去不放心，让郭佳丽陪她一起去。刘怡冰说自己就行，李源告诉她，郭佳丽陪着都不放心，还想再找一个男同事一起去。

二人来到武昌监狱时，正好是麻脸少校当班，因为那块金表的作用，检查了一下带来的东西，就放她们去见许中玉。许中玉看上去更憔悴，说话也更无力。郭佳丽见她这个样子，很是震惊，张着嘴说不出话来。

许中玉的情形，早在刘怡冰预料之中，并不吃惊。倒是许中玉见了刘怡冰吃惊不小，问她生了什么病，这样的憔悴不堪。刘怡冰告诉她昨晚没睡好。

许中玉说："上次带来的麻糖，发挥了大作用，有三个就要不行的牢友，又活过来了，他们让我感谢你。救人一命胜造七级浮屠，你已有了二十一级浮屠。"

许中玉说完，自己笑起来，笑得还很开心。

许中玉的笑感染了刘怡冰，她把三十盒链霉素递过去，说："这些药得来的很不容易，一定要好好用。注射器也在里面，自己给自己打，也不难。"

郭佳丽这时反应过来，把一只大盒子递过去，说："这是卤牛肉、卤猪肉。"

许中玉鼻子耸了耸，说："真香啊！"

刘怡冰把盒子接过去，打开来，撕下一块肉，让许中玉先尝一尝。

许中玉接过去，放进嘴里，轻轻地嚼起来，喃喃地说："两年没见荤，都不知肉味了。"

刘怡冰、郭佳丽见了，心里一酸，流下眼泪。

许中玉先止住泪，说她本来没有眼泪了，想不到刘怡冰、郭佳丽一来，又有了。有了泪也不能轻流，要坚强起来，同这个腐朽政府、同反动派作斗争。从现在开始，死的念头不会再出现了。她将干枯的手比划一下，坚定地说："死神再见了！"

刘怡冰、郭佳丽深受鼓舞，鼓励她一定要活下去。

分别的时候，许中玉让她们出来斗争，没什么可怕。

回来的路上，郭佳丽说："许中玉可能真是共产党，她都那个样子了，还说要斗争到底。"

刘怡冰说："是不是共产党不知道，她说的斗争，其实是一种信念，人活着要有信念支撑，尤其是她在牢房里，更是如此。她是共党也好，不是也好，重要的是她是我们的同事，我们不能不管。"

郭佳丽说："我没说不管她，我还想下回给她买鸭脖子吃呢。"

过了一会儿，又说："她鼻子真厉害，隔着几层纸，能闻到香味，我怎么闻不出来？"

刘怡冰说："因为你天天有肉吃。"

二人一回到办公室，李源就过来问李白瑞受伤，与她有没有关系？刘怡冰支支吾吾的，不知道说什么好。

李源从桌子上拿起报纸，让他先看看再说。刘怡冰拿起《汉口日报》，只见

037

头版显著位置，刊登一篇消息，标题是《匪徒冒充海关袭击客商》，大意是说今天凌晨，在白沙洲江边，客商下船后，受到袭击，匪徒自称是海关云云。文章中还说，为救一女匪，一匪徒被客商击中，料已受伤等语。

李源说："李白瑞自己说是被流弹击中，又没有人给他证明，税务司对此很生气，已下令彻查，如果与你们有关，都会被开除。"

刘怡冰一下子惊呆了，自言自语地说："没这么严重吧。"

李源语重心长地说："救许中玉心切，大家都可以理解，但不能用这种极端方式。"

李源叹口气，让刘怡冰去找特派员一趟，他在等她，估计也是谈这事儿。

刘怡冰一进特派员的办公室，王朝胜劈头盖脸地说："一看报纸就知道是你干的，吃了熊心豹胆。现在好了，警察局很快就会找上门来。这种事儿哪能瞒得住，把关警队的人抓去，一上刑，什么都会说出来。最后的结局，一定是把你们与共党扯在一起。"

刘怡冰一听，双腿一软，蹲到地上，说："只想着救许中玉，别的什么都没想。"

特派员把她扶到沙发上，安慰她说："我已告诉税务司，这次行动是经我同意的，因为时间紧，没有请示他。"

刘怡冰抬起头，擦了擦眼睛，怯怯地问："这行吗？"

特派员说："作为特派员我有这个权力，但一般不能行使，这样做，把赫斯特置于何地？"

特派员叹口气，又说："就怕警察局的人来调查时，他也是这个态度。"

刘怡冰说："我去找他，这是我干的，与别人没关系。"

特派员说："把你叫来，就是要告诉你，不要让其他人知道与你有关。"

刘怡冰说："这事儿因我而起，我不能当缩头乌鱼。如果我一个人能扛得住，其他人就会从轻发落。"

特派员说："无论怎么扛，李白瑞、关警队都要受处分。"

刘怡冰说："我要做到问心无愧。"

刘怡冰说着走出门，朝赫斯特办公室走去。看着她走出门，王朝胜又是摇头又是点头。

刘怡冰见了赫斯特，也忘了礼节，语气生硬地说："赫斯特先生，你处罚我吧，这事儿与李白瑞没关系。"

赫斯特先是一愣，接着就明白是怎么回事儿，说："特派员已经说了，有他的授权。"

刘怡冰说："特派员出于好意才这么说的，其实，他也不知道。"

赫斯特让她慢慢说，刘怡冰也不客气，一屁股坐下来，接过他递过来的杯子，一口喝干。又觉得有点失态，便解释说，她大半天没喝水了。赫斯特说看出来了。刘怡冰放下杯子，把探视许中玉和买药的事儿，一一道出来。又说实在没有办法，才出此下策，私自缉私。最后说按市场价，把药钱上交国库。

赫斯特说本来是严重的事情，经她这么一说，也觉得情有可原了，许中玉不管是不是共党，但她是海关同仁，海关有义务和责任搭救她。事情既然已经发生，就不说后悔了。连特派员都能出于好心，担责任，他也不能铁石心肠。但他告诫刘怡冰，缉私行动，只此一次，下不为例。李白瑞的医药费，由他自己出，他治伤期间的工资要扣除。

14

听说特派员替他们扛了，税务司也网开一面后，李源长出一口气，自言自语地说，心终于落进肚里，兵荒马乱的年月，把十几个人开除，等于让他们生活无着。刘怡冰家里条件好，倒不担心，可是他们就不同了，每个人身后都有几张嘴等着去喂。

李源吩咐刘怡冰回家休息，刘怡冰谢过他，径直走出大门，叫了一辆黄包车，去看李白瑞。

早上，从白沙洲回来的时候，她准备让李白瑞住协和医院，李白瑞认为，住医院目标大，会招惹出是非。建议在他家附近找一家诊所，李白瑞也不同意，怕他妈妈知道了，会哭哭啼啼。刘怡冰急了，说他现在是英雄，一切听他的。李白瑞告诉她，除了那两种地方，把他放哪儿都行。刘怡冰想起她们家附近，有一

家诊所，她去开过几次药，感觉还不错。离她家近，可以照看，还可以给他送饭。

一行人把李白瑞送到诊所时，诊所还没开门，叫了好一阵子，吴大夫才出来，见了李白瑞不说收治，也不说不收治，只是说没有消炎药。

刘怡冰扯下头上的鸭舌帽，说李白瑞是她的同事，昨晚执行任务时，受了伤，先收下救治，医疗费用一分不会少。吴大夫认出她，态度好多了，说不是不愿意收治，是怕耽误了治疗时间。刘怡冰建议先查看一下，如果治不了，再去大医院。吴大夫一边点头，一边把门拉开。一行人把李白瑞抬进去，放在诊床上。

吴大夫穿上白大褂，洗了手才过来，把李白瑞的裤子剪开，检查一遍伤口，说是贯通伤，清洗伤口会很痛苦，问李白瑞能不能受得住。

不等刘怡冰回话，关警队长嚷起来，说这点痛苦不算什么，洗吧！李白瑞也说没问题，想怎么洗就怎么洗。又让关警队和刘怡冰先回去，上班时告诉缉私科，他中了流弹。

刘怡冰打个哈欠，还真觉得累了。

出了诊所，她让老梅把关警队的人送回，自己急匆匆回到家里。

……

刘怡冰匆忙来到诊所时，还没见到李白瑞，吴大夫却拉着她说，李白瑞有关公当年刮骨疗毒时的风范，棉球在他伤口里捅来捅去，连眉头都没皱一下。过去对海关有误解，认为海关尽是一些少爷、小姐，整天无病呻吟。刘怡冰告诉他，海关干的也是体力活儿，外人不了解。

吴大夫领着她来到里间，李白瑞已经醒来，正瞪着眼看天花板，见她进来，高兴得要坐起来，吴大夫赶紧上去扶住，让他慢点。扶李白瑞坐起来后，吴大夫就退出去了。

刘怡冰说："李源批了半天假，让来看你。"

李白瑞吃惊地问："这事儿连他都知道了，保密观念太差。"

刘怡冰说："走私贩子告诉了报纸，报纸把这事儿报道出来，你又受了枪伤，他们就联想到与你有关。"

李白瑞双拳砸到床上，说都怪当时心慈手软，把那几个家伙打死，什么事儿都没有了。

刘怡冰也责备自己，当时没有留在车上，否则，也不会出这样的事儿。

李白瑞说："这事儿也是阴差阳错，如果你留在车上，我不会受伤，可是这药也得不到，白忙一场，所以呀，我该挨这一枪。"

刘怡冰说："这事儿是我引起的，觉得挺对不住你。"

李白瑞说："不要内疚，为了救许中玉嘛。只是大家知道了，这事儿就闹大了，怎么收场啊？"

刘怡冰说："赫斯特答应网开一面。不过你不能算因公负伤，不能享受公费医疗，这几天的工资也要扣除。你家兄弟姐妹多，治疗费由我负责。"

李白瑞笑起来，说："你破费吧，反正你们家不缺钱。"

刘怡冰还想再说说话，李白瑞让她回去休息，晚上等她送吃的。

刘怡冰这才站起来，说："喝鸡汤，大补。"

李白瑞说："光喝汤不行，还要有肉。"

头重脚轻的回到家里，刘怡冰倒头便睡。夜里十点多的时候，突然醒来，跳下床，光着脚来到客厅。客厅里只有王奶奶做针线，见了她吓一跳，问她是不是做噩梦了？刘怡冰让她快把鸡汤盛到罐子里，她送到诊所。王奶奶告诉她，早送去了，煨汤的罐子都拿回来了。

刘怡冰很吃惊，问："您怎么知道他住哪儿？"

王奶奶说："你睡前交代的，让我煨一罐鸡汤送去。"

刘怡冰摇着头说："记不得了。"

王奶奶说："给你也留了一碗，这就端出来，一天没吃东西了，哪还能有好记性。"说着站起来往厨房走。

她懒洋洋地坐到沙发上，再也不想动弹，甚至连话都不想说。

王奶奶扭着小脚，进了厨房，不多会儿，端出碗冒热气的鸡汤，放在她面前。刘怡冰拿起汤匙，狼吞虎咽地吃起来，王奶奶提醒她慢点，别噎着。

吃完鸡汤，刘怡冰伸着懒腰说："感觉从没吃过这么香的鸡汤。"

王奶奶说："饿的时间长了，吃什么都香。"

这时，妈妈从洗澡间出来，朝她看了一会儿，说："现在看你才有点人样。"

刘怡冰说："睡上一觉，什么事儿都没有了。"

妈妈说："总有老了的一天，那个时候，这些病呀、累呀的，都会出来，给你秋后算账。"

王奶奶说："可不是吗，我年轻时坐月子没讲究，现在开始发作了，一到阴天就浑身疼。"

妈妈说："药也弄到了，也送进了监狱，今后就别折腾了。"

听了妈妈的话，刘怡冰忽地坐起来，光着脚跑回房间，把包取出来，翻来覆去地找东西，妈妈看她急切的样子，说："刚才还说不急，现在像个猴子似的。"

刘怡冰说："要打个电话，向一个人汇报，然后过正常生活。"

妈妈听了，把电话机拿到她面前，说："打完了，这事儿也就算结了，一家人也不再担惊受怕。"

刘怡冰终于找出周无止留的电话，打过去好一会儿，才有人接，问她找谁，她说找周无止，只听对方"哦"了一声，又"啪"响了一下，就没了响动。又过了好一会儿，电话里传来一个低沉的声音，问她是谁？刘怡冰说是江汉关的，对方的声音兴奋起来，听上去有点愉悦，说他就是周无止，这么晚还打电话过来。

刘怡冰告诉他，药已经送到监狱，请他和顾先生放心。

15

第二天早上，王奶奶来叫刘怡冰起床时，她忽地坐起来，愉快地穿衣下床，惹来王奶奶一阵唠叨，说过去叫她起床，总是拖拖拉拉，一副痛苦的样子，今天倒是怪了，刚拍一下屁股，就坐起来，还高兴得要唱。刘怡冰告诉她，做了好事儿精神爽。

有滋有味地吃过早餐，刘怡冰抓起包就往外冲，她觉得此时身轻如燕，简直想飞起来。老王已在门外等候，还没等他来扶，她一步跨上去的同时，屁股就稳稳坐下来。

老王还没反应过来，刘怡冰又赞叹，今儿的天真好，老王有点摸不着头脑，过去每回一上车，她要么说老王，去关里！要么说老王，有急事儿，快一点！

老王不知如何回答，扬脸朝天上扫一眼，说："没昨天好，要变天了。"

刘怡冰说："看着挺好的，阳光明媚，微风轻拂，小鸟也在歌唱。"

老王更不知道如何回答，纳闷了好一会儿，才问去哪儿？刘怡冰收回目光，告诉他去江汉关。

刘怡冰一上午都兴奋着，一边工作，一边哼哼着小曲。

郭佳丽说："中头彩似的，这么高兴。"

刘怡冰说："晚上请你去疯狂一下，这些天，头脑尽是链霉素，好像我得了肺结核。"

正说着话，电话响起来，郭佳丽一边去接电话，一边说是找刘怡冰的。到了电话机旁，故意不接，任电话响着。又对刘怡冰说："你来接吧，别让我当二传手。"

刘怡冰犹豫了一下，走过来拿起电话，还没问找谁，电话里传来周无止的声音，说晚上到"神曲"咖啡馆见面。刘怡冰问改天行吗，晚上已经有约会了。周无止说，有重要事情，不见不散。

不知不觉到下班时间，收拾好东西，二人一起往大楼外走，来到楼门前广场时，郭佳丽问需不需要她也过去，刘怡冰担心她去了，周无止会多心。郭佳丽说可以理解，这年头，大家都小心谨慎，神神秘秘。

刘怡冰跳上老王的车子，说去车站路。老王也不问具体到哪儿，拉着车便跑，到了车站路，刘怡冰才说去"神曲酒吧"，老王仍然没有说话，朝着"神曲酒吧"奔去。刘怡冰想周无止找她来，大概是他向顾先生汇报后，顾先生表扬了几句，他再把顾先生的表扬转达给她，几句话的工夫，时间不会长，便让老王等着。

"神曲酒吧"原为圣母无原罪堂，因位于法租界，又称法租界天主堂，1910年建成，专供外侨使用，内部建筑为哥特式。抗战胜利后，法国人撤走，教堂的一部分被用来经营。

刘怡冰一进门，周无止就笑逐颜开的迎上来，他想拉刘怡冰的手，刘怡冰没有理会，他有点尴尬，引着她往里走。

随周无止来到墙角一张桌子边，桌上已有两杯鸡尾酒和几碟点心。周无止指着点心让她吃。刘怡冰答非所问地说，她从来没喝过酒，又担心太扫周无止的兴，顺手捻了一粒腰果，放进嘴里慢慢地嚼。周无止领教过她的小姐脾气，不再强求，抓了几粒腰果放进嘴里，吧嗒吧嗒嚼起来。看他吃东西时的兴奋样子，刘怡冰心里纳闷，他有这么好的胃口，吃什么东西都香，为什么脸色发黄。

　　周无止一边品酒，一边吃点心。刘怡冰不好意思看他又吃又喝的样子，便将目光移到外面。正好见鹿鸣鸣站在门口张望，似乎在找人。她问是不是他约的，周无止摇头说不是。刘怡冰从他的口气中听出，他对鹿鸣鸣不感兴趣，便说她在门口找人，去说句话，好久没见了。说着起身走过去。

　　鹿鸣鸣见了刘怡冰，一脸的惊愕和兴奋，说："你真的很了不起，一下子弄了一千多支链霉素，监狱的那些人都能活过来了。"

　　刘怡冰说："费了很多心思。"

　　鹿鸣鸣说："明天采访你，写一篇感人肺腑的通讯，在报纸上发表，让大家都来向你学习。"

　　刘怡冰说："那种事，见不得人。"

　　鹿鸣鸣突然想起了什么，问她怎么在这里？

　　刘怡冰说："周先生约我来的，不知道什么事儿。"

　　鹿鸣鸣说："可能是顾先生有什么话，要他转达给你，你去吧。我约的人还没到，再等会儿。"

　　刘怡冰转身刚要离去，鹿鸣鸣又叫住她，附在她耳朵上说，解放军就要解放信阳了，要不了多久，就会突破大别山防线。武汉解放的日子，不会太久。刘怡冰听了，心里一阵激动，涨得脸红。

　　刘怡冰又回到座位上时，周无止正在喝第二杯酒，几碟点心已被他吃光。他有点不好意思，说吃起来就停不住。

　　见他一副没吃好的样子，刘怡冰招手把服务生叫来，吩咐鱼排、猪排各上一份，服务生应声而去。

　　周无止脸上的表情有点为难，她想可能是钱的问题，便说她买单。周无止更不好意思，脸红了一阵子，才问鹿鸣鸣刚才说什么了。刘怡冰告诉他，女人之间常说的话。周无止一听，有点尴尬，咳了几下掩饰过去。

　　刘怡冰问约她来有什么事儿吗？周无止说吃过饭再谈。饭后一边品咖啡，一边谈话，才有情调。

　　服务生把鱼排、猪排端过来，一一摆到桌子上。鱼排、猪排勾起了周无止的食欲，眼睛不再盯着她的脸看了。刘怡冰说这些都是给他点的，周无止有点不好意思，说让她破费了。刘怡冰站起来，说她去给老王说一声，让他别等了。

打发走老王，又回来时，周无止已把两份东西吃了一多半，满嘴的油光。刘怡冰想，找个合适的机会，提醒他生活要有规律，不能饥一顿饱一顿。而且还要告诉他，再约会时，选在别处，也可以节约一些。

周无止吃完饭，端起咖啡，开始慢慢地品，看一眼咖啡、看一眼刘怡冰，没有说话的意思。

刘怡冰耐不住了，说："有什么事儿。就说吧，我一定努力。"

周无止这才回过神似的，说："我昨天向顾先生汇报时，顾先生很高兴，夸你很了不起。"

刘怡冰说："也没什么，许中玉是海关同事，救她也是应该的。"

周无止又开始一眼咖啡、一眼刘怡冰的看。

刘怡冰也看一眼咖啡，看一眼周无止地等着，终于，等不下去了，告诉他如果没有别的，她就先走了，爸爸、妈妈还等她回去吃晚饭。说着招手叫服务生过来结账。

周无止急了，说："正事儿还没说呢。见了你总想多坐一会儿，觉得这样很温馨。"

刘怡冰未置可否的点一下头，等他再说下去。

周无止轻咳一下，说解放军已经展开信阳战役，越过大别山国军防线，进攻武汉，也指日可待，鉴于这样的大好形势，上级要求做一些相应工作，为解放军进攻武汉做准备。

16

郭佳丽拿着一封信，正要出门时，电话铃响了，她顺手拿起来，问是不是找刘小姐？刘怡冰正要过去接听，却听郭佳丽嗯嗯啊啊起来，她朝郭佳丽做个鬼脸，准备回到座位上时，郭佳丽叫住她，说有客人在会客室等她，让刘怡冰把信送给特派员。刘怡冰想几天没见特派员了，正好去感谢他的帮助，但装着不情愿的样子。

　　特派员正在打电话，见刘怡冰进来，对着电话说来客人了，以后再联系，就挂上电话。

　　刘怡冰一边接他递过来的杯子，一边感谢他的帮助。特派员说赫斯特先生也很仗义，警察局来调查时，他说人是他派出去的，这是他的权力。刘怡冰问警察局的人信吗？特派员告诉她，半点怀疑都没有，又感叹洋人也像咱中国人一样，为了同事也两肋插刀。

　　刘怡冰说："洋人也是人嘛，也有好有坏。"

　　特派员点点头说："这是恨日本人恨的，只恨没能多杀几个。"

　　刘怡冰吃惊地问："你杀过日本人？"

　　特派员说："少说也有二十个，都是日本特务。要是带兵打仗，一定会杀更多的鬼子。"

　　刘怡冰说："真了不起。"

　　特派员说："也没什么，干了我应该干的。"

　　刘怡冰说："海关总署不负责杀鬼子呀。"

　　特派员愣了一下，说："说来话长，以后再给你解释。"

　　刘怡冰说："我知道了，杀鬼子是你的业余爱好。"

　　特派员打个哈哈，把话岔开："听说大家都关心时局，对政府多有指责。"

　　刘怡冰说："您的消息真灵通，也就是随便说说，并没有什么出格的话。"

　　特派员说："再有人议论时，你开导一下他们，国民政府毕竟是唯一合法的政府，只有它才能代表中国人民。腐败也好、无能也好，这些都是民主进程中必然出现的，这只是一个不和谐的插曲，不会影响大局发展和进程。之所以腐败，还与共军有关，共军攻城略地，不夺取政权不罢休，分散了政府解决腐败问题的精力。"

　　刘怡冰说："这些个大道理，大家也是知道的。"

　　特派员说："这就好，我是特派员，职工队伍稳定，也是我的职责，以后那些关员议论政府，对政府不满，你向我汇报，我亲自开导他们。"

　　刘怡冰说知道了，站起来，准备离去。

　　特派员突然问上次缉私时，没用完的药放在哪儿了，刘怡冰说都放在诊所里，给付不起钱的病人用。

特派员哦了一下，说："这样好。又问李白瑞怎么样了？"

刘怡冰说："好多了，他让我向您说感谢呢。"

特派员说李白瑞为救同事才受的伤，要刘怡冰多关心他。刘怡冰告诉他，她和鲁火，每晚都去陪他。

刘怡冰刚一回到办公室，郭佳丽冲她嚷嚷："去了这么长时间？快去会客室，有人等你老半天了。"

刘怡冰一听，转身出门下楼。

接待室里，鹿鸣鸣正无聊地喝一口茶，看一眼天花板，见她进来，问她干什么去了。刘怡冰告诉她，听特派员讲杀日本鬼子了，杀过二十多个呢。

鹿鸣鸣说："特派员真了不起。"

刘怡冰说："他还嫌少呢，说要是带兵打仗，能杀更多鬼子。"

鹿鸣鸣说："改日采访他一下？"

刘怡冰表示赞同，说她替鹿鸣鸣约特派员。

鹿鸣鸣转变话题，说："才几天的工夫，你的脸就又白里透红了，还是海关好啊，工作按部就班，生活也有规律，哪像我们当记者的，整天东跑西颠，还要熬夜赶稿子，我才是黄脸婆。"

刘怡冰说："当记者好啊，见多识广，到处采访，无冕之王。"

鹿鸣鸣说："我们的付出，谁人能知道哟，不说这个了。"

停了一会儿，她又神秘地说："你老家信阳，已经解放了。"

鹿鸣鸣又说，她也是凭感觉猜的，现在对国军战败的消息，封锁得很严，有关国军的消息，都是旧闻。今天宪兵查得特别严，各个路口都有人盘查。过去记者到各处去，亮记者证就可以了，现在有记者证也要查。估计是解放军解放了信阳，离武汉越来越近，他们越来越害怕了。过去国军外紧内松，现在外紧内也紧。这只是猜测，如果能收听新华广播电台，就能第一时间了解战事。

刘怡冰问："你们搞新闻的，不是可以收听吗？我们家有一部收音机，可以借给你。"

鹿鸣鸣说："无论什么人，收听新华广播都要被抓起来，以共党论处，保密站专门有人侦测，发现一个抓一个，决不手软。"

刘怡冰说："我们家的收音机，很久没用了，爸爸过去爱听，现在连动都不

动一下。"

鹿鸣鸣说:"国民政府整天嚷嚷,说是民主政府、有强大的国军,什么都不怕,却还封锁消息,这不是外强中干,自欺欺人嘛。"

刘怡冰说:"你向顾先生提个建议,设一个收听站,专门收听新华广播电台,再印成传单,发给市民。"

鹿鸣鸣说:"这个建议好,我尽快给顾先生汇报。"

二人说着话,不知不觉到了午饭时间,陆续有人往餐厅去。刘怡冰让鹿鸣鸣一起吃午饭,体验海关伙食。

17

吃完晚饭,刘怡冰正准备到卧室看书,电话响了,她顺手抓起来,还没问找谁,却听鹿鸣鸣急切地说,请刘小姐接电话,刘怡冰笑起来,说她就是。鹿鸣鸣告诉她,过会儿就到家门口了。

刘怡冰还没放下电话,刘百川却说,晚上不许出去,一个女孩子,满世界乱跑,成何体统。

刘怡冰告诉他,是报社的朋友,一会儿就到了。

刘百川不再说话,低头看报纸。

刘怡冰披了一件外衣出门,不多会儿,鹿鸣鸣匆匆赶来,没等刘怡冰说话,扯着她的胳膊问,还记得下午说的事儿吗?刘怡冰一头雾水,反问她什么事儿?

鹿鸣鸣说:"信阳老家的事儿啊。"

刘怡冰想了一下,恍然大悟,说:"那事儿啊,想起来了,刚才吃饭的时候,还给爸爸说起过呢,他们不信,也不让乱打听。"

鹿鸣鸣说:"现在告诉你,信阳千真万确的解放了。国民党的河南省政府,从信阳退到了孝感,成了地地道道的'流亡政府'。"

刘怡冰说:"还是记者神通广大,大事小事都能知道。"

鹿鸣鸣说："顾先生他们正在"高歌"咖啡馆等着，请你过去一趟。"

刘怡冰有点为难，鹿鸣鸣也看出来了，问她有什么难处。刘怡冰告诉她，出来的时候，答应家里人一会儿就回去。鹿鸣鸣也为难起来。

见鹿鸣鸣一脸失望表情，刘怡冰说将在外，君命有所不受，先斩后奏。边说边拉着鹿鸣鸣往前走。

二人手挽着手，来到"高歌"咖啡馆时，顾先生和周无止正坐在角落里，一心一意的喝咖啡。二人走过来时，顾先生站起来，伸出大手与刘怡冰握了一下，又示意服务生再上两杯咖啡。

服务生很快端来两杯咖啡，顾先生示意二人先喝几口。

停了一会儿，顾先生才对刘怡冰说，地下收听站这个建议很好，这是人民群众了解事实和真相的最好途径，甚至是唯一途径。国民政府实行愚民政策和新闻封锁，不让老百姓收听广播。其实，即使让收听，老百姓也买不起收音机。建立地下收听站后，把解放进程告诉广大市民，他们了解真相后，就能够明辨是非，就知道该站到哪一边。最后，顾先生说这项工作，交给江汉关迎接解放先锋队，由刘怡冰负责完成，周无止具体指导。

刘怡冰不知如何回答，她不忍心拒绝，但她又不敢贸然答应下来，她知道这是一项难以完成的工作。

顾先生看出了她的心思，说："江汉关职工有较高的文化素质，相信这难不倒你们。为了安全，只负责收听和刻版，其他工作，另外的人来完成。"

听顾先生这么说，刘怡冰不好再拒绝，说她努力去做。

……

刘怡冰回到家里时，爸爸还在看报纸，妈妈在看书、王奶奶在做针线活。刘怡冰心有点虚，说报社的那位朋友过来告诉她，信阳解放了。

三个人都停下来，朝她看。刘怡冰怕刘百川批评她，又说河南省政府迁到孝感办公了，成了"流亡政府"。

刘百川沉默了一阵子，自言自语地说："多行不义必自毙，也是罪有应得。"

王奶奶问："以后还能回去吗？"

刘怡冰说："怎么不能回去，更容易了，爸爸再回去买茶叶，也不会有人扒皮了。"

刘百川突然又严肃起来，说："这种事儿、这种话，只许在家里说，出了门不能再说半个字。"

说完又埋头看报纸，妈妈愣了一会儿，也开始看书，只有王奶奶在那儿发愣。

刘怡冰走过去，抚着王奶奶的肩膀，安慰她情况只会更好。

王奶奶是刘百川的远房亲戚，丈夫去世得早，一个人把儿子抚养大，又给儿子娶了一个媳妇，操心劳累，得了一身病，三年前，刘百川回家扫墓时，把她带到武汉治病，用了半年时间，病才见好。王奶奶想治病花了那么多钱，要留下来做饭、做家务，报答刘百川。刘百川不同意，让她回家带孙子。王奶奶说她回去就多一张嘴，增加儿子负担。刘百川不好再拒绝，说每个月给工钱，不能让她白干。王奶奶不同意，说这是不想让她留下来的托词。妈妈打圆场说，留下来后，什么时候想看孙子都可以，给她多准备些东西带回去。这样王奶奶就留下来了，每年春节回老家一趟。

王奶奶想了一会儿，念叨说也没什么担心，谁得了天下，还是要庄稼人种庄稼，不然吃啥呀。

王奶奶又愣了一会儿神，开始埋头做针线，刘怡冰见三个人各自忙起来，也回房间看书，可是却看不进去，想着地下收听站的事儿。她索性放下书，又到客厅里，把收音机搬下来，放到桌上，抚摸了几下。刘百川头也不抬地告诫她，不许打它的主意。没看见街上跑的侦测车吗，有多少人因为听它被抓走了。刘怡冰缩回手，扫兴地回到房间。

因为总想着收听站的事儿，又想不出一点眉目，刘怡冰一夜没睡好，无精打采的起床，无精打采地吃了早餐，又无精打采的来到关里，坐在办公桌前，还是无精打采，惹得郭佳丽嘲笑她。她正要冲郭佳丽发脾气时，鲁火进来，她把火发到他的头上，问他来干什么。

鲁火有点莫名其妙，一时不知道说什么好。

郭佳丽借机走出去，留下鲁火和刘怡冰两个人。

鲁火问怎么回事儿，火气冲天的。刘怡冰告诉他，昨晚没睡好，头脑反应迟钝，和郭佳丽斗嘴，尽让她占了上风。

鲁火说："就是睡三天，也斗不过郭佳丽，她是土生土长的汉口姑娘，谁能说得过她，关里的小伙子都不敢追她。"

　　听鲁火这么一说，刘怡冰心里似乎平静了一些，脸上露出笑，说："让她找不到男朋友，让她成为嫁不出去的老丫头。"

　　鲁火说："女孩子都是要嫁人的，这是天经地义的事情。"

　　刘怡冰说："玩笑话，你还当真了。"

　　停了一会儿，刘怡冰又说："已经为她物色了个人，一定能治住她。"

　　鲁火问是谁，刘怡冰摇头不告诉他。鲁火又问什么事儿，让她废寝忘食？她本来不想告诉鲁火收听广播的事儿，又一想，地下收听站建起来后，不能她一个人唱独角戏，需要鲁火参与，于是就将设立地下收听站事儿，向鲁火大概说了一下。

　　鲁火听后，一脸的不屑，说买个收音机不就得了。刘怡冰提醒他，现在是非常时期，收听敌台要被抓的。鲁火一听，也为难起来。

　　二人正愁眉苦脸着，郭佳丽进来，见了二人这副表情，逗趣说不是一家人，不进一家门，两个人脸上表情，都像苦瓜一样。鲁火说她的好日子，也兔子尾巴长不了，已经找了一个能治住她的人，说着走出门。

　　午休的时候，鲁火来找刘怡冰，刘怡冰正趴在桌子上打盹，鲁火不由分说把她扯起来，告诉她有主意了。刘怡冰兴奋起来，睡意顿时全无，问他什么主意。

　　鲁火说："买个收音机，再去租一间房子，问题就解决。"

　　刘怡冰问："这行吗？"

　　鲁火说："到偏僻的地方，租一间房，晚上去收听两个小时，干完活就撤，保密站的特务发现时，我们早不在了。"

　　刘怡冰说："这绝对不是好主意，但眼下也只能如此。"

　　下班后，鲁火和刘怡冰找一家饭馆，吃了一点东西，就一路往花楼街走去。他们穿过革新巷，来到黄陂街，黄陂街又称前花楼，《汉口竹枝词》说"前花楼接后花楼，直出歆生大路头。车马如梭人似织，夜深歌吹未曾休"。二人转了一遭，也没有找到合适的房子，不是太大，空荡荡的，就是太小，像个笼子，或是太深，进出不方便。

　　二人越走越累，刘怡冰再也走不动了。这时，传来打铜器的声音，刘怡冰灵机一动，拉着鲁火往外公作坊走去。

　　外公听说要腾一间房子给她用，高兴地合不拢嘴，说太阳从西边出了。

18

每天晚上，刘怡冰、鲁火、李白瑞来到外公作坊里，把门关起来，打开收音机，收听新华广播电台。刘怡冰、李白瑞收听记录，鲁火刻写蜡纸，然后交给周无止去油印、散发。

很快引起军统保密站注意。

几天来，通过侦测搜索，将目标确定下来，范围逐渐缩小，同时，还派出特务，在这一带活动，越来越逼近外公作坊。尽管只有几天的时间，已经摸出收听规律，特务们也像他们一样，白天干其他的事儿，傍晚再来搜寻。查出她们只是时间问题，甚至再收听一次，就可以"人赃俱获"。

上午，刘怡冰将税收分析报告写好，送给李源审阅，想等他签字后，再送呈赫斯特。李源接过去后，放到一边，却问起许中玉的情况。刘怡冰不好意思起来，说这几天没再去探望。李源让她好事儿做到底，下午就去，叫上郭佳丽。李源又说赫斯特对这件事儿，也很关心，过去许中玉被列为失踪人员，海关还保留着她的关籍。又说，改日他也要去看望许中玉，同事之间关心爱护，是海关的良好传统。

吃过中午饭，刘怡冰拉郭佳丽往轮渡码头去，郭佳丽不乐意，说她不懂得养生，吃过饭要休息，胃才舒服，也才能保持漂亮。刘怡冰告诉她，早去早回，晚上带她去干一个有意义活儿，以后好给子孙讲故事。

刘怡冰想让她也参加收听工作，和李白瑞多接触，然后，给二人牵线搭桥。此外，她发现郭佳丽具有进步倾向，对国民政府的腐败深恶痛绝，对共产党抱有好感和期待。

郭佳丽一踏上轮渡，情绪就好起来，扯着刘怡冰指指点点，似乎第一次坐轮渡过江。她说天天上班下班，都有点烦了，上了轮渡船，烦心的事儿都忘脑后了。

二人来到武昌监狱，费了不少嘴皮子，才见到许中玉。许中玉虽然气色还不好，但精神却好多了，脸上的笑，也不那么有气无力了，接过二人递过来的东西，也不客气，先打开看看，再用鼻子闻闻，还每样儿尝一口。刘怡冰告诉许中玉，李源很关心她。许中玉笑一笑，说她和李源是老乡，过去常到家里混饭吃。

探视时间很快就到了，刘怡冰、郭佳丽准备告别时，许中玉悄悄告诉刘怡冰，她们准备越狱。刘怡冰吃了一惊，问她怎么越狱？许中玉告诉她，大家正在挖墙脚，很快就能挖通。

刘怡冰、郭佳丽来到监狱大门外，却找不到黄包车，郭佳丽说等一会儿，来了车再走，刘怡冰说边走边找，早点回汉口，还要去做有意义的事儿。

二人走了好一会儿，终于碰上一辆黄包车，也顾不上讲价钱，争先恐后的跳上去。

回到关里，已到了下班时间，刘怡冰向李源汇报探视情况后，拉着郭佳丽往外走。鲁火、李白瑞已在大门外等着。二人见她拉着郭佳丽一同出来，有点吃惊，刘怡冰也没有解释，只是淡淡地说，多一个人多一份力量。又说，晚上和外公一起吃晚饭。

四辆黄包车，一前一后朝黄陂街而来，黄包车一进巷子，像招摇过市一样，引来街路人的目光，还惹来一群小孩子跟着一起跑。黄包车奔到外公作坊前停住，四个人跳下车，把各自的车夫支走。

四辆黄包车一进巷子，就引起特务们的注意，悄悄地跟上来。

外公迎上来，让他们先坐下来喝茶。

外公泡好茶，正准备给他们倒水，突然，六个戴墨镜的人闯进来，不由分说，把他们围起来，喝令他们不许动！又让外公把所有人都叫出来。

刘怡冰说她们是江汉关的，也是为国民政府服务。四个人拿出工作证递给特务。特务看了一下，态度并没有好转，说国民政府的公务员，并不一定一心一意为国民政府服务。

见人都站到院里，特务头子一声令下，特务们冲到各个房间搜寻。刘怡冰闭上眼睛，心里想这下完了，等着被他们抓走。又想，太对不起郭佳丽了，她连收音机还没见着，也要被抓。只有外公似乎见怪不怪，像没事儿一样，坐在椅子上，一边喝茶，一边问厨子老徐，火熄了没有。

不多会儿，特务们一个个出来，一无所获。特务头子说，大水冲了龙王庙，一家人不认一家人，不过这也是职责所系。

听了特务头子的话，几个人松一口气，刘怡冰的心咚咚跳着，一时说不出话，李白瑞抓过走私贩子，经历过各种场面，尽管那时是他抓别人，今天是别人要抓他，但场景相同，所以他反应最快，说以后不能这样了，不然就去投诉他们。

特务们并不把李白瑞的话当回事儿，说都是共产党惹的，大家好自为之吧。说着一群人撤了出去。

四个人腿一软，瘫到椅子上。

外公吩咐老徐开火炒菜，又给四个人倒一杯茶，让他们喝下去压惊。

刘怡冰说："心都要跳出来了。"

鲁火说："差一点尿裤子了。"

李白瑞说："我也吃惊不小，都准备跳墙头逃跑。"

郭佳丽说："我最倒霉，啥都不知道，一进来就给抓走，真是冤枉死了。"

刘怡冰问外公，那些东西呢，外公让她回家问爸爸。

吃完饭，刘怡冰匆匆回到家里，妈妈一见她就骂起来，说她胆子真是大，不要命了。过去一个人折腾，现在差点把外公牵扯进去。顿了一下，又说外公都七十多岁了，还在为她挣钱，不但不替他分担点什么，还去给他添乱。今天若不是她去给外公送衣服，就真出事了。刘怡冰听妈妈数落了一番后，才明白事情的原委。

原来，几天前，王奶奶给外公缝了两件衣服，中午催妈妈给外公送去，说天暖和了，外公正适合穿。妈妈就坐车来到外公作坊，和过去一样，一边给外公洗衣服，一边把外公家里外清一清。准备清外公隔壁一间房子时，见门上有锁，就数落外公，又没有值钱的东西，上锁干什么。外公告诉她，这间房子腾给刘怡冰用了，她每天和几个人过来，待几个钟头。妈妈一听警觉起来，又联想到刘怡冰这些天早出晚归，见一面都不容易，里面可能有让人提心吊胆的东西，就让外公把门打开，外公说他没有钥匙，妈妈一听，料定问题严重，叫来伙计，把门锁扯下来，推开门一看，桌子上放着收音机、蜡纸、蜡笔和蜡版。她又悄悄地把门关上，打电话叫刘百川过来一趟，刘百川告诉她走不开，她说就是天大的事儿，也要放下。刘百川一听，以为是外公不行了，扔下客户，慌慌张张的赶过来，见外公好好的，就埋怨妈妈不该让他来。妈妈也不说话，扯着他的胳膊来到屋里。刘百川进门一看,倒吸一口凉气。想了一会儿,让外公找来一块包袱,把收音机和蜡纸、蜡笔、蜡版包起来,掂到车上,叫司机老梅开车到江边,找一个僻静处,扔进长江里。

听妈妈这么一说,刘怡冰心里庆幸的同时,还有一种深深的后怕,坐在沙发上,等着爸爸给她发火。不多会儿,刘百川洗澡出来,在她对面坐下来,爱怜地看着她说,她想干的事情,一定有她的理由,但不能鲁莽,不要认为只有她们聪明,她们干的事情才是正确的。那些人并不比她们笨,他们更认为他们才是正确的,而且他们还有合法的外衣。打一个比方,她们是地上的兔子,他们是天上的鹰。

19

午休时,鲁火过来找刘怡冰,见她一副愁眉不展的样子,说她太多愁善感,太没城府,把心里的事儿写在脸上。

刘怡冰告诉他收听站夭折了,她不能装得像没事儿一样。

提起收听站,鲁火仍然心有余悸,认为收听站危险太大,劝刘怡冰适可而止。

晚上,刘怡冰向周无止汇报前一段工作后,建议另外找人收听广播,周无止告诉她,收听站虽然只存在了十几天,却产生了良好效果,很多市民通过印发的传单,了解了解放进程,知道了中共中央的决策。保密站特务如此害怕,更说明了这一点。

周无止还说出于安全考虑,以后他和刘怡冰见面,要扮作恋人。刘怡冰问怎么扮,周无止说也就是拉拉手、逛逛街、溜溜马路、看看电影,没什么了不起。刘怡冰认为,没有这种关系,感觉别扭。周无止开导她,为了迷惑特务,权宜之计,不用往心里去。刘怡冰想了一会儿,说她努力适应。周无止笑起来,说演练一下,下次就自然了,说着拉起刘怡冰要往外走。刘怡冰想了想,站起来跟着他出门。

二人出了咖啡馆,周无止伸出手,刘怡冰愣了一下,才把手递过去,周无止

一把握住。刘怡冰身子一颤，想把手抽回来。

周无止安慰她，很快就会适应，今后不光拉手，关键时候，还要拥抱、亲吻。

刘怡冰和周无止牵着手，向江边走去。

周无止一直说着话，刘怡冰却一句也没听进去，想着和鲁火牵手时的情形，心里总有一种不安。走了一会儿，她找了个借口，像逃一样，匆匆离开。让周无止牵了一阵子手，感觉欠了鲁火什么似的，想陪鲁火值一会儿班，愧疚也许会淡一点，这样一想，又叫车夫掉头往海关办公楼去。

气象室里，鲁火正在看书，见刘怡冰闯进来，吃了一惊，问她怎么这个时候来。刘怡冰反问他，来陪陪他不行吗。

鲁火说感觉太阳从西边出来一样，是不是她做亏心事儿了。刘怡冰听了，心里咯噔了一下，又想起周无止刚才的话，以后不光牵手，还要拥抱和亲吻，下意识的看看被拉过的手，脸也红起来。好在是晚上，鲁火没发现。

刘怡冰装出生气的样子，说："别贫嘴了，有正经事儿。"

鲁火说："就知道半夜三更的来，有事儿。"

刘怡冰说："离半夜三更还早着呢，别夸大其辞。"顿了一下，又说他们希望继续收听下去。

鲁火说："该想的都想了，要是有办法，还去外公作坊里收听，差点把他老人家也搭进去。"

刘怡冰说："收听广播，要有文化的人才行，一般人干不了。"

见鲁火一副为难的样子，刘怡冰开导他："世界上任何一个难题，都有解决之道。"

鲁火说："特务又不笨，还有技术支持，对付他们没那么容易。"

刘怡冰不同意他的观点，认为他长特务志气，灭自己威风。"

鲁火说："既然还要办下去，只能打一枪换一个地方，让特务们满大街找，等他们快找到了，我们早换地方了。"

刘怡冰说："这个主意听上去不错，可房子没那么好找，此外，三天两头抱着收音机、蜡纸、蜡版换地方，也容易暴露目标。"

鲁火一听又没主意了。

刘怡冰也陷入沉思。

钟楼响起悦耳的威斯敏斯特教堂曲，报时钟铛铛响了几下，鲁火看一下表，劝刘怡冰早点回家。刘怡冰不甘心似的站起来，让鲁火再想想，不要轻言放弃。一脚门里一脚门外时，江面上传来轮船的汽笛长鸣声，刘怡冰愣了一下，忽然兴奋起来，说她有主意了，租一条船，到江里去收听。鲁火一听，也兴奋起来，认为这个主意好，明天就去租船。

租船的事情异常顺利，听说晚上到江里转一圈就靠岸，也不影响白天捕鱼，老艄公答应得很痛快，一趟给多少钱都行，反正晚上闲着也是闲着。二人分头去买收音机和蜡纸、蜡版，又约李白瑞和郭佳丽，天一黑就上船。老艄公二话不说，把船往江里摇。四人望着点点渔火和岸上的万家灯火，不由地兴奋起来，郭佳丽感叹，天天生活在江边，从来没有感觉到这么美。刘怡冰说看一个城市、看一件事物，换一个角度才全面。

老艄公摇了一阵子，离岸越来越远，江里的浪越来越大，船也越来越颠簸，李白瑞让老艄公停下来。四个人打开箱子，取出收音机，开始收听新华广播。刘怡冰、郭佳丽收听、记录，鲁火、李白瑞刻蜡版。

小船不停地晃动，给记录和刻蜡纸，带来了一定困难，但总体上还算不错，尤其是在江里收听广播，大家都很兴奋。

收听站恢复收听后，刘怡冰又开始想治夜盲症的事情。药店仍然没有，黑市又不知道在哪儿，而且她认为，海关买走私货，是对海关的侮辱，不但她心里这道坎难以跨越，就是许中玉知道了，也不会领她这份儿情。她找李白瑞谈过，想让他再去找线人，再去缉私一回，李白瑞说线人的情报没问题，但关警队绝不会再给他面子。刘怡冰只好打消这个念头，她想去找税务司赫斯特，请求他下令关警队行动，但她知道，作为一个外国人，在这么个非常时期，他非常谨慎，如果关警队出什么意外，马上就会成为关注焦点，会有人攻击他，不关心中国人死活，而此时的他，只想平平安安过日子，年底拿一笔退休金，回英国安享晚年。她又想起特派员王朝胜，可是上次已经找过一回了，再去找他，也开不了口。她想去找李源，让他想办法，再说许中玉和他还是乡党，但很快她又否定这个想法，李源是一个不折不扣的读书人，生活得一丝不苟，朋友不多，有那么几个，也都像他一样是书生，而办这样的事情，对书生来说最是无用。

午饭时，在一个拐角，刘怡冰与特派员撞个满怀。特派员问她，心不在焉的

样子，有什么心事，刘怡冰心中一喜，本来不好意思去找他，现在撞上，而且他还主动问了，这简直像是瞌睡来了，他递过来一个枕头。她也不客气，说有事儿呢。

特派员问："什么事儿？"

刘怡冰说："许中玉的夜盲症越来越严重，天一黑下来，什么都看不见。"

特派员说："夜盲症不会要她的命，不用太急。"

刘怡冰说："晚上她像瞎子似的，老往墙上撞。"

话没说完，就到了饭堂，特派员去了小餐厅。刘怡冰看着他的背影，愣了好会儿，才去拿碗筷。

下午一上班，特派员给她打来电话，告诉她维生素 A 的事情，他帮助解决。

20

刘怡冰正在起草一份文件，郭佳丽叫她听电话时，也没反应。郭佳丽过来，扯着耳朵，把她拉到电话机旁。刘怡冰一手捂着被扯红了的耳朵，一手拿起电话，还没问是谁，就听里面传来特派员的声音，叫她准备一下，去徐家棚火车站。刘怡冰告诉他，上班时间，不能随便离开。特派员说，他已经替她请好假，五分钟后楼下见。

自从特派员答应帮助买药后，刘怡冰心里的一块石头落地。收听新华广播电台也很顺利，每天晚上，要么顺流而下，要么逆流而上，一边欣赏江景，一边收听记录。完事后，再让老艄公把船摇回原处，有时，他们让老艄公把船摇进汉江，周末的时候，他们改在白天上船，老艄公打鱼，他们收听，偶尔还会帮助老艄公拉拉网。刘怡冰有时会想，把特务们注意力吸引过来，顾先生、周无止他们会多一份安全。

刘怡冰还在发愣，郭佳丽提醒她，快换衣服下去，不能让特派员等她。她这才反应过来，匆忙换上便装，匆匆下楼。到了楼下，特派员果然已经在等她了。特派员说他路不熟，怎么走听刘怡冰的。刘怡冰告诉他，先坐轮渡过江。

058

轮渡船到江心的时候，特派员出神地望着滚滚江水，直到一声汽笛长鸣，他才收回目光，摇着头说，到了长江里才知道，人是多么渺小。人要敬畏天地鬼神，不能天不怕地不怕。因为不知道他为什么发这通感慨，所以，刘怡冰也不知如何应对。特派员似乎没有让她产生共鸣的意思，眼睛又朝远处看去。远方水天一色，烟波浩渺。

从粤汉码头上岸后，二人坐上黄包车，沿着铁路线向徐家棚走去。

路两旁菜地里，各类青菜绿油油的，油菜花正开着，金黄一片，看得人眼花。刘怡冰嗅到诱人的香气，她叫住车夫，跳下车，跑进油菜地里，捧起菜花，深情闻了又闻。特派员也走过来，弯腰闻了好一会儿，才提醒刘怡冰该走了。刘怡冰走了两步，又回头捧起油菜花，闻了两鼻子。上了黄包车，发现裤子上粘满花粉，裤腿脚都染黄了。

来到徐家棚火车站时，太阳已经升到头顶上，暖暖的。广场上人不多，却行色匆匆。

特派员买了两张站台票，就往站台上赶。进到站台里，列车已经到站，车厢门还没打开。特派员扫了一眼，往最前面一节车走去，旅客们正在拥挤着下车。直到旅客下完，他才走上去，不多会儿又下来，手里拿着一包东西，向刘怡冰挥一下手，示意她出站。

出了站，特派员把包裹递给刘怡冰，说："这是你要的东西。"

刘怡冰疑惑地看着特派员，问："什么东西？"

特派员说："维生素 A。"

刘怡冰跳起来，说："怎么不早说，一路都在想，您葫芦里卖什么药？"

特派员说："不知道能不能拿得到，所以没有告诉你。"

又说一同事调到九龙关任职，打电话让他在香港买好，然后，他又托人带到广州，在广州又托人送上火车带过来。

刘怡冰很感动，说："代表许中玉谢谢您。"

特派员笑着说："也算是受之无愧。"

坐轮渡回汉口时，刘怡冰忽然想起，鹿鸣鸣说过要采访他，便说："《大刚报》有一位美女想采访您。"

特派员问："哪位美女？"

刘怡冰说："报道画展的那位记者，我们现在成了好朋友。前几天，把您杀日本鬼子的事儿，给她说了几句，她特感兴趣，想采访您，写一长篇通讯。"

特派员说："美女可以见，采访就免了。"

刘怡冰说："中午去找她，一边吃午饭，一边讲您杀鬼子的故事。"

特派员点点头，说听刘怡冰安排。

他们到《大刚报》社时，鹿鸣鸣已采访回来，正在赶写稿子。听刘怡冰说特派员在楼下等，把笔一扔，匆匆下楼。

刘怡冰还没有来得及介绍，特派员已上前一步，说："大记者，看过您写的稿子，深受影响，也深深佩服您的才气。"

鹿鸣鸣也不示弱："终于见到英雄了。"

刘怡冰提醒他们别说肉麻话了，耽误吃饭。

三个人走出报社大门，来到斜对面一家叫"白云边"酒家，刚坐下来，进来两个服务生，一个倒茶水，一个问他们想吃什么。鹿鸣鸣顺口说出四个菜，服务员应声下去。

特派员说："听点菜干脆利落，就知道常来。"

鹿鸣鸣说："近水楼台，朋友请、或我请朋友，一般都是这儿。"

特派员说："这些朋友中，肯定有怕你们曝光的人。"

鹿鸣鸣说："那些人的饭，吃了心里不舒服。"

不多会儿，服务生端上来四个菜："红烧武昌鱼、清炒菜苔、青椒炒肉丝、臭干子。"

鹿鸣鸣说："海关人的素质都高，吃饭时候不说话，偌大一个饭堂，那么多人吃饭，一点声音都没有。我们是边吃边说，还是吃完了饭再说。"

刘怡冰说："边吃边说吧，还要回去上班。"

鹿鸣鸣又把脸扭向特派员，征求他的意见。

特派员说："听刘小姐的。"

刘怡冰、特派员尝了几口菜，连声说味道好。鹿鸣鸣脸上有了光彩，说不好就不请他们来。又说特派员有眼光，见过世面，能让他说好不容易。

特派员说："其实我也是俗人一个。"

鹿鸣鸣说："您是总署机关来的，又是领导，又是杀过鬼子的英雄，怎么把自己混同于我们这样的人。"

特派员说: "杀过鬼子的人多着呢,和他们比,我是小巫见大巫。"

鹿鸣鸣说: "您和人家不同嘛,人家是军人、是战士,职责就是杀鬼子,可您是一名政府公务员,利用业余时间杀鬼子,所以,想给您写一篇长篇通讯,今天算先见个面,以后再专门采访。"

特派员说: "通讯稿就免了,有空聊聊天,海阔天空,无话不说。"

鹿鸣鸣说: "特派员信不过我的笔,所以找了这么个推辞。"

特派员说: "你的文章百读不厌,深受教益。我是学中文专业的,深知好文章不容易写。我受传统文化影响比较深,信奉中庸之道,浮名当做身外之物。"

鹿鸣鸣说: "也要为党国利益着想,您的事迹,能激励人民群众为党国奋斗。"

三个人一边吃饭,一边说着不咸不淡的话,不多会儿就吃完饭。往外走的时候,鹿鸣鸣突然叫住刘怡冰,让她等一下,说几句私房话。特派员点点头,先走出去。

鹿鸣鸣又把房门关上,悄悄对刘怡冰说: "解放军正在信阳休整,不久就会攻打武汉,可能会有较大伤亡,顾先生希望弄一批消炎药,将来用于受伤官兵。"

刘怡冰摇头说: "给许中玉他们弄那么一点药,都费了这么大工夫,大批药品更难。"

鹿鸣鸣说: "努力就是了,不强求。"

二人从饭店出来时,特派员已经叫好黄包车等着。

……

刘怡冰、李白瑞二人去船上收听。路上,李白瑞开玩笑说,对不起特务们了,让他们疲于奔波。今天上游、明天下游、后天汉江,特务们一定晕头转向了。二人到船上时,老艄公一脸歉意的告诉他们,东西沉江里了。

原来,早上老艄公正准备去江里捕鱼时,特务突然把他们包围起来,下令所有渔船不准离开,逐一接受搜查。老艄公情急之下,把收音机、蜡纸、蜡版用一块破布包起来,沉入江里。

听了老艄公的叙述,刘怡冰认为特务们操之过急,打草惊蛇了。

李白瑞说: "可别小瞧他们,他们这是守株待兔,查到收音机,把船和人控制住,我们一过来,一个都跑不了。"

第三章　秘密策划

21

一大早，李源吩咐刘怡冰去会客室准备一下，迎接宴市长。刘怡冰应声而去，郭佳丽叫住她，提醒她忘了带记录本，又说她总是心不在焉，要去看医生。刘怡冰折回来，一边在抽屉找记录本，一边说心病，医生治不了。

郭佳丽说："知道你的病根，不就是收听站吗？"

刘怡冰瞪她一眼，说："不能乱讲。"

会客室在赫斯特办公室斜对面，里面布置讲究，铺了蓝色地毯，四周摆着沙发和茶几。刘怡冰是文字秘书，但像这种会见，也要参加，主要是做会谈记录，同时，有重要客人时，协助总务科提前准备。她见茶水、点心都已准备就绪，就在一张沙发上坐下来。

国军大部队进驻武汉前，这样的会见，每周都有一两次，主要是接待商业协会会长、公司董事长或总经理，希望海关为他们进出口业务提供便利。政府官员很少来，像今天这样，市长亲自来，在她的记忆中，还是头一遭。她想市长亲自来，一定有非同寻常的事儿。

特派员路过会客室门口时，见刘怡冰坐在里面，拐进门问她，呆坐在这儿干什么，刘怡冰告诉他，有客人拜会赫斯特先生，她要记录。特派员问什么人来，还要提前傻等着，刘怡冰说无论什么人来，她都要提前到。特派员还想再说点什么，传来众人踏楼梯的声音，把到嘴边的话又咽下去，转身往外走，出了门又扭头问，刘怡冰晚上有没有空儿，陪他去铁路俱乐部参加舞会？刘怡冰说可以去。

刘怡冰见李源引着一行人上来，便去叫赫斯特先生。

赫斯特对市长来访也不怠慢，早有准备，刘怡冰说客人到了时，三步并作两步迎上去。过去，其他客人来访时，他一般不这样，往往是客人们喝了几口茶后，他才会出现。

赫斯特和宴市长寒暄了一阵子，才走进会客室，分宾主坐好。众人端起茶杯，喝了几口茶，又客气了一番。市长看上去心里有事儿，却不好意思开口，一边喝茶一边说客套话，赫斯特只好脸上堆着笑应承。终于，赫斯特忍不住了，问他前来有何贵干，宴市长这才放下茶杯，一本正经地说："形势越来越紧张，治安越来越差，为了维护稳定和使广大市民安居乐业，省政府和华中剿总司令部决定，在武汉三镇，成立三个自卫大队，维护治安。"

赫斯特说："这项决策英明，一定会发挥应有作用。"

宴市长叹口气说："因为没有钱，汉口大队迟迟成立不起来，拨给市政府的300支步枪，还在仓库里，都要发霉了。"

赫斯特说："太遗憾了。"

宴市长说："现在办什么事情，一碰上钱就卡壳。"

赫斯特说："这是当然，有钱行遍天下，无钱寸步难行。"

宴市长说："岂止是这样，简直就是有钱能叫鬼推磨。"

赫斯特点头说："有钱的好处，我早就体会到了。"

宴市长见赫斯特打哈哈，不接他的茬儿，不再绕圈子，单刀直入地说："今天登门拜访，想请海关给予资助，把利国利民项目落实下来，对上可以交代，对下百姓可以得实惠。"

同行的市政府秘书长插话说："把最后的希望寄托在海关了，其他部门都找过，都是爱莫能助。能直接出资最好，如果不能出资，就算市政府借的，形势好转后，政府有了收入再奉还。"

赫斯特说宴市长的心情，他十分理解，但是海关归财政部管辖，支出要由财政部批准。此外，海关经费也很紧张，因为通货膨胀，物价飞涨，员工增加工资的迫切愿望，都无法满足。江汉关现在也是个穷庙，他也和市长一样是穷方丈。

秘书长说："大敌当前，形势所迫，把关税钱先借用一下，财政部的工作事后再疏通。"

赫斯特说："关税都汇到中央银行了，海关不留一分一厘。"

秘书长说："又不是收一笔汇一次，总是可以变通的。"

赫斯特说："关税款不能随意动用，一个月汇一次。"

市长一听高兴起来，说："就是嘛，这个月收的税，借出来足够。"

赫斯特说："自国军入驻武汉以来，长江的商业活动日渐减少，已没有多少税可收。"

市长一行人听了，像泄气的皮球，一下子没了精神。秘书长指责赫斯特是洋人，对中国的事情漠不关心，当然可以说爱莫能助。

赫斯特说他虽然不是中国人，但也是国民政府的雇员，中国内战，也牵动着他的神经。他在中国海关三十年，对中国很有感情。

秘书长还想再说什么，被宴市长止住，说家家都有难念的经，不要强人所难。

宴市长也不愿再坐下去了，起身告辞。赫斯特一边送行，一边请他理解。宴市长说，能理解他的难处，都是破船上的水手，本来到处漏水，又遇大风，能有什么办法。来前他就想过，未必有收获，但还是要来，让良心安稳一点。

送走市长一行人后，赫斯特自言自语地说，市政府到了这种地步，还怎么为市民服务。停了一会儿，又吩咐李源尽快下一个通知，重申纪律，任何关员不得参加任何政治活动。现在的头等大事儿是安全，要让每一位员工过好每一天。

铁路俱乐部与老汉口饭店相邻，是一座美丽的花园。

刘怡冰和特派员来到俱乐部时，舞会已经开始，舞厅里光线暗淡，红男绿女正随着歌声，翩翩起舞。刘怡冰和特派员找了个地方坐下，服务生立即端来饮料。

不多会儿，舞曲结束，灯亮起来，刘怡冰朝舞厅里看过去，见有不少国军军官。刘怡冰问特派员，他们怎么也来这里，特派员告诉她，不打仗，他们有的是时间来跳舞。

二人正说着，灯光又暗下来，舞曲再次响起，特派员拉着刘怡冰走进舞池。连着舞了三支曲子，特派员说去一趟卫生间，让她先等会儿。刘怡冰一边喝饮料，一边回头往舞池里张望，却见鲁副官正在和一个军官说话。

自上次因链霉素找过鲁副官后，就再没有见过他，甚至没有想起过他，想到这儿，她心里觉得有点过意不去。

刘怡冰理了一下头发，像久别的老朋友一样，去跟鲁副官打招呼。鲁副官见了她，也很高兴，问她怎么也来了。刘怡冰说陪领导来的。

鲁副官说："你们领导也好这个？"

刘怡冰说："不太了解，第一次陪他。"

特派员从卫生间出来，见她正在和鲁副官说话，愣了一下，转身对服务员交代几句离去。

刘怡冰和鲁副官说着话，又跳了几曲舞，才想起特派员，四下张望一番，也没见到人影子，说把领导丢了，去找一找。鲁副官说直接领导更重要，不能让他有成见，给小鞋穿。

刘怡冰正四处寻找，服务生过来告诉她，要找的人有事儿先走了，让她自己回。刘怡冰听了，心咯噔一下，责备自己冷落了特派员，惹他不高兴。这样一想，她也没有了兴致，向鲁副官打个招呼后，匆匆离开舞厅回家。

22

受物价上涨等因素影响，气象室的工作难以正常开展，为此写了一个报告，要求增加经费，李源认为，报告太啰唆，一句话可以说清楚的，却用三句话。他让刘怡冰修改后，再呈给赫斯特。刘怡冰看了一遍，果然又臭又长。他们怕经费批不下来，再三的强调，增加经费的必要性。其实，他们用不着担心，赫斯特肯定会给他们增加。现在各项工作都不正常，陷入停顿状态，只有气象工作还在正常进行，如果他们也停下来，全国各气象台就会找他问罪。

刘怡冰耐着性子，改了半天才修改好，一看密密麻麻的，干脆把改好的稿子拿给气象室，让他们自己抄写，她借机去和鲁火说几句话。

鲁火正在调试电台，她问能否收听广播，鲁火告诉她可以，他们偶尔还收听一下音乐节目。刘怡冰一听，兴奋起来。鲁火问她有什么好激动的，不就是能收听……突然，他也明白了。

刘怡冰说下班再谈这个，说着乐颠颠地走了。

　　中午的时候，刘怡冰约鲁火到江边，一边散步，一边谈收听站的事情，鲁火告诉她，收听没问题，他要求晚上值班就行。但根据上两回经验，保密站十天半个月就能发现，这次不会像上两次那样幸运。

　　刘怡冰认为，电台向外发气象电报，插空收听个把小时，不会引起怀疑。即使特务来搜查，也搜不出什么。

　　鲁火告诉她，发报频率和新华广播的频率不一样，可以监测出来。

　　刘怡冰想了一会儿，说晚上去给周无止汇报一下，让他安排十个、八个收听点，隔三差五的收听一次，迷惑特务。另外，也不再总是晚上收听。

　　鲁火想了一会儿，认为虽然不是万全之策，但眼下也只能如此。

　　刘怡冰向周无止汇报后，周无止也很高兴，认为这个办法好，过去就不该舍近求远。刘怡冰说检讨了几次，犯了骑驴找驴的错误。

　　二人从咖啡馆出来，准备分手时，一辆黄包车停下来，一个头戴礼帽、身着蓝布长衫的年轻人，从车上下来，周无止突然把刘怡冰拉进怀里，不分三七二十一，在她脸上亲吻起来。刘怡冰正要挣扎，周无止提醒她有特务。

　　戴礼帽的年轻人看他们一眼，进了一家商场，但周无止太投入，还在拥抱着。

　　刘怡冰挣脱开来时，周无止一副惊魂未定的样子。

　　刘怡冰说："那个人可能不是特务。"

　　周无止说："看着像特务。"

　　刘怡冰不再理他，跳上一辆黄包车，准备离去，见周无止尴尬地站在那儿，觉得自己这样一走了之，会伤他的自尊心，想到这儿，她又跳下来。周无止见她又回到他身边，又兴奋起来，抓住她的手往前走。

　　刘怡冰越来越怕见周无止，每次见他，都要下很大决心。每次周无止都是久别重逢的样子，拉着她的手，再也不松开，有说不尽的话。有时还弄一些特殊情况，拥抱一阵子。为了减少这种尴尬场面，她坚持在咖啡馆里，和他面对面坐着，不给他机会，但周无止总能找出理由，来到马路上，牵着她的手，边走边说。刘怡冰想把这个情况告诉鲁火，但不知如何开口，担心鲁火知道后，不让她再和周无止见面，也不再支持她的工作，所以抱着侥幸心理，下次不会这样了，但下一次，周无止还牵她的手。

刘怡冰和周无止正往前走，却见老王拉着车，从街口拐进来，越来越近，快到一家饭馆门前时，突然左边的车轮子掉下来，车上的一对男女，滚到地上。她甩掉周无止的手，走过去把轮子拾起来时，老王那边已围了一群人，她奋力挤进去。老王正在向一军官和女郎求饶，军官踢他一脚，时髦女郎骂一句。刘怡冰心中的怒火，一下涌上来，过去把老王扶起来，安慰说别怕，有理说理儿。老王悄声说，咱没理儿啊，把人家掉下来了。

借着灯光，朝愤怒的男女看过去，原来女的是陈海儿，那个军官估计就是高连长。

陈海儿也认出刘怡冰，有些吃惊。

老王哀求说："我一天没拉客人，手里一分钱没有。说着翻开身上的两个空口袋。"

陈海儿说："没有钱，就把车赔给我们。"

老王说："那可不行，指望着它养家糊口呢。"

高连长说："老家伙别废话了，车子留下你走人。又高声问众人有谁要车，便宜卖。"

刘怡冰说："他这么大年纪的了，就饶他这一回。"

周无止也挤进来，说陈海儿爱心不够，像她这样的小姐，心里应该充满爱。

陈海儿一听，倒高兴了，说："这位先生说话倒中听。"

高连长说："话再好听，也没有钱好使，不拿钱出来，休想走人。"

刘怡冰想，不给他们点好处，老王脱不了身，她一边翻身上的包，一边问她们，想要多少钱？高连长说越多越好。刘怡冰拿出五块大洋，递给他们。

陈海儿一把接过去，嘴里却说："怎么好意思收你的钱。"

高连长说："有钱拿，就理直气壮地拿。"

刘怡冰说："本来认为高连长有血性、敢恨敢爱，没想到竟也这样无赖。"

高连长听了刘怡冰的话，顿时气短，拉着陈海儿挤出人群。

陈海儿和高连长刚离去，老王两腿一曲，就要给刘怡冰跪下，刘怡冰扯不住，周无止也过来拉，老王顺势蹲到地上，流下两行清泪，说刘怡冰救了他们一家老小。又说车子要是被他讹去，晚上就带着一家老小投长江。刘怡冰安慰他，没有过不去的坎，让他快把车子修好回家。

老王一边修理轮子，一边说幸好是摔着了他们，要是刘小姐坐车摔着，他的心就要一辈子不安。刘怡冰笑起来，说摔着她才好，她不会耍赖。

不大工夫，老王把轮子修好，要送刘怡冰回家，刘怡冰说不坐车，走着回去。老王说那不行，他心里更难过。刘怡冰说走走对身体好，是健身呢。

老王又坚持了一会儿，只好随刘怡冰往前走。

周无止赶上来，对老王说，这样的日子快结束了，他的苦也快受到头了。

23

一上班，郭佳丽就虎着脸说，刘怡冰喜新厌旧，脚踩两只船。刘怡冰一惊，很快又镇定下来，说："说什么呢，没头没脑的。"

郭佳丽不依不饶，说："什么没头没脑，理屈词穷吧。"

刘怡冰不高兴了，说："又没做亏心事儿，有什么理屈词穷。"

郭佳丽说："猪鼻子插葱装大象。前些天，别人说我还不信，昨天晚上亲眼看了，才知道并不是谣言。"

刘怡冰说："你跟踪我，太不厚道。"

郭佳丽说："不是跟踪，是我和李白瑞轧马路时，偶然看见的。"

刘怡冰问她和李白瑞发展到什么程度了，郭佳丽不让她转移话题。

刘怡冰说："有什么值得声讨的，不就是和一个人，牵了一下手吗。"

郭佳丽说："是牵一下手那么简单吗，这是道德问题。"

刘怡冰说："太上纲上线了，没那么严重。这件事儿，现在还不能说，总有一天会清楚的。"

郭佳丽说："我倒无所谓，我为鲁火抱不平。"

刘怡冰说："我会给他解释清楚，这是特殊时期的特殊事情，连我自己都想不明白。"

郭佳丽说："要学会拒绝，不能别人提什么都答应。你也是人，能力和精力不是无限的。"

刘怡冰说："怕拒绝了会伤害人家。"

二人正说着，传达室打来电话，说有人找刘怡冰。刘怡冰放下电话就往外走，出门时叮嘱她，不要相信自己的眼睛。

刘怡冰到接待室时，鹿鸣鸣正在喝着茶。刘怡冰问她怎么来了，鹿鸣鸣说采访路过，顺便来看看她。刘怡冰摇摇头，表示不相信。

鹿鸣鸣也不卖关子了，告诉她，顾先生通过医药公司的关系，没有搞到西药，希望刘怡冰想办法。

刘怡冰想起郭佳丽说她不会拒绝的话，火气上来，一口回绝。

鹿鸣鸣说："也不是打死和尚要和尚，只是说想想办法。"

刘怡冰说："我怕答应了，顾先生就会有所期待，反倒影响了大事儿。"

鹿鸣鸣说："不是顾先生的事情，是大家的事情。任何工作都要有人去做，干任何事情，都要付出。"

刘怡冰说这些道理她也懂，但这件事儿，超出了她的能力，心有余而力不足。她连时间都难以自主，上班时候要老实待着。下班回到家里，爸爸也不让出门。

鹿鸣鸣问她是不是没有休息好？没等刘怡冰开口，鹿鸣鸣又说，她能理解刘怡冰的感受，她有时也会感到很无助。可一想到不是为了自己，而是为了广大民众做事，怨气慢慢就消了。如果不是这样，干脆找个豪门嫁进去，终日养尊处优。可是又不行啊，自己的理想不是做阔太太。人活着不能仅为自己，中国还有千千万万的人，生活在水深火热之中，要为他们做点什么。

刘怡冰本来想说，就是为了这些理想，家很少回，连男友怕也要失去了。她正要开口，鹿鸣鸣站起来出门。刘怡冰跟着她往外走，到大门口，鹿鸣鸣抓住她的手，诚恳地说："我也是所谓的大小姐出身，本来可以过衣来伸手，饭来张口的日子，可是那没有意思。"

鹿鸣鸣说完，跳上一辆黄包车，消失在人流中。刘怡冰立在那儿，愣了好一会儿，才转身回办公室。

郭佳丽问："见的什么人，像丢了魂儿似的。"

刘怡冰说："根据你的要求，我拒绝了。"

郭佳丽说："这就对了，不能别人一开口，你就忙断腿。"

刘怡冰说："你连什么事儿都不知道，就说对。"

郭佳丽说什么事都应该拒绝，想了想又问什么事儿，刘怡冰犹豫了一下，告诉

她，弄一批消炎药给解放军。

郭佳丽说："这还不应该拒绝呀，不拒绝你能怎么办，你去偷，又到哪儿去偷？"

又说我们是女人，应该让别人为我们做事情。

刘怡冰说："生活中的事儿，不是那么简单，也不是你说的那样非黑即白，很多事情，带有感情色彩，让人拿得起，放不下。"

正说着特派员打电话来，要刘怡冰把市长来访记录拿给他，刘怡冰告诉他，正准备打印存档，过会儿，印一份给他送去。

二人开始整理记录，刘怡冰念，郭佳丽敲打，不多会儿，便把记录整理出来，刘怡冰打印了一份，仔细看了一遍，没什么差错，就拿着去找特派员。

特派员正在看报纸，刘怡冰把会谈记录放下，准备离去，特派员叫住她，让她等一会儿。特派员拿起来看了一遍，又轻轻放下，自言自语地说："堂堂的一个市政府，竟穷到这种境地，真是可悲。"

刘怡冰说："年年打仗，老百姓都穷了，政府也跟着穷。"

特派员说："一直向往国富民强，藏富于民的那种境界。可是我的向往，一次次被无情现实所击碎。"

刘怡冰说："你太忧国忧民，相信政府会带领全国人民，奋发图强。"

特派员说："大好河山，丢掉一多半，都无计可施。有人提出与中共隔江而治，完全是与虎谋皮，共军气势如虹，怎肯收手。"

特派员正发感慨，电话响了，传达室告诉他有客人来访，他吩咐客人上来。刘怡冰起身离开，出门的时候，特派员又叮嘱她，不要告诉别人，他看过这个记录。

下午一上班，特派员就打电话，让刘怡冰去他办公室一趟。刘怡冰过去时，特派员把一杯茶递给她。刘怡冰接过茶杯，问有什么事儿？特派员说想和她聊聊天。

特派员问她，平日里是否一直处于紧张状态，刘怡冰告诉他，见领导才紧张，怕领导交代工作，怕那句话说不好，惹领导不高兴。

两人聊了一会儿，特派员突然说，上午来的两位客人，问气象站的事儿，把他给问住了，他到海关总署时间不长，又在行政部门工作，没有接触过气象，想请刘怡冰介绍一下气象站。

刘怡冰大吃一惊，心一下子蹦到嗓子眼，两腿微微发抖，她想收听站又让特务盯上了。她喝一口水，想把心里的恐惧压下去，却怎么也止不住，特派员问她怎么了，她说刚才吞了一口热茶，烫着胃了，心慌胃痛。

过了一会儿，刘怡冰镇静下来，说："痛苦过去了，可以回答您的问题。"

特派员说："随便聊，不用一本正经。"

刘怡冰说她也和他一样，对气象业务不懂，因为和鲁火谈朋友，才了解了一些。喝口水，又接着说，江汉关的气象工作，始于1869年11月，在楼顶平台安置有百叶窗、雨量器、风向仪等，每日早晚向上海天文台、香港天文台，发送两次气象电报，报告汉口港中午水位、24小时的涨落、风向、风力、气压、湿度及降雨量。每月报送一次气象综合分析。1916年10月，气象电报资料增发中央观象台、农商部观测所。1933年开始，又增加向青岛观象台、南京气象台、航空站发送气象资料。

刘怡冰不徐不急，娓娓道来，特派员一边听，一边点头，偶尔还在本子上记几笔。刘怡冰说完，喝一口茶，问这样介绍，他满意不满意。

特派员说："听你这么一说，对气象站肃然起敬。"

刘怡冰说："大家对气象站的同事，也是崇敬有加，要是去外地出差，先问他们带什么衣服。平时都不去打扰他们，发报室更是重地，不让人进去，我有时想陪鲁火值夜班，都要偷偷地溜进去。"

特派员自言自语地说："原来是这样。"

24

下班的时候，郭佳丽准备离去，刘怡冰叫住她，说出现了新情况，碰头合计一下。郭佳丽一惊，问是不是又被特务盯上了，刘怡冰告诉她，已经引起了怀疑。

鲁火和李白瑞匆匆忙忙进来。

刘怡冰说："下午特派员把我叫过去，介绍气象站的事儿，说是替他的两个客人了解的。他问的时候若无其事，但我感觉不那么简单。"

鲁火说："特务能力不能低估啊。"

刘怡冰说："气象站每天往上海、香港等地发电报，报送气象资料，引起他们

怀疑，他们拿不准，来找特派员打探，特派员也不清楚，就找我了解情况。"

李白瑞说："有这种可能，如果摸准了，他们早就下手了。"

鲁火说："为什么要找特派员了解呢，可以直接到气象室来调查嘛。"

刘怡冰说："我也百思不得其解，江汉关二百多人，为什么找他一个刚来的。"

李白瑞说："从看他第一眼起，就感觉不舒服，高深莫测似的。"

刘怡冰说："他倒也不像坏人，对救许中玉还很热心。"

李白瑞急了，说："快说收听的事吧，还要回去给奶奶过生日。"

刘怡冰说："我的意见继续收听，但要小心谨慎，在气象发报室收听，在办公室里刻蜡纸。通过这半个多月收听，发现新华广播电台对重要新闻，都反复播好几天，以后三天收听一次，尽可能降低风险。此外，再去找周无止，让他再添十个、八个收听点，让特务们四面八方出击，满大街跑。"

李白瑞说他服从大家的决定，说着话，人已出了门。

刘怡冰说既然李白瑞走了，就不请大家吃饭了，也要赶回家。郭佳丽说她小气，刘怡冰说不是钱的问题，是亲情所系。

吃过晚饭，一家人坐在客厅里，各自忙着自己的事情，刘百川看报纸，妈妈织一针毛线，看一眼面前的书，王奶奶专心绣着鞋垫。刘怡冰坐在妈妈身边，心不在焉地看杂志。

电话铃响，刘怡冰一惊，抓起电话问找谁，鹿鸣鸣在电话里说，她在不远处，让刘怡冰出去一趟。

放下电话，刘怡冰对爸爸、妈妈说，报社朋友在门外，她出去一下。不等二人答话，抓起一件衣服就冲出门。

出了门，刘怡冰往前走了几步，鹿鸣鸣迎上来，拉住她手，来到不远处的"温度"咖啡馆，顾先生和周无止正坐在角落里，边喝咖啡，边交谈着。二人走过去时，顾先生点点头，示意她们坐下来，周无止挥手示意服务生，端两杯咖啡过来。

见了顾先生，想起前天拒绝鹿鸣鸣的情形，刘怡冰有些不好意思，说："前天态度不好，请顾先生原谅。"

顾先生说："谁都有情绪低落、为难和无助的时候，我也经常感到工作艰难。"

鹿鸣鸣说："我给顾先生说有难度，没有说你拒绝。"

顾先生说："你前些日子，费尽周折找药，挽救了十多位同志的生命，我很感激。相信人民群众不会忘记。"

刘怡冰兴奋起来，问顾先生找她有什么事儿，顾先生说："想了解一下市长到江汉关时的情况。"

刘怡冰说："市长想借钱成立自卫队，维护社会治安。因为没有钱，枪在军械库里领不出来。"

顾先生说："国民政府太腐败、太无能，把老百姓弄得水深火热，穷苦不堪。市政府也和其他政府一样，是穷庙富方丈，市政府没钱倒是真的，他市长绝对不会缺钱。"

周无止说："政府官员都这样，嘴上像涂了蜜，说的永远比唱的好听，喊的口号，也是世界上最动听的口号，不过他们从来不去落实。"

刘怡冰说："如果把三百支枪弄到手，哪怕十支也好，再找一些可靠的人，就可以去缉私，消炎药就不成问题了。"

顾先生说："这个建议好，有了武装，不但可以缉私，还可以办很多事情。但我们也没有钱，这个建议只能纸上谈兵。"

鹿鸣鸣说："顾先生、周先生靠打工养活自己，手上没有多余的钱。"

刘怡冰有点不相信，她一直认为，顾先生生活在别处，他既然代表一个组织，一定有大把的钱可以支配，没想到还要靠打工养活自己。想到这里，她心里一热，说她筹钱。顾先生叮嘱她不要为难，又说革命工作处处有难处，但很有意义，值得去付出。

顾先生又说，形势发展很快，几乎是一天一个变化，所以还要给刘怡冰更多任务，工作不能仅限于江汉关，要扩大到社会上，为便于开展工作，"江汉关迎接解放先锋队"改名为"武汉人民解放先锋队"，由周无止、刘怡冰负责。

顾先生正说着话，突然咳嗽起来，好一会儿才止住，刘怡冰想起鹿鸣鸣曾说过，他身体不好，建议他到医院检查一下。顾先生说现在还顾不上，过一段时间再说。鹿鸣鸣对顾先生说，任务已经交代清楚了，先回去休息吧。顾先生说难得见刘小姐一面，多说会儿。

鹿鸣鸣告诉他，刘怡冰出来时，没给家里打招呼，不能久留。

顾先生想了想，又坐下来，语重心长地叮嘱刘怡冰，从事地下工作，要注意保密，对工作、对个人安全都有好处。

顾先生叹口气，又说他也替刘怡冰担忧，像她这样的大小姐、海关关员，生活本来应是唱歌、跳舞、看书。但是，处在大变革前夜，要做些有意义事情，只有这样，将来才不会后悔，才对得起自己的良心。

刘怡冰回到家时，爸爸、妈妈、王奶奶还在客厅里，各自忙活着。

刘怡冰在爸爸的对面坐下来，说："前天市长找海关借钱，要成立自卫大队。"

刘百川说："政府叫人失望透顶，什么事都办不好。"

刘百川似乎有点激动，放下报纸，喝口水又说："这种叫人生气的事儿，以后不要拿到家里来说。"

刘怡冰想本来也没打算说，要是想说早就说了，现在说不过是先打个埋伏，也许这事儿还要靠他出面。

几个人在客厅里坐了一阵子，陆续回房间睡觉。刘怡冰最先躺到床上，却翻来覆去睡不着，一会儿想钱、一会儿想枪、一会儿想消炎药，想着想着，又想起郭佳丽埋怨她不会拒绝，别人三句好话一说，心就软了。今天晚上又是这样，顾先生他们也很穷，她就说她来想办法。自己又上哪儿去弄钱呢，自己的那份工资，简直就是杯水车薪。

第二天，她早早起来，匆匆出门，叫了一辆黄包车，直奔打铜街。

外公正在门前散步，见她一大早过来，很是吃惊，问她不睡懒觉来干什么。刘怡冰付过车钱，扯住外公的胳膊，说来陪他吃早饭。外公说她哄老头子开心，有什么事儿快说。

被外公一眼看穿，刘怡冰很不好意思，说："想要一笔钱。"

外公夸张地捂着口袋，说："又打我的主意！"

刘怡冰说："您不是老说作坊啊、钱啊，都要给我吗，我现在就想要。"

外公问："要多少？"

刘怡冰说："两千大洋。"

外公吓一跳，说："傻丫头，把这铜器店卖了，也不值两千大洋。"

刘怡冰问外公有多少，外公说三十、五十块。刘怡冰听了不高兴，数落外公哭穷。外公说钱让她爸爸拿去做生意了。刘怡冰听了，腿一软，直想一屁股坐到地上，好像一夜的困，一下子袭来，忽然觉得想睡觉了。

一上班，郭佳丽扯着刘怡冰的胳膊嘀咕说："马二帅上蹿下跳，要把全汉口的地痞流氓集中起来，一起集资，把枪领出来，拉一支队伍。"

刘怡冰不相信，说："又不是民国初期，找几个人、弄几条枪，就可以当司令、称团长。"

郭佳丽说："我也不信，不过他说得头头是道，说钱筹好了交给市政府，队伍拉起来了，也归市政府。市政府正有病乱投医，来了个瞎郎中，还管他好人坏人。"

刘怡冰想了想，说："这倒有可能，地痞流氓不可怕，就怕他们有想法。"

郭佳丽说："可不是嘛，有了市政府这块招牌，打家劫舍更有理儿了。"

刘怡冰心里突然烦躁起来，原来想从外公那儿先拿一笔钱，把枪领出来，没想到外公也没钱。正不知如何是好，却半路杀出个程咬金。无形中有一种紧迫感，觉得不但要和时间赛跑，还要和马二帅抢时间。她把办公用具取出来，摆到桌面上后，给爸爸公司打了个电话，得知爸爸刚到公司，料想也不会马上出去，于是对郭佳丽说，她出去一下，有人找替她掩护。

郭佳丽嘟囔起来，说总让她为难，她这个人不善于说谎，而且也不应该上班时间外出。刘怡冰说看在给她找了一个如意郎君的份上，再掩护她一次。

刘怡冰出了大楼，跳上一辆黄包车，直奔车站路。刘百川经营的公司，叫天目山茶叶公司，位于车站路的东边，是一栋两层楼。

跳下车，她让车夫等着，然后直奔刘百川办公室。

刘百川见她风风火火赶来，很意外，因为她很少直接到公司来，有什么事儿要么打电话，要么回家里说，像这样上班时间跑过来，还是第一回。刘百川问她什么事儿，急匆匆跑来。

刘怡冰说："一个叫马二帅的地痞，串联地痞流氓集资，要把三百支枪领出来，拉一支队伍，打家劫舍，祸害社会。"

刘百川说："市政府虽说无能，但还不太弱智，不会让他的阴谋得逞。"

刘怡冰说："他们用挂羊头卖狗肉的策略，出钱把队伍拉起来，归市政府管理，私下干不法勾当。"

刘百川想了想说："这倒有可能，市政府瞌睡来了，正好有人送一个烂枕头。"

刘怡冰说："本来地痞流氓尽干坏事，再有了枪，那还了得。"

她建议爸爸出资把枪领出来，绝了地痞流氓的美梦。

刘百川告诉她，这不光是钱的事情，她一个女孩子家，不要惦记这件事儿了。

刘怡冰还想说什么，刘百川拉下脸，让她快回去上班。

25

刘怡冰回家时，妈妈和王奶奶正在厨房里忙着。刘怡冰隔一会儿，到门口张望一阵子，盼着爸爸早点回来。

饭菜端上来好一会儿，刘百川才回来，她迎上去，帮着他脱掉外套。妈妈很意外，说太阳从西边出了，多少年都没有这样过了。

吃过饭，刘百川坐到沙发上，拿起报纸准备看，刘怡冰挪过来，抱着他的胳膊，说有位客人要来拜访。刘百川问什么客人，她说来了就知道了。

刘百川面无表情地又拿起报纸，认真看起来。

刘怡冰收拾好会客室，又来到客厅，捧起一本书，却总也看不进去。妈妈数落她魂被勾走了，心神不定的。

一家人有一搭无一搭地说着话，门铃响了，刘怡冰扔下手里的书，冲出去开门。

顾先生和鹿鸣鸣出现在门外，刘怡冰一边请他们进来，一边介绍他们。刘百川放下报纸，从沙发上站起来，与顾先生握手后，引着二人往会客室走去。

会客室的茶几上，已摆上茶水和水果点心。刘百川与顾先生又寒暄了几句，分别坐下来，刘怡冰坐到刘百川身边，鹿鸣鸣坐到顾先生身边。

刘百川喝口茶，问："顾先生光监寒舍，有何见教？"

顾先生放下茶杯，说："无事不登三宝殿，有得罪和不妥之处，还请刘先生原谅。"

刘百川说："不客气，顾先生开口吩咐，如在刘某人能力之内，一定尽力。"

顾先生说刘先生是一个有正义感、有责任心的人，努力为民族事业做事情，日本人接管江汉关时，不顾日本鬼子威胁利诱，毅然辞职，坚决不与日本人合作，受到大家的尊敬。

刘百川说："好汉不提当年勇，都是陈年旧事，我现在也就是一介商人，不再问政治。"

顾先生说："刘先生太谦逊了，进门时见您看报纸，就知道您把天下大事，装在心中。"

刘百川说："了解一下形势，利于生意。"

顾先生说："眼下国不泰民不安，如何能做好生意。"

刘百川叹口气说："是啊，终日提心吊胆，在路上怕打劫，在汉口也不太平，地痞流氓时不时找上门来。"

顾先生说："我今晚拜会，正是为了这件事儿。市政府要成立自卫大队，保护市民安全，本来是好事情，但因为缺少资金，三百支枪躺在仓库里。据可靠消息，地痞流氓正在窜通，要把这三百支枪领出来，拉起一支队伍，名义上归市政府管辖，实际上是想狐假虎威，胡作非为。他们的阴谋如果得逞，只会鱼肉百姓，不光生意更难做，老百姓的日子也更不好过。"

刘百川说："已有耳闻，也为此担忧。"

顾先生说："有个建议，不知刘先生愿意不愿意听。"

刘百川说："愿闻其详，但说无妨。"

顾先生说："请刘先生出面，把枪支弹药领出来，组织成立商民自卫队。"

刘百川说："拉一支队伍不是容易的事儿，不光是钱，人员配备，日常管理等等，不一而足，这些都是难题。"

顾先生说："这些倒不难，人员可以从解放区调，这些人都训练有素，管理自然不是问题，重要的是要由刘先生出面，把枪支领出来。国民党军战败溃退，只是时间问题。解放军之所以迟迟不对武汉发起攻势，是因为我党对武汉的策略，是尽可能采取和平方式，不让黎民百姓受战争之苦，同时，也想保全大武汉。"

刘百川听了，很振奋，说："贵党英明，必将得到人民拥护。"

顾先生说："队伍拉起来，表面接受市政府领导，实际上为我们所用。既可以保护商人利益，也可以维护社会治安。"

刘百川思索了一阵子，说他已决心不参与政治，但他也看出来，没有清明的政治，生意也难做下去。他对国民政府本来也是寄予厚望，可是，国民政府越来越让人失望。所以，他也索性听顾先生一回，参与一次政治。钱不是问题，他可以出。

顾先生、鹿鸣鸣、刘怡冰三人一听，松了一口气，脸上露出笑意。

顾先生说："刘先生深明大义，人民一定会记在心里。"

刘百川说："我也是但求对得起自己的良心。"停了一会儿，又说过去做生意，

从来不和政界的人交往，所以对市政府不熟，那边的工作，请顾先生去做。

三个人一听，脸上的笑一下子消失，又陷入沉思。

刘百川说："我访一下，看生意圈子的人，谁和市长熟悉。"

刘怡冰提醒说这件事情不能拖，必须赶在马二帅之前。

四个人又谈了一阵子，也没有找到一个好办法，顾先生和鹿鸣鸣起身告辞。

送顾先生出门时，顾先生欣慰地对刘怡冰说，主要问题达成了共识，这就是丰硕成果。

26

刘怡冰去找赫斯特说枪的事儿，见赫斯特时又犹豫了。赫斯特见她欲言又止，告诉她不便说就不勉强，没想成熟就等想好了再来。刘怡冰犹豫了一会儿，还是决定说出来，她觉得赫斯特是可以信任的。

刘怡冰说："爸爸他们的生意越来越难做了，地痞流氓、散兵游勇，都去找他们麻烦，能否由他们出钱，把枪领出来，组成一个商民自卫大队，既可以保护商人的利益，也可以维护社会治安。"

赫斯特点点头，又摇摇头。

刘怡冰说："爸爸不认识市长，想请您出面协调，说明海关虽没有借钱给他们，但市政府的事儿，您一直放在心上，促成了这件事情，您和海关就不欠市政府的人情了；商民自卫大队成立起来，也算是海关为商人分忧解难。"

赫斯特想了会儿，说："供养一支三百人的武装，不是一件小事儿。仅有枪还不行，还要解决吃和住。重新购地建房，既不可能，时间也来不及。"

刘怡冰说："把江汉关缉私仓库，先用作自卫队驻地，缉私仓库挪到我爸爸公司，一挨形势趋稳，自卫队解散或它用时，缉私仓库再复位。"

赫斯特未置可否的说："这算是一个方案吧。"

刘怡冰继续说："自卫队成立后，海关与自卫队签订协助缉私协议，查获私货由海关处置。"

赫斯特说："事关重大，我要和刘百川先生谈谈。"

刘怡冰说："他晚上来找您。"

赫斯特叹口气，自言自语地说："我要好好考虑，替刘先生考虑、替商人考虑、替市政府考虑，还要替海关考虑，建议虽好，也不能贸然去做，尤其是市政府那边，很可能不买账。当初找上门来是一回事儿，现在又去找他们，就又是一回事儿了，官场很复杂。"

刘怡冰回到办公室时，听郭佳丽骂："马二帅也不撒泡尿照照自己，居然让我给他做小老婆。"

刘怡冰笑起来，说："癞蛤蟆想吃天鹅肉了。"

郭佳丽说："才不是呢，昨天晚上，他在巷子口堵着我，说不答应就不让我回家，今天早上，又在巷子口拦住我，不让我来上班。"

刘怡冰一听，也生气起来，说："不过是一个地痞流氓。"

郭佳丽说："我也这样说他了，他说就要当自卫队的队长了，手下有几百号人，就不是地痞流氓了。"

刘怡冰问他们进展到哪一步，郭佳丽告诉她，市政府已经同意。刘怡冰一听，扭头去找赫斯特。

刘怡冰也不敲门，就闯进赫斯特办公室，说郭佳丽要被人抢去做小婆了。

赫斯特大惊，让她坐下来慢慢说，刘怡冰将马二帅等流氓集资的事儿，大致说了一遍，又说那个自卫队还没成立，就要强迫郭佳丽做他小老婆，要是手里真有了枪，更会无法无天。还要去缉私，设卡查货，使海关蒙受不白之冤。

赫斯特也很生气，说："有这种荒唐的事儿，真是无奇不有。郭佳丽是江汉关关员，我有责任、有义务保护她，绝对不能让她去做小老婆，海关关员无论是做人，还是婚丧嫁娶，都要有品位。郭佳丽做小老婆，我首先不答应。"

刘怡冰说："不是她愿意做，是人家在强迫她。"

赫斯特说："那也不行，我现在就给总署打电话，把她调离汉口，让那个地痞再也找不到她。"

刘怡冰提醒说："江路、陆路都不畅，往新单位去，也不安全。"

赫斯特说："眼下这是最好的办法。"

刘怡冰说："可以找市政府，不让他们的阴谋得逞。"

赫斯特想了想，觉得也有道理，吩咐她联系市政府，下午去拜访市长。

刘怡冰打了一上午电话，终于得到市政府答复，宴市长下午恭候赫斯特光临。她建议爸爸一起去，赫斯特认为刘百川暂时不宜出面，如果市政府的人知道他有钱，就会去敲诈。

下午，刘怡冰随赫斯特到汉口市政府时，卫兵不让进，刘怡冰说了一大通好话都不行，赫斯特从车里钻出来，说他和市长有约，这样无故拦截，要追究责任。卫兵一看是洋人，立即换了一副嘴脸，说欢迎他光临，刚才他们是想和刘怡冰多说几句话。

二人又回到车上，赫斯特开玩笑说，美丽有时也会惹麻烦。刘怡冰说中国人对美女不太友好，连成语都是贬义的，比如美女蛇，红颜薄命。赫斯特说这是无用男人的忌妒，不要在意。

到了市政府会客室，等了好一会儿，市长也没出来，刘怡冰正要去问个究竟时，秘书长迈着八字步进来，告诉他们，市长到城防司令部研究城防大计了，行前委托他接待赫斯特。又问赫斯特光临市政府，有何见教。赫斯特说市长上次到海关后，他一直把那件事儿记在心里，找了一些商人，做了一些说服工作，商人们深明大义，愿意出资为政府分担忧愁，今天特来相告。

秘书长阴阳怪气地说："谢谢赫先生的一番美意，不过此一时彼一时，现在不需要了，已经有人与政府达成合作协议。"

刘怡冰忍不住了，说："他们是一些地痞流氓，与他们合作，与成立自卫大队的初衷背道而驰，不但不能保护市民，甚至是危害市民安全。"

秘书长说："他们是不是流氓，由市政府来定性。停了一会儿，又拖着腔调说，与他们合作，对政府来说百益而无一害，首先可以向省政府、国民政府报告说，是市民自发自愿集资成立自卫队，说明汉口市民素质高，主动为国分忧；另一方面，也说明市政府工作卓有成效，调动了市民的积极性。过几天要举行新闻发布会，详细介绍这件事情。"

赫斯特听了，脸一会红、一会儿白，说："市政府太儿戏，对市民不负责任，是敷衍国民政府，是哗众取宠。"

秘书长一听，更不高兴，说："随便理解好了，不关你们的事儿。说着话，转身离去。"

赫斯特气得浑身发抖，说："就是这样的官员太多，国民政府才失去民心、才腐败无能。"

刘怡冰过来，一边扶他起来，一边说不该让他来这一趟，让他受气。赫斯特说她没有错，是他们太无理，不把人民福祉放在心上。

刘怡冰无精打采回来时，郭佳丽已猜出没有收获，她给刘怡冰倒了杯水，安慰她说，马二帅即使有几支破枪，也没什么可怕，也是秋后的蚂蚱，蹦不了几天。

刘怡冰认为，就是这最后几天，他们也会最后疯狂，这才最可怕。她建议郭佳丽搬到她家住，郭佳丽不同意，说躲到哪儿，这些地痞流氓都能找到，他们有他们的网，有他们的线，警察局还要靠他们破案、靠他们敛财。刘怡冰让她少说气话，做好去其他海关的准备，一旦流氓们把队伍拉起来，赫斯特就向总署请示，把她调离江汉关。

刘怡冰向李源汇报，有人强迫郭佳丽做小老婆时，李源气得脸发紫，把手中的笔摔到桌子上，骂起来，说："这是什么世道，一个地痞搞了几条破枪，就要称王称霸，还要强迫海关关员做小老婆。"

刘怡冰说："现在还只是说。"

李源说："他敢这样说，就说明不把海关放在眼里。我这就去向赫斯特先生建议，把关警队的枪，从仓库里取出来，必要的时候，对郭佳丽实施保护。许中玉在监狱里还没救出来，郭佳丽又要被人强迫做小老婆，海关的地位，一天不如一天，真是凤凰掉毛不如鸡。"

刘怡冰说："过去海关凌驾于政府之上，是洋人目无中国法纪的表现，也不对。"

李源说："那个时候，特务敢随便抓海关的人吗，他们抓人之前，要先征得海关同意。那个时候，别说是小地痞、小流氓，就是政府高官，也不敢轻慢海关。"

刘怡冰劝他，已时过境迁，别为此烦恼。李源平静了一会儿，问许中玉的情况怎么样了，明天他要和夫人去监狱探视。

从李源办公室出来，在走廊里与鲁火撞个满怀。

鲁火说："急匆匆地，像要去救火似的。"

刘怡冰说："下班了再说。"

鲁火说："已经到下班了，请你去吃洪湖鸭。"

刘怡冰说："我去换件便装就出来，大门外见。"

二人坐黄包车到三眼桥"洪湖鸭馆"，选一个角落坐下来。刘怡冰问为什么要吃这东西，鲁火说芋头和洪湖绿头鸭炖制，具有性凉、温补功效。她日夜劳神，吃了这个，正好补一下。

刘怡冰听了，一脸感激。鲁火得意起来，说关心体贴是他的优点，有了他，她的幸福日子还长着呢。

刘怡冰突然有一种对不起他的感觉，不由得低下头。

一锅芋头洪湖绿头鸭端上来，立即香气四溢。刘怡冰深吸一口气，说真香啊，叫人馋涎欲滴。

二人拿起筷子，你追我赶的吃起来。

吃过饭，从餐馆里出来，鲁火伸手要招黄包车，刘怡冰止住他，说走一会儿，累了再叫车。

二人说着话，朝江汉关方向走去。

刘怡冰鼓起勇气说，因为工作需要，她和周无止要碰头，出于周无止安全考虑，碰头时，假扮恋人，有时会牵手，甚至还会拥抱一下，希望鲁火理解。

鲁火告诉她，这事儿他早知道，刚开始很生气，还跟踪过几回。

27

李源的夫人露丝一见许中玉，就哭起来，抓着许中玉的手说："原来以为再也见不到了，想不到在这里面关着。"

许中玉说："我能活到现在，已经是幸运了。"

李源把露丝拉开，说："一见面就哭哭啼啼，昨晚不是说好不这样嘛。"

露丝说："一见到许小组，就情不自禁了。"

两女人隔着铁栅栏，好像有说不完的话，李源和刘怡冰立在一旁，唉声叹气。

探监时间快到了，李源终于忍不住，把夫人拉到一边，将包袱递给许中玉，说："这是昨晚上买的芙蓉果，你过去最喜欢吃。"

许中玉说："这东西酥甜可口，入口即化，甜而不厌，香而不腻。过去总是吃不够，两年没吃，都要流口水了。"

李源说："过去没在意，昨天买的时候，特意了解了一下，原来这东西是1400多年前，隋炀帝下扬州时，民间糕点师傅发明制作的，清朝嘉靖年间，还被列为贡品。"

许中玉说："牢友们都羡慕我，说海关好，关进牢房了，还不舍不弃。"

狱卒在门口吆喝了一声，要押许中玉回到牢房，许中玉挣脱狱卒的手，转身与刘怡冰告别时，悄悄告诉她，准备越狱，请她向顾先生汇报。

回来路上，李源告诉刘怡冰，赫斯特同意关警队给郭佳丽提供保护，这是特殊时期的特殊措施。另外，他还建议她调九龙关，或者让她到乡下亲戚家躲起来，过了这一阵子，再回来上班。

刘怡冰说："郭佳丽说她要留下来，和马二帅斗争到底。"

李源说："郭佳丽和许中玉一样，也是倔脾气，过去曾劝许中玉不要沾政治，她听不进去，结果关进去了。回去后，你找她再谈一谈，要学会保护自己，不要斗气、逞能，个人改变不了社会，也影响不了政府。"

刘怡冰不同意李源的说法，说："明知道政府腐败无能，还要逆来顺受？"

李源感叹起来，说江汉关阴盛阳衰，非要和政府对着干的，都是些个美女们，倒是男关员温柔多了。许中玉关了快两年，还不认输，郭佳丽都到了这样危险的地步，还要斗争到底，还有刘怡冰估计也在开展斗争，不知道在和谁斗。

刘怡冰说："不平则鸣，处处逆来顺受，政府就不会民主，社会就不会进步，人类就不会发展。"

李源说："这道理我也懂，当初带着洋老婆，从英国回来，就是想报效国家，为社会进步作贡献，可是中国的国情和国外不同，中国政府也和国外的政府不一样。可惜他一腔热情，洒在阴沟里。"

停了一会儿，李源又说，海关主权没有收回来的时候，海关还有个海关的样子，海关也还有一定的影响，至少海关没有腐败。现在可好，海关地位不但无足轻重，甚至还要受地痞的欺负。

刘怡冰说："整个国民政府都是腐败的，海关置身其中，自然难以独善其身。"

李源说："清政府也是一个腐败的政府，也一样无能，海关为什么就没有腐败。"

刘怡冰想了一会儿，说："洋人统治海关的时候，基本上能够用制度、用规定管理海关，把主权收回来后，基本上是人治，人情大于制度，问题就出在这里。所以，要建立一个法治的国家，民主的政府。"

露丝提醒他们莫谈国事，要被抓进去的。

回到办公室，刘怡冰捧起茶杯正要喝水，特派员笑哈哈进来，她又放下杯子，站起来迎接。

特派员告诉她，来看一下郭佳丽，听说她遇到麻烦了。他和赫斯特的意见一致，为了郭佳丽、也为海关声誉，关警队重新武装起来，给她提供保护，堂堂一个海关，难道对付不了小地痞、小流氓。又说任何关员面临困难时，海关都要为他着想。

特派员问郭佳丽怎么不在，刘怡冰说："李源把她叫去了，也是关心她，替她担心。"

特派员说："她的事儿，牵动了领导的心，但暂时不能让更多的人知道，以免引起不安。"

刘怡冰说："连李白瑞都还不知道，怕他冲动，干出什么出格的事儿。"

特派员不同意刘怡冰的观点，说："通知李白瑞，让他去我办公室，我亲自给他谈谈。"

刘怡冰拿起电话，打到缉私科，正好李白瑞接的电话，问有什么事儿，刘怡冰让他到特派员那儿一趟。特派员转身往外走，出了门，又扭头问刘怡冰，上午去探监，许中玉的夜盲眼是不是好点了。刘怡冰心里一热，说好多了，谢谢特派员。特派员说都是自己人，何必说谢，以后有需要尽管说，他一定尽心尽力。刘怡冰张嘴想说她想越狱，需要帮助时，特派员却转身上楼了。

刘怡冰呆呆地立了一会儿，又拿起电话，打给烟草公司的周无止，说晚上想见他一面，周无止说七点钟，民众乐园不见不散。

郭佳丽红着眼睛回来，说一定要和马二帅斗下去，直到把他斗倒。

正说着，李白瑞气冲冲进来，说要去把马二帅做掉。

刘怡冰说："怕你感情用事，才没有告诉你。"

郭佳丽说："解放军快打过来了，到那个时候，再收拾他不迟。"

刘怡冰说："多努力，为解放军进城多做准备工作。"

李白瑞说："除了收听，还有什么需要做的，尽管安排。"

刘怡冰说："晚上见周先生就知道了。"

刘怡冰到民众乐园的时候，周无止已在大门外等她。周无止扬着手里两张票，说去看杂技表演。又说，过去一直在咖啡厅、茶馆碰面，担心引起特务的注意，所以换一种形式。

生怕刘怡冰会走似的，陪着小心说："今晚的杂技节目很不错，一票难求。"

杂技厅里人声嘈杂，弥漫着汗臭味，二人刚坐下来，节目就开始了，一个十来岁姑娘表演"咬花"、"顶碗"。周无止突然把手放到刘怡冰肩上，上身也歪到她这边。刘怡冰想把他推走，推了几回没推动。她想尽快把话说完离开，可是周无止看得很投入，一会儿鼓掌、一会儿叫好。最后一个节目是吞钢球，趁表演的老大爷从皮箱取行头时，刘怡冰终于找到机会，告诉他许中玉准备越狱，周无止说越狱是大事儿，要组织接应，他要向顾先生报告。

这时，老大爷换好服装，表演开始，闭目、抱拳、凝神、运气，原本干瘪的腹部，像吹气球一样，鼓了起来。气运毕，拿起一个鸡蛋大的钢球，塞入口中，猛一仰脖，滑进肚里。又运气一番，把第二个钢球也吞下去。老大爷又跳下台，让观众摸他的肚皮，摸了一阵子，又回到台上，转了几个圈，突然一跺脚，腹部猛缩，脖子一仰，钢球从嘴冲出来，落在地上。

整个杂技节目表演完，刘怡冰也没同周无止说几句话，倒是周无止一直抱着她不放。

从杂技厅里出来，周无止拉着刘怡冰的手，准备边走边谈。刘怡冰拦了一辆车，跳上去。

周无止说："正事儿还没说呢。"

刘怡冰说："我已经汇报了，你要向顾先生报告。"

周无止突然醒过来，说："看表演太投入，忘了。"

28

昨天晚上，刘怡冰躺在床上，一会儿想越狱如何接应，一会儿又想郭佳丽被抢去做小老婆……翻来覆去，折腾得一夜没睡，早上到了办公室，还一副无精打采的样子，郭佳丽揶揄她又像黄脸婆了。刘怡冰没好气地说，因为担心她被抢去做小老婆，才弄得一夜没睡好。郭佳丽说昨天回家，在巷子口见到马二帅，告诉他关警队给她提供保护，趁早打消害人害己的念头。马二帅听了，扭头就走。

二人正说着，鹿鸣鸣打来电话，说收到市政府通知，明天市政府举行自卫大队组建新闻发布会，刘怡冰听了，心里顿时凉了半截，叹着气说："无可奈何花落去。"

郭佳丽问她怎么回事儿？刘怡冰没好气的告诉她，马二帅快要心想事成了。郭佳丽说市政府太好笑，真给流氓们开方便之门。刘怡冰说荒唐的政府，荒谬的事儿。

刘怡冰一会儿坐，一会儿走，怎么也静不下来，郭佳丽数落她像热锅上的蚂蚁，烦躁不安。刘怡冰说一堆事儿，都没有眉目，哪能静得下来？郭佳丽要她先坐下，喝口茶，静下心，才能想出主意。刘怡冰这才坐下来，端杯子喝水。郭佳丽给她揉太阳穴，揉搓了一会儿，又给她捏肩膀。刘怡冰心终于静下来，不再那么烦躁了，说晚上去跳舞。又说以后也别回家了，先避一下马二帅的风头。

郭佳丽说："越是躲他越来劲，天天迎着他，他反倒害怕。"

刘怡冰说："这是什么逻辑，天天在他面前晃，就是刺激他。"

郭佳丽说："他网罗的全是地痞，发动起来，别说一个大活人，就是一根针，掉在哪个角落里，都能找出来。"

刘怡冰想了想，也觉得郭佳丽说得有理儿。

刘怡冰和郭佳丽手挽着手，走进铁路俱乐部的舞厅时，舞厅里已经有不少人，有国军军官，也有西装革履的商人、政府官员，大家三五一伙，围在一起聊天，一些女人参杂在其中。二人进来，四下看了看，没有发现熟人，就到一个角落里坐下来。服务生端来两杯饮料，她们正要喝时，两名军官坐过来，自我介绍说是炮兵团李参谋和张连长。两军官正想问她们的身份时，舞曲响起，便邀二人跳舞，二人随他们移步到舞池。

跳了几支舞曲，休息时，两军官问她们是哪个单位的，刘怡冰说是江汉关的，两名军官一听，肃然起敬，说过去听说海关小姐气质非凡，今天终于领教了，不但有气质，也很漂亮，见到她们，三生有幸。

一听就知道，这两名军官常来跳舞，对付女孩子有一套经验。要是在往日，刘怡冰听了，也许会高兴，今天听起来，觉得有点滑稽，她突然从这两名军官，联想到马二帅的自卫队，一下子情绪全无，当舞曲再次响起时，郭佳丽和张连长移步到舞池后，李参谋无论如何邀请，她都不愿意再跳了。李参谋只好坐一边，在音乐声里，有一句无一句说着话。刘怡冰有点烦这个李参谋了，几次让他去找别的人跳，李参谋却认准了她。突然，李参谋站起来，退到一边，另一个人坐下来。刘怡冰抬头一看是鲁副官。

鲁副官问她为什么不去跳，宁肯呆坐着。刘怡冰告诉他，心情不好，想闹中取静。鲁副官问她为什么烦恼，难道比他的烦恼还多。

刘怡冰说："我一个小女子，哪能和你比，你的一喜一怒，关系到党国。"

鲁副官说："耍嘴皮子了，不实在。"

刘怡冰调皮的笑一下，说："我的烦恼，您听了会笑话。"

鲁副官说："我都几年没笑过了，能把我说笑，我还要感谢你呢。"

刘怡冰说："有一同事，地痞要强迫她做小老婆，为这事儿，心里一直烦。"

鲁副官听了，自言自语说："蹊跷事儿，这个地痞吃豹子胆了。"

刘怡冰便将马二帅串通地痞流氓，集资成立自卫队的事儿，前后说了一遍，又说明天就要成立了，还要开新闻发布会吹嘘。鲁副官听了，感叹中国之大，无奇不有。

刘怡冰说："枪还没到手，就想抢人做小老婆，有了枪，不知要干出什么伤天害理的事儿。"

鲁副官说："你有一颗善良的心，那位同事知道了，一定感激涕零。先把烦恼放下来，跳舞去。"

刘怡冰本来想拒绝，见鲁副官已经起身，只好站起来，往舞池走去。

29

刘怡冰正在埋头整理公文，李源匆忙进来，告诉她市政府秘书长突然来了，快去向赫斯特报告。

刘怡冰拿起记录本，向楼上跑去。她刚说了秘书长来了，赫斯特就生气起来，说不见。

这时李源进来，说已把秘书长迎进会客室。

赫斯特没有好气地问："他来干什么？"

李源说："问过了，说有急事儿，要和您面谈。这个人行事奸诈，最好不得罪他。"

赫斯特想了一会儿，说："在这非常时期，也只好依了他。"

又吩咐刘怡冰作好会谈记录，以防后患。

三个人来到会客室时，秘书长正架着二郎腿喝茶，见赫斯特进来，放下茶杯，毕恭毕敬站起来，向赫斯特鞠躬致敬。赫斯特挥一下手，示意他坐下来，问他大驾光临，有何贵干。

秘书长谦恭地说："一是代宴市长向赫斯特先生谢罪，上次到市政府时，没能亲自接待。二来是解决商人出资，成立商民自卫队的事儿。"

赫斯特说："谢罪不敢当，都是为了公事，没有个人恩怨。"

又问自卫队的事儿，不是要开新闻发布会了吗？

秘书长说："那是谣言，成立自卫队事关市民安全，哪能由地痞们出来主持。我今天来，就是请赫先生出面，邀请商人出资，把这件事情办好。"

赫斯特说："当初秘书长口气坚决，没有回旋余地，商人们已死了心，再去求他们，怕不容易。"

秘书长辩解说："您去市政府仅是说说，又没有计划和方案，我不分好歹地拒绝了，如果当时有一个详尽方案，我就不会犯糊涂。"

赫斯特说："已时过境迁，实难从命。"

秘书长说："请成全市政府为民谋福利的一片苦心，再从中斡旋，促成此事。赫斯特先生若不答应，市长下午会再来求助。"

赫斯特沉思了一会儿，说："就依命再去说合一下，成败如何，全在商人。"

秘书长听了，站起来，说："公务在身，不能久留。"

赫斯特说："知道秘书长繁忙，不敢强留。"

自听说秘书长前来，刘怡冰的心一直咚咚跳着，赫斯特一再拒绝时，有几次她都想开口答应下来。

李源带着秘书长下楼而去，赫斯特自言自语说："秘书长葫芦里卖的什么药，前倨而后恭。"

刘怡冰说："郭佳丽不会被抢去做小老婆了。"

赫斯特说："这中间一定有什么猫腻，告诫郭佳丽小姐，不要因此而大意，坏人总是要做坏事的。明天把刘百川先生叫过来，谈谈这件事情，再依他们的要求，制订一个方案。"

刘怡冰乐颠颠地回到办公室，一把抱住郭佳丽，说她得救了，郭佳丽丈二和尚摸不着头脑，问怎么回事儿？

刘怡冰说："流氓大队胎死腹中。"

30

周无止打电话来，说晕倒了，希望刘怡冰去看望他一下，刘怡冰告诉他走不开，让他先到协和医院。周无止不以为然，让她找个理由出来。

刘怡冰说："海关工作纪律严格，不能请假，也不能离开工作岗位。"

周无止说："制度是死的，人是活的。"

刘怡冰想了想，安慰他先去医院住下来，她下班后过去。周无止支吾了一阵子，才说没有钱，住不了院。刘怡冰让他去吴氏诊所，那里离她家近，她早晚也好照看。周无止认为这样最好，免得他为吃犯愁。

郭佳丽问什么人这么固执,非要她去。刘怡冰告诉她是周无止,因为没有钱看病,又不好意思说,就绕弯子。他这人心机重,有话不直接说。

郭佳丽说:"要当心,别吃了他的亏。"

刘怡冰说:"他心机重,可能是地下工作要求,不能像我们一样,直来直去。"

正说着话,特派员进来,请二人晚上去跳舞。

刘怡冰说:"有一个朋友生病住院,要去看望,改日再陪特派员去。"

特派员说:"看望生病的朋友,比跳舞重要。"

郭佳丽说:"特派员是领导,满足你的要求,也同样重要,也是下级应该做的。"

特派员说:"我的理解是除工作满足领导要求外,其他的,不必迎合。在中国,除了蒋委员长,每个人都有领导,每个人都有上级,所以说,无论做多大的领导,不能只考虑自己,不替别人着想,这是人之常情,也是为人之道。"

郭佳丽说:"听特派员一席话,胜读十年书。"

特派员认为这是很浅的道理,说着起身离去。

送走特派员,郭佳丽没头没脑地说,李白瑞对他印象不好,说他是笑面狐狸。刘怡冰说他那是偏见,特派员批评过他,心里有成见。

刘怡冰突然想起了什么,把郭佳丽扯到一旁,一边拿起电话,一边说光顾给她说话,把正事儿忘了。

一会儿,电话就拨通了,刘怡冰告诉王奶奶,煮一罐鸡汤,晚上给一个生病的朋友送去。

下班的铃声一响,刘怡冰就冲出去,跳上老王的黄包车往家里赶。一进家门,就闻到厨房里飘出的香味。她冲进厨房,让王奶奶把鸡汤装在罐子里。王奶奶告诉她没煮好,还需两个时辰。又说看病人,也不差这一会儿半会儿。

王奶奶数落着给刘怡冰盛饭,她知道刘怡冰的急脾气,急起来什么都不顾。

刘怡冰狼吞虎咽地吃完晚饭,又到沙发上坐了一会儿,终于坐不住了,嚷着让王奶奶把鸡汤往罐子装。妈妈说都这么大了,猴脾气啥时候能改一改。王奶奶一边起身往厨房里走,一边替刘怡冰开脱,说她还是个孩子,长大了就会改。

刘怡冰捧着罐子出门时,正好碰上刘百川回来,她打个招呼,接着往外走。刘百川叮嘱她早去早回，她嗯了一下。

吴大夫见她捧着罐子进来，立即迎上来。刘怡冰急切地问周无止的病情，吴大夫说不是大病，营养不良和精神紧张造成的。刘怡冰长舒一口气，悬着的心落进肚里。吴大夫又说，给他注射了一瓶葡萄糖，又加了一些维生素，基本恢复了体力。再一边用药，一边吃有营养食物，三五天就能恢复元气。

周无止正无精打采地躺在床上，见刘怡冰进来，来了精神，要跳下床，吴大夫摁住他，说头两天要卧床休息。

刘怡冰把罐子放到桌子上，又取出碗筷。周无止感叹说真香，多年没吃过了。刘怡冰说天天给他送鸡汤来，让他吃个够。周无止说永远也吃不烦。

刘怡冰把一碗鸡肉端给周无止，周无止也不客气，接过去大口吃起来。

望着周无止有滋有味地吃着，刘怡冰心里生出一种敬意。她想周无止把工资用在革命工作上，身体都不顾了。他在烟草公司的薪水，虽然不多，但不至于弄得营养不良。他为了和自己联系，也是为了安全，每次都到消费高的咖啡馆见面。她了解过，咖啡馆消费水平，比茶馆高几倍。去一次咖啡馆，不知要在其他方面节约多少回。

周无止吃了三碗，才意犹未尽地放下筷子。

刘怡冰说："听吴大夫介绍，没什么大碍，三天五天就可以出院。"

周无止半开玩笑地说："那可不行，多住几天，就能多喝几碗鸡汤。"

周无止拍拍床，示意刘怡冰坐过去，刘怡冰说："在办公室里坐了一天，屁股都坐疼了，还是站着好。"

周无止也不再坚持，说："自卫队成立几天了，人员也配齐了，要利用这个有利条件，发挥作用。"

在赫斯特支持下，刘百川出资把三百支枪领出来，自卫大队便成立了。根据顾先生的安排，解放军的一个副营长任大队长，三名中队长由解放军班长担任，此外，还有一个排的战士，作为骨干充实到各中队。大部分队员是国军退伍老兵。目前，正在进行训练和整顿。

刘怡冰告诉周无止，准备先查缉走私，筹集药品，李白瑞正在与线人联系，收集情报，很快就会有行动，却担心自卫队查缉走私不合法，一旦出现失误，可能会造成不好影响。周无止安慰她，武汉就要解放了，海关也要回到人民手中，洋人要

从中国海关里彻底消失，一切由中国人掌控，还怕什么不良影响。

刘怡冰点点头，又摇摇头，一时不知说什么好。

周无止越说越兴奋，干脆解开上衣。他说解放区的海关接管后，对海关进行改造，洋人全部卷铺盖走人。中国海关让洋人把持着，太没道理，太有伤民族自尊，江汉关应该由刘怡冰这样的人来领导。

刘怡冰忙摇头，说她没这个想法，也不想当官。

周无止开导她说为国家服务、为人民服务、为海关服务，人人有责，人人有义务，不能因为不想，或因为是女孩子就可以说不。为人类解放事业作贡献，不分男女老幼，将来为国家服务，也不分男女老幼。

31

刘怡冰跳下黄包车时，正好李源也从黄包车上下来，二人便一起拾级上楼。李源告诉刘怡冰，昨天露丝去监狱探望时，许中玉带了个口信给她，说她让办的事儿抓紧点。

刘怡冰心里一惊，这些天忙自卫队组建，把她们越狱的事儿给忘了。

过了一会儿，李源又叮嘱她，不管什么事儿，都要小心。

进了办公室，刘怡冰换上关服，从抽屉里拿出办公用具，却没有心思工作。郭佳丽从后面拍她肩膀，惊得她腾的蹿起来。

郭佳丽说："三个臭皮匠，顶个诸葛亮，我也一起思考。"

刘怡冰恍然大悟似的说："对呀，打电话给李白瑞，让他来一趟。"

郭佳丽说："还没告诉我，是什么事儿呢。"

刘怡冰没好气地说："他来了，就知道了。"

见刘怡冰的脸色不好，郭佳丽不再和她斗嘴，转身去给李白瑞打电话。

不多会儿，李白瑞匆匆赶过来，进门就问出什么事儿了。郭佳丽抢白他说，没出事儿，就不能来一趟。李白瑞解释说，他的意思是正上班，把他叫过来聊天，违反工作纪律。

郭佳丽说谈比纪律还重要的事儿，刘怡冰问她怎么知道的。郭佳丽嘿嘿一笑，说从她脸上读出来的。

刘怡冰不再与郭佳丽计较，扭头问李白瑞："许中玉他们想越狱，怎么接应？"

李白瑞、郭佳丽一听，惊得目瞪口呆，好一会儿才回过神来。

李白瑞说："这可是大事儿，开不得玩笑。"

刘怡冰说："已经给周先生汇报过，他说要从长计议。"

李白瑞说："这事儿说起来容易，做起来难，就是越出来，把他们接到哪儿，又放到哪儿。"

刘怡冰说："接到汉口后，让她们先躲起来，然后再考虑。"

李白瑞说："首先，半夜三更没有轮渡，过不了江。其次，接到汉口，军警会把他们再抓起来。"

郭佳丽说："李白瑞的意见是对的，这事儿不能草率。"

刘怡冰想了想，说再和周无止商量一次。

李白瑞点点头，匆匆离去，望着他离去的背影，郭佳丽建议，把许中玉她们接出来后，送到信阳解放区。

刘怡冰说："三百多里的路程，他们哪能吃得消，再说，路上还有国军。"

郭佳丽说："去找鲁副官，请他开个通行证。"

刘怡冰一听，兴奋地抱住郭佳丽，说："我怎么没想到？"

刘怡冰抓起电话，往城防司令部打过去，通过总机接线，终于接通，信号有点弱，但还能听清楚。鲁副官问有什么事儿，刘怡冰说想请他吃饭，鲁副官告诉她最近特别忙，走不出去，如果有事情需要他办，电话里说。刘怡冰想了一下，告诉他信阳鸡公山上。有江汉关几栋别墅，关里准备派几个人去驻守。沿途有国军把守，能不能关照一下。鲁副官沉思一会儿，说城外防守不归城防司令部，要找剿总司令部的人协调。

刘怡冰再三感谢后，才一脸兴奋地放下电话。

郭佳丽上前拥着她，说："借口太妙了，连我都有点相信。"

刘怡冰说："这是急中生智，打电话前，准备说亲戚回老家，电话一接通，又想起鸡公山上有别墅，关里派人看守。"

郭佳丽说："现在万事俱备，只欠东风。"

刘怡冰说："过江的问题是个难题，各渡口都盘查得很严，他们那些人出来，一眼就能认出是囚犯。"

郭佳丽说："给他们换上关服，扮成咱江汉关的关员。"

刘怡冰认为她的主意好，周末再去监狱一趟，问许中玉有多少人越狱，又都是什么人。

快吃午饭时，鲁副官打来电话，说从剿总司令部弄到特别通行证，三日内有效。刘怡冰掩饰住内心的激动，问能再宽限两天。鲁副官告诉她，形势一天比一天严峻，这张通行证能开出来，已经是很给面子了。

放下电话，刘怡冰自言自语地说："幸运来得太突然，不知如何是好。"

郭佳丽说："既然如此，就大胆地往前走。"

刘怡冰说："轮子已经转动，就不能停下来。她看了一下时间，又说午饭后去监狱一趟。"

郭佳丽说："哪有心思吃饭，现在就去。"

二人匆匆赶到监狱时，麻脸少校正无精打采的坐着，见她们进来，立即来了精神，先让二人坐下，又要倒水。刘怡冰、郭佳丽也不客气，接过他递来的茶杯，一边慢慢喝，一边赞美麻脸少校修养好。麻脸少校听着很受用，堆起一脸的笑。郭佳丽见火候差不多了，说想探视许中玉，麻脸少校立即收起脸上的笑意，告诉她，这个时候不能探监，因为她们是城防司令部的关系，过去探监都是高抬贵手，现在不行了。刘怡冰说堂堂的少校，这点小小的要求难不住的。郭佳丽附和说，像他这样军官儿，别说探监了，就是放人都能办到。

面对两个美女的恭维，麻脸少校一会摇头、一会儿点头，但就是不同意。

郭佳丽灵机一动，说："你和我们说话，一脸羞涩，是不是还没有结婚？"

麻脸少校不好意思起来，说："美女的眼睛真厉害，这都看出来了。不但没有结婚，连女朋友都没有。"

刘怡冰装作不解地问："这么英俊的军官，怎么还没有女朋友？"

麻脸少校说："监狱的名声不好，人家一听说是管牢房的，就没有好印象。我们接触面也窄，尽与犯人打交道。"

郭佳丽说："我们认识很多美女，帮你牵线搭桥。"

麻脸少校又堆起一脸笑，说："那感情好，找你们这样的美女，看着赏心悦目。又说最好是海关的。"

郭佳丽说："我和刘小姐都有男朋友，不然就会爱上你。"

麻脸少校说："又没结婚，可以和他们竞争。"

郭佳丽高兴起来，说欢迎竞争，欢迎来挖墙脚。麻脸少校问，怎样才能挖墙脚，郭佳丽告诉他，投她们所好，麻脸少校说不知道她们爱好什么。郭佳丽告诉他，眼下想见许中玉。

刘怡冰附和说："见了许中玉，即使没打动郭小姐的芳心，至少让她觉得欠你一个人情。"

麻脸少校想了一会儿说："只能见五分钟。"

刘怡冰、郭佳丽异口同声地说，五分钟就五分钟。

麻脸少校拿起电话，嚷了一句带许中玉出来，城防司令部的人要见她。刘怡冰听了，心里暗想，麻脸少校不简单呢，拿城防司令部当挡箭牌。

不多会儿，许中玉被带到探视室，刘怡冰、郭佳丽准备过去。麻脸少校再次提醒有话快说，只有五分钟。二人一边感谢，一边急切地走去。

见了许中玉，刘怡冰问几男几女，许中玉说七男四女。刘怡冰又问高低，许中玉不理解，刘怡冰说没时间解释。许中玉告诉她，男的三个高个子，四个中等个子，女的如她一样。刘怡冰又问今晚能否行动？许中玉告诉她都准备好了。

刘怡冰又问东南西北，许中玉正要说话，被一个狱卒粗暴地拉走，快出门的时候，许中玉突然左手放到屁股上，往下比划。

刘怡冰、郭佳丽恋恋不舍地望着许中玉离去，直到麻脸少校提醒，才收回目光。

二人又向麻脸少校说了一通好话，就往外走。麻脸少校一边送二人出来，一边叮嘱，把他的事儿放在心上。

出了监狱大门，郭佳丽忍不住笑起来，说："麻脸少校真憨，说什么都信。"

刘怡冰说："他一点也不憨，心里有小九九呢，只是一时被你迷住了。"

郭佳丽说："就他那副德性，谁愿意跟他朝夕相处。"

刘怡冰说："这也要看缘分。"

回汉口后，刘怡冰直接去城防司令部，找鲁副官取通行证，让郭佳丽去借关服。

第四章 越狱

32

刘怡冰从城防司令部回来时，郭佳丽正在大口喝水，见她进来，放下杯子，埋怨说借关服时，个个问她干什么用，她乱找借口，乱说一通，有几回差点不能自圆其说。刘怡冰说现在不是叫苦的时候，打电话把李白瑞叫来，让他参与今晚的行动。郭佳丽又喝了两口水，才拿起电话打到缉私科，缉私科的人说他出去了。郭佳丽交代接电话的人，他回来后叫他到秘书科来一趟，有要紧的事儿，对方说他不再回来，有事明天再说。

放下电话，郭佳丽说靠山山倒，靠水水流，李白瑞指望不上了。刘怡冰问怎么回事儿，郭佳丽告诉她联系不上。

刘怡冰沉思了一会儿，说："箭在弦上了，没有他也要做。"

郭佳丽说："听你指挥，让干什么我就干什么。"

刘怡冰让她下班后，到公寓楼取关服，她去自卫队要人，九点钟到轮渡码头碰面。

郭佳丽有点怕，刘怡冰安慰她说怕什么，就是许中玉等人逃跑，去接应一下。

听说要接应越狱同志，徐大队长把何红牛叫来，一起听刘怡冰介绍情况。最后吩咐何红牛带几个队员，随刘怡冰前往接应。

晚九时，刘怡冰、何红牛等人到轮渡码头时，郭佳丽还没到，过了好一会儿，才扛着大包袱赶来。

刘怡冰埋怨她再晚来一会儿，最后一班轮渡都赶不上了。郭佳丽说她一家家找人取，麻烦着呢。

刘怡冰去窗口买了票，一行人跟着她，往码头上走，两个宪兵拦住去路，问他们是哪一部分的，刘怡冰告诉他是海关缉私队，何红牛走了嘴，又说是自卫队的。宪兵班长警觉起来，问到底是哪一部分。刘怡冰犹豫一下，指着何红牛说，他们是自卫队的，她和郭佳丽是海关的，今晚联合行动。何红牛哈下腰，递上自己的证件，宪兵班长狐疑地打量一番，要求打开包袱检查，郭佳丽拦住，说急着上船，不要再耽误时间了。宪兵班长叫来几个宪兵，把他们围起来。刘怡冰见形势越来越紧张，开船的时间也快到了，吩咐何红牛把包袱打开，让宪兵检查。

包袱打开，宪兵班长见是十几套关服，更理直气壮，说执行公务带这种衣服干什么，分明是有问题嘛，人和衣服都要扣下，明天交海关处理。

轮渡汽笛长鸣了一声，就要起锚。刘怡冰告诉宪兵班长，耽误了行动，他担当不起，宪兵班长一副爱理不理的样子。

轮渡汽笛长又鸣一声，开始起锚。

刘怡冰厉声对宪兵班长说："命令你让轮渡停下来。"

宪兵班长冷笑一声，说："黄毛丫头，也来给我下令。"

刘怡冰掏出剿总司令部的通行证，甩给宪兵班长，只见上面写着"海关执行公务，各部队不得盘查截留"。宪兵班长一看，立即软下来，忙说有眼无珠，请别怪罪。

这时，轮渡已离开码头，朝江心开去。郭佳丽责问宪兵班长，耽误了大事儿，该当何罪。宪兵班长对一旁的兵吼道，快找船务公司，让轮渡拐回来。

轮渡公司的人忙乱了一阵子，轮渡船终于掉头回来，刘怡冰一行人登上去。

轮渡船再次鸣笛起锚，刘怡冰的一颗心才落进肚里。

下了轮渡船，一行人向监狱方向走去，快到监狱时，何红牛悄声问刘怡冰，监狱的同志在哪个方向越狱，什么时间、接头暗号是什么。他这一问，像一盆冷水浇在身上，刘怡冰愧疚地告诉何红牛，没来得及问。何红牛急了，责备她办事粗心大意，关键的细节忽略了。说着下令停止前进，坐下来休息。

何红牛把她们二人叫到一边，研究对策，郭佳丽建议四面出击，何红牛认为监狱这么大，几个人顾不过来。他又指着监狱四周的探照灯说，还有那个东西照着，一不留神就会暴露。再说，接了他们后，怎么合会？他建议行动取消，明天再来。

刘怡冰说："无法通知许中玉她们。"

何红牛用手比划了一下，说："只有照郭小姐说的笨办法了。"

何红牛问监狱大门在哪个方向，刘怡冰说朝东。何红牛点点头，认为越狱的方向在南北西三个方向。每人带三个队员，在三个方向埋伏，把人接过来后，放在隐蔽处，再通知另外两组人撤退。

不远处传来几声蛙鸣，何红牛说碰头暗号就用青蛙叫。刘怡冰告诉他不会叫，何红牛说是个意思就行了。

过了一会儿，何红牛又说关键问题是接人。刘怡冰像做错事儿的孩子，责怪自己考虑不周全。何红牛情绪平静下来，安慰她不要太内疚，又没打过仗，哪懂得这些细节。

最后，何红牛说："马上就要分头行动了，你们有点紧张，这是正常的，不过不要怕，那些队员都是久经战场，任何事情都能处理。"

三组人向三个不同的方向走去。

突然，刘怡冰脑海里浮现出许中玉被带走时，手在屁股后向下比划时的情景，一下子领会了许中玉的用意。张口要叫何红牛和郭佳丽，意识到什么，又用手把嘴捂起来，学了一声蛙叫。何红牛、郭佳丽停了一下，又往前走去，刘怡冰急了，连着叫了几声，何红牛、郭佳丽这才返回来。

刘怡冰迎上去，告诉他们许中玉在南面越狱。何红牛问她怎么知道的？刘怡冰就把许中玉离去时，手在屁股后比划的情形说了一遍。

何红牛说："她的手在屁股后往下比划，并不能断定从南面越狱。"

刘怡冰说："看地图是上北下南，左西右东，她往下比划，一定是想告诉我从南面越狱。"

郭佳丽跳起来，说："你太有智慧、太会联想了，这么一说，我也认为她们从南面出来。"

何红牛也认为有道理，感叹有文化的人，做事儿不一样，道道多，弯弯多。

三组人重又合到一起，悄悄来到监狱南面草丛里潜伏下来。

芳草的清香，伴着露水的湿气，吸进鼻子里，叫人兴奋，蛙鸣声此起彼伏，响成一片。猫头鹰的叫声，从不远处传，虽然不太动听，听着也亲切，飞虫在耳边飞来飞去，有时碰到脸上。尽管是夜里，也能感受到这是充满生机的春天。

吸了几口草香，刘怡冰感觉神清气爽。她挪到何红牛身边，告诉他这么荒芜的地方，学汽笛叫，不合时宜，许中玉是广东人，干脆用广东话接头。

郭佳丽附和说："广东话像鸟语，这半夜三更的，听不懂的人，还以为是鬼在说话呢。"

何红牛认为有道理，问谁会说广东话。郭佳丽摇头，表示不会，刘怡冰说她不但不会说，而且也听不懂。

何红牛说："还是学汽笛叫，这个简单明了。"

郭佳丽说："说英语，效果也和广东话一样，不懂的人，一样以为是鬼话。"

何红牛问："许中玉能懂吗？"

刘怡冰说："海关的人都会说英语，就是到国外都不成问题。"

大约又过了一个时辰，监狱的墙下边，出现一个人影子，一会儿又出现一个，何红牛捅了一下刘怡冰的胳膊，让她上去打个招呼。

一行人往前爬了十几米，几个人影子更清晰，刘怡冰轻声问声好，许中玉用英语也回了一句。何红牛一挥手，队员们悄悄爬过去，帮助他们往前爬。

一行人爬到潜伏的地方停下来，郭佳丽拿出关服，让许中玉她们换上，把换下来的囚服，扔进树林子里。

换了关服，一行人开始往江边走，沿途遇到两队国军巡逻兵，何红牛都以海关缉私队的名义，应付过去。

到了江边，时间还早，何红牛让大家先休息，等着天亮。

坐了一会儿，何红牛觉得这样坐着太显眼，要找个地方隐藏起来。刘怡冰告诉他，这附近都是人住的地方，没地方躲藏。何红牛一听有点烦躁，埋怨计划不周。郭佳丽说李白瑞家离这儿不远，把他找来想办法。何红牛让她快去，越快越好。

郭佳丽飞身跑去，她的身影刚消失在夜色中，刘怡冰就盼着她早点回来了。

33

信神偏有鬼，郭佳丽刚离去不多会儿，一队荷枪实弹的巡逻兵，朝他们走来，

刘怡冰的心咚咚跳起来。何红牛也有点紧张，提醒越狱的同志不要开口。巡逻兵走过来时，刘怡冰两腿发颤地迎上去，一边把特别通行证递过去，一边说是海关缉私队的，正在等轮渡。巡逻兵看了通行证，也不说话，又向前走去，却听他们议论说，这群人看着像监狱出来的。

刘怡冰又紧张起来，心里埋怨郭佳丽、李白瑞还不过来。

终于，郭佳丽、李白瑞二人跑来，李白瑞扫了一眼，说找不到能藏二十几个人的地方。何红牛告诉他，越狱的同志藏起来，其他人可以不动。刘怡冰说随便找个地方，天一亮就走人，李白瑞想了一会儿，说先去他家里。

李白瑞带着许中玉等人，朝他家方向走去，没走多远，越狱的同志就开始气喘吁吁，李白瑞、刘怡冰、郭佳丽三个人一会搀扶这个，一会搀扶那个，好不容易才来到李白瑞家。

李白瑞把一行人带进自己卧室，让大家先坐下来。郭佳丽伸手把电灯拉开，昏暗的屋子里，立即亮起来，甚至有些晃眼。刘怡冰眯了一会儿眼，适应过来，再朝许中玉他们看去，不由得倒吸一口冷气。他们个个面黄肌瘦、蓬头垢面，尽管穿着关服，却一点也不像关员。

郭佳丽也发现了问题，说："不要说宪兵了，笨蛋一眼也能看出了。"

李白瑞说："我去烧一锅水，让他们洗一洗，就会好起来。"

不多会儿，李白瑞端着一盆热水进来，几个人推让着，谁也不肯先洗，李白瑞说别客气，天快亮了，还要赶早班轮渡。

几个人轮流清洗一番，面目一下子清爽许多，看上去也不再那么扎眼了。

郭佳丽打量一番后，把刘怡冰拉到一边，告诉她只有许中玉看着像回事儿，其他人还是不像。

刘怡冰叹口气，说："他们在监狱关了两年，无论是表情，举手投足，都和正常人不一样。就算不是从监狱里出来，也是貌合神离，因为他们没在海关工作过，没有受过海关文化熏陶。就如老百姓穿上龙袍，也不像皇帝是一样的道理。"

郭佳丽说："渡口盘查的宪兵、警察，还有军统特务，个个都贼精贼精的，怕是瞒不过。"

刘怡冰说："他们这个样子，糊弄沿途的国军可以，他们压根就不知海关的人是什么样儿。"

停了一下，她吩咐郭佳丽去通知何红牛，让他们乘早班轮渡回汉口。

刘怡冰把李白瑞叫过来，悄声说："他们今天不能过江。"

李白瑞说："我也看出来了，正合计怎么办呢。"

刘怡冰忧虑起来，说："明天通行证就过期了。"

李白瑞说："我们家隔壁印刷厂老板，也在为武汉解放做工作。如果不能过江，转移到他那儿，扮着印刷工人，但这不是上策，他们越狱后，军警会到处搜捕。"

说着话，天已经亮起来，郭佳丽也跑回来，告诉他们何红牛等人已经走了。

刘怡冰、郭佳丽洗了脸、梳理一下头发，匆忙离去。

出了门，刘怡冰又回来交代许中玉，多和大家说说海关情况，穿着关服，对海关一无所知，容易露出破绽。

登上轮渡时，太阳已经升起，金灿灿的阳光洒到江面上，江水映得波光粼粼。刘怡冰和郭佳丽望着奔腾的江水，精神为之一振，一夜辛苦，随江水逝去。下了轮渡，二人在街边找一家小店，吃了一碗热干面，赶到关里。

郭佳丽突然兴奋起来，说她有主意了，雇一条船，专门接许中玉他们。

刘怡冰告诉她，轮渡船都被军警看守着，小渔船又太小，半夜里，风高浪急，容易出问题。十点后，长江宵禁，一旦被军警发现，格杀勿论。

郭佳丽听刘怡冰这样一说，顿时蔫了。想了一会儿，又说干脆在那边乡下找个地方，让他们躲起来，武汉解放了再出来。

刘怡冰说："武昌的东、南、西、北都有国军驻守，哪个老百姓敢冒这样的风险。"

二人正说着话，传达室打电话来，说有人找她们，让她们去一趟。二人放下手头的活儿，一起到楼下。还没进门，见麻脸少校正神情萎靡坐着，刘怡冰把郭佳丽扯到一边，提醒她越狱的事儿和她们没关系。

两人合计好后，大大咧咧地走进接待室。

郭佳丽嚷着说："你也太心急了，昨天刚说过的事儿，今天就找上门了。"

刘怡冰也说："心急吃不了热豆腐。"

麻脸少校说："找你们不是为那事儿，许中玉昨天夜里逃跑了。"

刘怡冰、郭佳丽夸张地张大嘴巴，说："监狱的墙那么高，她怎么能逃得出来。"

麻脸少校说："不光她逃了，还带了十个人。"

刘怡冰说："真不可思议，她能从哪儿逃呢。"

麻脸少校说："下水道年久失修，让他们找着了漏洞，要不然就是长了翅膀，也飞不出去。"

刘怡冰说："我们一直认为监狱就是堡垒，外边的人想进进不去，里面的人想出出不来。"

麻脸少校说："监狱是张之洞那个年代建的，都五十多年了，问题不少。"

麻脸少校意识到说走了嘴，连忙改说监狱固若金汤，一时大意，才让她们钻了空子。

刘怡冰说："我认识报社的人，在报纸上报道一下，让广大市民提供消息。"

麻脸少校说："监狱长就怕外人知道。"

郭佳丽说："人都逃跑了，还怕人家知道？"

麻脸少校说："监狱长怕剿总白长官追究他的责任，撤他的职。"

郭佳丽说："监狱长追究你，这不是欺侮老实人，拿你出气嘛。"

麻脸少校说："我也有责任，昨天是我值班嘛。我来就想问一下，昨天中午，你们和许中玉见了一面，晚上她就逃了，你们这儿或许会有线索。"

又说请二位美女放心，他没向任何人说，她们昨天见过许中玉。

刘怡冰说："也就见五分钟，话都没说几句就被带走了。又不是只有我们见过，难道没有别的人探视她？"

麻脸少校说："有个外国娘儿们探视过她，也说是海关的人。"

刘怡冰说："江汉关倒是有几个洋人，都是男的。"

麻脸少校说，这事儿要是在半年前，军警一发动，一定能找到他们。现在人心慌乱，即使现成的去抓，还不乐意。监狱长准备通过私人关系，让警察局的人帮助搜捕，一旦发现，立即枪毙。另外，已经准备文书资料，找不到他们，就说他们病死了。

刘怡冰突然起了恻隐之心，问麻脸少校会把他怎么样。麻脸少校说降一级，扣发两个月的薪水。不过，为了美女，也是值得的。郭佳丽不高兴了，说怎么变成是为了她们。麻脸少校告诉她，他如果向监狱长报告，昨天中午她们探视过许中玉，监狱长一定会派人把她们抓走。

刘怡冰说："如此说来，真的要谢谢你。你的好心一定会有好报。"

送走麻脸少校，两人又回到办公室。郭佳丽突然说她有主意了，刘怡冰问她有什么主意，郭佳丽说用缉私艇接她们过江。刘怡冰一听，也兴奋起来，打电话叫郭中规过来一趟。

郭中规很快过来，刘怡冰也不客气，说："夜里缉私艇去武昌接人。"

郭中规也不问接什么人，又摇头又摆手，说："动用缉私艇，必须赫斯特和特派员同意。"

郭佳丽说："半夜三更的，偷偷出去一次，时间也不长。"

郭中规说："机房钥匙都上缴了。"

听了郭中规的话，两人一下像霜打了一样，有气无力地坐下去。

还是郭佳丽先开口："只有去求他们二人。"

刘怡冰为难地说："总不能说许中玉他们越狱了，用缉私艇去接应。缉私艇接应政治犯，传出去那可是大事情。"

郭佳丽说："还是去租渔船，争取租一条大船。"

中午，刘怡冰、郭佳丽到六渡桥渔村时，岸边三三两两停泊着十几条渔船，渔民们正在吃饭。她们的到来，引起渔民们的好奇，纷纷探出头来看。当刘怡冰说明来意时，渔民个个摇头拒绝，告诉她们不要说夜里，就是白天都不让过江，已有七条船被打沉，谁还敢再冒险。给再多的钱，也没有命要紧。

去找帮助她们收听广播的老艄公时，老艄公正端着一个破碗吃饭，见了二人，放下碗迎出来。刘怡冰简单的说明来意，老艄公立即摇头，说帮不了，一来是怕国军炮轰，二来这小船破败不堪，到江心里，一个浪头打来就散架了。

刘怡冰、郭佳丽再看他的小船，果然破败不堪，像纸扎的似的。

无精打采地回到办公室，刘怡冰告诉郭佳丽，警察局的人很快会来海关，也许真的像麻脸少校说的那样，会把她抓走，如果她被抓走，让李白瑞带着许中玉他们转移。

郭佳丽说："胡说什么呢，自己吓唬自己。"

刘怡冰说："麻脸少校说的有道理，我去监狱那么多趟，自然是怀疑对象，他们不会放过。"

郭佳丽说："我去找特派员，请他批准动用缉私艇，把许中玉他们接过来后，

你也跟着她们一起去解放区。"

刘怡冰说："我要是逃走了，监狱就会和海关没完没了。"

郭佳丽说："先逃走再说，海关有这么多人，还能应付不了？"

刘怡冰说："这事儿和海关本来没关系，为什么要把海关牵扯进来。"

郭佳丽说："大家对海关都有感情，将来再报答也不迟嘛。说着要去找特派员。"

刘怡冰扯住她，提醒她先找赫斯特，他的工作做通了，特派员那边就不会有问题。

赫斯特正在看文件，刘怡冰坐下后，才把文件放下来，和蔼地问有什么事儿。

刘怡冰想了想说："许中玉越狱了。"

赫斯特听了，一脸严肃地说："这是监狱放的烟幕，其实是准备处死她。"

刘怡冰告诉他，越狱是她接应的，赫斯特惊得目瞪口呆，好一会儿，才问遇到了什么麻烦。

刘怡冰说："恳请您批准，用缉私艇把她们接过江。"

赫斯特说："根据总署要求，缉私艇早就不能动用了，虽然总署远在上海，但有特派员监督。"

刘怡冰一听，急出了眼泪，说："如果不用缉私艇去接，许中玉就必死无疑，监狱长已经下令，一旦发现，就地处死。"

赫斯特正要说话，特派员和郭佳丽闯进来。

特派员说："既然已越狱出来了，海关就有救她的义务，目前，她的名字还在总署名录上。"

赫斯特听了，点点头。

特派员接着说："其实，许中玉并不是什么要犯，不过是跟着别人，说了一些国民政府的坏话，就被抓进去了。"

又回过头对刘怡冰说："你和许中玉不能在江汉关了，狱警迟早会找上门来。你们先去九龙关，总署调令随后补发。"

正说着，李源匆匆忙忙的进来，说狱警来了，要求见赫斯特。

特派员让把他们带上来，他和赫斯特一起会见他们。

34

刘怡冰、郭佳丽忐忑不安地在办公室里坐着，不知道干什么，也不知道说什么。刘怡冰内心里有一种恐惧感，她自己也不明白为什么，接应越狱的决心是如何下的，当时她是那样的义无反顾，甚至没有想过怕，也没有想过会给她带来什么后果。

电话铃响起来，刘怡冰吓得浑身一颤，想站起来，却两腿发软。

郭佳丽跳起来，犹豫了一会儿，才拿起电话，随即又放下，告诉她去特派员办公室一趟。刘怡冰端起杯子，喝了两口水，费力地站起来，迈着沉重的步子，向楼上走去。

特派员见刘怡冰进来，示意她坐下来。

王朝胜意味深长地看她一会儿，告诉她不用再怕了。

刘怡冰疑惑地看着特派员，想说什么，却没说出口。

特派员告诉刘怡冰，监狱方面怀疑她和一个外国女人，尤其是那个外国女人，许中玉越狱的头天去探视过。他和赫斯特已经向他们说明，海关里没有外国女关员，刘怡冰去探视是关里安排，是例行工作，要他们重点寻找外国女人。最后，他吩咐刘怡冰转告李源，让他的夫人近期不要外出。

刘怡冰怯怯地问，她还去九龙关吗。特派员说当然不去了，如果再去九龙关，就是此地无银三百两。

刘怡冰再三感谢他和赫斯特的爱护。

特派员说动乱岁月里，让大家平平安安活下去，不但是他的责任，也是赫斯特的责任。又说，大道理还是要讲，不能危害党国安全，这是原则。越狱的几个人虽是原地下市委的人，已关两年多了，已没有多大危险，即便放出来，连找口饭吃都成问题，更别说造反。新的地下市委才危险。

特派员意识到自己说远了，又转移话题，告诉刘怡冰，他和赫斯特共同签发了动用缉私艇命令，要她去和长江一号缉私艇联系。

停了一会儿，特派员又说，估计那些人不愿意在武汉躲藏，所以，给一号缉私艇的指令是接人后，直接开到阳逻，让他们去他们想去的解放区。路上有国军把守，能否过去，只有天知道。告诉许中玉，希望她服从安排，到九龙关报到。

从特派员办公室出来，刘怡冰直接到缉私码头，登上一号缉私艇时，见船员们已经开始忙碌了。

虽然缉私码头离办公楼不远，但她从来没有到艇上来过，多是在远处看几眼。她站在甲板上，好奇地四处张望时，郭中规匆匆跑过来，说已经接到指令，正在做准备。

刘怡冰一回到办公室，就让郭佳丽去告诉李白瑞，做好准备。郭佳丽却焦急地问她，还去不去九龙关，刘怡冰说不去了。郭佳丽一听，冲上去抱住她哭起来。

刘怡冰说："要调走也哭，不走了也哭。"

郭佳丽说："为你的安全，激动一回，还不可以吗？"

刘怡冰说："现在顾不上，我去找爸爸要车，把许中玉她们接过来后，要立即送走。把他们安全送到信阳，再好好哭一回。"

刘怡冰赶到爸爸公司，刚说用车，刘百川立即摇头，说一路上不是国军、就是共军，卡哨林立，有去无回。刘怡冰说剿总司令部的通行证，没什么问题，解放军就更没问题了，本来就是去投奔他们的。刘百川思索了一阵子，从抽屉里拿出三百块大洋，让刘怡冰拿着路上用，说光有通行证还不行。

刘百川心疼地对她说："先回去睡一觉，不能太早，也不能太晚，出城以天亮为宜。"

回到家里，刘怡冰躺在床上，却无法入睡，一会儿想缉私艇，一会儿想许中玉他们，一会儿又想明天路上的事儿，后来干脆坐起来。坐了一会儿，还是想那些个事儿，想得头都有点疼，索性穿衣下床，来到客厅。王奶奶从厨房里出来，问她怎么不睡了。刘怡冰说躺着头疼，还不如坐起来。妈妈放下正看着的书，过来给她揉头皮。

妈妈一边给她揉太阳穴，一边数落她这么大了，还不会自己照顾自己……不多会儿，刘怡冰就睡了过去。

突然，刘怡冰跳起来，说缉私艇起锚了。妈妈拉住她，说是爸爸摁的门铃。

刘怡冰又坐下，自言自语地说，还以为缉私艇叫呢。这时，刘百川走进来，妈妈对刘怡冰、又是对刘百川说，这孩子中魔了。刘百川接过话，说她在做她该做的事情。

刘怡冰草草地吃了几口饭，就往缉私码头赶来。郭中规迎上来，告诉她准备就绪，随时可以起航。忽然，刘怡冰想起了什么，问缉私艇开到武昌接几个人上来，又开回来，会不会引起别人的怀疑？郭中规说先在江里转几圈，再去接人，接了人再转几圈，即使有特务盯着，也让他们摸不着北。刘怡冰笑起来，说英雄所见略同，她也是这样想的。

郭中规让她先到船舱里休息，九点钟起锚，十点到武昌接他们上船，按照指令去阳逻，然后返回码头。

缉私艇起锚后，在长江里转了几圈，才在武昌江边靠岸。刘怡冰和郭中规立即下船，往李白瑞家里赶去。李白瑞、郭佳丽、许中玉等人正焦急地等着，见她们二人过来，一起迎上来。

一行人出了李白瑞家大门，蜂拥着往码头走去。郭中规把一行人拦住，说这样不行，会露出马脚。刘怡冰一惊，问该怎么办，郭中规说排成队，这样才像海关的人出行。

十几个人在郭中规的指挥下，分成两队往前走。果然，感觉好多了。

一行人上了缉私艇，才发现国军江防巡逻船，停在不远处，探照灯明晃晃地照着。郭中规吩咐船员，发执行任务的信号，不多会儿，巡逻艇离去。

刘怡冰狂跳的一颗心，才渐渐平静下来。

接下来一切顺利，缉私艇开到阳逻绕了一个圈，回到缉私码头。老梅早已在码头外等，一行人走下缉私艇，爬上汽车。

刘怡冰把许中玉叫住，说特派员让她去九龙关，许中玉坚定地说，要到解放区去，听她这样说，刘怡冰便扶她坐进驾驶室里。

大家上车后，李白瑞拉住刘怡冰，让她回去休息，他去送。

刘怡冰说："我认识鲁副官，一旦有什么问题，可以狐假虎威。"

李白瑞说："这我就比不了了。"

郭佳丽说他当然比不过，刘怡冰有两张通行证。刘怡冰问她另外一张在哪儿，郭佳丽告诉她，美女的脸也是一张特别通行证。

35

　　汽车行驶到东西湖的时候，天已经亮起来，远处近处的村庄上空，炊烟袅袅，早起的村民在村头忙碌，孩童在柴草堆里滚来滚去。绿油油的麦苗，在晨风中荡漾，黄灿灿的油菜花，粉红色的桃花，正盛开着。

　　在朝霞的映照下，田野和村庄显得恬静安谧。

　　吹进车窗里的风中，能嗅出花香和麦苗的气息。许中玉望着眼前的风景，良久才说："两年没有看过花和草，原来以为再也看不到了。"

　　刘怡冰深深吸了几口清新空气，说："这就是陶渊明的田园生活。"

　　司机老梅突然说："出来几个骑马的，要扫两位小姐的兴了。"

　　刘怡冰朝右前方望去，果然，有几个荷枪实弹的国军，骑着马在麦田中间晃，刚才的好心情一下没了，不由得想起两军对垒，大战一触即发。

　　到孝感的时候，已经八点多了，检查站值班军官看了通行证后，说上峰有交代，不能放他们走。刘怡冰心里忽然紧张起来，拿出一百块大洋递过去，排长不收，告诉她给再多的钱，他也不敢放行，团长交代过几次，她们来时，一定要先留下，然后向他报告。说着跑去打电话，向团长报告。

　　许中玉跳下车，问怎么回事儿，刘怡冰告诉她可能有麻烦了，他们接到专门通知不让通过。许中玉一听，也紧张起来，建议冲过去。刘怡冰说前后左右都是他们的人，能冲到哪儿。许中玉说反正抓住也是死，冲过去也是死，死就死个轰轰烈烈，说着去征求车上同志们的意见。

　　不多会儿，许中玉又来到刘怡冰身边，悄声告诉她，大家赞成冲过去。

　　刘怡冰说冲不是最好的办法，可能五十米都冲不过去。许中玉不听，把刘怡冰拉上车，又吩咐老梅加油门。老梅不同意，说到处都是机枪大炮，找死。

　　这时，一辆军用吉普车拖着一股白烟，从远处开来，一直开到他们车前停下来，值班排长跑出来敬礼。

刘怡冰要下车，被许中玉扯住。

值班排长跑到车前，大声吆喝刘怡冰他们下车。

国军团长堆着一脸笑，对排长说小声点，别吓着海关的人。

刘怡冰挣脱许中玉的手，跳下车，把通行证递到团长面前。团长一把推开，告诉她鲁副官给他打过电话，他的电话比通行证还管用。

刘怡冰听了，悬着的一颗心总算落下来。

团长又说1936年的时候，从武汉走私一批武器弹药，被江汉关查扣，他奉命去疏通的时候，海关以抗日大局为重，没有为难他，这个情他一直没忘，今天中午，他要宴请刘怡冰等人。

刘怡冰谦虚地说，为国家服务、为国家作贡献，是海关的宗旨，为抗日救国做力所能及的工作，也是海关应尽职责。今日急着赶路，送人上山后，还要赶回汉口复命。

团长不再强留，说路上共军的游击队、侦察兵活动频繁，为了安全，他派一个班护送。不容刘怡冰置疑，又令值班排长叫一班随同前往。

排长冲营房大吼一声，十二个全副武装的国军士兵，应声跑出来。

刘怡冰的心又吊起来，一时又找不出借口谢绝。团长见她们的车空着，让他的兵，同乘一辆车，返回时再放下来。刘怡冰哭笑不得，只好答应。

团长话音刚落，十二个士兵已飞身登上车，从动作上看，这些士兵训练有素。

与团长握手告别后，刘怡冰回到车上，先对老梅说开车，又对许中玉说，遇到了好心人，许中玉说黄鼠狼给鸡拜年。刘怡冰又说，看上去团长诚心诚意。老梅高兴了，说一路上不担心国军找麻烦。

果然，此后再遇到哨卡时，没有再让他们下车接受检查。

车行至武胜关时，护送的士兵跳下车，不再前行。班长告诉刘怡冰，鸡公山是两军对垒的中间地带，他们不能再护送了。这里离上鸡公山也就几公里，如果遇到共军游击队袭击，他们可以马上赶过去增援。班长又指着不远处的路口说，那就是上山的路。

刘怡冰谢过他们，继续前行。不多会儿，车便开到鸡公山下。

鸡公山位于河南省、湖北省交界处，是我国著名的四大避暑地之一。1902年，美国传教士李立生、施道格发现山上气候凉爽、景色秀美，为避暑胜地。美国驻

汉领事听说后，也亲临鸡公山游览，并在西方报刊上撰文，说鸡公山山径深幽、泉源甘美，气候清爽，适宜避暑。一时间，来自汉口租界的外国人，纷纷上山购地建房避暑，江汉关也在山上建了三幢别墅，供洋关员夏季消暑。抗日战争爆发后，外国人相继离开。抗战胜利后，来山上避暑的，主要是国民党军政要人。

刘怡冰把一行人送到海关别墅，向管理人员交代一番后，匆匆下山回汉口。

回到汉口，已是夜里十一点，一家人正在等她，见她回来，顿时松了一口气，王奶奶起身给她热饭，妈妈给她准备洗澡水。刘怡冰不想吃，也不想洗，只想立即上床睡觉。刘百川告诉她，李源打电话让她休息三天，有的是睡觉时间。刘怡冰说知道了，倒在沙发上就睡着了。

刘怡冰睡了三天才醒，妈妈红着眼圈说，命根子啊，总算醒了。王奶奶流着泪，说一家人守了三天，快急死了。

妈妈一边给她倒水，一边吩咐王奶奶给她弄吃的。

王奶奶端来一碗鸡蛋面，妈妈才把她从怀里放下来，起身给刘百川打电话，告诉他女儿睡醒了。

吃过饭，刘怡冰让王奶奶早点把鸡汤做好，她晚上送诊所。王奶奶告诉她，已经煮上了，不会耽误。

刘怡冰抱着鸡汤罐子，来到病房时，周无止问这几天去哪儿了，见不到她。刘怡冰淡淡地说，把许中玉他们送到信阳了。周无止惊得嘴巴大张着，好一会儿才说，顾先生说国共还在和谈，不要越狱，正在争取无罪释放。因为生了病，忘了及时转告。

吃过饭，周无止邀刘怡冰到外面散步，刘怡冰告诉他三天没睡，又睡了三天，不想走路。

刘怡冰收拾起碗筷，往诊所外走时，被吴大夫叫住，告诉她周无止的病已经好了，该出院了。

刘怡冰让吴大夫通知周无止，吴大夫说已经通知他了，他说要再住几天。

刘怡冰想了想，说："就让他多住几天吧，住院费到时一并结清。"

吴大夫说："费用我不担心，可是最近住进来一个人，非要和他住一个病房。"

刘怡冰警觉起来，问什么人？

吴大夫告诉她，有点不三不四，除了穿的衣服破，怎么看都不像穷人，还愣说是码头工人。

36

刘怡冰一脚门里，一脚门外时，郭佳丽冲上来抱住她，说："总算来上班了，还担心你一直睡下去。"

刘怡冰淡淡地说："又不是植物人。"

郭佳丽说："天天打电话，都说还睡着，我的心就吊着下不来。"

刘怡冰说："别抱着我不放，我又不是李白瑞。"

郭佳丽脸一红，用粉拳擂了一下刘怡冰，说："我都不好意思了。"

刘怡冰换了衣服出来，一边扣外套扣子，一边问郭佳丽，几天没来上班，有什么事儿没有，郭佳丽告诉她没有。

二人正说着话，特派员进来，问刘怡冰身体恢复好没有。刘怡冰告诉他，还有点底气不足，别的感觉还好。

特派员说："也真是难为你了，办了这么大一件事儿。"

刘怡冰有些不好意思地说："许中玉没有去九龙关。"

特派员说："也是好心为她着想，既然她不领情，也就罢了。"

郭佳丽给特派员让坐，特派员说要出去办事儿，顺便来看一下，说着转身出门。

望着特派员的背影，郭佳丽感激地说："许中玉他们能过去，多亏特派员帮助。那天我把情况向他汇报时，他一听就急了，拉着我去找赫斯特先生。"

刘怡冰说："请特派员吃饭，向他表示感谢。"

晚上，刘怡冰去给周无止送鸡汤时，周无止正在下棋，见她进来，伸手把罐子接过去。下棋的病友，顺势躺到床上，虽然两眼盯着天花板，却在用余光瞟她。

周无止一边喝汤吃肉，一边对那人说，这是他女朋友，前几天不在武汉，没过来。那个人"嗯"了几声，歪过头来打量刘怡冰好一阵子，才说周无止艳福不浅，

111

女朋友像天仙一样，看一眼就让人动心。刘怡冰听了，心里像吃了只苍蝇，有点恶心。周无止似乎很高兴，招呼刘怡冰坐到他身边。刘怡冰犹豫了一会儿，才坐过去。

周无止吃着饭，做着亲昵的动作，一会儿摸摸刘怡冰的肩膀，一会摸摸刘怡冰的手。刘怡冰皱着眉头，几次想站起来，还是忍住了。

吃过饭，周无止把碗筷推给刘怡冰，就要和对面床上的病友下棋，刘怡冰一边收拾碗筷，一边对周无止说，出去散散步，回来再下棋。说着又朝对面床上的人点点头，表示歉意。那人很通情达理，对周无止说去吧，这么漂亮的女朋友，一个人走到街上，要是碰上坏人怎么办。

刘怡冰拎着空罐子，走在前面，周无止跟在后面，一出诊所，周无止就搂着她的腰，刘怡冰颤抖了一下。

刘怡冰告诉周无止，可以出院了。周无止没有回答她，却说他向顾先生汇报了越狱情况，顾先生很高兴。另外，顾先生让收集国军城防情报。

过了一会儿，周无止又说，解放军就要开展渡江战役，武汉解放也指日可待，他已辞去烟草公司工作，住在诊所里，一心一意开展地下工作。

刘怡冰告诉他，对面的病人有问题，吴大夫也说可疑。周无止说他也看出来了，不过没问题，他想把他争取过来，为我所用。

周无止又提醒她，顾先生的指示，也不是立即行动。

第二天上班时，刘怡冰刚跳下车，就被郭佳丽扯住袖子，告诉她马二帅搞了几条破枪，拉了几个地痞流氓，在巷子里进进出出，神气活现。

刘怡冰说："这个世道，群魔乱舞，没什么奇怪，倒是你要小心，怕他对你贼心不死。"

郭佳丽说："他现在见了我，要么客客气气，要么离得远远的，目送本小姐从眼前走过。"

刘怡冰一边走，一边问郭佳丽，那个美女邻居怎么样了。

郭佳丽说："她和那个连长打得火热，到处招摇过市，还经常去舞厅，可怜她老公连句埋怨话都不敢说。"

刘怡冰说："这年头，谁有枪谁就是大爷，连长有一百多条枪呢，别说他是手无寸铁了的人，就是马二帅，有了几条破枪，都不敢招惹。"

112

郭佳丽说："可不是嘛，过去马二帅与她有一腿，自从傍上国军连长后，马二帅连她的屁都闻不到了。去讨好那连长，人家都不正眼看他。"

刘怡冰说："地痞总归是下三烂货色，虽然连长霸别人的老婆不地道，但他对地痞的态度是对的，不混同于马二帅之流。"

二人说着话，进了办公室，郭佳丽还想说下去，刘怡冰告诉她，有个报告要赶写，李源急着要。

37

快下班的时候，鲁副官打来电话，请刘怡冰晚上去跳舞，刘怡冰爽快地答应了。

刘怡冰、郭佳丽来到铁路俱乐部时，四下张望了一番，没找到鲁副官，二人找一个位置坐下来等。服务生刚端上饮品，炮兵团的李参谋和张连长围上来。李参谋说，与两位小姐有缘分，又见面了。

郭佳丽问他们什么时候见过，李参谋说："也是这个舞厅，也是你们两位小姐，也是这张桌子，也是他和张连长。"

刘怡冰先反应过来，说："想起来了，因为鲁副官来了，冷落了你们二位。"

李参谋说："还是刘小姐的记性好。自从上次相遇后，我们来过这里多次，却再也没有碰上你们。可你们的美好形象，深深地印在脑海中。"

刘怡冰说："谢谢还记得我们。"

四个人移步到舞池，随着《小夜曲》音乐，翩翩起舞。

跳了两曲，鲁副官才姗姗来迟，李参谋和张连长赶紧退到一边。

鲁副官说："做副官自己能支配的时间少，希望你们能理解。"

刘怡冰说："长官身边的人，责任重大，自然不能像我们一样，想去那儿，就去那儿。"

鲁副官说："副官不好当，司令官也不好当。"

郭佳丽说："他指挥着几万人马，八面威风，有什么难？"

鲁副官说："和你我比，他是大官，和他的上级比，他也是喽啰，经常受夹板气。比如说当下吧，上次你们说地痞流氓要成立一个大队，我向鲁司令报告后，他指示参谋长向市政府交涉，市政府就是不肯，直到说了狠话，如果成立了，立即派宪兵收缴武器，他们才作罢。为这事儿，把市政府得罪了，向上面告状说他武断专横，干涉市政府决策。再比如，前段时间，上面说要和共军和谈，为了营造和谈气氛，他命令部队休整，现在谈不下去了，又说他放松警惕，弄得他里外不是人。"

刘怡冰说："真要打？"

鲁副官说："正在加紧构筑城防工事，鲁司令天天到各处巡视指导。"

舞曲响起，鲁副官说："话题太沉重，还是去跳舞吧。"

说着起身，向另一位军官招一下手，那位军官立即过来，问他有何吩咐，鲁副官说请美女跳舞。刘怡冰、郭佳丽随鲁副官移步到舞池，开始随着音乐起舞。

鲁副官说："在海关支持下，成立了一个商民自卫大队，这就很好，可以保护商人利益，保护了商人，市场才能稳定、才能繁荣，政府才有钱收。刘怡冰恭维他说，鲁副官还了解市场经济，真是难得。"

接着话题转到自卫队上，刘怡冰说："现在才知道，自卫大队能起死回生，完全靠鲁副官。"

鲁副官说我们也有私心，担心共军打过来时，地痞流氓们会借机作乱，影响作战。又让刘怡冰去问一问自卫队还缺什么，是不是需要补充一些弹药。一旦战事起来，还希望他们能助一臂之力。

刘怡冰回到家里时，已经很晚了，王奶奶还在沙发上坐着，刘怡冰问她这么晚了，还没睡？王奶奶告诉她，周先生有一个纸条，要当面给她。刘怡冰接过去打开，原来是约她八点钟去散步。她把纸条丢进纸篓里，对王奶奶说再有纸条，放在她的床头柜上，不用等她回来。

刘怡冰一边洗漱，一边催促王奶奶上床睡觉。

第二天上班时，刘怡冰一跳下黄包车，李白瑞就迎上来，把她拉到一边，说："这几天晚上出去，都无功而返，有人抢在了他们的前面。"

刘怡冰大吃一惊，问："是不是线人的情报不准？"

李白瑞说："头两天我也这么认为，昨天晚上，眼睁睁地看着一伙人，把私货劫走，本来想上去拦截下来，因为那伙人也以缉私队的名义查扣，如果打起来，会闹得满城风雨，说海关火并，这种事儿，不能让人知道。"

刘怡冰又问："线人不可靠？"

李白瑞肯定地说不会，他与那些人打交道已两年，他们都很守规矩。他估计问题出自卫队，他们的人把消息泄露出去了。每次行动前，他们都要开会动员，研究部署，用的是对付敌人的那套办法。给自卫队提意见，他们说这叫不打无准备之仗，发挥集体智慧。

因为业务工作已停止，上班时间没有多少事可做。刘怡冰每天的工作，就是把头一天各单位报来的情况，整理一下，写一份报告，报给赫斯特，然后再发总署。郭佳丽也没什么事情，几天收不到一份文件或电报。不过关里还是不断强调工作纪律，同时，三令五申，不得参加任何组织的政治活动。赫斯特还像过去一样，与关员们保持着距离，不轻易走出办公室。特派员比过去更忙似的，进进出出，有时出去或者回来时，顺便到刘怡冰这里说几句话，然后再走。李源似乎有一种忧愁在心头，总是眉头紧锁，有想不完的心事，偶尔会过来语重心长地告诫她们，在这个多事的春天里，学会保护自卫，少干心里没底的事儿。

快下班的时候，特派员从楼上下来，说前天他到吴氏诊所去了一趟，感觉吴大夫的医德很好，对病人没有嫌贫爱富，能一视同仁。过去留在那儿的药，也都用在穷人身上。

刘怡冰告诉他，吴大夫家世代行医，医德有口皆碑。特派员说他发现有一些不太像有病的人，也在里面住着，浪费医疗资源。应该告诉吴大夫，这样的人坚决不收。让真正需要的人住进去，尤其是穷人。

刘怡冰一边点头称是，一边想他说的周无止浪费医疗资源。同时，担心特派员看破周无止地下党身份。

晚上回家时，王奶奶像昨天一样，还坐在沙发上，见她回来，从怀里掏出一个纸条，告诉她周无止给的。王奶奶告诉她，周先生说很重要，让她当面交。刘怡冰打开一看，又是"八点钟去散步"。

刘怡冰洗漱后，正准备休息，突然想起特派员说去过诊所，心里一惊，又穿上衣服，匆匆赶到诊所。正好碰见吴大夫在大门外散步，她还没说话，吴大夫迎上来，告诉她今天海关来一位领导，了解那批药的使用情况，向他汇报后，他十

分满意，说今后有困难去找他，只要是为穷人治病，他会想尽办法帮助。吴大夫感慨地说，他是一个体贴民情的官员，这样的官员现在不多见了。又说，他硬把与周先生住一起那个家伙轰走了，那人起初还说特派员狗拿耗子，威胁他说误了他的大事儿，要拿他问罪。原来那人是警察局探员，正在追拿一个大盗，他认为周无止是他要找的人，为此，化装成码头工人，与周无止住在一起。吴大夫听了，大笑起来，告诉他周无止是营养不良住进来的，如果是大盗，应该不缺钱，也不会缺营养晕倒。

刘怡冰问吴大夫特派员来时，周无止在干什么？吴大夫说他去外面散步了，要不然会一并轰走。刘怡冰听了，心里踏实下来，转身回家。

38

吃过中午饭，刘怡冰正要走出餐厅，李白瑞悄悄告诉他，昨晚又无功而返。出了餐厅，刘怡冰径直去自卫队。

徐大队长正在和通信员下棋，见他们二人进来，把棋盘丢在一边，起来迎接。又吩咐通信员把棋拿走。通信员应声出去，随手把门关上。

刘怡冰告诉他，城防司令部可以补充一些弹药。大队长一听，兴奋起来，说太需要了，现在一人只有十发子弹，还不够塞牙缝，告诉那个鲁副官，多多益善。如果弹药充足的话，将来大部队攻城时，带这三百人去攻剿总司令部，把三百人变成三千人用。

大队长想了想，又问能不能给几支短枪，现在都是长枪，秘密行动时不方便。

刘怡冰点点头，说："听鲁副官的口气，要几支手枪也不成问题。顿了一下，又说，李白瑞还有一件事儿，请大队长费心思。"

大队长说："那个事儿我也知道，正在反思，还没有眉目。"

刘怡冰说："我和李白瑞分析，一定有内奸。"

大队长说："我也怀疑过，可执行任务的人，都是从解放区来的，个个经过严格挑选。"

刘怡冰问："每次都派这些人去吗？"

大队长说："考虑到人生地不熟，头几次任务，派了几个当地队员。自从扑了几次空后，就全部换成解放区来的了。"

李白瑞说："行动前的动员会造成的，出发前把时间地点都说了，有人泄露出去。"

大队长说："行动前动员，是打胜仗的法宝，我们打日本鬼子、打国军，都是这样打下来的，这是发挥集体智慧，群策群力。"

李白瑞说："现在对付的不是鬼子、也不是国军，是走私分子。"

大队长说："走私分子也是敌人，也不能轻视。上次你提出意见后，我们也改进了，上车后再进行动员。"

刘怡冰怀疑这个环节出了问题，大队长不以为然，说他带来的队员，都有保密观念，警惕性也很高。

李白瑞说走私路线就两条，一条是铁路，一条是水路。铁路走私有宪兵检查，别人谁都不敢插手。水路走私就几个上岸地方，内行的人都清楚。

停了一会，李白瑞又说："集合队员执行任务，等于告诉人又有走私了。自卫队附近就有电话亭，那个内奸只需打个电话，别人就能抢在前面。"

大队长若有所悟，说："这个情况不排除。"

39

次日一上班，鲁火就来约刘怡冰看电影，刘怡冰告诉他，晚上有事儿，要早点回。鲁火很失望，说现在想见她一面，比见娘娘还难。刘怡冰安慰他，周末陪他一起出去。

刘怡冰回家时，刘百川正看报纸，她轻轻坐过去，静静地等着。过了一会儿，刘百川放下报纸，让王奶奶上菜。

　　直到吃完饭，刘百川还是表情严肃，一言不发。刘怡冰从他脸上看出，一定遇到了麻烦。她从来没见过爸爸如此神情严峻，也从来没有见他这么疲惫过，仅吃了几口饭，却显得那么累。

　　刘百川闭目养神了一会儿，才把刘怡冰叫到身边，告诉她因为枪支的事儿，得罪了地痞流氓，他们不会善罢甘休，会伺机报复。

　　刘怡冰不服气，说："难道还怕他们？！"

　　刘百川说不是怕，是提防，准备再给自卫队增加一些经费，请他们给家里派几个队员，守护一段时间，也为刘怡冰派两个队员，暗中保护。

　　停了一会儿，刘百川又说："城防司令部送来的手枪，这回派上了用场，明天给鲁副官送一根金条。"

　　父女正说着话，王奶奶从诊所回来，对刘怡冰说，周无止又让她带了一张纸条。刘怡冰接过去看了一眼，顺手放进垃圾篓里。刘百川说他也许有重要的事儿，这几天一直约。刘怡冰点点头，站起来往外走，刘百川叮嘱她早去早回。

　　刘怡冰到诊所时，周无止已经在门外等着了，见刘怡冰匆匆赶来，紧走几步迎上来，抓住刘怡冰的胳膊，半是埋怨、半是生气地说："见你一面，比见皇帝还难。"

　　刘怡冰没有说话，默默往前走了一会儿，问他有什么重要的事儿。

　　周无止迟疑了一下，问龟山工事图是否有进展。刘怡冰告诉他，准备明天去。又说现在情况特殊，不能在外面多停留。

　　周无止抓着刘怡冰的手，舍不得松开。刘怡冰问他还有什么事儿？他犹豫了一阵子，下决心似的说："这些天一直想，干脆向你爸爸、妈妈公开我们的恋爱关系吧，这样我就可以住进家里，不用再住诊所，也不用王奶奶天天来送饭。"

　　刘怡冰一听，有些生气，甩掉周无止的手。

　　周无止又拉住刘怡冰的胳膊，听他慢慢说。

　　刘怡冰胳膊向后一甩，生气地说："已经有言在先，为了你工作方便，才假扮恋人。"

　　周无止说："首先我要坦白，从一见到你，就对你一见钟情了。通过这两个月接触，我觉得爱你爱的更深了，已经深的不能自拔。我们确立了恋爱关系，就是一对革命情侣，结了婚，就是革命夫妻。将来武汉解放，在建设武汉、建设新中国的伟大进程中，共同成长进步，要不了多久，我是市长、书记，你是江汉关的领导。"

又说刘怡冰和鲁火恋爱、结婚，不会有什么出息，将来不是革命对象，就算不错了。

刘怡冰说："为迎接武汉解放工作，并不是想升官发财，而是要推翻腐败的国民政府，建立一个清廉、勤政、爱民的新政府。"

周无止说："你太单纯，把恋爱婚姻理想化了，其实，幸福的婚姻最终还是要在生活上体现，从事革命活动，既是为了人民群众过上幸福安康生活，同时，也为了自己过上好日子。我敢肯定，鲁火给不了你地位、职务。"

刘怡冰说："幸福生活多种多样，对幸福生活的理解和追求，因人而异。我追求的幸福生活，就是平平淡淡，波澜不惊。如果是所谓的大富大贵，我现在就可以过，用不着革命。"

40

早饭后，刘怡冰告诉爸爸、妈妈要到月湖划船，然后去找鲁副官。妈妈要她小心，又说刘怡冰一出门，她的心就吊起来。

刘怡冰到海关公寓约了鲁火，坐黄包车到六渡桥渡口后，又乘轮渡船，直到十时才到月湖。

月湖位于汉阳西北，东抵龟山，南傍古琴台，北依汉水。水面宽阔，与龟山、梅子山、古琴台相伴。相传东汉末年，将军黄祖在这里筑月城，月城如残月，相畔月城的一湖水遂得名月湖。

湖中的荷花含苞欲放，蜻蜓在荷花尖上起舞，小鸟儿在荷叶上跳上跳下，一群青鱼，在水中恣意的游来游去，激起一阵阵涟漪，偶尔还跃起来，弄出响声。

刘怡冰和鲁火泛舟湖中，看湖水、看蜻蜓、看小鸟、看鱼群，心情愉悦。鲁

火说要彻底放飞心情，彻底享受大自然美景。刘怡冰朝龟山看一眼，告诫他不能忘乎所以，还要兼顾正事儿。又附在他耳朵上说了两句，鲁火听后点点头，然后让艄公往龟山脚下划去。艄公告诉他们，那儿是军事禁区，不能靠近。刘怡冰说不是靠岸，在外围看一眼。

艄公犹豫了一会儿，才调转船头，朝龟山脚下划去。山上山下，绿树掩映，什么也看不清。离龟山边还很远，艄公再也不划了，担心再往前去，山上的国军会开炮。刘怡冰也不难为他，说看几眼就走。艄公告诉她不能多停留，如果山上国军起了疑心，也会开炮。

刘怡冰朝龟山上看去，只见在绿树掩映下，隐约看见一堆堆新挖的黄土，工事、壕沟若隐若现。刘怡冰还想再看时，艄公开始调转船头，迫不及待地划走。

刘怡冰又回头朝龟山望去，那若隐若现的黄土和工事轮廓，已被绿荫遮掩起来。她没有心情欣赏美景，吩咐艄公靠岸。

鲁火不情愿地问："刚来就要回去？"

艄公也停下来，说："可不是嘛，刚才说要划大半天的。"

刘怡冰说："钱按讲好的价钱付，不会让你吃亏。"

艄公这才又开始摇桨，向岸边划去。

鲁火说："一湖的荷香鱼肥，叫人流连忘返。"

刘怡冰说以后再来欣赏，又吩咐艄公把船划到古琴台。

古琴台地处月湖东畔，是一处绿树掩映中的亭台楼阁。建筑规模不大，布局精巧，三面环水，遥对龟山。

二人下了船，在古琴台停了一会儿，一路朝龟山方向走来。

古琴台通往龟山有两条路，一条是可以通车的土路，一条是小路。土路上有三三两两国军士兵走动，偶尔有军车驶过，掀起一阵尘土。走了几步，刘怡冰停住脚步，拉着鲁火拐到长江边的小路上。

小路顺着江边，弯弯曲曲通向龟山，一眼望去，小路掩映在草丛中，像一根线，一头连着古琴台，一头连着龟山。刘怡冰和鲁火一路走，一路惊起蜜蜂翻飞和蝴蝶起舞。

又往前走了一段路，可以看到蒙着油布的大炮，隐藏在树林子里。国军士兵上上下下忙碌着，还能听到断断续续的叫骂声。

刘怡冰一边看，一边往心里记。又让鲁火也多留心，回去一起合计。

两个人悄悄说着话，边看边走，离龟山越来越近。龟山上的壕沟和国军士兵的身影越来越清晰。

突然，从草丛中跳出三个便衣哨兵，朝他们大喝一声，呼啦一下子围过来，不由分说把他们绑起来，任凭二人再三解释，也无济于事。直到刘怡冰说他们是江汉关的，是国民政府的公务员，不能任意捆绑，三个便衣才给了一点好脸色，说本来想把他们扔进长江，既然是海关的，就把他们送到团部，交给团长处置。

三个便衣哨兵推搡着二人，来到琴台大门前，让卫兵进去报告团长，抓了两个海关密探。一个卫兵应声向院子里跑去，不多会儿，又跑回来，嚷嚷着团座有令，押进去。便衣哨兵摁着二人的脖子，押进院子。

古琴台已改作炮兵团指挥部，军官和士兵进进出出。哨兵把刘怡冰、鲁火押进去好一会儿，一个矮胖子军官走出来，三个便衣哨兵赶紧上前敬礼，又讨好说，他们在龟山下张望，怀疑他们是间谍，就抓了起来，可他们说是江汉关的，所以就押回来，请团座发落。

刘怡冰辩解说："因为不了解情况，才误入了禁地。"

胖团长蔑视地看她一眼，说："误入禁区？怎么不误入长江，这话只能哄三岁小孩子。"

刘怡冰说："我们是江汉关的关员，刺探情报也没什么用处。"

胖团长说："就算是江汉关的人，就算误入，也要治罪。"

胖团长不理会他们，问哨兵搜出什么没有，三个哨兵争着回答，说什么也没有。一个哨兵突然把刘怡冰的包举起来，说这个忘记搜了。团长眼睛一亮，让他们快搜。哨兵应声把包打开，翻了几下，拿出一根金条。胖团长一把夺过去，又放进嘴里咬了几下，嘿嘿笑起来，自言自语地说是真家伙，拿着金条要回房间里。哨兵问他，两个海关的人怎么处理，胖团长头也不回地说，扔长江里喂鱼。

刘怡冰说："我们是海关关员，如果违法，应该交警察局或法院处理。"

胖团长说："脱裤子放屁，没必要多此一举。要你们两个人的小命，用不着这么费事儿。"

鲁火说："我是江汉关气象站的工程师，你们行军打仗的气象预报，就是我提供的。"

胖团长说："没有你，国军也一样打仗。"

刘怡冰见胖团长要进门时，突然大声说，她是鲁司令官的亲戚。胖团长停住脚步，扭头看了她一会儿，说怎么不说是白总司令的亲戚？！

胖团长说着话，一脚跨进门里，"砰"一声把门关上。

41

便衣哨兵又押着刘怡冰、鲁火往外走，二人的喊冤声，在院子里回响。

一个便衣哨兵到作战室取麻袋时，李参谋问他怎么回事儿，吵吵嚷嚷的。哨兵告诉他，抓了两个海关探子，要把他们扔长江里喂鱼，来找两条麻袋给他们当棺材。李参谋迟疑了一下，问他们叫什么名字。哨兵说没问，他们也没说。李参谋想了一下，说他去看看。

哨兵领着李参谋赶过去时，刘怡冰、鲁火已经被押到江边，二人面无人色，两腿发抖。

李参谋一见，大吃一惊，问："刘小姐，这是怎么啦？"

刘怡冰也认出了李参谋，心里稍微镇定一些，朝鲁火呶一下嘴，说："这是我男朋友，也是江汉关的。我们出来春游，误闯了禁区，要把我们扔江里。"

李参谋说："问题出在那根金条上，团长爱财，如果没那根金条，就会把你们送宪兵处理，把你们交给宪兵，那金条也得一起送过去，他就不能吞了。"

刘怡冰说："那根金条准备送鲁副官，已经约好晚上一起吃饭。"

李参谋说："现在也只有鲁副官能救你们。"

刘怡冰说："远水解不了近渴，他在汉口，联系不上。"

李参谋想了一会儿，说："我这就回去找鲁副官，让他给团长打电话，放你们。"

李参谋又对三个哨兵说："抓错人了，这是鲁司令的亲戚，鲁副官见了他们都恭恭敬敬。"

三个哨兵半信半疑，说鲁司令的亲戚，团长还敢把他们扔江里？

李参谋说："团长不知道这层关系，如果知道了，借给他十个胆，他也不敢。"

哨兵说："刘小姐说过，团长不信。"

李参谋说："他见了金条，一时糊涂。我回去让鲁副官给他打电话，他就信了。又吩咐哨兵给二人松绑。"

三个哨兵还是不太相信，有些迟疑，李参谋呵斥道："是团长官儿大，还是鲁司令官大，分不清啊？"

三个兵这才给松绑，二人一下子瘫坐到地上，刘怡冰望着长江，心有余悸。

李参谋吩咐三个哨兵，让他们先休息一会，再带回团部。

望着李参谋离去的背影，鲁火说他差一点尿裤子。刘怡冰说就是尿了裤子，她也能理解，原来觉得死不可怕，死到临头了，还真吓破胆。

李参谋飞奔回作战室，打电话给城防司令部，司令部的人告诉他，鲁副官陪鲁司令出去检查城防工事，不知道什么时候能回来。李参谋放下电话，汗水开始流淌下来，他也不去擦，沉思了好一会儿，一跺脚站起来，朝门外走去。

胖团长正在把玩金条，李参谋进来时，不冷不热地问他，有什么急事儿。

李参谋说："两个海关人员不能扔长江，尤其是那位小姐，她是鲁司令的亲戚。"

胖团长冷笑一声，说："少糊弄我，鲁司令是云南人，离武汉远着呢，突然冒出个亲戚，不觉得可疑吗？"

胖团长又冷笑一声，问他怎么知道刘怡冰是鲁司令亲戚，莫非和他们有什么联系。

李参谋说："在舞厅见过她几回，鲁副官对她都恭恭敬敬。如果不信，可以给鲁司令或鲁副官打电话核实。"

胖团长说："没这个必要，根据常理判断，这不可能。"

李参谋急了，说："不瞒团长，我刚才已经给鲁副官打过电话，他让尽快把人送过去。"

胖团长想了一会儿，说："已经晚了，早把他们扔长江里了。只能给鲁司令说对不起，不知者不为罪。"

李参谋说："我已经把人救下了，现在也该押回来了。"

胖团长又想了一会儿，说："我要亲自送他们过去，看到底是真是假，如果有诈，要以通匪罪处置你。"

李参谋说："如果有假，愿听凭团座发落。说着退出来。"

这时，三个哨兵押着刘怡冰、鲁火又回来。李参谋告诉二人，团长亲自送他们去司令部。

不一会儿，胖团长铁青着脸出来，又叫来两个卫兵，押刘怡冰、鲁火。

刘怡冰、鲁火出大门时，胖团长已经坐进吉普车里了，见刘怡冰、鲁火从台阶上下来，吩咐卫兵押二人上后一辆卡车。在哨兵推搡下，二人终于爬上去，还未站稳，车子就开动了，刘怡冰一个趔趄，差一点摔倒。

不多久，车子开到渡口，早有一艘轮渡船等在岸边。胖团长趾高气扬的走在前面，刘怡冰、鲁火被卫兵押着跟在后面，上了轮渡船。

轮渡船在汉江里划了十几分钟，就到了桥口码头，照例是胖团长趾高气扬的走在前面，刘怡冰、鲁火被卫兵押解着，跟在他后面，向城防司令部走去。

来到城防司令部大门外，胖团长不再趾高气扬了，对卫兵说要见鲁副官，请通报一声。卫兵给他行了一个礼，又过来给刘怡冰敬礼，还说鲁副官陪鲁司令刚回来，他这就进去通报。胖团长一听，顿时腿软，脸上开始冒虚汗，点头哈腰的对刘怡冰说："大水冲了龙王庙，一家人不认一家人。"

刘怡冰说："我说是鲁司令的亲戚，你却不信，还要扔进江里喂鱼，你去给鲁司令解释。"

胖团长说："司令官刚回来，下官不敢打扰。"

刘怡冰朝胖团长厌恶地看一眼，问金条在哪儿，胖团长赶紧从怀里掏出来，双手递给她。

刘怡冰说："为了这根金条，就想把我们扔进长江里。"

胖团长说："一时糊涂，下次不敢了。"

刘怡冰把金条交给鲁火，然后拉着鲁火的胳膊，走进司令部大门。望着二人的背影，胖团长这才擦一把脸上的汗，一会儿点头、一会儿又摇头地离去。

42

鲁火真的被吓倒了，连着几天发烧说胡话。

刘怡冰也恍惚了两天，精神才正常。精神正常后，她首先把情报告诉周无止，让尽快送给解放军攻城部队。周无止说情报没什么用，刘怡冰不服气，说半山腰里挖有壕沟，山顶上有大炮，这还不够吗。周无止说她们看到的，只是一个点、一个面的工事构筑情况，整个龟山的工事构筑没有看到。另外，国军有多少兵力，有多少门大炮，具体炮位如何，指挥部设在哪儿，这些都不知道。

听周无止这样一说，刘怡冰才服软，说："又不能到山上看。"

周无止说："从他们内部人员入手，拿到工事图才行。"

刘怡冰说："谁掌握这个机密都不清楚，何谈工事图。"

周无止说："只有想不到，没有做不到。"

刘怡冰说："只怕这个人还没找出来，解放军已经攻城了。"

周无止安慰她不要急躁，革命工作要一步步往前走，解放军攻下武汉前，都应寻找工事图。刘怡冰认为他说的有道理，努力去做。

…………

李白瑞来找刘怡冰、郭佳丽，告诉她们，自卫队的内鬼抓住了。郭佳丽问怎么抓住的，李白瑞说其实也容易，搞了几次假行动，每次都有一个队员到公用电话亭打电话，自卫队就把他抓了起来，一审问，果然是内鬼。这个内鬼还供认，他是马二帅安插进来的。

郭佳丽埋怨刘怡冰胆子太大，去闯军事禁区，多亏人家李参谋，下次再碰上他，多说几句感谢话。

刘怡冰说："晚上约他出来跳舞。过了几天，还没向人家感谢呢。"

郭佳丽说："他那儿电话打不进去。"

刘怡冰说："让鲁副官打电话给他。"

李白瑞岔开她们的话，说："自卫队的内鬼揪出来了，往后查缉药品就省心了。"

刘怡冰说："这件事儿要抓紧，时间已经过去半个多月，还没什么收获。"

李白瑞说："走私分子越来越多，不怕查不到。"

刘怡冰说："马二帅还会添乱。"

李白瑞说："留着他早晚是个祸害，尽早除掉他才是。"

刘怡冰说和爸爸商量一下，如果他同意，就干掉他。郭佳丽拨通电话后递给刘怡冰，刘怡冰告诉刘百川，自卫队的内鬼揪出来了，是马二帅安插进来的，自卫队想除掉他，免得留后患。刘百川沉思了一会儿，说除掉马二帅容易，他的后台秘书长不会善罢甘休，会让警察局跟自卫队过不去，再想干什么事儿，就难上加难。

刘怡冰还想再说什么，刘百川却放下电话。

…………

晚上，刘怡冰、郭佳丽到铁路俱乐部时，李参谋和张连长已经在等她们了。

郭佳丽抓住李参谋的手，说："多亏你搭救，要不然刘小姐早没命了。"

刘怡冰也说："救命之恩，一辈子也不会忘。"

李参谋说："我还要感谢刘小姐，救人一命胜造七级浮屠，我救了两条命，是十四级浮屠。"

张连长说："李参谋一贯行侠仗义，为了朋友两肋插刀。他还救过其他人的命呢，不要再说感谢了。"

李参谋说救刘怡冰也不图什么，只是出于良心，日本人在中国烧杀奸淫，祸害了成千上万的中国人。打走了日本人，又开始内战，自己人打自己人，不知道有多少人死于非命。军人本来是保护老百姓的，有时却专门拿手无寸铁的老百姓开刀。尤其是现在，国共和谈还没完全破裂，是打是和还未可知，那个龟山工事，能不能派上用场还不知道，看了几眼就要扔长江里，太没道理。刘怡冰、鲁火又不懂军事，别说隔老远看了几眼，就是请他们到山上去看，恐怕也看不懂。团长完全是小题大做，为的是那根金条。

张连长说："胖团长很贪，如果给他几根金条，别说是看了，就是工事图他都会卖。其实，解放军打过来，龟山工事能发挥多大作用，还不知道呢。"

刘怡冰问："不能发挥作用，修它干什么？！"

126

李参谋说："有没有作用是相对而言，关键是能否发挥最佳效果。照目前看，能发挥作用，首先它居高临下，解放军从北面打过来时，大炮可以凭借有利地势，对进攻的解放军实施轰击。几个月来，工事不断完善和加强，基本上可以达到易守难攻的效果。"

张连长说："龟山工事是李参谋设计的，他最清楚。团长虽然不喜欢他，但还得用他。"

李参谋说："我内心很矛盾，如果工事设计得科学合理，发挥最佳效果，就会给共军造成重大伤亡，如果设计得不合理，又会让自己的弟兄死伤。"

李参谋又说，他内心一直受着煎熬。当初设计的时候，是要龟山发挥绞肉机效果，如果真是如此，也是罪过。所以救了两人，根本不值得感谢。

张连长说："别说这沉重的话题了，去跳舞吧。"

跳舞的时候，李参谋附在刘怡冰的耳朵上说："即使龟山工事发挥绞肉机作用，又有什么意义，现在人心都向着共产党、向着解放军，这才是重要的。"

刘怡冰说："有你们这些热血军人守着，党国可以无忧。"

李参谋说："其实，刘小姐心里也是向着共产党，盼着解放军早日到来。"

刘怡冰问他怎么知道的。李参谋告诉她，因为他头脑里也会闪出这种想法，实在厌倦打仗了，打日本、打共军，他都没拉下，有家不能回，有未婚妻不能娶。刘怡冰建议他把未婚妻接到武汉来，她帮忙张罗婚事。李参谋告诉她，未婚妻在解放区。

43

传达室打电话来，说有客人找刘怡冰。刘怡冰向郭佳丽交代一声，匆匆下楼。

来到传达室时，见鹿鸣鸣正在等她，还有一个人也在那儿等。刘怡冰抱住鹿鸣鸣的胳膊，说好长时间没见了，真想亲亲。说着嘴伸到鹿鸣鸣的脸上，鹿鸣鸣一边躲，一边说忍着点，到外面没人的地方亲。刘怡冰听出鹿鸣鸣话里的意思，

拉着她去办公室。

鹿鸣鸣说："海关不是有规定，办公室不能会客吗。"

刘怡冰说："已经无事可做，进去坐一会儿，也不算什么。"

刘怡冰带着鹿鸣鸣一进门，就把门关上，又让郭佳丽过来倒水。

鹿鸣鸣坐下来，喝了一口水，说："国共和谈已经破裂，解放军很快就会渡过长江，解放上海、南京，武汉解放，也指日可待。"

刘怡冰、郭佳丽一听，高兴起来，说盼着这一天早点到来。

鹿鸣鸣说："别只顾了高兴，有很多工作要努力去做呢。"

郭佳丽说："我们一直在努力，而且还将继续努力。"

鹿鸣鸣说："顾先生对你们的工作很满意，但要小心，不能蛮干，干革命工作，首先要学会保护自己。"

刘怡冰有些不好意思，说："再也不会了，请顾先生放心。又说龟山工事图是李参谋设计的，据他说工事坚固，远程火炮、近距离火炮和轻武器立体配置，明堡暗堡结合，易守难攻，是防守武汉的重点。"

郭佳丽说："他们要把龟山当绞肉机。"

鹿鸣鸣越听，脸上的表情越凝重，想了一会儿，说："想办法把龟山工事图搞到手，送到攻城部队手里，制定合理的方案，减少部队伤亡。"

刘怡冰说："通过和李参谋接触，感觉他有正义感，对内战也有异议。"

鹿鸣鸣说："争取让他为解放武汉做一些工作。"

刘怡冰犹豫了一会儿，说："李参谋的未婚妻在解放区，让她来武汉一趟，帮助他们举行婚礼，通过这件事情感化他，再让他提供龟山工事图。"

鹿鸣鸣说："联系他未婚的事情我去做，这之前和他保持联系。同时，不要让他看出有什么图谋，产生戒心。"

鹿鸣鸣又说打仗一定有人受伤，消炎药也要抓紧筹集，一旦需要，马上送给攻城部队。消炎药越多越好，部队打下武汉后，还要去攻打长沙、广州，也需要药品。

送走鹿鸣鸣，鲁火无精打采的进来，郭佳丽问谁欺负他了，这副德性。

鲁火坐到刘怡冰对面，过了好一会儿，才问她和周无止发生了什么。刘怡冰愣了好一会儿，才反应过来，说什么事情也没有发生，最近连他的面都少见，给他送饭都是王奶奶去。

郭佳丽对鲁火说："问得没头没脑，叫人找不着北。"

鲁火犹豫了一会儿，说："周无止昨晚上找我谈话，说他们已经开始相爱了，叫我退出来。"

刘怡冰一听，忽地站起来，说："一派胡言，他倒是求过爱，被我一口拒绝了。"

郭佳丽说："单相思的男人，往往会产生幻觉。"

刘怡冰对鲁火说："武汉一解放就结婚。另外，武汉解放了，也不用再配合他做地下工作，也就不会和他来往。"

鲁火的脸色渐渐好起来，说："还是不放心。"

刘怡冰说："我可以向天发誓，决不会负你，要负也是你先负我。"

鲁火眼里含着泪光，一时说不出话来。

郭佳丽也很感动，说："如果有人这样对我表白，跳长江我也愿意。"

三个人正感动着，特派员进来，见三个人个个眼圈发红，是高兴还是悲伤？

刘怡冰说："既不是高兴，也不是悲伤，是多愁善感。"

特派员说："年轻人就是好，有激情、也有精力，可以为一件小事儿，或一个不相干的人而感动。"

郭佳丽说："特派员不过三十多岁，也年轻。"

特派员说："一岁年龄一岁人，虽然不算太老，可是经历的太多，已经是曾经沧海难为水了。话锋一转，又说现在已经不办公了，不知道关员们都在想什么，下班回家又忙些什么。"

鲁火说："气象站一直在按部就班工作，没什么想法，也没什么怨言。"

刘怡冰说："大家都盼望这种局面尽快结束，早日恢复工作。"

特派员说："我和赫斯特先生一样，就怕大家思想不稳定，再受到外人影响和诱惑，走到歪路上去。"

郭佳丽说："大家心里都有数，能掂出哪轻哪重。"

刘怡冰说："特派员已曾经沧海难为水了，大家伙又何尝不是如此啊。"

特派员点点头，让刘怡冰、郭佳丽做个调查，然后起草一个员工思想状况分析报告，以便他和赫斯特决策时参考。

44

吃过午饭，刘怡冰拿起妈妈交给她的包袱，匆匆下楼，招手叫了辆黄包车，一脚跨上去，对车夫说去铜锣街，车夫应了一声，迈开步子，朝前奔去。

外公正在喝午茶，见刘怡冰进来，招呼她坐过去。刘怡冰把包袱放在一边，说这是给他准备的夏天衣服。说着坐到外公身边，喝他递过来的热茶。

外公告诉她，这是她爸爸孝敬的上等信阳毛尖，这种茶产自山顶，终年云雾环绕，一年只能产几斤，刘百川每年都花高价钱，买一斤回来，送给他喝。

刘怡冰说："您女婿待您不薄吧，想当初您还嫌他是一个穷关员，没有发展前途，怕委屈了您的宝贝女儿。"

外公喝口茶，哈哈笑起来，说："那都是陈年旧账。"

刘怡冰说："听妈妈说，当初您还为没有儿子，整天唉声叹气，怕老了没人养。"

外公说："我也是到老了，才明白这个理儿，人家都说一个女婿半个儿，其实呀，女婿一点不比儿子差。"

刘怡冰说："好女婿比儿子好。"

外公说："现在享尽了女婿的福，你将来也给他找一个好女婿，让他老了的时候，也能像我一样享福。"

刘怡冰说："一定不让您失望。"

外公说："我还想早点抱重外孙呢。又说现在衣食无忧，就盼着四世同堂。"

听了外公的话，刘怡冰的心一下热乎起来，扯着外公的胳膊，说过几天把男朋友叫过来，让他瞧瞧。

外公又给她添了一杯茶，刘怡冰说要回去上班了。外公冲着刘怡冰的背影，自言自语地说，总说来陪，总是难得见到。

回到办公室时，郭佳丽正趴在桌子上打盹，刘怡冰悄悄走到桌边，轻轻拉过椅子，正要坐上去，却把郭佳丽吵醒，问刘怡冰去哪儿了，也不给她说一声。

刘怡冰说："去给外公送衣服去了。叹一口气，又说外公老了，她要结婚，要满足他的愿望。"

郭佳丽问她怎么了，这几天老说要结婚。

刘怡冰说鲁火提心吊胆的，对我不放心；我一个人独来独往，爸爸、妈妈总担心；外公老了，盼着四世同堂，有这么多结婚理由，不能让他们再等了。结婚后就和外公住一起，好好陪陪他老人家。每次离开，外公恋恋不舍的眼神，叫我心里割舍不下。

郭佳丽突然想起了什么，告诉她赫斯特打电话让她去一趟，可能有什么事儿。

赫斯特正在看英文报纸，刘怡冰进来时，他放下报纸，一边让座，一边给刘怡冰倒咖啡。刘怡冰接过他递过来的咖啡，放在茶几上，问找她有什么事儿。

赫斯特说："没什么事儿，聊聊天。处在我这个位置，常常是孤芳自赏，没有人说实话。"

刘怡冰说："高处不胜寒。"

赫斯特说："我的官儿不算大。"

刘怡冰说："在江汉关您是最大的了，大家对您都心存畏惧。"

赫斯特说："我的心也是善良的。"

赫斯特喝一口咖啡，说她写的员工思想调查报告，对员工的思想动态分析很到位，提的建议也很有见地，他准备按报告建议，重申工作纪律。一个单位工作纪律树起来难，松懈下来却容易。有人曾提出放长假，可以节省伙食费。报告说得好，这些钱与海关纪律和海关形象比起来，算不了什么。目前，武汉正处在两军交战前沿，一个要守，一个要攻，少不了是是非非，这期间，把关员集中起来，有什么问题，关里可以出面解决。

刘怡冰说："您对海关和员工的良苦用心，大家都看在眼里，记在心里。"

赫斯特说："我要对江汉关负责，也要对员工负责，带大家渡过这一关后，就回英国。我在中国海关工作了三十多年，对中国海关有深厚感情，照目前形势看，我是江汉关历史上最后一任洋税务司司长。"

他又伤感地说，当年小刀会起事，海关被群众捣毁，列强领事趁机进入海关，对中国海关进行改革，建立起近代海关管理制度，实行统一和垂直管理，税收和工作效率大大提高，受到清政府的信任和支持。在此基础上，海关针对当时中国

封建落后、闭关自守和积贫苦疾的实际，呼吁政府对内政、外交、军事进行改革。在海关的推动和积极参与下，清政府开展洋务运动，打开对外交往的窗口。没有海关，中国的近代史将会改写。这套机构和制度，被历届民国政府继承，而今国民政府一天不如一天，这种外国人建立起来的海关制度，也将要终结。

受赫斯特的伤感情绪影响，刘怡冰心里对他也产生了一丝怜悯之情，想他大学一毕业就考到中国海关，从一个小关员，一步步成长为位高权重的税务司司长，把青春年华给了中国海关，三十多年来，他回英国不足十回，妻儿因为不服中国水土，偶尔才来中国生活几个月。对妻儿的思念，只能寄托在书信中。他虽然很荣耀，但也孤苦。

刘怡冰回到办公室时，鹿鸣鸣正在等她。郭佳丽埋怨说鹿小姐都来好半天了，怎么才回来。刘怡冰告诉她们，赫斯特先生今天有点伤感，大变革前夜，洋人的内心世界，比我们还复杂，比我们更脆弱。

鹿鸣鸣说："那是因为他们将告别中国的历史舞台，一去不复返了。在中国的美好时光，只能存在于他们的记忆中。"

郭佳丽说："赫斯特人挺好的，不像其他洋人，牛哄哄的，看不起中国人。"

鹿鸣鸣说："洋人里也有好人，就像中国有汉奸是一样。武汉解放后，对洋人的去留，上级还没有指示，当前，还要尊重他们。"

鹿鸣鸣从包里取出一封信，递给刘怡冰，说："这是李参谋未婚妻写给他的信，尽快转交给他。"

刘怡冰说："这么快，才几天工夫。"

鹿鸣鸣说："大战将临，不能再像过去一样办事了。"

鹿鸣鸣又说，他的未婚妻现在是乡妇救会主任，工作很忙，又要忙土改、还要忙着建立妇女组织，没时间来武汉,她希望李参谋弃暗投明,早日回到她的身边。

45

头天晚上，刘怡冰、郭佳丽在舞厅没有找到李参谋，却发现来跳舞的国军军官明显少了，郭佳丽认为解放军要打过来了，他们出不来，二人约定次日去汉阳古琴台找他。

上班后，刘怡冰等了一阵子，却没有见郭佳丽来上班，就一个人坐黄包车去桥头渡口。

渡口氛围与前几天比大不一样，码头上，市民与往日比少了一些，宪兵对进入码头的人，个个盘查。

刘怡冰犹豫了一会儿，跳下黄包车，向渡口走去。刚靠近渡口，就有宪兵嚷嚷着让她接受检查。她将手提包递过去，宪兵翻了一遍，没查出什么，又嚷嚷着说要搜身。刘怡冰心里紧张起来，李参谋未婚妻的信，就塞在胸前的乳罩里，如果查出来，不但自己被抓走，还会连累李参谋，获取龟山工事图的努力，也因此化为泡影。

刘怡冰拿出海关工作证，说她是海关关员，去找炮团司令部的李参谋。一个宪兵告诉她，就是找胖团长也要搜查，这是上级命令，谁都不能例外。

刘怡冰说："我是国家公务人员，又是女性，不能在大庭广众之下搜身。"

宪兵说："满足你的要求，到屋子里搜。"

刘怡冰涨红着脸，一时说不出话来。宪兵把她推搡进一间房子里，不由分说，从后面摸起来，刘怡冰浑身一哆嗦，叫了一声。宪兵班长让她忍着点，说共军要打过来了，防止奸细混进来。

宪兵从后面摸完又摸前面，刘怡冰两手抱在胸前，双眼紧闭，任由宪兵从下摸到上。宪兵摸完，恶作剧起来，突然把她的手扯开，朝她的乳房抓了一把，正好抓住了那封信，立即兴奋地叫起来，说她是共军探子。

宪兵班长也兴奋起来，让她快把东西交出来。刘怡冰头嗡的一下，一时不知

如何是好。趁她没有反应过来，宪兵班长从她怀里把信抢过去，冷笑着说："看你不是好人，果然不是好人。"

刘怡冰这才反应过来，说："这是写给李参谋的恋爱信，求你们还给我。说着从包里抓了一把大洋，递给宪兵。"

宪兵班长说："当我们是三岁小孩子，那么好糊弄，就冲这信藏在奶子上，就知道这里面有文章。"

刘怡冰说："把信放在那个地方，实是出于无奈，因为我爸爸、妈妈反对我和李参谋交往，就连城防司令部的鲁司令和鲁副官也反对，每天出门，妈妈都会像你们一样搜，就怕我写信、或带什么信物给李参谋，还交代鲁副官看管我。"

宪兵班长说："你就编排吧，过会儿给你用刑，就不会再编了。"

刘怡冰说："我前几天在汉阳误入禁区，胖团长也不信，还要把我扔长江里喂鱼，到司令部去了一趟，就信了。这儿有电话，给鲁副官打过去。"

宪兵班长有点犹豫了，说："把你押到宪兵队，再打电话给他。"

刘怡冰说："到了那儿打电话，你就被动了，有功不会记到你头上，有过一定要你承担。"

刘怡冰抓起电话，让总机接城防司令部鲁副官，过了一会儿电话接通，刘怡冰说想去汉阳一趟，请他给渡口关照一下。说着把电话递给宪兵班长，宪兵班长诚惶诚恐的接过去，还没听清鲁副官说了什么，就点头哈腰地说马上放行。

刘怡冰从宪兵班长手里夺过信，装进包里，埋怨说："都怪你们多事儿，鲁副官一听说我去汉阳，就知道去找李参谋，我回家少不了要挨骂。"

宪兵班长说："实属误会，实属无奈。说着要把手里的大洋还给刘怡冰。"

刘怡冰说："你们留着吧，也挺辛苦的。"

因为这番折腾，刘怡冰赶到琴台时，已经快晌午了。她想进去找李参谋，却被卫兵拦下，告诉她外人不得入内，她让卫兵进去通报。

不多会儿，李参谋一路小跑出来，见是刘怡冰，也很兴奋，问她怎么来了，现在连他们进出都不容易了。

刘怡冰说："可不是吗，刚才在渡口先是检查，后是搜身，好一番折腾，差一点又被当成共军探子了。"

李参谋说："草木皆兵，我们已习以为常。又说到吃午饭的点了，一起到馆子里吃。食堂的伙食像猪食，像刘怡冰这样的小姐，一口都咽不下去。"

二人说着话，往街市上走，不几分钟，就来到一家饭店，找了一个角落坐下去，趁着上菜工夫，刘怡冰把信递给李参谋。

李参谋接过去看一眼，已经满含热泪。

刘怡冰说："她还带话来说，希望你能弃暗投明，回到她身边。"

李参谋没有说话，只是一遍又一遍的看信。

刘怡冰提醒他信不能留，要尽快销毁。李参谋有些不忍，又看了一遍，才起身去卫生间。

李参谋又回到座位上时，精神似乎好了许多，只是眼圈还有点发红。

刘怡冰说："你未婚妻希望你投身革命事业，为武汉解放作贡献。"

李参谋一时没有反应过来，问刘怡冰他能做些什么。

刘怡冰说："龟山工事图是你设计的，把图纸带过去，就是为武汉解放作贡献。"

李参谋惊了好一阵子才说："这样做对不起炮兵团，对不起炮兵团的弟兄们。"

刘怡冰开导他说："如果龟山工事发挥作用，像绞肉机一样，双方都会有大量人员死伤，那样才会使你良心不安。"

李参谋又想了一阵子，点点头。

刘怡冰写了两个电话号码给李参谋，让他收好，白天打她办公室的电话，晚上打她家里电话。

二人吃过饭，一应事情也谈好，往渡口走去。快到渡口时，刘怡冰突然问李参谋他走了，炮团会不会重新调整兵力布置？

李参谋说："会的，这是常理。"

刘怡冰说："如果这样，带走工事效果图，也会大打折扣。"

李参谋想了想说："我暂时不动，解放军攻城时，再伺机而动。近几日，我去海关办公室，把工事图重绘一幅，转给攻城部队。"

刘怡冰认为这样最好。

回到办公室时，还是不见郭佳丽的身影，一种不祥的预感袭上心头，转身去找李源。

李源正躺在沙发上休息，门虚掩着。刘怡冰也顾不上敲门，一步跨进去，李

源一惊,跳起来问她出了什么事。刘怡冰问他郭佳丽来上班没有,李源告诉她没有。

刘怡冰转身飞奔一样下楼,叫了一辆黄包车,朝郭佳丽家奔去,心里一遍遍地祷告,但愿她生病了,正躺在床上。

风风火火赶到郭佳丽家里时,还没开口问,她母亲就说一大早就上班去了。见刘怡冰一脸严肃和满脸汗水,又问出什么事儿?刘怡冰愣了一下,安慰她没什么大事儿。说着匆匆从郭佳丽家出来,跳上黄包车回江汉关,路上不停地催促车夫快点,再快点,直到车夫说,再快就飞起来了。

回到关里,刘怡冰直奔特派员办公室。特派员见她这副表情,吓了一跳,正要问出什么事了,她却哭起来,说郭佳丽失踪了。

特派员安慰她别急,先喝口水再细说。刘怡冰接过茶杯,一口气喝干,说:"一天没见到她,去她家找,她妈妈又说她一大早就来上班了。"

特派员也觉得问题严重,说:"我去保密站、警察局看一下,是不是他们抓错人了。"

说着拿起电话打给总务科,把车子准备好。放下电话,他吩咐刘怡冰去向赫斯特先生报告,派人到其他地方寻找。

赫斯特听了刘怡冰介绍,也十分吃惊,不停走来走去,刘怡冰看着心里愈加不安,眼泪又流出来。他突然停住脚步,说与那个地痞马二帅有关,说着抓起电话,打给关警队,吩咐他们带上武器,去监控马二帅。

放下电话,赫斯特交代刘怡冰把关警队的人带过去,不让马二帅离开家半步,就能保证郭佳丽的安全。

刘怡冰回到办公室的时候,关警队长正好打电话过来,问她怎样行动,刘怡冰告诉他排好班次,具体任务,待她过去后再详谈。放下电话,又给李白瑞打过去,把郭佳丽失踪情况和赫斯特的安排,简单说了一下。李白瑞说带自卫队的人去,关警队抓走私分子内行,但没有和地痞流氓打过交道。

刘怡冰说也好,一会儿在马二帅家门前汇合。

刘怡冰带着关警队的三个人,来到马二帅家附近时,见马二帅家门敞开着,屋里有人影晃动。不多会儿,李白瑞也带着三个队员赶过来,刘怡冰将双方人员叫到一起,把情况简单介绍一下后,又交代如发生不测,两路人马一起对付。

　　李白瑞说他去会会马二帅，刘怡冰想拦没拦住，只好跟着李白瑞一起走进去。

　　马二帅家本来不宽敞，又堆放着抢来的东西，像个仓库，没有落脚的地方。二人进来时，马二帅正和三个弟兄打麻将，见二人怒气匆匆进来，也懒得理会，恶狠狠看一眼，继续打麻将。倒是他的三个弟兄，有点急躁。

　　李白瑞强压住怒火，告诫他把郭佳丽交出来，还有话好商量，如若不然，就不客气。

　　马二帅继续摸牌，装着没听见。

　　李白瑞等了一会儿，见马二帅没有反应，上前一脚把桌子踢倒。这下马二帅的火气上来，伸手抓住李白瑞的衣领子，被李白瑞挡了回去，马二帅的三个弟兄立即把李白瑞围起来，说他吃了熊心豹子胆，到太岁头上动土。

　　眼看李白瑞就要吃亏，刘怡冰厉声喝道："你们已经被包围，还敢再横。"

　　马二帅和他的三个弟兄朝门外一看，果然有六个带着长枪、短枪的人，才软下来。

　　马二帅说："郭小姐不见了，和我没关系。又说他们二人擅闯民宅违法。"

　　李白瑞正告马二帅："从现在开始，胆敢跨出这个门，就不客气。又指着外面几个人说，郭小姐平安归来前，这些人不会撤走。如果她有不测，你们也别想再活命。"

　　不等马二帅反应过来，李白瑞拉着刘怡冰往外走。出了门，刘怡冰隐隐约约的听一个人说，捅马蜂窝了。

　　在马二帅门外站了一会儿，李白瑞让刘怡冰先回关里，把这里的情况向赫斯特汇报。刘怡冰想了想，转身离去。

　　刘怡冰回到关里的时候，特派员也从外面回来。特派员有些沉重地说，警察局、保密站都没有。

　　刘怡冰说："马二帅搞的鬼。"

　　特派员说："我也想到是这个家伙，从保密站借了两个人去监控他。"

　　刘怡冰说："关警队和自卫队都派人去了，不再烦劳他们。"

　　特派员说："搞监控他们都是外行，保密站特务才专业。"

第五章　揭露

46

已经过去三天了，郭佳丽还没有下落，刘怡冰一会儿坐，一会儿站，烦躁不安，终于忍不住了，冲上楼，闯进特派员办公室。

特派员放下正在看的卷宗，问她是不是沉不住气了。

刘怡冰说："都三天了，再找不着，也会饿死、渴死。"

特派员安慰她说："他们不会让她饿着、渴着。"

刘怡冰问他怎么知道的，这么肯定，特派员告诉她凭直觉和经验。特派员想了一会儿，吩咐刘怡冰再去马二帅家一趟，告诉他，晚上六点以前，不交出郭佳丽，就以通匪罪，让他到保密站去享受重刑。

刘怡冰说："马二帅不是共党，他就是个地痞流氓。"

特派员笑一下，说："说他是共匪他就是共匪，他家里堆满了抢来的东西，那些东西是给共军准备的。"

刘怡冰赶过去的时候，李白瑞正坐在巷子口，死死盯着马二帅家。刘怡冰告诉他再闯一趟狼穴，李白瑞听了，忽地站起来，从屁股后面把手枪摸出来。刘怡冰告诫他别冲动，特派员已有了对付马二帅的主意。

李白瑞把马二帅的门踢开，一脚跨进去。

马二帅正在打麻将，头也不抬，阴阳怪气的说李白瑞脚踢坏了，他不负责，但是他的门踢坏了，李白瑞得赔。

李白瑞没好气地说："死到临头了，还嘴硬。"

马二帅朝地上吐一口唾沫，说："还不知道谁死、谁活呢。"

刘怡冰正色说："奉江汉关特派员命令，前来正告你，今天晚上六点以前，如果交出郭佳丽小姐，就放你一条生路，否则你后悔莫及。"

马二帅冷笑一声，说："只怕你们海关没这个能耐。"

刘怡冰冷笑一声，说："江汉关没权处理你，保密站总可以。"

马二帅又冷笑一声，说："我又不是地下党，保密站能奈我何。"

刘怡冰说："保密站抓你进去，还管你是不是地下党。话已经转达，自己掂量。"说完拉着李白瑞走出来。

出了马二帅家的门，刘怡冰长出一口气，感觉外面的空气清新多了。

刘怡冰劝李白瑞回家休息，李白瑞说守在这儿都放心不下，回到家里更安心不了。刘怡冰也不再劝他，跳上黄包车回江汉关。

进大门的时候，传达室的老韦叫住她，说接待室里有人等她。刘怡冰转身朝接待室走去。

推开接待室的门，见李参谋正坐在椅子上看报纸，刘怡冰快步走过去，问他来前怎么不打个电话，她也好等着。

李参谋说："团部附近的公用电话停了。"

刘怡冰说："你们岂不是与外界隔绝了？"

李参谋说："长官们要的就是这个结果。又说出来一趟越来越不容易。"

刘怡冰告诉他这里说话不方便，到办公室去。李参谋随她走出接待室，拾级上楼。进到办公室，李参谋朝四下看了看，问怎么不见郭小姐。

刘怡冰叹口气，说："她被一个流氓绑架了，还下落不明。"

李参谋站起来，说："我回去带几个兵出来，把那个地痞抓起来。"

刘怡冰说："海关和自卫队都派人去了，就连保密站也派了两个人，可是那个地痞不承认，又怕伤了郭小姐，所以不敢对他下手，只能盯着他。"

李参谋又坐下来，让她找绘图纸和工具，他就绘龟山工事图。刘怡冰告诉他这些东西，她前天从汉阳回来时，就去绘图室找来了。说着从柜子里拿出来，放到李参谋面前。

李参谋问："这里安全吗？可是要掉脑袋的。"

刘怡冰说："绝对安全，过会儿我出去，把门反锁上，谁也别想进来。"

李参谋说："我还要早点回去，时间长了，胖团长会疑神疑鬼。"

　　刘怡冰去找特派员时，特派员让她叫李源到赫斯特办公室，研究一下保密站采取行动后，如何做好相应准备。

　　刘怡冰没有听懂，说："把郭佳丽救出来，送回家就行了。"

　　特派员说："不是那么简单，也许会发生不测。"

　　刘怡冰似乎明白过来，说："还是有风险啊？！"

　　特派员说："这只是假设，但要提前做好准备，一旦最坏的情况发生，不会手忙脚乱。"

　　四个人很快达成一致意见，时间不能再拖了，今晚是最后期限。赫斯特坐镇江汉关指挥，特派员负责请求保密站支持。如果发生不测，李源和刘怡冰处理郭佳丽善后事宜。

　　刘怡冰的心情又沉痛起来，郭佳丽和她一起时情景，一幕幕在眼前浮现，不知不觉泪流满面。她又回办公室时，李参谋已经把工事图绘好，正在等她。见她一脸的泪，李参谋也沉痛起来，祈祷郭佳丽在天堂里过得更好。

　　刘怡冰擦去泪水，告诉李参谋还不知道死活，是自己太伤感了。李参谋又祷告说，愿郭佳丽平安无事。

　　李参谋把图纸交给刘怡冰，说："龟山的兵力部署、火力配置都标清楚了。山上有一个炮团，还有一个步兵营，总兵力1500人，炮兵在上面，步兵在半山腰。指挥部设在山顶一个暗堡里。"

　　刘怡冰说："你为解放武汉，立下了大功。"

　　李参谋说："但愿这张图纸能发挥作用，我也好回家向未婚妻交代。又说，如果打起来，张连长他们连和另外两个连，会向长江开炮，这三个连的位置，已用红笔画出来，请转告攻城解放军手下留情。"

　　李参谋看一下手表，说不能再留，要尽快赶回去。

　　送李参谋下楼的时候，发现老艄公正在大门外张望，刘怡冰走过去问他找谁，老艄公伸着脑袋张望着，说见了面才知道。回过头一看，大笑起来，说就找她。刘怡冰问他什么事儿，老艄公告诉她打鱼回来的时候，不小心碰了停在岸边的一条船，还差点撞翻，他心里过意不去，掂了两条鱼去给人家赔不是，上了船往船舱里一看，见郭小姐被绑在船上，他正要给她松绑，岸上下来两个人，凶神恶煞一样，把他轰走了。他前思后想，觉得不对劲，就来问问是咋回事儿。

刘怡冰一听，喜出望外，抓住老艄公的手，说都找她三天了。李参谋也很高兴，要和刘怡冰一起去救郭佳丽。刘怡冰说已经有关警队、自卫队、保密站的人了，他再一去，又多一个国军，让外人知道了，还不闹翻天。

说着她就往楼上跑去，跑了几步，又回头让老艄公先等一会儿。

刘怡冰跑到楼上，拉着李源就往赫斯特办公室跑，李源问怎么回事儿，刘怡冰兴奋得说不出话，到了赫斯特办公室，才结结巴巴说郭佳丽有下落了。

赫斯特和李源也兴奋起来，问在哪儿，刘怡冰说绑在一条船上。赫斯特让李源带着关警队，跟老艄公一起去救郭佳丽。又吩咐刘怡冰去向特派员报告。

二人应声出门。

出了门，刘怡冰让李源先去关警队，她带老艄公随后就到。

47

老艄公带着李源、刘怡冰等人，来到集家嘴停船的地方时，那条船已不见踪影，问周围的船家，都说岸边的船进出频繁，哪艘船进出，谁也没往心里去。

刘怡冰兴奋的心一下子凉下来，两眼呆呆地望着江水，眼泪不觉又流下来。

李源吩咐刘怡冰向赫斯特报告，他带关警队继续寻找。

刘怡冰醒悟过来，转身往堤上跑去。

赫斯特和特派员听了刘怡冰的汇报，十分吃惊。赫斯特要派两艘缉私快艇，沿江寻找。王朝胜建议把四艘快艇都派出去，一定要找到，否则，就没机会了。

赫斯特有点忧虑，说一下子出动四艘快艇，要报总署批准才行，另外，还要通报城防司令部。特派员说总署那边以突然发事件为由，事后再报，城防司令部那边以发现走私船只，海关正常缉私应对。

赫斯特听了，不假思索，拿电话准备对缉私船队下达命令，想了一下，又放下电话，说他亲自到缉私船队。

赫斯特、特派员、刘怡冰三人来到缉私码头时，船员们已经在迎接了。赫斯

特也不客气，下令立即出发。

特派员补充说如果遇到抵抗，开枪开炮。

舰长们齐声回答后，转身回到各自的艇上。

刘怡冰愣了一会儿，也跟着跑去，跳上一艘快艇。

四艘快艇像离弦的箭，冲出码头，向汉江驶去。

一路上，快艇逐个码头搜索，逐个船只检查。到了宗关码头，还没有见到郭佳丽的影子。

刘怡冰提醒郭中规，那艘船可能开到下游了。郭中规认为下游江阔浪大，渔船摆渡困难，应该往上游方向逃了。

说着话，郭中规大手一挥，继续往上游行驶。

当快艇追到郊外的时候，发现有两条渔船，正在向上游行驶，郭中规操起扩音器喊话，让渔船停下接受检查。

渔船不理会，继续行驶。郭中规一挥手，四艘快艇围上去。

两条渔船这才停下来，郭中规让船舱里的人站出来。过了一会儿，两个渔民模样的人爬出来，说他们是渔民，不是走私的。郭中规说既然不是走私的，为什么要逃。那两个人说不出话，用眼睛往船舱里望。郭中规警觉起来，下令准备跳帮登船。

这时，从船舱里探出一个黑脸的人，四下张望一番，说他们是政府部门的，不是做生意的，没有海关要查的货、也没有海关要找的人。想天黑前赶到汉川，请不要耽误时间。郭中规一听，更警惕。

两名船员跳上其中一条渔船，喝令舱里的人，出来接受检查，四个家伙从船舱里爬出来，一名队员下到舱里查看，一会儿，扔出几支长枪来。刚才喊话的黑脸说，他们是汉川警局的，别误会。

郭中规也不理会，两眼盯着船上的一举一动，这时，那名队员从舱里出来，告诉他没有异常。话音未落，郭中规跳上另一条船，同时，抬手朝黑脸汉子的胳膊开了一枪，黑脸大汉手中的枪，应声掉下来。另外一名船员也跟着跳上去，两人同时用枪指着舱口，喝道想活命快点出来。

一会儿，从舱里爬出两个家伙。郭中规也不说话，弯腰钻进船舱，只见郭佳丽手脚绑着，嘴里塞着一只破袜子，正痛苦地呻吟着，郭中规丢下手里的枪，一边给郭佳丽松绑，一边高喊郭佳丽在这里。刘怡冰一听，就要往前跳，被一名船员拉住，说她没有训练过，会掉进水里。

郭中规把郭佳丽抱出船舱时，刘怡冰又惊又喜地叫起来："死妮子，吓死我了。"

郭佳丽也激动起来，弱弱的说了一声又见到你们了，就晕过去。

郭中规吩咐艄公稳住船，靠上快艇，然后把郭佳丽递过去。

刘怡冰一把抱住郭佳丽，再也舍不得松开。

郭中规指着黑脸汉子，让他到快艇上去。黑脸大汉狐疑地看他一眼，没有动，郭中规踢了他一脚，告诉他包扎去。

黑脸汉子这才跳到另一艘快艇上，郭中规也跳回去，下令留下两艘快艇押解渔船。

两艘快艇在江面上飞驰，不多久，就回到海关码头。早有人过来接应，把郭佳丽抱上来。

赫斯特和特派员也走过来，看一眼郭佳丽，见她虚弱不堪的样子，吩咐送医务室抢救。

郭中规指着那个黑脸汉子，让他也去包扎。

特派员问他交代没有，郭中规摇摇头。特派员让黑脸汉子留下来，交代了再包扎。说着走过去，问谁指使他绑架郭佳丽的，黑脸汉子蹲在地上，一副爱理不理的表情。特派员冷笑一下，抬脚朝黑脸大汉的伤口踢了一脚，黑脸大汉一声惨叫，倒在地上。

停了一会儿，特派员又问是他自己干的，还是别人指使的。黑脸汉子只顾惨叫，不理会他。特派员又朝他的伤口处，猛踢一脚。黑脸汉子又惨叫一声，在地上滚了几个来回。特派员再问，黑脸大汉还是不理睬他。特派员对船员吩咐，找一条麻袋，把他装进去，扔长江里。

黑脸汉子说："光天化日之下，敢把我扔长江里？"

特派员说："你不是也在光天化日之下，绑架海关的人了吗？！"

黑脸汉子说："把我扔长江里，就永远也不知道是谁干的了。"

特派员说："你的那些手下，就要押回来了，不愁他们不说。"

黑脸汉子冷笑一声，说："只有我知道。"

特派员说："人已经救回来了，说不说也无所谓。"

这时，一名船员拿来一条麻袋，特派员吩咐把黑脸汉子装进去，用快艇运到江心投下去。

几个船员上前，不由分说，把黑脸汉子装进去，赫斯特、刘怡冰十分吃惊，一会儿看特派员，一会儿看船员往麻袋里装人。

船员把黑脸大汉抬到快艇上时，刘怡冰终于忍不住了，问特派员真要扔长江里呀。特派员说这种人留着，对社会也没什么好处，死了更好。

快艇点火后，很快驶离码头，向江心冲去。

赫斯特摇摇头，准备回去，特派员让他再等一会儿，等看那个家伙招供。

果然，快艇驶到江心后，又掉头驶回码头。两个船员把麻袋解开，押着黑脸来到众人面前。黑脸汉子脸色苍白，浑身发抖。见了特派员等人，扑通跪倒，哀求放他一条生路。又说指使他的人是马二帅。他说马二帅早就喜欢上郭小姐，可是郭小姐看不上他，所以就出此下策，先绑架郭小姐，如果郭小姐顺从，就娶她做小老婆，如果不从，玩几回，再杀人灭口。他本来想前天晚上糟蹋郭小姐，因困在家里出不来。

黑脸汉子说完，用乞求的目光看着特派员。

特派员说："敬酒不吃吃罚酒，早说就没苦吃了。又吩咐郭中规派人带他去包扎，然后关进拘留室。"

一行人正要离去，两艘快艇押着渔船回到码头，特派员下令把那几个同伙也关进拘留室。

赫斯特吩咐刘怡冰通知关警队撤回来，又问特派员，马二帅怎么处置。特派员说他过去一趟，会会马二帅。

……

李白瑞见特派员和刘怡冰从车上下来，心里一沉，想郭佳丽已遭不测，本来想迎上去，却迈不开步子。刘怡冰跑过去，告诉他郭佳丽已救出来了，李白瑞听了，两腿一软，坐到地上。

特派员让刘怡冰陪他往马二帅家走一趟，刘怡冰不让他去，说让关警队进去抓就是了。

特派员说："马二帅不会束手就擒，如果打起来，关警队会吃亏。又说她如果怕就别去了。"

刘怡冰说："不怕，我进去过两回了。"

特派员叮嘱她进去后，站在他身后。

马二帅和三个弟兄围着桌子喝茶，见特派员和刘怡冰进来，冷眼看一下，一副大爷模样。特派员也不说话，四下看了一眼，发现几个人身边放着枪，都上了膛，随时准备干仗。

刘怡冰介绍说："这是江汉关领导，他来和你们……。"

特派员伸手将她拉到身后，说："来问马二帅有什么交换条件，海关准备往回撤了。说着往前挪了两步。"

马二帅嬉皮笑脸说："无条件的撤回去，同时，还要给我道歉。"

特派员说："我就是来道歉的。"

马二帅和他的几个弟兄一听，大笑起来，说："早知如此，何必当初。"

特派员又往前挪一小步，说："我也这样想。"

话音未落，飞起右脚，将马二帅的一个弟兄踢倒，同时，用左拳将另一位打倒在地上，还有一个张着嘴没反应过来，也被他一脚踢翻在地。

一连串动作，刘怡冰看得眼花缭乱，马二帅也惊得目瞪口呆。等马二帅反应过来，准备摸枪时，特派员飞起一脚，把他摸枪的手踢断，疼得他惨叫一声，把手抱在胸前，再也不敢动。

特派员轻蔑地说："几个地痞流氓，搞了几条破枪，就不知道几斤几两了，别说是乌合之众，就是堂堂的国军，对海关也敬着三分，让着三分。一伙鸟人，不知天高地厚，竟敢在海关头上撒尿，活得不耐烦了。"

马二帅赶紧跪下磕头，说："我这就告诉郭小姐的下落。"

特派员说："晚了，郭小姐已经救回来了。"

特派员朝外面喊了一声，保密站的两个特务跑进来。特派员告诉二人，这里交给他们处理，屋里的东西归保密站长。

马二帅恼羞成怒，说："秘书长饶不了你们。"

特派员蔑视说："他敢张狂，叫他也死。"

特派员拉着刘怡冰出门，朝关警队挥挥手，让他们撤回去。

刘怡冰悄悄地问，保密站如果把他再放出来，他会变本加厉报复，郭佳丽一家怕是活不下去了。

特派员告诉她，既然让他进去，就没想让他再出来。

48

郭佳丽很快清醒过来，医生说她主要是受了惊吓，补充些营养，休息几天就会好起来。

刘怡冰一直陪着她，直到把她送回家交给她母亲。她一身疲惫回家时，王奶奶说吴大夫让她尽快去一趟，又递给几张周无止写给她的字条，打开一看，又是约她见面。

她轻声对王奶奶说："今晚我去给周先生送鸡汤。"

吃过饭，刘怡冰要出门时，王奶奶跟了上来，说："我陪着去，不然不放心。"

两人正争执，妈妈从楼上下来，说："我也一起去，一个是老太太、一个走路东倒西歪，看着就不放心。"

刘怡冰有些不高兴地说："尽管我们是老中青三代人，遇上坏人也敌不过。"

妈妈说："遇到坏人，我和王奶奶冲上去，掩护你先撤。"

刘怡冰说："听你们这样说，好像去上前线似的。"

妈妈说："要打仗了，大家都人心惶惶。"

一听说打仗，刘怡冰突然想起来，这几天陪伴郭佳丽，李参谋绘的龟山工事图还锁在抽屉里。她把罐子递给王奶奶，让她们先去，她去办公室。

妈妈一听急了，两手抱住她胳膊，生怕她会飞似的，说："这么晚了，明天上班捎回来，再交给他不迟。"

刘怡冰说："早一天交到他手里，就能早一天发挥作用。"

妈妈说："都这个时候了，今天和明天有什么差别。"

刘怡冰不听，坚持要去，妈妈急中生智，说："你不考虑自己的安全，也要为那件宝贝东西着想，万一出了意外，会造成重大损失。"

听妈妈这样一说，刘怡冰犹豫起来，一时拿不定主意。

王奶奶说："你妈说的有道理，很多事儿，是急不得的，一急就会出差错。"

刘怡冰又想了一会儿，终于下决心似的说："听你们的，不听老人言，吃亏在眼前嘛。"

三个人慢悠悠的往诊所走去。

吴大夫见了刘怡冰就拉住不放，告诉她周无止早就康复了，再住下去也是多余，耽误收治别的病人。一个健康的人，长期住在医院里，没有病也会住出病的。刘怡冰连忙说，她来就是劝他出院。

吴大夫说一定要让他走，这些天没赶他，也是看她的面子。刘怡冰说这份情她心领了。

周无止正躺在床上看书，见刘怡冰进来，很是兴奋，扔下书，光着脚跳下床，抓住她的胳膊，问她这几天忙什么了，见不到人影儿。

刘怡冰轻轻掰开他的手，把鸡汤罐子放到床头柜上，一边往外打汤，一边轻声说，郭佳丽被人绑架了，一直忙她的事儿。

周无止吃惊地问，救出来没有，刘怡冰说救出来了，又陪了她几天。周无止还想再问什么，刘怡冰把碗递给他，淡淡地说吃吧。

周无止狼吞虎咽一样，把罐子里的鸡肉、鸡汤吃完。

刘怡冰一边收拾碗筷，一边对周无止说："你已经康复，不需要再住下去了。"

周无止说："感觉比来的时候好多了，可有时还觉得心慌、有气无力。"

刘怡冰说："这不算什么，我有时也有这种感觉。"

周无止说："吴大夫对我有成见，总要我走。"

刘怡冰说："吴大夫也是一片好心，他希望救治更多病人。"

周无止说："别人住也是住，我住也是住。"

刘怡冰说："他担心再住下去，会住出病来。"

周无止说："赶我走还说为我着想。不住这儿，也没地方住，烟草公司早就辞退了。"

刘怡冰说："先搬到外公那儿，让他给腾一间房子。"

周无止想了一下说："其实，我早想换地方了。"

刘怡冰淡淡的笑一下，说："那还说不想走。"

周无止说："我是怕离开这儿，没个去处。"

刘怡冰收拾好碗筷，说她该走了。又对周无止说，明天中午来接他。

周无止上前一步，要送刘怡冰回家。刘怡冰推开他，说妈妈、王奶奶还在外面等着。

周无止一听，有些兴奋，说："我正好见见你妈妈，往后就熟了。"

刘怡冰说："黑灯瞎火，分不清谁是谁。"

周无止还是坚持要送，说："还有事儿要对你说呢。"

刘怡冰说："留着明天说吧，都这个时候了，今天和明天也没什么差别。"

刘怡冰说着话，走出病房，周无止有点无趣，愣了好一会儿，才又回到床上。

第二天午饭后，刘怡冰匆匆赶到诊所，先找吴大夫结账。周无止早已准备好，重新扎上领带，衣冠楚楚的。刘怡冰招一下手，周无止掂着箱子，两步跨出来，随刘怡冰出了诊所。

诊所外，有两辆黄包车等着，刘怡冰踏上前一辆车，周无止也想坐上去，刘怡冰说后面一辆是给他的。周无止犹豫了一下，转身跳上另一辆车。

刘怡冰领着周无止走进外公作坊时，外公正在喝茶，刘怡冰叫了一声外公，周无止也跟着叫了一声。外公看了周无止一眼，什么也没说，继续喝茶。

刘怡冰把周无止领进一间屋子里，告诉他外公年纪大了，平时话少，有时还会发点小脾气，不去招惹他就是了。吃饭的时候，师傅会给他送到房间里来。

周无止说："我会让他老人家高兴的。"

刘怡冰说："但愿如此，不过不要强求。说着话，从包里取出一个档案袋，交给周无止，告诉他这是龟山工事图，尽快转给攻城部队。"

周无止很激动，双手接过去，说："有了它，攻城部队的伤亡就会减少。"

接着周无止又批评刘怡冰，说救郭佳丽是大事儿，龟山工事图也是大事儿，关系着千百名解放军战士的生命，到手后几天才送来，险些误了军机大事儿。

刘怡冰承认自己顾此失彼，顾了这儿，忘了那儿。

周无止说："过去就过去了，以后改正就是。"

周无止又说，解放军就要渡长江，目前正在筹集船只。武汉这边也是，攻下汉口后，会乘胜攻打武昌、汉阳，将需要大量的渡船，目前，国军已将渡船收走烧毁，想办法把缉私舰艇送给解放军。

刘怡冰说："这个没有可能，缉私艇出动，要经过总署批准，还需要城防司令部同意。"

周无止笑一笑说："我还是那句话，没有做不到，只怕想不到。当初，龟山工事图也不可能得到，现在不是拿到了吗。只要努力了，即使达不到目的，也不遗憾。"

他两眼火辣辣地看着刘怡冰，突然伸出胳膊，想把刘怡冰拥到怀里。刘怡冰一个急转身，退到门外，说要上班去了。

外公见刘怡冰过来，要她陪他喝一会儿茶。刘怡冰告诉他要去上班，以后再陪他喝茶。外公让她把耳朵伸过来，有话对她说。

刘怡冰说："怎么神神秘秘的。说着把耳朵伸到外公嘴边。"

外公拍一下她的脸，说："这个周先生心机重，不能嫁他。"

刘怡冰也学着外公的样子，嘴伸到他的耳朵上，说："我要嫁的是个知识分子。"

49

刘怡冰、郭佳丽去"巴黎西餐厅"时，见鹿鸣鸣和顾先生正往里走，把菜谱丢到桌子上，起身迎上去。

顾先生和鹿鸣鸣见了她们，又惊喜又意外，鹿鸣鸣、刘怡冰、郭佳丽三个女孩子更是抱成一团。

闹了一会儿，刘怡冰才想起一旁的顾先生，问他们怎么来了，鹿鸣鸣说几天没吃什么东西了，今天来改善一下，西餐厅没有特务打扰，可以安心地吃。

刘怡冰想起周无止也曾说过，咖啡馆、西餐厅是个相对安全的地方。

刘怡冰说她请客，郭佳丽也说大家目标一致，干脆合在一处。顾先生认为这

样最好，人多热闹。

正说着，一阵飞机的轰鸣声传来，说话的声音被打断。飞机过后，餐厅又恢复宁静。顾先生忧心忡忡地说："听声音是轰炸机，不知道是去解放区轰炸，还是轰炸解放区后返回。"

说到这里，顾先生放下刀叉，再也无心吃下去。刘怡冰问能否让飞行员把炸弹投到别处，顾先生告诉她，没有找到合适的人，去做这件工作。

鹿鸣鸣说："飞行员是特殊群体，他们被看管得很严，与外界接触也少。"

刘怡冰说："表姐嫁给机场一个军官，听说是管油料的，这半年来，一直在往外倒卖一些油料，表姐和她娘家人，全靠这个维持生计。"

顾先生沉思了一会儿，说："想办法接近这个军官，看能不能做些工作。早一天取得进展，解放区那边就少受一些损失。"

刘怡冰说："他住在机场，我们吃过饭就去。"

几个又说了些其他话题，吃完饭后，刘怡冰、郭佳丽告别顾先生和鹿鸣鸣，去王家墩机场。

机场大门外有卫兵站岗，人员进出都要盘查。刘怡冰、郭佳丽把工作证递给哨兵，哨兵看了看还给她们，放她们进去。二人走走停停，在一个路人的指点下，终于找到表姐家。

表姐家住在两间平房里，屋内布置得井井有条，虽说不豪华，却也算得上讲究。表姐有点惊喜，问哪股风把她刮来了。

刘怡冰不好意思起来，说："这里是军事重地，不敢来。"

表姐说："什么军事重地，外人看着可怕，来的趟数多了，就习惯了。"

刘怡冰说："你是军官夫人不怕，我们是老百姓，哪能和你比。"

表姐说："给你介绍一个军官女婿，咱俩也好做伴。"

刘怡冰笑起来，说："好啊，也给郭小姐介绍一个。"

表姐突然严肃起来，说："宁愿不嫁人，也不能嫁军官，成天提心吊胆，既怕打仗战死，又怕部队转移。"

三人正说着话，白文武回来，表姐给他介绍刘怡冰和郭佳丽，白文武很会说话："两位美女光临寒舍，屋里一下亮堂多了。"

表姐说："她俩还不知道好歹，想找个军官女婿呢。"

白文武说："好啊，军官身体好，尤其是飞行员，没有不良习惯，符合家长们的要求。"

表姐说："别忽悠她们了，咱自己天天唉声叹气，怕机场转移、怕共军打过来。"

白文武说："逗她们玩呢。"

表姐不满地说："说的绘声绘色，像是开玩笑吗。她们家就她这么一个女儿，嫁给一个飞行员，到处转移，一家人还怎么过。"

刘怡冰见表姐生气了，打岔说："我们也是开玩笑，没往心里去。"

表姐叹口气说："共军打过来了，我和孩子不知道是走是留？这些天尽想这事儿，吃不香睡不好。跟着走吧，不知道要走到哪儿，也不知道走到哪儿是个头儿，留下来吧，又不知道驴年马月才能再聚，说不定再也见不着了。"

白文武听妻子一数落，立即矮了半截，不敢再说话。刘怡冰劝白文武留下来，陪表姐一起过日子，又说："表姐自小在武汉长大，挪个地方怕适应不了。"

表姐没好气地说："他怕共军要他的命。"

白文武说："就是不怕也不行，到时上级一声令下，能不跟着走？！"

表姐说："一个大活人能叫尿憋死，就是怕共军、怕人家没好脸色。又让刘怡冰以后多来几趟，劝他别跟着部队到处乱走，免得一家人天各一方。"

刘怡冰见他们夫妻二人争执不下，也不好再留下来，便说天不早了，要回去了。表姐要出来，白文武让她照看孩子。

快到大门口时，刘怡冰对白文武说："表姐的担忧，也有道理，也要替她想一想。"

白文武说："天天唠叨这事儿，我哪能不想，可是也想不出一个眉目。"

刘怡冰说："我周末再来，也劝劝表姐，让她往大处想想。"

白文武说："这样最好，我都被她说得心烦意乱了。"

出了大门，白文武又告诉她们，周末叫几个飞行员过来，一起聊聊天，看能不能聊出火花，如果她们情定飞行员，将来转移，大家也好有个伴儿。

郭佳丽说："我们都有男朋友，要给飞行员说清楚。"

白文武说："又没有结婚，让他们竞争嘛，你们也没什么损失，何乐而不为。"

二人回到家时已经很晚，刘百川还在客厅等她们。

前几天，刘百川一见刘怡冰和郭佳丽进门，就起身上楼，今天却坐着不动，刘怡冰想他可能生气了，解释说去表姐那儿了。刘百川把报纸放在一边，说："多到表姐那儿走动走动，亲戚间不常来往，也会疏远。"

不等刘怡冰答话，刘百川又说："去找顾先生，告诉他那批药要尽快转移，这几天来，总有不三不四的人，在公司外面东张西望，怕是有人惦记上了。"

刘怡冰心里一惊，责备自己尽想着玩，把正事儿忘到脑后了。

刘怡冰有点内疚地说："晚上还和顾先生一起吃晚饭了。"

刘百川站起来说："有了万全之策，才能转移。说着走上楼。"

望着爸爸的背影，刘怡冰自言自语地说，这可是个难题，那么多东西，怎么转移。郭佳丽建议她去找鲁副官，开张特别通行证，装上车开到解放区。刘怡冰告诉她，城防司令部的通行证只能出城，即使是华中剿司令部的通行证，怕是连孝感也过不去。上一次送许中玉她们时，已经领教过。

郭佳丽说飞机经常到解放区轰炸，把那些药装上飞机，当成炸弹投下去。

刘怡冰认为这是一个好主意。

50

早上，刘怡冰到办公室的第一件事，就是打电话给鹿鸣鸣，报社的人说她出去采访了，要到中午才能回来。吃过中午饭，刘怡冰又给报社打电话，问鹿鸣鸣回来没有，报社那边说还没有回来。她告诉报社的人，鹿鸣鸣回来后，尽快给江汉关回个电话。可是没过多久，她就忍不住又打过去问，弄得对方很不高兴，数落她说刚睡一会儿，又让她吵醒了。刘怡冰赶紧道歉，说对不起。

中午两点钟的时候，鹿鸣鸣的电话才姗姗来迟，刘怡冰埋怨她怎么才打过来，鹿鸣鸣告诉她刚回报社，听说她不停地打电话找她，连口水都没喝，就打过来了。刘怡冰问报社有没有飞机轰炸解放区的照片，鹿鸣鸣说图片部有，报纸上曾经刊登过。刘怡冰让她帮助找几张，越血腥越真越好，她下班后去取。鹿鸣鸣说她下午去国军后勤部采访，顺便带过来。

刚放下电话，刘百川又打来电话，告诉她想宴请赫斯特和特派员，让她去约他们。放下电话，刘怡冰往楼上走去，半道上遇到鲁火来找她。看着鲁火一脸的忧郁，她隐隐觉得有些过意不去，已经有不少日子，没有和他单独相处了，甚至都忘记了他的存在。她让鲁火到办公室等她一会儿，她去楼上一趟，一会儿就下来。鲁火说也不是急事儿，改个时间再来。

望着鲁火快快离去的背影，刘怡冰忽然想起了周无止，她想也要去外公那儿看看他。

刘怡冰去约特派员时，王朝胜以晚上有活动，脱不开身，婉言拒绝。向赫斯特转达爸爸意思时，赫斯特愉快地答应了。他说只有和刘百川在一起，才能说得尽兴，才能有共同语言，才能擦出思想火花。

再回办公室时，鹿鸣鸣已把照片送过来。刘怡冰翻看几张，眼里涌出泪花，郭佳丽气愤地说，把这些照片送给飞行员，不信他们的良心还能安稳。

刘怡冰和郭佳丽拉着手，来到外公作坊时，周无止正和外公一起喝茶，有说有笑，刘怡冰心里顿时踏实下来，过去她一直担心，外公会给周无止脸色看。周无止见她们过来，激动地迎上来，刘怡冰避开他，走到外公身边，给外公捋头发。

四人围在桌边，喝了一会儿茶，说外公身体好、精神好，能活一百二十岁，说得外公合不拢嘴。几个人说说笑笑了一阵子，刘怡冰把周无止叫到一边，告诉他，那批西药被人盯上了，要尽快转移。

周无止想了一会儿，也没有主意。

刘怡冰说："武汉距解放区有几百里，难以转移。"

周无止说："让自卫队加派力量看护，解放军攻城后，再交给攻城部队。"

想了一会儿，周无止又说，如果被国军部队盯上，会被征走，还是要想办法运到解放区。

刘怡冰说："正想办法接近飞行员，想利用他们到解放区轰炸时，空投过去。"

周无止眼睛一亮，说："这是个好办法，抓紧去做。"

二人又回到桌边，说了一会儿话，刘怡冰就要告别，外公说这个外孙女总是

来得急，去得也急，像风一样。刘怡冰说以后住过来，天天吵您。外公说现在的年轻人说的好听，却不去做。

刘怡冰、郭佳丽出了外公作坊，坐上黄包车朝沿江路而去。突然，刘怡冰叫车夫停下来，郭佳丽问她干什么，刘怡冰告诉她，见何红牛正在饭店门前撕扯。

下了车，见何红牛正拉扯着陈海儿和高连长，身边围着一大群看热闹的人。二人急忙跑过去，问怎么回事儿，何红牛告诉她，两人吃霸王餐。

刘怡冰知道，商人对警察不信任，自卫队一成立，就纷纷要求提供保护。自卫队则根据情况，向一些公司派驻人员站岗，同时，还在一些街道巡逻，维持商场、饭店经营秩序。

陈海儿也认出，说："我们不是不想付钱，实在是吃完饭才发现身上没带钱，明天给送来，老板都答应了，这几个人却不同意。"

何红牛说："老板是因为高连长说如果不让走，就带兵来砸饭店，才说让你们走。如果真想付钱，一人留下来，一人回去取钱嘛。"

高连长说："刚才说的是气话，现在一折腾，我真要带兵来了。"

说着拨开人群往外走。"

何红牛说："这就把你送宪兵队，到那儿说理儿。"

刘怡冰看双方越说火气越大，打圆场说："一顿饭钱，又不是大数，我先替你们付了，以后再还，不还也没什么，就算这顿饭是我请。说着把钱递给饭店老板。"

陈海儿犹豫片刻，拉着高连长离开。

高连长朝刘怡冰感激地看一眼，跟着陈海儿离开。

51

刘怡冰、郭佳丽来王家墩机场时，感觉气氛紧张了许多，卫兵的脸色，也没有前几天好，拦着二人不让进，非要让里边的人来接才行。二人递上的工作证，也不看一眼。刘怡冰告诉卫兵，表姐家里没有电话，他们哪知道她们来。卫兵见二人一副诚恳的样子，动了恻隐之心，让她们在大门外多等会儿，也许能碰上表姐出大门。

刘怡冰还想说好话，让卫兵放她们进去，卫兵说他们接到命令，不得放任何人进去。

等了好一阵子，白文武才匆匆从里面走出来，在大门外张望一番，见二人正在窃窃私语，朝她们叫了一声。刘怡冰埋怨说早来了，卫兵不让进。

白文武告诉她们，昨天夜里来了个紧急通知，所有人不能外出，外面的人也轻易不让进来。他怕二人进不来，半个小时出来一趟，都跑了几回了。说着领着二人往里走，却被卫兵拦住，说要对刘怡冰、郭佳丽搜身。

刘怡冰听了，心里一阵紧张，不由自主捂紧装有照片的包。白文武告诉卫兵，二人是他的亲戚，在海关工作，是国家公务人员，不会带什么危险品。

卫兵说："就是看在她们是海关的份上，才没把她们轰走。上级有命令，任何人进营门都要搜查。"

白文武为难的朝二人看一眼，说："他们也是在执行命令，不是为难二位。"

刘怡冰说："既然有命令，我们服从。说着扯一下郭佳丽的衣角，郭佳丽立即心领神会，上前让卫兵检查，卫兵检查一番，才放她进去。刘怡冰走过去，让卫兵检查，卫兵上下搜了一遍，也没发现什么，正要检查身上的包时，刘怡冰一边开包，一边给郭佳丽递一个眼神，郭佳丽扯着卫兵衣角，说感谢他高抬贵手，她们也没带什么，干脆给他点钱，去买包烟抽。"

卫兵还没有反应过来，刘怡冰从包里拿出一信封，递给白文武说："表姐夫，这钱先收着，回头给这位老总买几包烟抽，以后还要常来，还要麻烦他。"

白文武说："我给他们买几包就行了，不用你们费心。"

刘怡冰朝他递一个眼色，说："那是你的心意，这是我们的心意。说着硬把手里的东西，塞进他口袋里。"

卫兵说："都不用客气，我们不吸烟。"

刘怡冰说："买瓶酒，下了岗喝几口解解乏。"

郭佳丽也走到白文武身边，把一叠钱塞进他口袋，说："多买几瓶酒给他们。"

卫兵一时很感动，手一挥放二人进去。倒是白文武一时愣在那儿，不知道说什么好。

155

到了家里，白文武才问她们搞什么名堂，都往他口袋塞钱，刘怡冰让他拿出来看。白文武从口袋里掏出来才发现，袋子里装了一沓照片，他一张张翻看，有的照片上是一个头颅、有的是一条断胳膊、断腿，有的是哭泣老人、小孩。

白文武脸上虽然没有严峻表情，但眼神中透出几分怜悯，问照片是从哪来的，刘怡冰告诉，报社朋友给的，听说他们那儿还有很多。白文武问拿这个进来干什么，如果让卫兵搜出来，会定个扰乱军心的罪名，不但二人吃不消，他也要受连累。

刘怡冰说："拿给飞行员看，叫他们的良心受谴责。"

白文武说："打仗就有人死、有人伤。"

刘怡冰说："这些人是老百姓，他们在自己家里或田里，遭此横祸。"

白文武叹口气，说："因为形势紧张，飞行员都出不来了。"

刘怡冰、郭佳丽一听，顿时泄气。表姐说他们不来更好，她还怕她们两个上当受骗呢。说着话，开始往桌子上端菜。

吃饭的时候，白文武说可以把照片转给飞行员，让他们以后投弹的时候，小心点，投到共军的阵地上，别再祸害老百姓。

刘怡冰认为投到共军阵地上，也要炸死人，干脆投到没人的地方。

白文武问刘怡冰、郭佳丽二人，是不是地下党？

刘怡冰说："要是地下党，还敢来这儿，不是自投罗网吗。"

白文武说："我和你是亲戚，真是共产党，还真不好办，是交给宪兵呢，还是放你们走。"

表姐说："当然是放她们走了。突然，表姐意识到什么，让刘怡冰找共军打听一下，像白文武这样的人，到时能不能留下来。"

刘怡冰说："上次从你们家回去后，说了你们的情况，爸妈都为你们担心呢，他们说要我多来几趟，多看看你们，看一眼少一眼。"

表姐的眼圈一下子红了，说："我们还没决定走。"

刘怡冰说："爸妈希望你们能留下来，说我没有兄弟姐妹，往后我们常来往，相互照应。"

表姐的眼泪终于掉下来，说："还是亲人好，时刻惦记着。"

白文武似乎也感动了，说："我就是想留，怕共军饶不了我。"

刘怡冰说："多做点好事儿，共军会看在眼里、记在心里。"

白文武说："我什么也做不了，不过是负责给飞机加油，如果我拒绝，马上就会被抓起来。"

刘怡冰说："把照片送给飞行员看，这就是做好事儿，不过这还不够，要让他们把炸弹投到没人的地方，无论是老百姓，还是解放军，都不能再轰炸了。"

郭佳丽说："我们筹集了一批西药，能不能让飞行员当做炸弹，投到解放区。"

白文武说："飞行员只负责投放，装载是另一个部门，就像我一样，只负责加油。"

表姐很高兴，拉着刘怡冰的手，说他们有出路了。刘怡冰告诉她，也帮不了什么，但可以把白文武做的事儿，向他们报告，让他们心里有数，不让白文武白费心思。

第六章　绑架

52

鲁火兴冲冲地过来，神秘地告诉她们，解放军渡过长江，直捣南京了。

鲁火又说4月20日20时，解放军发动渡江战役，一时间，万炮齐鸣，千帆竞发。解放军将士在西起江西湖口、东至江苏江阴，长达500公里的江面上，冒着枪林弹雨直冲对岸，国军苦心经营数月的"钢铁防线"，顿时土崩瓦解。

二人听了，先是吃惊，过了一会儿，明白过来，抱在一起，又蹦又跳。

刘怡冰想起周无止说过，国军为了防止解放军渡江，把两岸大小船只集中起来，一把火烧掉了。不知解放军从哪儿找到那么多船，载着千军万马渡过长江。她又想解放军一旦打到汉口，如果没有船，就过不了江，就解放不了武昌、汉阳。

郭佳丽看出刘怡冰心理变化，问她又想什么了，刘怡冰告诉她，在想把缉私艇开给解放军。

郭佳丽说："太难了。"

刘怡冰也说："是啊。"

传达室打电话过来，说有人找刘怡冰。放下电话，刘怡冰就要出门，郭佳丽叫住她，说她有了一个主意，刘怡冰回头时，见她手里拿着报纸，一刹那，她也有了主意。

刘怡冰到传待室时，周无止一边喝水，一边翻看报纸，见她进来，高兴地说，有一个振奋人心的消息，要立即告诉她。刘怡冰笑起来，问是不是解放军渡长江了。周无止很吃惊，问她怎么知道的。刘怡冰说他的消息，还是从江汉关传过去的呢。

刘怡冰又说："你来得正巧，刚才还在讨论，想把缉私艇开给解放军，帮助解放军渡江呢。"

周无止说："我也是为这事儿来的。又说这很重要，关系到能不能顺利解放武昌、汉阳。"

刘怡冰说："需要鹿鸣鸣配合才行，她要在报纸上大肆炒作。"

周无止问炒作什么，刘怡冰告诉他炒走私，直到把赫斯特炒急了。

送走周无止，回办公室，郭佳丽告诉她特派员找，她掉头上楼去。特派员正在打电话，见她进来，示意她坐到沙发上，又对着话筒讲了几句才放下。他一面往沙发上坐、一面问刘怡冰和鹿鸣鸣认识多久了。

刘怡冰想一下，说："办画展的时候认识的。"

特派员点点头，说："看你们关系密切，以为是老朋友了呢。"

刘怡冰笑起来，说："感觉是老朋友了。"

特派员问："是不是经常接触、经常见面？"

刘怡冰想了想，说："她到处采访，见一面不容易。"

特派员笑着问："两个美女见了面，一定有说不完的话吧。"

刘怡冰也笑起来，说："想说的话很多，可每次见面都很匆忙，说不了几句。"

特派员不好意思地笑了笑，问能不能问一个私人问题。

刘怡冰说："我是一个透明的人，没什么保密的。"

特派员说："不是问你，是问鹿鸣鸣。她这么有能力，又这么漂亮，求爱的人不会少吧？"

刘怡冰说："这个倒没注意，也没问过。"

特派员说："你们约会的时候，她有没有护花使者。"

刘怡冰想了想，告诉他没见过。突然，她笑起来，问他是不是想追她？如果需要，她可以牵线搭桥。

特派员说："多了解了解，再做决定。"

刘怡冰说："我对她了解也不太多，感觉她是一个古道热肠，侠骨仗义的人。"

特派员说："她可能确实很忙，要采访、采访回来还要赶写稿子，另外呢，还有其他的事儿，也要忙乎。"

53

刘怡冰、鹿鸣鸣到办公室的时候，特派员吃了一惊，甚至还有点尴尬。倒是鹿鸣鸣落落大方走上前，一边跟他握手，一边说："听说您要请我吃饭，我不请自来。"

特派员这时也调整好情绪，说："大驾光临，有失远迎。"

鹿鸣鸣说："今天来，是想谈谈海关的事儿。"

特派员说："希望多为江汉关美言。发现江汉关有不足之处，还请高抬贵手。"

鹿鸣鸣说："不管是表扬还是批评，本意都是好的，都是为了海关好。"

特派员说："海关欢迎报纸监督，有则改之，无则加勉。"

鹿鸣鸣说："特派员不愧是抗日英雄，高风亮节，有大局观念。"

刘怡冰提醒他们，别尽相互恭维，还是坐下来谈。

三个人围着沙发坐下来，又说了几句话，特派员站起来，给二人各倒一杯水后，又坐下来，问鹿鸣鸣有何见教，他洗耳恭听。

鹿鸣鸣喝一口水，把杯子又放到茶几上，说："其实也没什么，最近报社不断接到电话、来信和来人，反映长江走私严重，本来早该就这个问题来采访，因为忙于另外的事情，一拖再拖，一直拖到今天。"

特派员想了一会儿，说："这个问题江汉关也注意到了，限于形势和上级要求，一直难有作为。最近，城防司令部又对长江实行宵禁，缉私艇更不能动。"

鹿鸣鸣说："这些情况，刚才刘小姐也介绍了。我想作一个客观报道，把走私情况和海关难处，如实报道，无论是海关、还是报社，都好给广大市民有个交代。"

特派员又想了一会儿，说："多一事不如少一事，还是不报道好。报道后产生什么影响，难以评估，而且也难以控制。"

鹿鸣鸣说："您的心情能理解，可以看出您对海关的挚爱之情。"

特派员说："虽然来江汉关不久，但对江汉关的感情，却一天比一天深，我

160

希望江汉关像一颗钻石，永远放光芒。"

鹿鸣鸣说："即使是钻石，也需要打磨。"

特派员说："这是我的美好愿望，问题当然还是有的。"

鹿鸣鸣说："特派员的意思，是不是可以理解为家丑不能外扬。"

特派员想了想，说："可以这样理解。"

鹿鸣鸣笑起来，说："抗日英雄也有俗的时候。"

特派员叹口气，说："我也食五谷杂粮，所以也不能免俗。"

鹿鸣鸣说："即使我高抬贵手，其他报纸也会报道。"

特派员又想了一会儿，说既然如此，还请笔下留情。此外，还要向赫斯特先生通报一下。又说请她等一会儿，他去去就来，说着站起来出门。

刘怡冰也拉着鹿鸣鸣一起出门，让特派员有了结果再打电话给她。

二人回办公室时，郭佳丽迎上来，问情况怎么样，刘怡冰指着鹿鸣鸣说，简直太厉害了，把特派员说得无话可说。鹿鸣鸣说事实胜于雄辩，长江走私是事实。

鹿鸣鸣像模像样的来海关采访，是昨天晚上刘怡冰和周无止、鹿鸣鸣商讨的结果。

过了一个多小时，特派员才匆匆忙忙的下来，说赫斯特先生的态度很明确，长江走私是客观事实，不必回避。

鹿鸣鸣说感谢领导的理解支持，说着起身准备告辞。特派员想请她吃晚饭，问她是否愿意赏光。鹿鸣鸣笑着说，怕吃海关的嘴软，等把报道做完，再来讨饭吃。

送走鹿鸣鸣，刘怡冰如释重负地松了一口气，刚才她总感觉在唱双簧。郭佳丽说她心里也嘀咕，这是不是给江汉关抹黑。刘怡冰想了想，说走私严重本来也是事实，市民早就有意见，说国家养着一大批人，不干事儿。

第二天一上班，特派员要刘怡冰打电话感谢鹿鸣鸣，告诉她赫斯特和他都认为报道比较客观，同时，希望她就此打住，不要再做深入报道了。刘怡冰放下电话，把路上买的一份《大刚报》打开，只见头版显著位置，写着《长江走私严重海关无奈难作为》。刘怡冰细看了一遍，大体上是说，每天晚上有数十艘大小船只，往来长江走私，大量走私物资充斥市场，尤其是部分走私物资，流入解放区，资助了共军。时局不稳，散兵游勇结伙走私，携带武器，漠视海关，轻则发生肢体冲突，重则发生枪战，对关员造成伤害。为此，海关总署要求在局势尚未稳定

161

前，暂停缉私，此外，城防司令部的宵禁令，也限制了缉私艇的出行，从而造成走私愈演愈烈，已经到了尾大不掉之势。

一口气看完，刘怡冰才拿起电话打给鹿鸣鸣，告诉她特派员认为报道客观真实，但希望就此打住。鹿鸣鸣笑起来，说她们正准备分头采访商人呢。刘怡冰知道，她不可能就此打住，这也是前天她们商量的方案，先在《大刚报》报道，之后其他报纸跟进，深入报道，直到赫斯特和特派员的屁股再也坐不住。

她还知道，明天所有报纸，都会出现商人们的愤怒和无奈。

54

夏天快要来了，白天越来越长，下班时太阳还老高。

刘怡冰和郭佳丽一边逛商店、一边看街景，直到天黑下来，才匆匆往家里走。回到家时，见表姐正抱着儿子坐在客厅里，刘怡冰跑上去，逗表姐怀里的孩子。

表姐放下儿子，从怀里掏出一封信，递给刘怡冰。妈妈告诉她，要不是她留，表姐早回去了。

表姐告诉她现在形势紧，白文武他们不准离开机场半步，就连家属也要早出早归。

趁王奶奶上菜工夫，刘怡冰打开信看。白文武在信上说，照片已经给飞行员们看过，对他们很触动。他们再执行任务时，都把炸弹扔在荒地里，但运送药品的事情，尚无进展。

拿起筷子，正要吃饭时，刘怡冰把郭佳丽拉进卧室，告诉她飞机不行了，可以用缉私艇。郭佳丽认为赫斯特没有半点动摇迹象，高兴得有点早。刘怡冰说各报开始把矛头指向海关了，尤其是那些商人们，对海关的情绪很大。明天报纸再炒作一番，他们就沉不住气了。郭佳丽说即使缉私艇出动，长江两岸都有国军防守，又能运到哪里。刘怡冰的热情顿时消失，呆呆地站了一会儿，什么话也没说，拉着郭佳丽出来吃饭。

第二天上班的路上，刘怡冰从报童那里，把各种报纸买一份，拿回办公室，摊开来认真读。

各报在配发消息的同时，开始刊载评论文章，内容大多是说走私危及国家税收，损害国家经济利益，破坏市场经济秩序，威胁民族工业的生存和发展。同时，走私犯罪不单破坏海关监管制度，还和其他经济犯罪交织在一起，腐蚀人们的思想，毒化社会风气。走私背后是权钱交易，钱色交易和权色交易，损害政府管理职能，给人民群众造成极坏影响。

《大刚报》的评论是从历史角度去分析的，它说1861年长江开口通商以来，洋船及挂外国旗的国内船只，大量走私食用盐及其他物品，运往汉口销售。走私船上的洋人，多是坏事做尽的泼皮无赖，有枪有炮，速度快，国内炮船不但难以追赶，即使追上，也难以对付，且洋人还多一层领事保护，即使人赃俱获，也难以定罪。清代后期，鸦片走私严重，导致海关权力丧失，外国人把持中国海关。今天，形势虽然不尽如人意，但洋人已不足惧，且走私分子为国人，海关何惧之有？

刘怡冰正在高兴地看着，特派员打电话让她去一趟，她只好放下报纸，向楼上走去。

特派员正在生气，面对一堆报纸，脸色像猪肝一样。刘怡冰一进门，就嚷起来，说鹿鸣鸣太不厚道，硬把海关往火坑里推。

刘怡冰不想跟着他谴责鹿鸣鸣，但也不能为她说好话，只好尴尬地站在那儿。特派员嚷嚷了一会儿，才平静下来，说为了避免事态扩大，造成进一步不良影响，必须停止报道。刘怡冰心里想，他和赫斯特的态度不改变，鹿鸣鸣决不会罢休。

特派员让她去报社找鹿鸣鸣，问有什么要求，开个合理的价儿，江汉关会给。刘怡冰认为鹿鸣鸣没这个意思，前天要感谢时，她还说正常工作。特派员说不是给她，是给她们报社。现在报社靠挖墙脚、搞负面新闻创收。

刘怡冰打电话给鹿鸣鸣，让她在报社等她。

刘怡冰出了大门，见广场上聚了一些商人、店员，举着标语牌，上面写着"海关缉私责无旁贷"，"海关救命"等，刘怡冰又喜又惊，喜的是可以给赫斯特和特派员增加压力，惊的是担心像特派员说的那样，局面失去控制，对海关产生更大负面影响。想到这里，她又转身上楼，向特派员汇报。特派员大吃一惊，让刘怡冰去给赫斯特报告。赫斯特听刘怡冰说商人、店员请愿时，眉毛向上跳了一下，

接着又恢复淡定，说有几个人出来请愿，也是正常，他们有权表达他们的情绪。

两人正说着，特派员匆忙进来，说："广场上聚集的人越来越多，已经引起市民围观。"

赫斯特说："昨天看报纸后，就预料到今天会有人来聚会。"

特派员说："这事儿有点蹊跷，好像是共党操作。"

刘怡冰顿时紧张起来，想特派员真是厉害，竟然看出来与地下党有关。

赫斯特说："商人们出来发泄一下不满，也不奇怪。"

特派员说："要考虑对策，加以应对。"

赫斯特说："既然已经发生了，就要坦然面对，再等一等，以不变应万变。"

快下班的时候，周无止打电话给刘怡冰，说他在"银河系"咖啡馆等她。放下电话，刘怡冰催郭佳丽快点换衣服，别让周无止久等。

二人说说笑笑来到"银河系"的时候，周无止正在喝咖啡。周无止曾提醒过刘怡冰，他们接头碰面时，不要带郭佳丽，但刘怡冰怕单独和他相处时，要牵手搂腰，每次来还是叫上郭佳丽。自从上次被马二帅绑架后，郭佳丽就一直住在她家，吃住行一起，她父母也搬到武昌亲戚家住。

周无止见郭佳丽跟在刘怡冰身后，脸上掠过一丝不快。刘怡冰走过去，一边坐下来，一边招呼服务生。服务生应声过来，三个人分别点了饭菜。

周无止让服务生续了一杯咖啡，端在手里，用鼻子深深吸一阵子，陶醉了一会儿，才放下来。他深情地看了刘怡冰一眼，问赫斯特、特派员什么态度，刘怡冰告诉他，特派员有点急了，让她去找鹿鸣鸣谈价钱。

周无止有点诧异，问谈什么价钱？刘怡冰告诉他，特派员认为《大刚报》想讹海关一笔钱，周无止冷笑一声，说再烧一把火，把他们烧焦了，才会改变态度。

刘怡冰说："有几十个商人、店员，到海关请愿。"

周无止说："那是我安排的，明天会有更多人去游行。海关一天不缉私，就天天有人去游行、去请愿。"

服务生端来食物和点心饭菜，摆在各人面前。三个人相互招呼了一下，开始吃东西。周无止吃了几口，突然问机场有没有进展，刘怡冰放下刀叉，说飞行员已经有触动了，再去解放区时，把炸弹投到荒无人烟的地方，避免造成人员伤亡。

周无止很高兴，说："下一步动员他们投诚。如果飞行员起义，将会极大振奋解放军士气，极大打击国军斗志。"

周无止又说如果飞机载着药品去投诚，那就锦上添花了。

55

第二天早上，刘怡冰和郭佳丽上楼的时候，听同事们窃窃私语，她们留心听了一下，原来是在议论报纸上一篇评论。二人相互看一眼，会心一笑，快步上楼，钻进办公室，抱在一起跳起来。

原来，昨天晚上回家时，刘百川正在校对《大刚报》约写的稿子，见她们二人回来，又让她们一起看。刘怡冰接过去一看，标题叫《名存实亡的机关》，大意是汉口设立海关，方便了商人，促进了进出口贸易兴盛。1862年后，武汉进出口总值都在3000万两以上，1910年进出口贸易达到1.35亿两，海关税收达到321万两。从1865年至1945年的67年中，汉口同上海、天津、广州对外贸易总额相比，有42年位居第二，18年位居第三，7年位居第四。1947年，政府规定汉口为内地转口商埠后，进出口业务一落千丈，但缉私职能未见削弱。今年年初，江汉关以时局紧张为由，骤停缉私，给走私分子大开方便之门。如今已过去四个月，可是，这个人马齐全的海关在干什么呢，要说他们没有事做，会冤枉其中一部分人，他们有人甚至还要加班（例如气象站）！既有人，照样得评级提薪，福利补助。半身不遂三载，名亡实存四个月！这就是现在的江汉关之现状。这种现状一定要改变，广大市民都应监督和促使其履行职责。

郭佳丽说最后两段话，句句都像刀子，一定会扎得赫斯特心疼。刘百川说既然满意，就尽快给鹿小姐送去，明天见报。

尽管昨晚上已看过那篇文章，二人还是把路上买的报纸打开来，一字一句看起来。

李源过来叫刘怡冰带上记录本，到赫斯特办公室作会议记录。刘怡冰丢开报

纸，从抽屉里拿出本子，随李源出门。到门口时，郭佳丽突然叫起来，刘怡冰转身跑过去，朝窗外看去，只见楼下广场上，一百多名商人、店员，举着牌子，静静地立在楼下，还有人不断加入其中。李源也走过来，朝外看一眼，说奇怪了，海关总是被推到风口浪尖上，一波未平，一波又起。

刘怡冰随李源来到赫斯特办公室时，特派员正脸色铁青，坐在沙发上。

赫斯特说："报纸对江汉关的报道，在社会上、在江汉关内部，产生了广泛影响，尤其是这篇《名存实亡的机关》，更是对江汉关造成巨大负面影响，会产生什么样后果，现在还难以评估。"

李源说："楼下聚集了不少商人、店员，还在不断增加。"

特派员说："这是共党操作的，否则不会这么有板有眼。尤其是发动商人、店员出来请愿，更是共党惯用的手法。"

李源不解地问："共党操作这事儿，有什么目的？"

特派员说："无非是争取民心，让老百姓知道他们最关心百姓的疾苦。"

赫斯特说："不管什么党、什么人操控，对江汉关来说，已经不重要了，重要的是如何应对。"

特派员说："我的意见是不加理会，不让共党的阴谋得逞。"

李源说："没完没了的报道炒作，还有商人、店员来请愿，也不是办法，对江汉关的影响，越来越坏。"

赫斯特站起来，在桌边踱了几步，又停下来，忧心忡忡地说，国民政府做了很多值得称道的事，但也有很多需要反思的地方，讲政治本来是政治家、政客的事情，国民政府非要让全民讲政治，什么事情都要与政治挂钩，口口声声党国利益，其实，谁也没有把党国利益放在心上。讲政治过了头，会对人们的思想产生不良影响，久而久之，就会说的和想的不一样，想的和做的不一样。此外，还会束缚人的思想和行动。一个自信的政党和政权，绝不会把"党国"挂在嘴角。海关作为一个征税机关，应该超然于政治纷争，但自从国民政府对海关进行改革后，这个传统丢了。

特派员说："以诽谤国家机关罪，让警察局查封报纸，再抓几个人，看他们还闹不闹。"

赫斯特说："警察局未必会查封，抓几个人也未必会起作用，反倒会使海关更被动。静下心想一想，报纸上说的问题，确实存在。目前，负面影响还不算大，应考虑恢复缉私。"

特派员说："这样被他们牵着鼻子走，叫人不甘心。"

赫斯特说："政治就是这样，有人操控，就会有人被操控。"

赫斯特又说，他已和总税务司通过电话，他也同意暂时恢复缉私，待老百姓的情绪平静了，再考虑其他办法。至于城防司令部，他准备亲自去找鲁司令，请他高抬贵手。特派员认为鲁司令是认死理儿的人，不会同意。

赫斯特说报纸上炒得沸沸扬扬，他不会不知道。商人罢市，市民游行，对他也没什么好处。市场凋零，收不上税，他们的军费也会受影响，这些道理他会懂的，况且缉私是海关，又不是他的部队。

赫斯特吩咐李源，尽快下发一个通知，让缉私科和缉私艇做好准备，三日后行动。又吩咐刘怡冰根据这次会议记录，拟一个新闻稿，他签发后，送各报社。

最后，赫斯特要大家以平常心对待，关员们如果有不同意见，多做些解释，江汉关的工作确实有过失，被曝光没什么大惊小怪。

三个人陆续往门外走，赫斯特叫住刘怡冰，让她留下来，整理新闻稿，他签字后，立即送报社。刘怡冰又转身坐到沙发上，埋头整理。赫斯特坐到办公桌后，又拿起报纸，心不在焉地看起来。

过了十几分钟，刘怡冰将写好的新闻稿递给赫斯特。赫斯特看了一遍，拿起笔，改了几个字，然后郑重地签上名。又拿起报纸，指着那篇《名存实亡的机关》说："这篇文章是曾在海关工作过的人写的。"

刘怡冰心里一惊，想赫斯特可能是怀疑爸爸了。

赫斯特轻轻笑了一下，又说："这个人就是你爸爸。"

刘怡冰一时惊得张口结舌，愣了好一会儿，才问他怎么知道的。赫斯特说凭他的直觉，凭他和刘百川多年的交往。

刘怡冰低下头，不好意思地说："是报社约他写的，他不是有意给您难堪。"

赫斯特笑起来，说："他是商人，自然要为商人说话，维护商人的利益，所谓在商言商。"

赫斯特又说，他不但欣赏这篇文章，而且也佩服刘百川的这个举动。中国有举贤不避亲的说法，他的批评也是不避友情。

赫斯特把新闻稿递给刘怡冰，告诉她打印后送出去。刘怡冰接过来，转身欲走，赫斯特又叫住她，让她转告刘百川多留心，形势越来越紧迫了。刘怡冰出了门，又听赫斯特自言自语地说，风雨飘摇，多事之"春"。刘怡冰不由自主的停住脚步，心里想他一个老外，不远万里来到中国混碗饭吃，真不容易，虽说看上去风光，但其生活，随着中国革命的发展，起起落落。尤其是他们洋人在中国海关的日子，一直走下坡路，如今，一大把年纪了，还要提心吊胆地过日子。

56

刘怡冰陪同赫斯特去城防司令部时，鲁司令派他的参谋长出来接见。赫斯特还没开口，参谋长先开口了，说派一个排的宪兵，协助海关缉私。赫斯特感谢城防司令部的好意，接着又婉言拒绝，说海关尚能应付得了。

参谋长说："情报处报告，走私分子多由散兵游勇组成，惯于偷奸耍滑，欺软怕硬，他们不把海关放在眼里，对宪兵却畏惧三分。"

赫斯特说："宪兵好是好，可难以安排宪兵食宿。"

参谋长想了一下，说："有行动时去协助，没有行动住在军营。不过有一个要求，缉私所得，要分出一半给部队。"

赫斯特说："走私物品要存入仓库，变卖款项后上交国库。"

参谋长说："现在是特殊时期，特殊对待。"

赫斯特面有难色，欲言又止。

参谋长又开导说："我们也不是不劳而获，如果不体谅海关的难处，就不会允许缉私艇在长江行驶，缉私也无从谈起。"

赫斯特又想了一会儿，才答应下来，但他要求宪兵必须处于从属地位，不能反客为主。参谋长一听笑起来，说秀才遇到兵，怕有理说不清。

三天后，两艘缉私艇载着宪兵，分别驶往上游和下游巡查，第一天晚上就拿下七条走私船，有条船试图反抗，先是宪兵一通扫射，接着被缉私艇的机关炮擂毁。关警队也在宪兵的协助下，在岸上防堵。此后，每晚都有斩获。

自从恢复缉私后，各报开始对江汉关进行正面报道，《大刚报》还开辟了《海关专栏》，报道海关查私情况、市场行情等。

刘怡冰换上关服，把办公用具从抽屉里拿出来，摆放好，才把路上买的《大刚报》打开，浏览有关江汉关的新闻，主要是记者采访商人的现场报道，从报道中可以看出，商人对海关充满感激之情，同时，还有一种隐忧，担心海关是作秀，几天后，又刀枪入库，马放南山，对走私不闻不问。商人提出以实际行动，感谢江汉关打击走私，呼吁商人给江汉关送锦旗、牌匾，既体现出对海关的感激之情，又可促使海关不要走回头路。

刘怡冰正愉快地看着，忽听楼下传来锣鼓声，郭佳丽朝窗外看一眼，兴奋地喊有人送锦旗来了。刘怡冰探头朝外看了一会儿，说真是说曹操、曹操就到，报纸呼吁给江汉关送锦旗，锦旗就送来了。她突然意识到什么，赶紧往楼上跑，去向赫斯特汇报。

一天下来，送锦旗、牌匾的商人来了七批，刘怡冰随同赫斯特、李源上上下下了十几趟，累得腰酸腿疼，坐下去不想起来。郭佳丽一边给刘怡冰搓背，一边感叹，做点好事儿，商人们就感谢不尽，中国人容易满足。刘怡冰说中国人长期受官府奴役、压迫、剥削，习惯了逆来顺受，为他们做一点好事儿，哪怕是应该做的，他们就会惦记着，就要把内心的感激表达出来。中国人善良，中国人可怜。解放了，建立新政权，人民当家做主，就会扬眉吐气，腰板挺得直直的，政府尽心地为民办事，群众心安理得地享受政府提供的服务。

刘怡冰正说着，传达室的老韦打电话来，说有人找她，让她下去一趟。刘怡冰忍着痛站起来，一边往门外走，一边对郭佳丽说下了班去机场。

郭佳丽把刘怡冰扶到一楼会客室，见没有人，刘怡冰让郭佳丽先回办公室，她到大门外看看。

郭佳丽回到办公室，整理了一会儿文档，闲下来喝茶。无聊地坐了一会儿，一看手表，已经过去一个多小时，刘怡冰还没上来，她拿起电话打到接待室，电话铃响了好一阵子却没人接。郭佳丽又打电话给鲁火和李白瑞，问是不是去了他们那儿，二人都说倒是想她，但见她一面难啊。又打电话给传达室，传达室的老韦也说没有。郭佳丽急出一脑门子汗，怀着最后一线希望，又打电话给郭中规，

郭中规说她昨天来过。郭佳丽举着电话，呆呆地站着，一种不祥的感觉袭上心头，两腿不住的打颤。放下电话，她跑到每个办公室门口看一眼，心想也许在某一间办公室里，刘怡冰正在和别人聊天。直到把所有办公室都跑遍了，也没有发现刘怡冰的影子，她终于忍不住哭起来。

她去找李源汇报，告诉他刘怡冰不见了。李源不相信，认为情况还没弄清楚，不能轻下结论。他带着郭佳丽匆匆来到传达室，老韦头让他们去问门卫，门卫说刘怡冰早坐车走了。李源问什么人，门卫说是一辆黑色轿车。郭佳丽问是她自己上的车，还是被别人拉上车的。门卫说好像是被拉进去的，那两个人戴着墨镜。

李源的脸色骤变，转身往楼上跑去，郭佳丽先愣了一下，也跟着往楼上跑。

郭佳丽跑了几步又停下来，她想李源去就足够了。急匆匆回到办公室时，李源打电话来，让她到赫斯特那儿。她放下电话，理了一下思路，才往楼上跑去。赫斯特、特派员、李源三个人面色凝重，像结了一层霜。特派员问她，刘怡冰是什么时候离开的，什么人找的。

郭佳丽说："四点的时候下去的，什么人不知道。"

赫斯特说："害人之心不可有，我们一直没有害人之心，防人之心不可无，我们也一直防着，还是出了问题。"

赫斯特踱了几步，让特派员去保密站一趟，看是不是他们的人干的，如果不是，再请他们帮助寻找，他自己去警察局，看看那边有什么情况。说着拿起电话打给总务科，吩咐备两辆车在楼下等。

郭佳丽回到办公室，立在窗前，一边抽泣着，一边盯着窗外，盼着赫斯特或特派员早点回来。直到快下班时，特派员才回来，郭佳丽赶紧出门，来到楼梯口等着。

不多会儿，特派员拖着沉重的脚步走上来，郭佳丽迎上一步，陪着小心问有消息没有。特派员朝她看一眼，叹口气，接着往楼上走去。郭佳丽紧走几步，撵上去又问了一句，特派员停下脚步，愧疚似的说她在保密站，他们不愿意放人。郭佳丽一听，泪水又夺眶而出。

郭佳丽哭着去找李源，告诉她刘怡冰被保密站绑架了。

李源听了，脸色更难看，说："特派员去都不放人，还有谁救得了她？"

郭佳丽的泪水又涌出来。

李源说："快去告诉刘百川先生，看他有什么办法。"

郭佳丽擦去泪水，转身准备离去，一眼瞧见报架上的《大刚报》，心里一阵惊喜，转身往楼下跑去，招了一辆黄包车，直奔《大刚报》社。

鹿鸣鸣正在写稿子，见郭佳丽面色难看，赶紧放下笔，把她拉到一边，问发生了什么事儿，郭佳丽又抽泣起来，断断续续把刘怡冰被绑架的事说了一遍。鹿鸣鸣听了，紧张起来。沉思了一会儿，才自言自语说："昨天也有同志被保密站抓去，可能有人叛变了。要尽快通知顾先生他们转移。"又让郭佳丽也跟着他们走。郭佳丽生气地说她不走，本来是请鹿鸣鸣救人，结果却要丢下刘怡冰先逃。

鹿鸣鸣说："不是丢下刘怡冰不管，是已经有了救她的办法。"

郭佳丽抱住鹿鸣鸣胳膊，问有什么办法。

鹿鸣鸣说："让外公去找鲁司令，什么问题都能解决。"

郭佳丽听鹿鸣鸣一说，也兴奋起来，埋怨自己没想起外公。鹿鸣鸣告诉她急晕了头。

郭佳丽风风火火的来到铜锣街作坊时，外公正准备吃饭，一听说外孙女被人抓走了，把筷子一扔，拉着郭佳丽就往外走，在巷子口招了一辆黄包车，急急坐上去，直奔桥口城防司令部。

鲁司令正吃饭，鲁副官让他们过一会儿再进去。外公急了，说再等外孙女就没命啦。鲁副官一惊，问出了什么事儿。郭佳丽告诉他刘怡冰被保密站抓走了。

鲁副官听了，也很吃惊，说："保密站就是阎王殿，老人家的担心有道理。"

想了想，又说他这就进去报告。说着跑上二楼，不多会儿，又下来，说："鲁司令正宴请客人，吩咐我去保密站一趟。"

外公担心起来，说："他不亲自去，人家能买账吗。"

鲁副官说："我代表鲁司令去，保密站不敢马虎。"

鲁副官叫来一辆吉普车，先把外公和郭佳丽扶上车，然后他也跳上去，对司机说去保密站。

吉普车一溜烟冲出城防司令部，拐上马路，朝保密站驶去。

到了保密站大门外，鲁副官让外公、郭佳丽留在车上，他径直走进去。

57

鲁副官本来准备送刘怡冰回家，返回时再送外公。车子刚起步，刘怡冰说先送外公回去，又附在外公耳朵嘱咐，不要告诉爸爸妈妈，免得他们担惊受怕。

刘怡冰和郭佳丽回到家时，已经十一点多了，爸爸、妈妈还在客厅里等她们。见她们回来，也没说什么，放下手头上的东西，起身到卧室休息去了。她们二人相互看一眼，也回到卧室里。

一进卧室，郭佳丽就扯着刘怡冰问到底是怎么回事儿，刘怡冰一脸的惘然，说她也不知道，下午到大门外时，有两个人见她出来，二话没说，就把她拉进车里。到了保密站，把她引进一间屋子里，来两个特务劝她和鲁火分手，她问为什么？那两个人说是秘密，不便告诉她。她告诉他们和鲁火已经谈了两年，就要结婚了。那两个人反复劝，刘怡冰就是不答应。后来，那两个特务说为了党国利益，必须牺牲个人幸福。刘怡冰说她谈朋友结婚，并没有危害党国利益。那两个特务告诉她如果这么固执，可能会受苦。正在这个时候，鲁副官到了，把她救了出来。

郭佳丽听了，一头雾水，说："保密站是抓地下党的，怎么还管起这事儿。"

刘怡冰说："我也想不通，还以为要我承认为地下党工作呢。"

郭佳丽说："是不是什么大人物看上你了，要你去做他的儿媳妇，或者去做小老婆。"

郭佳丽原来以为刘怡冰吃尽苦头，遍体鳞伤，刘怡冰出来时，一看并没有受刑，心一下就落进了肚里，暗自庆幸及时把鲁副官请去。

赫斯特和特派员还在为她担心着，次日上班，刘怡冰就上楼去赫斯特办公室汇报。

赫斯特正在看报纸，见她进来，吃了一惊，问她怎么出来了，还告诉她，一大早特派员又去保密站打听情况了。刘怡冰把昨晚发生的情况，简单说了一遍。

赫斯特听了，惊得张着嘴巴，好一会儿才喃喃自语道："保密站搞什么名堂，他们不是对付共党的吗，怎么还关心你的男朋友的事情了，这里面一定有什么名堂，也许有不可告人的勾当。"

刘怡冰说："我和郭佳丽昨晚想了很久，也没有想明白。"

赫斯特说："我活这么大岁数，头一回听说特务机关关心这样的事儿。"

快下班时，刘怡冰、郭佳丽手牵手下楼，坐上一辆黄包车去机场。

王家墩机场照例警备森严，二人正和卫兵说好话放她们进去时，上回遇见的一个老兵走过来，告诉站哨的卫兵她们是海关的，也算是一家人。二人赶紧谢老兵，老兵朝她们笑笑，说快去快回。

表姐正在做饭，见二人到来，有点意外，埋怨她们怎么不早点来，好做她们的饭。刘怡冰让她也别做了，到外面吃。

表姐说倒是想出去吃一顿，可是白文武出不去。表姐让她们帮助看孩子，她再去厨房。郭佳丽说孩子交给她们尽可以放心，女人带孩子无师自通。

饭菜刚摆上桌子，白文武就回来了，见了刘怡冰、郭佳丽二人，分外高兴，说："正想你们，你们就来了，真是心有灵犀。"

刘怡冰说："本来准备前几天来的，没脱开身。"

白文武说："用飞机运送药品，已经不可能了，往飞机上装任何东西，都必须经剿总司令部批准，上飞机前，宪兵还要检查。"

刘怡冰想了一会儿，说："既然如此，就不要强求。又说那边的人希望动员飞行员起义，这样可以给国军心理以重大打击。"

白文武说："飞行员控制得很紧，他们的家人都在国统区，如果他们飞走了，他们的家人就会受牵连。即使起义，飞机着陆也是一个大问题，解放区的机场不是炸毁了，就是太远。"

吃过饭，又说了一会儿话，刘怡冰和郭佳丽告辞出来，表姐、白文武要送她们出大门，她们说卫兵已经熟了，不会有问题。

到大门外，见爸爸的车停在那儿，郭佳丽问车子怎么来了，刘怡冰说她下午打电话叫的。又说爸爸说的对，晚上出门坐汽车，更安全。

说着话，二人拉开车门钻进去。

刘怡冰吩咐老梅，先到外公作坊一趟，老梅一打方向盘，朝铜锣街开去。郭佳丽问她这么晚了，去干什么？刘怡冰告诉她去找周无止。

外公正在喝茶，见她们俩进来，说外孙女说到做到，昨天说的话，今天就来兑现。刘怡冰走过去，一边给他将头发，一边问周无止。外公说他前天出去后，一直没回来。郭佳丽认为和顾先生他们一起转移了。

刘怡冰点点头，自言自语说，不知道他们安全了没有。停了一会儿，又自言自语地说，以后有事儿不知该找谁。

58

刘百川打电话来，说昨天晚上青帮的人准备强行进入公司，被自卫队挡住了，今天还会再来。

刘怡冰放下电话，愣了好一会儿，才回到座位上。

郭佳丽问她又出什么事儿了？

刘怡冰说："昨晚上青帮的人去抢药品，没得逞，走时撂下话说今晚再来。"

郭佳丽说："告诉他们是海关存放的，看他们还敢再打主意。"

刘怡冰说："现在海关已经不是过去的海关，没有人再当回事。再说青帮势众，连警察局都让着三分。"

郭佳丽说："往哪儿转移呢，哪儿都有他们的人，哪儿都有他们的势力。"

二人讨论了一上午，也没有一个眉目。中午饭时，刘怡冰也没有心思吃，到餐厅坐了一会儿，又回办公室。一会儿，郭佳丽回到办公室，告诉她在饭堂碰上郭中规。刘怡冰一激灵，拉着郭佳丽到餐厅门口等郭中规出来。

两个人在餐厅门口等了一阵子，郭中规才出来，郭佳丽扯着他的袖子，让他跟她们走一趟。

三个人一路说说笑笑，回到办公室。一进门，刘怡冰就严肃起来，说青帮的人要抢那批西药。

郭中规吃了一惊，说："青帮没有干不成的事儿。"

刘怡冰问能不能先把药品转移到缉私艇上。

郭佳丽一听跳起来，说："这个主意好，白天他们不敢抢，晚上又开出去了。"

郭中规想了想说："这主意好，只怕让宪兵捡一个大便宜。"

他建议转移到运输船上后，开着船出去转一圈，让他们误认为已经运走了。

郭佳丽又跳起来，说："这个主意好。"

刘怡冰也很兴奋，说："我这就去找赫斯特先生。"

说着冲出门，朝楼上跑去。

不多会儿，刘怡冰又跑回来，兴奋地告诉二人，赫斯特同意了。郭中规有点怀疑，刘怡冰告诉他，刚开始赫斯特还有点犹豫，后来听说如果被抢走了，海关就要损失一大笔钱，他说钱是好东西，不能轻易让别人抢走。

刘怡冰让郭中规回去告诉运输船，做好准备，腾几间船舱。又吩咐郭佳丽去找李白瑞，带关警队去壮威；她自己去总务科，把汽车准备好，两点钟装货。

把西药装上船，又看着船驶离码头后，刘怡冰的心才算落进肚里。郭佳丽看了一眼手表，已经过了下班时间。刘怡冰说找个饭店，庆贺今天的胜利。郭佳丽建议去洞庭街的老汉口饭店。上了黄包车，刘怡冰又跳下来，去陪外公吃晚饭。

刘怡冰、郭佳丽到外公作坊时，外公和伙计正准备吃饭，院子中央摆着一张桌子，桌子上放着一盘青菜和一盘豆腐，伙计们有的洗脸，有的坐到桌边，她们两个嚷嚷着要一起吃，伙计们都吃惊地站起来，说这粗茶淡饭，哪是大小姐们吃的。

说着话，二人一左一右挨着外公坐下来。刘怡冰像主人一样，招呼其他伙计也坐过来。不一会儿，伙计们都坐上来，外公朝大家看一眼，说吃吧。刘怡冰、郭佳丽拿起筷子就开始夹菜，张大嘴巴放进嘴里。倒是伙计们有点拘束，细嚼慢咽起来。

二人又吃了几口，见伙计们埋着头，不好意思似的。刘怡冰笑起来，说他们都像小姐似的秀气。她这样一说，伙计们更不好意思，只顾埋头吃饭，连菜也不夹了。外公让她们快点吃，吃完一边去。

刘怡冰说她已经吃饱了，拉着郭佳丽捯到一边。二人离开后，伙计们才抬起头，大家相互看一眼，还做作着，不一会儿，就开始狼吞虎咽起来。

不多会儿，外公也离开桌子，刘怡冰忙将沏好的茶端过去。外公接过杯子，放在一边。刘怡冰给他捋头发，外公板板正正地坐在椅子上，一副享受的样子。郭佳丽也过来给他捏肩膀，外公更享用了，闭上眼睛，靠到椅背上。

外公突然坐起来，说："想把周先生的东西归拢起来，房间腾出来装货。"

刘怡冰想了一下说："他可能很快就回来。"

外公说："最近市场不景气，做好的器具卖不出去，都放在院子里风吹雨淋，时间久了就不中看，更不好卖。"

刘怡冰说："就当他还没走。"

伙计们吃过饭后，三三两两坐在院子里抽烟、喝茶。刘怡冰说天不早了，她们要回家了。外公叮嘱她们路上小心点，别光顾着往前看，还要往后、往两边看。

二人告别外公出来，朝歆生路走去。

歆生路上，路灯已经亮起来，街道上行人不多，来去匆匆，整个大街显得有些空旷和寂寞。路两旁的银行还在营业，店铺伙计有气无力地站在门口，有人路过，才懒洋洋的吆喝两声，招揽生意。

两人正走着，突然前面传来一阵嘈杂声，三个宪兵押着高连长走过来，陈海儿跟在后面，欲哭无泪的样子。陈海儿见了她们，像见了救命稻草一样，哀求她们去救高连长。刘怡冰也来不及问什么原因，拦住宪兵的去路，问为什么要抓他。

宪兵见两个穿着制服的女关员，突然出现在面前，不知道她们是哪一部分的，更不知道她们是什么来头，指着高连长说，他身为国军连长，不顾司令官的命令，跑出来勾引妇女，抓回去严加惩戒。

刘怡冰说："冤枉他了，他是在做好人好事呢。"

又一把将陈海儿拉过来，说她过去得了一种很难治的病，是高连长到处找药，才慢慢治好的。

郭佳丽说："我和陈海儿是邻居，这事儿我最清楚。"

宪兵问她们是哪一部分的，这种制服从来没见过。

刘怡冰说："我们是江汉关的，是一家人。"

宪兵听了，有点不高兴，说："谁同你们是一家人，我们是国军。"

刘怡冰说："国军是国民政府领导，海关也是国民政府领导，怎么不是一家人。"

宪兵说："就算是一家人，这事儿也不能乱说情。"

郭佳丽指着刘怡冰说，她是鲁司令官的亲戚，昨天被保密站误抓了，鲁司令派他的副官又把她领出来。

宪兵不信，说："敢冒充司令官的亲戚，一起抓走。"

刘怡冰说："既然不信，就跟你们走一趟，顺便给高连长求个情。说着就要往前走。"

郭佳丽说："到了司令部，你们可要吃不了兜着走。"

宪兵犹豫起来，说不抓她们了，让她们快走。

刘怡冰继续替高连长求情，说念在他为陈海儿办好事儿的份上，饶了他这一回。宪兵们不再说话，但也没有松绑的意思。刘怡冰说共军就要打过来了，把他抓起来，他的连队就要群龙无首。

三个宪兵似乎有点心动，脸色缓和下来，眼神也柔和了一些。刘怡冰见状，顺势说请大家先吃饭，一边吃饭，一边理论这事儿，如果理论不好，再把他押回宪兵队不迟。

三个宪兵还在犹豫，刘怡冰、郭佳丽和陈海儿一人扯一个宪兵胳膊，把他们扯进一家饭店里。

一拿起筷子，三个宪兵的态度就好起来，说看在两位海关小姐的面子上，高抬贵手，饶了高连长。又对高连长说，今天算他幸运，下次决不轻饶。高连长连说再也不敢了。

59

郭中规脸色严峻地进来，告诉刘怡冰运输船上的西药，被宪兵发现了，他们嘀咕着说，要去向参谋长报告。刘怡冰脸色变得煞白，一时不知说什么好。郭佳丽问什么人走漏的风声，郭中规说那些宪兵个个像贼，什么都打听，什么都感兴趣，头几天还听指挥，后来什么都不听了，该查的他们去查，不该查的他们也去查，就连合法货物，他们也硬要扣留，商人们苦不堪言。原来说好查获的私货，他们一半，海关一半，他们非要拿去一大半，要不了多久，就会被他们全部拿走，简直比强盗还强盗。

　　刘怡冰说："当初，赫斯特先生料到会是这个样子，再三拒绝他们参与缉私。"

　　郭中规说："请神容易送神难，他们尝到了甜头，说什么也不愿意撤走。昨天特派员去艇上视察时说，如果宪兵再无法无天，海关停止缉私，逼宪兵撤离。"

　　郭佳丽说："走私又会泛滥。"

　　刘怡冰说："我们的努力也会付之东流。"

　　停了一会儿，郭中规说："如果有了应对办法，再通知我。我要回去把那几个宪兵稳住，不让他们去告密。"

　　送走郭中规，两个人陷入沉思，一时无话可说。突然，刘怡冰坚定地说，她这就去找鲁副官弄通行证，明天去信阳一趟。话音未落，人已走出门外。

　　郭佳丽跑出门，把她拉到电话机旁，说先打个电话问问，再去也不迟。刘怡冰理了一下思路，拿起电话。

　　不多会儿，话筒里传来鲁副官的声音，刘怡冰告诉他，江汉关想往鸡公山送给养，请他再弄一张通行证。

　　鲁副官说形势很紧张了，别说去鸡公山，就是出城都不容易。鲁副官还叮嘱她不要到处乱跑，下班就回家。

　　放下电话，刘怡冰像抽了筋一样，站立不稳，郭佳丽过来把她扶到椅子坐下。

　　刘怡冰喃喃地说："心血和汗水要付之东流了。"

　　郭佳丽说："联系不上解放军，有力使不上。地上有路不能走，水上没有路可走。"

　　刘怡冰突然站起来，兴奋地说，可以走天上啊。郭佳丽也兴奋地跳起来，搂着刘怡冰的脖子，说这主意太妙了。

　　刘怡冰说："周无止说的对，没有做不到的，只有想不到的。"

　　说着站起来，出门下楼，往王家墩机场而去。

　　刘怡冰已经来过机场几回，和卫兵们差不多都熟了，卫兵看了她的证件，放她进去。刘怡冰来到表姐家时，表姐正抱着儿子晒太阳，见她突然来了，有点吃惊。刘怡冰说找白文武，有重要的事情。表姐告诉她，白文武中午不回来吃饭。刘怡冰一听急了，问有什么办法找到他。表姐说办公区把守得很严，她也进不去。刘怡冰要去试一下，表姐起身把门锁上，抱着儿子，一起朝办公区走去。

　　办公区和生活区相连，中间有一个大门，有卫兵把守。刘怡冰跟在表姐身后，出了生活区，往右拐一个弯，就来到办公区大门口。离门口还有十多米就被卫兵拦住，无论表姐如何说好话，都不让她再走半步。刘怡冰陪着小心说，家里出了很急的事儿，不让进去，就麻烦打个电话，让白文武出来见上一面。说着悄悄塞给卫兵两块大洋。卫兵犹豫了一会儿，才去打电话。

过了好一阵子，白文武才匆匆跑出来，见了刘怡冰，很是吃惊，问出了什么事儿。刘怡冰把缉私艇和药品的事儿，简单说了一遍。问能不能让她搭飞机到解放区。白文武告诉她检查这么严，别说是个大活人，就是一只死鸡都难带上飞机。刘怡冰一听，顿时泄了气，两腿发软，直想一屁股坐下去。白文武想了想说，可以写一封信，从飞机上投下去。刘怡冰两眼一亮，认为这也是办法。白文武让她回去写信，他吃过饭溜回家取，下午就有飞机到解放区去执行任务。

一到表姐家，刘怡冰就开始写信，表姐做好饭菜叫她时，她连头也不抬，说顾不上吃。写信时，她颇费了一番思量，担心中间环节出差错，信中不能说得太明白，又怕说得太含蓄，解放区的人看不明白。最后她心一横，把事情原委和经过写清楚，为了让解放军相信，她还在信中说，许中玉、鹿鸣鸣现在都在解放区，可以找她们作证。

信写好后，她仍然很兴奋，吃不下饭。在表姐的再三劝说下，才拿起筷子。这时，白文武匆匆回来，她又放下筷子，把信交给她。白文武问信投下去谁收，刘怡冰一时又愣住了，说没想过。白文武想了想说，写解放军长官收，说着从抽屉里找出一个信封，郑重写上去，想了想，又在信封上写了三个"急"字。

白文武从锅里拣了两粒熟米粒儿，把信封粘上，揣进怀里，什么也没说就走了。

60

信交给白文武的那一刻起，刘怡冰心里就盼着有人来联系，甚至还想过来人的模样。到了晚上，兴奋的劲头还是不减，躺在床上，很长时间才入睡。第二天上班，她和郭佳丽干什么都没有心思，一直念道，解放区会派什么人来。

电话铃突然响了，两个人盯着电话看了一会儿，又相互看了一眼，刘怡冰才郑重其事地拿起电话，正要说话，却听电话里传来特派员的声音，让她去一趟。

她放下电话，交代郭佳丽守着电话，不能离开半步，然后转身去特派员办公室。

特派员问她最近忙些什么，刘怡冰告诉他，越来越没事情做，每天就是和郭佳丽聊聊天，说油盐酱醋，议论他人长短。

特派员笑起来，说："人是要工作的，天天无所事事，就会无聊。"

刘怡冰说："拿着政府给的工资，却不干事情，总觉得不踏实，好像做了什么亏心事儿。"

特派员说："全国人民如果都有你这样的觉悟，就能像美国一样强大了。"

刘怡冰说："有时候，端起碗拿起筷子，准备吃饭时，一想没干什么事儿，吃饭都觉得不理直气壮，晚上躺在床上，觉得一天的光阴荒废了，心疼着呢。"

特派员说："我有时也有这样感觉，只是没这样强烈，我的觉悟没有刘小姐高。"

刘怡冰说："特派员取笑我了，您是特派员，觉悟一定比我高。"

特派员说："我没有谦虚，也是实话实说。接着话锋一转，问她最近和鹿鸣鸣还有没有联系。"

刘怡冰说："我被保密站绑架后，为了救我出来，郭佳丽去找过她，后来就再没见过她。"

特派员说："想请她吃餐饭，帮助约一下。"

刘怡冰本来想说她去了解放区，武汉解放了才能回来，觉得不妥，因为鹿鸣鸣从没说她是地下党，也怕别人认为她是地下党，如果告诉特派员她到了解放区，等于告诉特派员她是地下党。话到了嘴边又咽回肚里，改口说这就打电话约她。说着站起来，准备用特派员办公桌上的电话。

特派员说："也不急，留心就是了。"

从特派员办公室出来，已到吃午饭时间，刘怡冰问郭佳丽有消息没有，郭佳丽摇摇头，刘怡冰问她是不是错过了。郭佳丽告诉她没离开半步，想上厕所都忍着没去。说着话郭佳丽匆匆出门，往厕所跑去。

一身轻松的郭佳丽，又回到办公室时，想起什么似的说，信阳那么远，他们哪能那么快就到，也许正在路上。

又等了一个下午，也没有人来，甚至连一个电话都没有。郭佳丽怀疑那封信投下去了，没人发现，或者没有引起解放军重视。

刘怡冰默默点点头，说："我明天步行去信阳。"

郭佳丽说："路都被国军把守着，想走也过不去。"

刘怡冰说："找个熟悉的人带着走小路。听爸爸说，信阳那边来做生意的人都是肩挑手提，步行往返。"

郭佳丽说："去那儿找这样的人？你也不能一下子走四百里路。"

正说着话，传达室打电话来，说大门外有人找刘怡冰，让她赶快下去。刘怡冰激动起来，放下电话，竟不知道如何是好，直到郭佳丽要陪她一起下去时，才反应过来。二人来到大门外，四处张望了一番，没见什么人。刘怡冰问老韦人到哪儿去了，老韦指着外面的一个中年人，说就是他。

刘怡冰朝那个人看去，见他穿着一件又宽又大的长袍，把两只脚都罩住了，两只手也仅露出指头尖。乍看上去，像披了一张大床单。

刘怡冰有些狐疑地走过去，上下打量了那人一眼，问他找自己有什么事儿。来人虽然穿戴不协调，但看上去却镇定自若。他打量一眼刘怡冰和郭佳丽，说大老远从信阳来，不请他喝口水。刘怡冰说老家来的贵客，当然要热情接待，引着来人往接待室走去。

刘怡冰倒了杯水递过去，来人也不客气，接过去一饮而尽。刘怡冰又给他续了一杯，来人接过去，又喝了一半才放下来，抹一下嘴，朝郭佳丽看了看，欲言又止。

刘怡冰告诉他郭佳丽是同事，两个人好的像一个似的。

来人又犹豫了一下，突然问她们，是否认识许中玉和鹿鸣鸣。二人一听，却紧张起来，生怕其中有诈，相互看一眼，沉默不语。来人朝她们看了一会儿，似乎看出了她们心中疑虑，从怀里掏出两封信，递给刘怡冰，告诉她是许中玉、鹿鸣鸣写的。

刘怡冰接过去，立即拆开来，看了一遍，也没什么特别的内容，不过是述说思念之情。

来人说他是中原解放军城工部的，姓常，以后叫他老常就行。

老常又说，许中玉他们到鸡公山后，第二天就下山了，休息一段时间，被分配到城市工作队，正在接受培训，为接收武汉做准备。鹿鸣鸣、顾先生刚到信阳，

已向部队首长汇报武汉情况，要不了多久，就回汉口。

刘怡冰见老常所说都有根据，才放下心来，说："刚才还担心你是特务呢。"

老常赞许地说："你们有了对敌斗争经验。"

刘怡冰说："我们两个都被坏人绑架过，吃一堑长一智。"

老常告诉她们，空投下去的信，昨天晚上转到城工部，首长们都很重视，立即派他来接头。他昨天走了一夜，今天又走了大半天，才总算赶来。又说缉私艇和西药，部队都急用。

刘怡冰忧心忡忡地说："部队离武汉太远，送不过去。"

老常自信地说："181师已经翻过大别山，打下了罗田县，目前正准备攻打浠水县。为了配合这次行动，部队已停止攻城。如果需要，可以派先头部队，前进到团风一带隐蔽，必要的时候接应。"

刘怡冰、郭佳丽听了，也很兴奋。

老常说："现在高兴还太早，这是大事儿，要有周密计划才行。"

刘怡冰也自信起来，告诉他缉私艇每晚到长江上、下游巡逻，头天晚出去，次日返回，有特殊情况，三天后返回。上游巡逻，一般到荆州，去下游巡逻要到广济。因为形势不稳定，上游仅到君山就止住，下游仅到团风。每艘艇上有一个宪兵班。

老常问能否把缉私艇上的人叫来，详细介绍一下情况，再商量一个具体办法。刘怡冰看一下手表，说他们已经出发了。老常想了想，说根据刚才介绍的情况，三艘船并不同时行动，也不在同一个方向巡逻，这就给接应带来很大难度。

刘怡冰也认识到，原来考虑得太简单，认为只要解放军一接应，问题就解决了。现在才意识到，一艘缉私船投奔解放军，江汉关和国军会立即警觉起来，缉私艇和运输船，就再也不能离开码头。

郭佳丽认为接走一艘也好，总算没有白费一番周折。

老常说："一艘已经弥足珍贵了。"

刘怡冰内疚地说："考虑不周全，才会这样。"

老常安慰她："这已经是很好的结果了。"

老常决定明晚行动，接应人员在岸上升三堆火，缉私艇鸣笛三声，停靠阳逻后，部队人员抓捕宪兵。又说，他这就赶到181师，把这个情况通报给他们，请他们派出先头部队，隐蔽到岸边。

老常说着准备出门，刚走了两步，脚踩到长袍上，一个趔趄，差点一头栽下去，刘怡冰赶紧上前扶住。

老常有点不好意思的，说："衣服不合身。"

刘怡冰也不客气，说："这身打扮，看着别扭。"

郭佳丽说："容易招惹特务。"

老常叹口气说，解放区没有时髦合身的衣服，一件衣服不管大小，不论合适与否，拿起来就穿，没有选择。

183

第七章　　撤退

61

一大早，刘怡冰要到码头等郭中规回来，郭佳丽告诉她，窗子对着长江，看到缉私艇回码头时，再去也不晚。刘怡冰走到窗边，朝东望去，果然一江春水尽收眼底。浩浩荡荡的江水，被雾气笼罩，江对面的武昌隐隐约约，看不真切；一艘轮渡费力的行驶，像一叶扁舟，在江心里挣扎。几只水鸟贴着水面飞过，不知飞向何处。

刘怡冰想起过去曾无数次站在窗前，欣赏江景，看缉私艇进进出出。如今不但没了这种兴致，连熟悉的江景，也像从来没有见过。

九点多，汽笛声响起，一艘缉私艇缓缓向海关码头靠去。刘怡冰脸上露出一丝欣喜，转身就要出去。郭佳丽认为她的目标大，会引起关注，还是打电话叫郭中规来。刘怡冰不以为然，说去趟码头也是正常。郭佳丽让她想一想，上午去了一趟码头，晚上缉私艇就被解放军接走了，白痴也会往她身上联想。

刘怡冰认为她说得也有道理，让她打电话过去。

郭中规一脸疲倦的赶过来，刘怡冰也不客套，告诉他今天晚上子时，解放军在岸上升三堆火为号，他回应三声汽笛。郭中规脸上的疲倦，一下子消失，问是不是都安排妥当了？刘怡冰把昨天与老常见面情况，简单说了一遍，又说熊掌和鱼翅不能兼得，只能开过去一艘艇。

郭中规叹口气，说："也总算没有前功尽弃。"

刘怡冰说："行动时，宪兵怎么办？"

郭中规说："早想好了对付办法，多备些酒肉，把他们统统灌醉，叫他们睡

184

大觉去。"

刘怡冰说："成功后，你一个人赶回来。"

郭中规说："不是自投罗网吗？就是海关不追究，宪兵队也不会放过我。"

刘怡冰说："你回来报信，他们一时不会产生怀疑。"

郭中规说："那个时候，回与不回，已不重要了。"

刘怡冰说："我一直在想，也许能创造机会，把另外两艘船也开过去。"

郭中规说："船被解放军接走了，我回来也没有借口。"

刘怡冰胸有成竹地说，1938年，国军为防止日军进攻武汉，在长江布设大量水雷，日军清理过，没清干净，有两艘军舰被炸沉。说缉私艇触了水雷，受损严重，电台也被震坏，无法联系，只好一个人回来报告。

郭中规想了想，认为这个借口能说得过去，他们也时常担心碰上水雷。

郭佳丽建议让李白瑞也上船，配合他行动，郭中规告诉她，早准备妥当，无须再添人手。

郭中规忘了一身疲倦，还想再聊一阵子，刘怡冰让他快回去休息，晚上还要辛苦，郭中规这才有点不舍的离去。

送走郭中规，鲁副官打电话来，说他下午要去江西会馆万寿宫，请刘怡冰陪同，顺便介绍一下万寿宫的情况。不等刘怡冰回话，又说下午两点，在楼下接她。

放下电话，刘怡冰纳闷地说："这时候去万寿宫干什么？"

郭佳丽说："他要去一定有去的道理，军人总是异于常人。"

两点时候，刘怡冰从窗子里往楼下看，见鲁副官坐在军用吉普车里，已经在等了。她向郭佳丽打个招呼，匆匆下楼。

鲁副官见她走下来，打开车门，请她上车。

不一会儿，就来到花楼街万寿宫门前。刘怡冰先跳下车，指着万寿宫大门说，汉口最壮观的会馆就是万寿宫。又说她中午找人问了一下，万寿宫建于康熙年间，由江西商人集资建成，占地面积4000平方米。江西旅汉同乡，常到这里集会议事，旅汉行商仕宦，也来此寓居。当年太平军攻下武汉三镇后，杨秀清的东王府，也曾设在这里。

鲁副官说："原来和道教没什么关系。"

刘怡冰说："当初建的时候有点关系，现在淡化了。"

　　见鲁副官兴致不高，刘怡冰又说："建筑经历百年风雨，依然保留着大气和精美，值得一看。"

　　鲁副官说："不是我看，是鲁司令想看。"

　　刘怡冰有些不解，问："鲁司令为什么想来，他又不是江西人。"

　　鲁副官说："说来话长。又想了一会儿才说，1939年底，日军101、106两个师团攻占南昌，国军为打击这两师团，牵制敌人，对南昌发动反攻，因为一些将领无能和贪生怕死，战役失败，但鲁司令带的新编十一师，奋勇突进，屡立奇功，收复南昌北路重要门户万寿官，给日军造成恐慌，并使友军得以脱身。这一仗下来，鲁司令受到蒋委员长另眼相看，不但立功，而且还升迁为军长。"

　　刘怡冰说："此万寿官，非彼万寿官。"

　　鲁副官说："爱屋及乌嘛，他对'万寿官'三个字，充满感情。"

　　刘怡冰说："既然如此，怎么现在才想来。"

　　鲁副官说："军务繁忙，脱不开身。只是再不来看一眼，就没机会了。"

　　刘怡冰听了，心里一惊，说："他是城防司令，想什么时候来看都可以，天天都有机会。"

　　鲁副官说："共军一个师已攻克罗田县，用不了多久，就会攻下浠水和黄冈，攻打武汉也不会太久，白总司令正在犹豫是战是撤。无论是战还是撤，他都没有时间再来。"

　　刘怡冰听了，又吃一惊，心想赫斯特如果知道了这个消息，就会下令缉私艇停止巡逻。于是问她怎么一点都不知道。鲁副官告诉她，国军中一般军官也不知道，怕影响军心和士气。老百姓要是知道了，会人心惶惶。

　　刘怡冰装作害怕样子，问该怎么办？

　　鲁副官说："少出门，或者不出门。"

　　刘怡冰说："要工作、又要吃饭，怎么能不出门？"

　　鲁副官无奈地摇摇头。

62

因为想着缉私艇的事情，刘怡冰觉得心里有一块石头压着，头天晚上很晚才入睡，早上又很早醒来。刚开始还懒洋洋地打哈欠，一想起缉私艇和郭中规，神经一下子绷紧，困意和疲倦顿时全无。

匆匆洗漱好，去厨房帮王奶奶做饭。王奶奶很意外，说过去喊都喊不醒，今天又像要上山打柴似的，起得这么早。刘怡冰告诉她睡不着，躺着还不如起来。王奶奶让她到一边歇着，用不着她帮忙。刘怡冰说干点活儿，转移一下注意力，不然老想着事儿，怪累的。听她这样一说，王奶奶递给她一把葱让她洗。

到办公室后，刘怡冰仍然心不在焉，不是坐着发呆，就是站到窗子边出神。郭佳丽捧着一份报纸，却没有心思看。

终于，郭中规一身泥土、一脸汗水的回来，立在门外，朝刘怡冰意味深长地看一眼，刘怡冰的心，顿时落进肚里，轻快地跑过来，扯着郭中规的衣袖，去找赫斯特先生报告。

赫斯特见郭中规浑身泥土，满脸汗水，还有些疑惑，当郭中规刚说"长江1号"中了水雷时，从椅子上弹跳起来，说千小心万小心，还是出了问题。沉思了一会儿，吩咐刘怡冰叫特派员、李源到会议室，听郭中规介绍情况。刘怡冰应声退出去，出了门又拐过来，把郭中规叫住，让他先到会议室等着。

不一会儿，特派员、李源匆匆来到会议室，二人一见浑身泥土的郭中规，心里已明白开会原因。赫斯特也三步并着两步进来。

赫斯特屁股还没坐稳，就吩咐郭中规介绍情况。郭中规打起精神，说昨晚凌晨时分，缉私艇巡逻到团风调头时，触上一颗水雷，缉私艇受损严重，已不能行驶，一名船员、三名宪兵受伤。因电台损毁，他连夜步行回来请求支援。

特派员问："什么人布下的水雷？走私分子没这个能耐。"

郭中规说："这还是民国二十八年，武汉战役时，国军为阻止日军进攻布设

的。"特派员又说："如果缉私艇受损太重，干脆炸沉。"

郭中规说："没到那种程度，拖回来后，加以修理还可以缉私。"

赫斯特问郭中规如何救援？"

郭中规说："派运输船前往，拖缉私艇返回，对受伤船员和宪兵进行救治。岸上有不明身份的武装人员出没，建议二号缉私艇一同前往，一旦不明身份的武装人员图谋不轨，可进行反击。"

特派员说："土匪武装，没什么大不了，一号缉私艇上有机关炮、重机枪，船员、宪兵还配有长短枪，对付土匪绰绰有余。"

赫斯特沉思了一会儿，说："派运输船前往支援，二号缉私艇做好接应准备，一旦需要立即前往。"

特派员说："这也许是其他什么人的奸计。"

刘怡冰听特派员这么一说，心狂跳起来，浑身发抖，手中的笔差点掉到地上，心里想事情要暴露了。

郭中规也吃一惊，但很快镇定下来，说特派员的考虑也有道理，走私分子什么都干得出来，这也许是他们声东击西的阴谋。不过，水雷不像是走私分子所为，走私分子一般都是短枪。

赫斯特说："既然如此，为防止不明身份武装人员袭击，调整一下方案，长江二号缉私艇前往救援。运输船做好准备，随时增援。又吩咐刘怡冰根据会议精神，给船务科下一个通知，要他们尽快做好准备，前往救援。"

刘怡冰和郭中规从会议室出来，径直回到办公室。郭佳丽迎上来，问是什么结果，刘怡冰有气无力地说，运输船还是不出动。郭中规说二号缉私艇到了以后，再要求运输船增援。

刘怡冰说："特派员已经怀疑了，赫斯特似乎也起了疑心，再请求运输船增援，根本不可能。这种方法只能用一次，再用就不灵了。"

郭中规说："昨晚上宪兵班长喝酒时说，今天夜里，宪兵队会对那批药下手，他们还想赶回来帮衬呢。"

刘怡冰想了一会儿，让他们二人去吃饭，她再想想办法。

二人刚出门，刘怡冰又叫住他们，让郭中规吃过饭到接待室等，这里不能再来了。

　　郭佳丽端着一碗饭回来时，刘怡冰正高兴地哼小曲儿。郭佳丽问她是不是有主意了？刘怡冰得意地告诉她，什么事儿都难不住她大小姐，拉着郭佳丽往接待室走。

　　她们刚坐下来，郭中规匆匆赶来，刘怡冰说："赫斯特让运输船准备增援，我下通知时，改成是一同增援。"

　　郭中规、郭佳丽一听，眼睛一亮，认为这个主意好，接着又暗淡下去，异口同声地说，要追究她责任。

　　刘怡冰告诉他们顾不了这么多了，走一步是一步，她也做好被开除的准备。

　　又叮嘱郭中规两艘船出发时，不能早，也不能晚，必须一点出发，出发时不能鸣笛，如果惊醒了赫斯特和特派员，事情就败露了。说着将通知递给郭中规。郭中规让她随船一起走，投奔解放军。刘怡冰认为，她如果跟船走，事情很快就会败露，人和船都走不了。

　　回到办公室，刘怡冰坐到椅子上，开始闭目养神，郭佳丽劝她吃几口饭，她说再等等。又让郭佳丽站到窗子旁，盯着江面，两艘船出发后再告诉她。

　　一点十分，两艘船驶入江心，朝下游方向驶去。郭佳丽过来，轻声告诉她船出发了，刘怡冰睁开眼，轻舒一口气。郭佳丽让她吃饭，又把碗端到她面前。刘怡冰刚拿起筷子，又放下来。郭佳丽安慰她船已经出发，可以放心了。刘怡冰告诉她，如果特派员、赫斯特发现了，对着电台喊几句话，船还是要返回来。郭佳丽一听，脸色也凝重起来。

　　整个下午，二人都不说话，生怕一说话，事情就会败露似的。

　　刘怡冰想起鹿鸣鸣，此时倒羡慕她在解放区的天空下，呼吸着新鲜的空气，自由自在的说话，自由自在地走在大街上。她又想，明天就要永远告别海关。考入江汉关虽然只有两年，已有了深厚感情，把海关当作了一生依托，她甚至想过，要在海关生老病死。还有关里的同仁们，今后将和他们天各一方，再也难以见面。想到这里，不由得悲从中来，流下眼泪。

　　郭佳丽安慰她说："即使开除，武汉解放后，还可以再回海关。"

　　刘怡冰擦去脸上的泪，坚定地说："我做一点牺牲，也是值得的。说着站起来，准备出门。"

　　郭佳丽拉着她，不让她出去。

　　刘怡冰淡淡的笑一下，说："我去准备'后事'。"

　　郭佳丽说："胡说什么，活得好好的。"

　　刘怡冰又淡淡笑一下，说："去找特派员，把他交办的事情告诉他。"

　　郭佳丽认为她这副表情，不适合见任何人，天大的事儿，明天再说。

　　想了一下，郭佳丽又说打电话就行，又把刘怡冰拉到电话机旁。

　　刘怡冰深吸一口气，平静了一会儿，用清亮的声音说，鹿鸣鸣辞职几天了，特派员说知道了，就扣上电话。

　　郭佳丽说："特派员对鹿鸣鸣一往情深，听声音挺伤感的。"

　　突然，铃声骤然响起来，二人惊得浑身一颤，等明白是下班铃声后，一齐笑起来。

　　刘怡冰理了一下头发，说："去喝杯酒，庆贺阴谋得逞。"

　　郭佳丽说："高兴得太早了，还没有消息呢。"

　　刘怡冰说："郭中规会处理好的，一定会有去无回。"

63

　　昨天晚上，刘怡冰吃饭后倒头便睡，一直睡到王奶奶来叫才起来。匆匆吃了几口早餐，就往门外走。老王刚到，正在擦车子，见她出来，有点意外，说她比往日出来得早。

　　刘怡冰说："今天没有赖床，王奶奶一叫就起来了。"

　　老王说："年轻人赖床也正常，我像大小姐这个年龄，用棍子打才能起床。"

　　刘怡冰笑起来，说："能睡也是福气，睡不着才痛苦呢。"

　　老王说："大小姐衣食无忧，风吹不到、雨也淋不住，过的是神仙日子，哪还有睡不着的时候。"

　　刘怡冰说："各人有各人的难处和烦恼，不能一概而论。"

　　说着话，老王已经将车子擦了一遍，刘怡冰跳上去，告诉老王不赶时间，慢点走就行。

　　刘怡冰坐在车上，专注地看着熟悉的街景，因为再也不会天天经过，天天看这熟悉的景和物，再看上去格外亲切。离江汉关大楼还有很远，她叫住老王，说要走着过去。老王有些疑惑，问她是不是不舒服。刘怡冰告诉他，想走走，散散步，老王这才三步一回头的离去。

　　刘怡冰望一眼江汉关大楼，觉得它是那样的亲切和可爱，一想到将永远告别大楼，生出一股难分难舍之情，眼眶也湿润了。来到楼下广场，看看时间还早，她又到码头看了看，见码头空荡荡的，只有四条快艇停靠在岸边，心里生出一种从未有过的自豪。

　　刘怡冰刚换好衣服，郭佳丽一脸兴奋的进来，告诉她昨晚碰到陈海儿，她说高连长一直想感谢刘怡冰。刘怡冰说不值得感谢，自己也就是心肠软，同情弱者。

　　这时，李源铁青着脸过来，叫她到赫斯特办公室。

　　赫斯特的脸比李源的脸更难看，见刘怡冰进来，狠狠地瞪了一眼。

　　李源说："这件事情我也有责任，没有审查。"

　　赫斯特说："现在联系不上，什么情况还不知道。不管是怎么样，对刘怡冰都要严肃处理。叹口气又说，即使是这样，也难向上交代。"

　　刘怡冰说："怎样处理，我都接受。"

　　赫斯特说："如果三条船出了问题，我也难脱干系。"

　　刘怡冰说："责任全在我一人，和您没有关系。"

　　赫斯特说："你还年轻，不知道这件事儿的分量，孰是孰非，由不得你说。"

　　听赫斯特这样一说，刘怡冰心里又沉重起来，擅自改变赫斯特的指示时，没想那么多，既没想过他应该负领导责任，也没想过会影响他的退休金。听他这么一说，顿时觉得对不起他。她难过地低下头，不敢再看赫斯特，刚才上楼时的那股豪情壮志，一下子没有了。

　　李源为刘怡冰求情："念她尽心尽力为海关服务，请从轻发落。"

　　赫斯特说："开除已经是最轻处分了。"

　　赫斯特痛苦的挥一下手，示意二人离去。

当真要被开除时，刘怡冰心里反倒踏实下来。郭佳丽见她一身轻松的回来，迎上去问她什么结果？

刘怡冰平静地说："开除。"

郭佳丽脸一下子阴下来，说："以后再也见不到了。"

刘怡冰安慰说："天下没有不散的宴席，咱俩不会永远在一间办公室厮守。"

郭佳丽问刘怡冰以后怎么办，刘怡冰淡淡地说："跟着鲁火出国。又让郭佳丽打电话叫鲁火过来。"

不一会儿，鲁火跑过来，刘怡冰说："下决心了，陪你一起出国。"

鲁火不相信，认为她开玩笑，刘怡冰点着他的脑门说："什么时候给你开过玩笑。"

鲁火高兴得直搓手，说："我尽快办出国手续。"

鲁火乐颠颠地离去，望着他的背影，郭佳丽问她爸爸、妈妈能同意吗？刘怡冰说儿大不由娘，她下定决心的事情，他们也拦不住。从现在开始，她在江汉关的时间，和在汉口的时间，就要进入倒计时了。

郭佳丽伤感起来，眼圈开始发红。这时，特派员打电话来，让刘怡冰到他办公室去。郭佳丽说干脆不理他们，反正都开除了。刘怡冰认为开除她也是应该的，她自己都认为不委屈，与他们也没干系，不能怪罪别人。

特派员脸色也不好看，刘怡冰刚一坐下，就问谁指使她干的？

刘怡冰愣一下，说："我一时糊涂，并没有人指使。"

特派员说："这话赫斯特也许会信，我不信。"

为了让特派员相信是她一个人干的，刘怡冰心一横，说："如果硬要问原因，其实也简单，救人心切，才出此下策。"

特派员愣了一会儿，说："一号缉私艇不过是触了水雷，并没有什么危险。"

刘怡冰说："岸上的不明武装人员，会对船员构成威胁。"

特派员说："不过是土匪，一炮轰过去，就把他们吓跑了。"

刘怡冰脱口而出："那是解放军的先头部队。"话一出口她又后悔，因为鲁副官说这是军事秘密，不能告诉别人。

特派员一听，瞪大眼睛，问她是怎么知道的。刘怡冰自知说走了嘴，但再想收回来已不可能，索性把鲁副官说的一番话告诉他。

特派员沉吟了好一会儿，问她为什么不早说，刘怡冰告诉他，鲁副官说会引起恐慌，会掉脑袋，所以没敢说。

特派员似有所悟地说："我昨天就奇怪，缉私艇怎么会无缘无故触水雷，现在明白了，是共军在捣鬼。三艘船回不来了。说着拉起刘怡冰去找赫斯特。"

赫斯特正在长吁短叹，见二人进来，也没什么表示，甚至连让座都没有。特派员又让刘怡冰把鲁副官的话说了一遍，赫斯特听了，喃喃自语道："共军已经打过来了。"

特派员认为，刘怡冰没把这个情况及时汇报，造成他们的决策有误，从而导致她犯了错误。从这件事情上看出，她还不成熟，还太单纯，考虑问题偏颇，把原则和纪律，抛到了脑后。

特派员又说，她受了郭中规的蛊惑，才不知天高地厚。她这种出身大家的小姐，硬的、横的都不怕，就怕别人给她说可怜，她就会满腔热情，不顾一切的去做，明明被别人利用，自己还很自豪。

赫斯特同意特派员的分析，却又不知如何向总署解释。

特派员说："实事求是，受到共军的袭击。"

赫斯特松一口气，说："三条船横竖是难保，即使不被共军算计，也照样会被国军炸沉或征用。"

特派员叹口气说："性质不一样，被共军算计走，要用来打国军。"

特派员让刘怡冰回去反省，写出深刻检讨。

刘怡冰回到办公室时，郭佳丽迎上来，问又有什么新情况。刘怡冰告诉她，可能要从轻发落。郭佳丽跳起来，说好人总是有好报的，又问她还出不出国？

刘怡冰没有立即回答，想了一会儿说："打个比喻，我站门口，一脚门外，一脚门里，门外鲁火拉着我往外走，门里的你拉我往里，你说我会被他拉出去呢，还是被你拽回来。"

郭佳丽不假思索地说："当然是被鲁火拉出去了，他是男人力气大嘛。可是你还有爸爸、妈妈、外公在汉口，还有很多朋友在武汉，到了美国，连一个熟人都没有。"

刘怡冰说："我也想过。"

64

这几天，刘怡冰每天都去外公作坊，陪他喝茶聊天，她想出国后再回来，不知道还能不能再见到他，出国前多陪陪他。外公不明就里，以为她懂事儿了，知道体贴了，高兴得合不拢嘴。她还有意识到其他办公室走走，说几句话。

处分结果下来了，为了治病救人和严肃纪律，给予开除但留用察看一年处分。对这个处理结果，刘怡冰有点失望，本来是等着开除，因为这样的处分，还要天天按时来上班。

刘怡冰从总务科串门回来，郭佳丽告诉她，保密站举办舞会，让我们去捧场。

刘怡冰说："我哪有那么大的大面子。"

郭佳丽说："特派员交代，一定要去，说保密站给过江汉关不少帮助。"

郭佳丽把刘怡冰摁到椅子上，问她是不是铁了心要出国？不等刘怡冰开口，又说刘怡冰钻进牛角尖，脑袋里想的就没有别的。

话音未落，李白瑞匆匆进来，要请她们吃饭。

郭佳丽说："晚上要去参加保密站的舞会。"

李白瑞不高兴地说："又是特派员让去的吧，他没安好心。"

刘怡冰说："他这是职业病，看任何人都像走私分子。"

老韦打电话来，告诉她们特派员已到楼下，叫她们快点下去。郭佳丽抬手看一下手表，拉着刘怡冰往楼下跑。

到了楼下才知道，赫斯特也要参加招待舞会，郭佳丽和特派员钻进前一辆车，刘怡冰和赫斯特坐进第二辆车。

车子向前行驶了一会儿，刘怡冰对赫斯特说："从没见您跳舞。"

赫斯特说："不顺心的事儿越来越多，跳舞的兴致也就越来越淡。今天去是为了给保密站面子，也是给特派员脸上争光。"

刘怡冰没听明白，问他来与不来，有这么重要。

赫斯特告诉她，保密站给他发了请柬，特派员也劝他务必走一趟。此外，保密站曾为江汉关做过一些事情，于情于理都要来走一趟。

刘怡冰说："您也不容易，要应付这么多事情。"

赫斯特说："现在的中国，大家都不轻松，蒋委员长也不顺心。"

舞会选在离保密站不远的"光怪陆离"夜总会举行，刘怡冰一行人来到时，已经有不少人到达，还不断有人陆续赶来。刘怡冰想这其中，也有像她和郭佳丽一样，是被领导叫来的，还有一部分领导是碍于情面，甚至慑于保密站的淫威，不敢不来。

四个人走进舞厅，先找一个地方坐下来，服务生很快端上来茶水和点心。

过了半个小时，一阵激扬的音乐响起，保密站长踏着节拍走到中央，双手抱拳，又鞠一躬，接着开始致词。看他白白净净，文质彬彬像个书生。刘怡冰心里想，老天爷真是会开玩笑，让这样一个人当保密站长，专门抓人、折磨人、杀人。

保密站长说了一通溢美之词，最后说感谢各位光临，同时，也感谢各位对保密站的支持，为了党国利益，为了社会稳定和人民安康，希望各位和各单位，一如既往地对保密站给予支持，共同维护武汉的自由和繁荣。

他的话音一落，立即响起热烈的掌声。

接着舒缓的音乐声又起，保密站长开始与各式人等握手寒暄，其他人也开始窃窃私语起来。

不多会儿，站长来到他们面前，特派员为他介绍赫斯特。

赫斯特站起来和他握手，说感谢保密站对江汉关的帮助，站长说以后江汉关有什么需要，还会全力支持。

站长又往前走去，直到与所有人说了几句话，才又回到中央，朝乐队一挥手，又朝大家招手，说请大家尽兴地跳吧。

特派员拉着郭佳丽走上去，让她为保密站长伴舞。接着又回来，吩咐刘怡冰陪赫斯特跳一曲。赫斯特摇摇头，说提不起兴趣，呆坐着更好。刘怡冰也理解赫斯特的感受，说让他老人家闹中取静吧。特派员也不再劝说，朝刘怡冰作了一个手势，刘怡冰便随他走进舞池。

刘怡冰和特派员跳了两曲，又回到座位上，准备陪赫斯特说话，赫斯特却站

起来离去。特派员、刘怡冰也跟着他往外走，准备送他离去。到门口时，特派员说他去送，让刘怡冰回座位上。

鲁副官突然坐到她对面，刘怡冰有点喜出望外，问他怎么来了。鲁副官说保密站发了请柬，鲁司令不愿意来，派他来应付一下。他本来想打个招呼就走，见她也来了，就多停留了一会儿。

刘怡冰听了，正要说谢谢，鲁副官却问，刚才和她跳舞的人。刘怡冰告诉他，是总署派来的特派员。

鲁副官说："这个人叫王朝胜，是保密局的特务，要小心提防。"

刘怡冰不相信，说："他来江汉关几个月，没见干什么坏事儿。"

鲁副官说："1946年，我和他在军官训练团学习，住在一个宿舍。本来四个人，那两个是副团长，就因为骂了几句国民党和蒋委员长，他向上级报告，那两个副团长，没结业就回部队，还降了两级。"

刘怡冰愣了一会儿，说："他杀了很多日本鬼子，怎么还是特务。"

鲁副官说："大敌当前，全国一致抗日，无论是特务、还是正规军人，杀日本鬼子都是天经地义，算不了什么。"

刘怡冰突然想起外公的交代，说："外公想请您去作坊一趟，送几件铜器给您。"

鲁副官说："没有时间了，部队可能要撤走。"

刘怡冰吃惊地问："国军撤了，武汉怎么办？"

鲁副官说："让给共军，免得再打了。"

刘怡冰说："白总司令不是说要坚守武汉，直至战到一兵一卒。"

鲁副官说："那是说给老百姓听的，这是策略，真要死守，反而说可能守不住。真的要撤了，却说要死守，这叫留有余地。"

刘怡冰说："分明是欲盖弥彰嘛。"

鲁副官说："这是军事，老百姓不懂。"

鲁副官又指着舞池里的人说，简直就是群魔乱舞，说着起身离去，留下刘怡冰一个人发愣。

郭佳丽走过来，附在她耳朵上说，跳舞的时候，老想着站长杀人不眨眼，越想越紧张，脚步也乱了，总踩他的脚。

刘怡冰木讷地坐在那儿，没什么反应，郭佳丽掐着她的耳朵，问听到她说话没有。刘怡冰把郭佳丽的手拿开，告诉她不舒服，又拉着郭佳丽往外走，到了门外，正好碰上特派员，问她们这是去哪儿。郭佳丽告诉他，刘怡冰病了，先回家。特派员见刘怡冰的脸色果然难看。

回到家里，刘怡冰一脸严肃地对郭佳丽说："一个很不幸消息，要经受得住。"

郭佳丽不屑一顾地说："我被马二帅绑架都挺过来了，还有什么经受不住。"

刘怡冰说："特派员是特务。"

郭佳丽跳起来，说："这怎么可能，浑身上下看着都不像。"

刘怡冰说："鲁副官告诉我的，不会有误。"

郭佳丽想了一会儿，感叹知人知面不知心。

刘怡冰叹一口气，问自己又问郭佳丽："他来江汉关干什么呢？"

郭佳丽说："没有日本鬼子了，肯定与地下党有关。"

刘怡冰说："如果是这样，咱俩早被抓进去了。不但不抓，还事事处处关照，哪有这么好的特务。"

65

自从知道特派员是军统特务后，刘怡冰和郭佳丽一到办公室就小心翼翼，不敢多说话，生怕哪儿装着窃听器，把她们说的话偷听了。她们还把办公室里翻来覆去找了几遍，也没找到那东西。

传达室老韦打电话来，说有人找。

刘怡冰放下电话，自言自语地说又有谁来找呢。说着话，出门往楼下走。

到接待室门口，见老常正坐在椅子上喝茶，刘怡冰赶忙走过去打招呼。

老常说他代表首长，向刘怡冰和同志们表示感谢。又说药品立即派上大用场，三艘船增添了战胜国民党反动派的信心和决心。

刘怡冰听了，高兴得说不出话来。

老常说："还需要同志们继续努力，为武汉解放作出新的贡献。"

刘怡冰说："不用打，国军要撤了。"

老常很吃惊，问哪来的情报？

刘怡冰说："鲁副官说的。"

老常沉思了一会儿，让她把情况探清楚，解放军采取相应对策，调整战略部署。又说顾先生、鹿鸣鸣他们要提前回武汉。

老常站起来准备告辞，刘怡冰才发现他穿了一身得体西装。老常解释说，上次她提醒后，他们很重视，把投奔解放区人员的衣服，全部留下，派谁进城前，到仓库里找一身合适的穿上。

刘怡冰说："解放区政府民主，从善如流。"

老常说："这不但是为了我们的安全，也是为了城里同志的安全。又说他这个老家来人，穿的体面一点，也好为她增光。"

刘怡冰突然想起什么，告诉他以后不要再来海关了，特派员是军统特务。

老常一听，脸色突变，说："原来你们一直在与狼共舞。"

刘怡冰说："可不是嘛，昨天晚上才知道的。"

老常估计特派员早就盯上了她们，没有动手，还有更大的阴谋。又说在这种环境下，她完成一项又一项重要任务，真是个奇迹。

刘怡冰说："如果早知道他是特务，什么都不敢做了。"

老常沉思了一会儿，斩钉截铁地说："为了你们的安全，必须除掉他。"

刘怡冰起了恻隐之心，说："他好像也没那么可恶，任务也都完成了，没必要杀死他。"

老常说："他是披着羊皮的狼，决不能手软。"

送走老常，刘怡冰回到办公室，悄声告诉郭佳丽，鹿鸣鸣要回来了。

郭佳丽跳起来，说："还真有点想她呢。"

刘怡冰说："我下午去城防司令部一趟，替我打个掩护。"

郭佳丽说："反正也没什么事儿，干脆我也一起去得了。"

刘怡冰说："也好，先去外公那儿拿几件铜器。"

下午，她们来到城防司令部时，发现戒备比过去有所加强，大门外不但有卫兵站岗，外围还设置了流动哨，二人过去时，离老远就被拦下，好说歹说，不让她们靠近大门半步。郭佳丽突然生气起来，说她们是鲁司令的亲戚，今天来也是和鲁副官约好了的。哨兵犹豫一会儿，跑去向值班军官报告，值班军官向二人看一眼，走进值班室。哨兵朝她们挥手，招呼二人过去。

刘怡冰、郭佳丽走过去时，值班军官也从室内出来，解释说司令部有令，无关人员不得入内，他刚才给鲁副官打了电话，他马上出来。

正说着，鲁副官匆匆出来，问她们来有什么事儿。

刘怡冰把手里的包袱递过去，说："外公让送几件铜器过来。又说外公想国军撤的时候，为鲁司令送行。"

鲁副官说："我向鲁司令汇报。"

往回走的路上，郭佳丽失望地说："做了一回无用功。"

刚回办公室，气象站的人来找刘怡冰，说鲁火三天没上班了，问她是否知道去哪儿了。刘怡冰紧张起来，两腿发软，结结巴巴地说她也不清楚。

郭佳丽打电话给李白瑞，让他去宿舍看鲁火是不是生病了。

刘怡冰说："我有一种不祥的感觉。"

下班的时候，李白瑞匆匆忙忙赶来，告诉她们宿舍里没有人，鲁火的左邻右舍也都说不清楚。

刘怡冰瘫坐到椅子上，眼泪开始往下流。

郭佳丽自言自语地说："他办好了出国手续，一个人溜了。"

刘怡冰认为鲁火不会一个人走，李白瑞也说鲁火不是那种人。

郭佳丽说招呼也不打一下，能去哪儿？李白瑞认为保密站、警察局或黑社会，都有可能。

刘怡冰艰难的站起来，去找赫斯特先生，请他到警察局一趟。

赫斯特正在打电话，见刘怡冰进来，示意她先坐。

刘怡冰顺从地坐到沙发上，把脸埋进手里。

赫斯特又讲了几句，放下电话，坐到她对面，问她出什么事儿了。

刘怡冰抬起头，告诉他鲁火不见了。

赫斯特听了，闭上眼睛，好一会儿，才无可奈何地说："我一直担心出问题，还是又出问题了。"

刘怡冰说："是不是警察局抓了去？"

赫斯特说："警察局抓他干什么，他又没有犯罪。一般情况下，警察来抓人要知会我，这是多年前就定下的规矩。保密站也不会抓他，他又不是共党，抓他干什么？！"

刘怡冰本来想说鲁火虽然不是共党，可是他在替共党收听广播，话到嘴角又咽了下去。

赫斯特站起来，走到桌边，拿起电话打给警察局局长，问他们那儿关押的是否有海关的人，警察局局长说最近形势不稳，偷鸡摸狗的多了起来，一直忙着对付这些人。赫斯特又准备给特派员打电话，请他去保密站了解一下。刘怡冰说她自己去找特派员。

赫斯特办公室和特派员办公室只有几米，过去刘怡冰走这段路时，好像是一步就到了，可是今天她却觉得很漫长，脚步越走越慢，快到特派员门前时，几乎迈不动步子，甚至想退回去。她不知道如何面对他，也不知道见了面说些什么，不过她心里清楚，再也不会像过去一样自然和亲切了。又一想，特派员是寻找和营救鲁火的最后一线希望，于是她坚定起来，迈出坚实的脚步，跨进特派员办公室。

特派员也在打电话，见刘怡冰进来，立即放下，招呼她坐。

刘怡冰静静地立在门口，说："鲁火不见了。"

特派员也很吃惊，问什么时候发现的。

刘怡冰说："气象站说他两天没上班了。"

特派员说："他一个白面书生，保密站对他不会感兴趣。"

见刘怡冰执拗地站在那儿，特派员说他打电话给保密站长，让他查一下。说着拿起电话打过去，对着话筒大声说，江汉关有个叫鲁火的失踪了，是不是在保密。刘怡冰隐约听那边说没有这个人，保密站和海关关系不错，抓江汉关的人，会提前打招呼。

66

刘怡冰、郭佳丽、李白瑞和其他同事，连着几天奔波，把武汉三镇都跑遍了，也没有发现鲁火的踪影。刘怡冰又托爸爸找青帮的人打听，看是不是被他们掳去了，青帮的人说，鲁火浑身上下榨不出二两油，掳他干吗？

几天来，刘怡冰没吃没喝没睡，瘦得走了形，郭佳丽一直陪着她，寸步不离。妈妈、王奶奶每晚都默默陪在床头。

刘怡冰总是望着天花板发呆，喃喃自语地说些不着边际的话。李白瑞过来安慰她，说鲁火不是回了浙江老家，就是出国了，因为特殊原因，走的急，没来得及跟她告别。刘怡冰恍恍惚惚，又点头又摇头。

老常打来电话，说他在斜对面的"白火石"咖啡馆，让她去一趟。刘怡冰一听，站起来就要出门，刚走两步，却晃起来。郭佳丽赶紧扶住她。

二人来到咖啡馆时，老常正坐在一个角落里，皱上眉头喝咖啡，看得出他很少到这种地方，也很少喝咖啡。刘怡冰、郭佳丽走过去时，老常朝她们看一眼，什么也没说。刘怡冰看出他心情沉重，可能发生了不寻常的事儿。

老常又抿一口咖啡，声音低沉地说："派了两拨同志执行任务，都牺牲了，小瞧了这个特派员。"

刘怡冰听了，张大嘴巴，一时说不出话。

顿了一会儿，老常又说："已经打草惊蛇，你们要小心。"

刘怡冰问难道不能给他一条生路。

老常告诉她，这是你死我活的斗争，不能有半点心慈手软，否则，就会有更多的革命同志横尸街头，或者投进监狱，下回他亲自执行这项任务。老常抿一口咖啡，问城防司令部的消息有没有进展。

刘怡冰摇摇头，说还没有。老常让她想办法，把准确情报搞到手，这对武汉解放万分重要。

郭佳丽问鹿鸣鸣什么时候回来，老常说可能已经回来了。

又回到办公室，刘怡冰坐在椅子上发愣，一会儿，希望老常失手，特派员继续活下去，一会儿，又希望老常马到成功，更多同志的生命，不再受到威胁。

下班的时候，她约郭佳丽一起到表姐家，把国军准备撤退的消息告诉他们，好让白文武早做打算。

机场大门仍然戒备森严，好在她们过去来过几回，和卫兵已经熟悉，费了点口舌就进去了。

白文武正准备去加班，见了她们又退回房里，说："这几天，日子都是颠倒着过，上边的命令随时下来，来一个命令，就折腾大半天。"

刘怡冰说："不就是去解放区轰炸嘛，下那么多命令干什么。"

白文武说："轰炸、空投食物、运送长官，现在又多一个往广东、广西运送贵重物品的命令，总之啊，命令多，任务重，飞行员开始骂娘了。"

刘怡冰说："城防司令部的人说，武汉不守了，国军要撤退。"

白文武淡淡地说："也听说了，真真假假，搞不清楚，不过撤退是必然的，不要说长官们了，我们这些下级军官都看出来，无论如何，武汉是守不住的。"

郭佳丽问："还没打呢，就知道守不住？"

白文武说："这是大势所趋，军心不如人，志气不如人，战斗力不如人，无论哪一样，国军都处于劣势。上边要求机场做好撤退准备，一声令下，连夜撤走。"

刘怡冰建议表姐搬到她家去住。

白文武摇摇头说："马上就会引起怀疑，现在就没有好日子过。"

刘怡冰说："兵荒马乱的，表姐带着孩子，撤到哪儿是个头啊。"

白文武长叹一口气，欲言又止。

刘怡冰说："撤退前把表姐送到我们家。"

白文武说："哪一天撤退，我们这些下级军官不知道。"

刘怡冰说："我去打听，时间摸准了，我来接表姐。"

白文武将信将疑地点点头，突然站起来，说要加班去了，再晚就会影响飞机起飞。

刘怡冰又和表姐说了一会儿的话，也告辞出来。出了大门，爸爸的轿车正等着，打开车门，见副驾驶座位上坐着何红牛。刘怡冰、郭佳丽很吃惊，问他怎么也来了，何红牛说来当护花使者。二人听了，心里明白是刘百川安排的，也不再多问。刘怡冰说既然有护花使者，就先去城防司令部一趟。

城防司令部照例戒备森严，因为坐着汽车来，卫兵客气了许多，但大门还是不让靠近。说了几句好话，值班军官才给鲁副官打电话。

过了好一会儿，鲁副官走出来，见了刘怡冰和郭佳丽，有点不好意思，告诉她们正忙鲁司令交代的事儿，出来晚了一会儿。刘怡冰连忙道歉，说耽误他的时间。鲁副官说已经忙过了，最近事情太多，又问刘怡冰来找他有什么事儿。

刘怡冰告诉他刚才去机场表姐家，白文武说他们也要撤走，可是表姐带着孩子不方便。

鲁副官接过话茬儿，说："她可以不走，等安定了再跟过去。"

刘怡冰说："表姐想回娘家住几天都怕，担心长官起疑心。"

鲁副官点点头说："空军特殊，要求不太一样。"

刘怡冰说："我给他们出了一个主意，撤退的头一天，把表姐接出来。"

鲁副官说："这个办法好，她又不是战斗人员，是否一同撤走，无所谓的。"

刘怡冰说："可是他不知道哪天撤，想请鲁副官帮个忙，提前给我透个信儿。"

鲁副官说："空军那边不归城防司令部管，不过可以打听。"

刘怡冰说："外公一直念叨鲁司令和您，想请你们过来看看。"

鲁副官说："已经把老人家的心意转告了鲁司令，他说会安排时间。又说剿总司令部还在犹豫不决，一会说撤，一会又说守，武汉就像一根鸡肋，在嘴里是块骨头，吐出来又是块肉。"

刘怡冰说："鲁司令才来半年就要走，还真舍不得。"

鲁副官说："已经习惯了，来去无踪，居无定所。过去以为打走日本人，就能过安定的日子，可是日本人打走了，又开始内战。"

又说武汉这么好，他们也不想走，可是不走又不行，共军来了。

67

下班的时候，刘怡冰接了一个陌生人打来的电话，说六点半"火狐狸"咖啡馆有人等她，刘怡冰心里有些疑惑，既不说去，也不说不去，只是淡淡地说知道了。那人似乎猜透了她的心思，又说一定要去，不见不散。

放下电话，刘怡冰疑惑地对郭佳丽说，一个没头没脑的人，打来一个没头没脑的电话，说了几句没头没脑的话。

郭佳丽问说了些什么，刘怡冰告诉她，让去见一个人，又不说什么人。

郭佳丽生气地说："凭什么听他的。"

刘怡冰说："我没答应，他自己说不见不散。不管他了，我们去陪外公。"

二人牵着手来到外公作坊时，外公正在喝茶。二人嬉笑着围到他身边，逗他开心。外公说她们三天两头来看望他，心里喝了蜜一样，又甜又开心。

郭佳丽说："她可是来者不善，图谋您的作坊。"

外公虎着脸说："哪有这等好事儿，一点付出都没有，就想霸过去。"

刘怡冰逗外公说："您的是我的，我的还是我的。"

郭佳丽说："她又不是外人，您不给她还能给谁？"

外公笑起来，说："要看我的心情，也可能给一个不相干的人。"

郭佳丽说："不会到大街上抓一个没头没脑的人吧？"

刘怡冰听郭佳丽说"没头没脑"四个字，浑身一颤，突然站起来，拉着郭佳丽往外走，郭佳丽问怎么回事儿，没头没脑。刘怡冰告诉她，鹿鸣鸣在等着，郭佳丽一听，反倒一步跨上前，扯着她快点走。

两个人紧赶快跑赶到"火狐狸"咖啡馆时，鹿鸣鸣正在招呼服务生买单，准备离去，见刘怡冰、郭佳丽二人进来，又把单子从服务生手里拿回来。三个人一见面，就抱在一起，刘怡冰还流下了眼泪。鹿鸣鸣掏出手帕，替她擦了擦眼角，要她控制住感情。

三个人坐下来，鹿鸣鸣的脸色冷峻起来，说："到了最后关头，敌人更疯狂，老常昨天也牺牲了。"

刘怡冰说："我知道是谁杀的，本来老常是去杀他的。又责怪自己，没有给老常交代清特派员的底细。"

鹿鸣鸣说："也不怪你，老常他们太轻敌了。"

郭佳丽朝窗外看一眼，惊叫起来："特派员闪了一下。"

刘怡冰、鹿鸣鸣朝窗外看去，见外面行人匆匆，没有特派员的影子。

刘怡冰说郭佳丽看走了眼，郭佳丽不服气。

鹿鸣鸣说："说了正事儿就走人。"

刘怡冰从窗外收回目光，专注地看着鹿鸣鸣，听她说下去。

鹿鸣鸣说，尽快把剿总的战略意图摸清楚，以利解放军采取相应对策。

停了一会儿，鹿鸣鸣又说，不管国军是守是撤，解放武汉是大势所趋，只是时间问题。

郭佳丽朝窗外看了一会儿，又吃惊地说，外面有几个不三不四的人，朝这边看一眼。

鹿鸣鸣、刘怡冰也朝窗外看去，果然有五六个短打扮的人，装着没事似的，有一搭没一搭地盯着她们。鹿鸣鸣脸色变得煞白，说他们是冲她来的。顿了一下又说，她走不了了，让刘怡冰，郭佳丽先走，她留下来应付。

刘怡冰不由分说，拉住鹿鸣鸣去卫生间。

进了卫生间，刘怡冰把门关上，从包里拿出一把剃刀，说："委屈你一回。"

鹿鸣鸣狐疑地问她要干什么，刘怡冰要她把头伸过来，给她剃头。

鹿鸣鸣更不理解，说："我又不想当尼姑？"

刘怡冰说："就是要当一回尼姑。"

鹿鸣鸣还在犹豫，说："剃个光头，也不一定能逃得了。"

刘怡冰开导她不能等死，鹿鸣鸣又犹豫了一会儿，终于下定决心，把头伸到刘怡冰胸前，刘怡冰打开刀子开始剃，鹿鸣鸣一头秀发，一耷一耷的丢到地上，不多会儿，一头秀发就被刮尽。

鹿鸣鸣抬起头时，满脸泪水。刘怡冰一边给她擦去眼泪，一边安慰她命保住了，不愁长不出头发。

鹿鸣鸣伸手摸着光头，坚定地说无论能不能逃脱，都会坚决斗争到底。

刘怡冰从包里取出一件尼姑穿的长袍，套在鹿鸣鸣身上，把一串珠子，挂到她的脖子上，又让她把高跟鞋脱下来，穿上她准备的布鞋。

鹿鸣鸣一边脱鞋，一边问刘怡冰怎么有这些衣装。刘怡冰告诉她，这还是老常开导的结果，本来是给自己准备的，想关键时候用。今天鹿鸣鸣更危险，先给她用。鹿鸣鸣还想说什么，刘怡冰让她尽快离开。

鹿鸣鸣走后，刘怡冰把地下的头发捡起来，丢进便池里用水冲走。又将鹿鸣鸣的鞋子捡起来，扔进垃圾桶里，清理干净后，才心里咚咚跳着回到座位上。

郭佳丽正在品咖啡，见刘怡冰一个人回来，焦急地问鹿鸣鸣去哪儿了。刘怡冰朝窗外看一眼，见那几个人还在那装模作样晃悠，心里踏实下来，告诉她鹿鸣鸣已经逃走了。郭佳丽不信，说她一直看着呢，没见她出来。

两人又等了一阵子，才手牵手走出咖啡馆，那几个人警惕地打量了她们一番，并没有阻拦。两人跳上一辆黄包车，对车夫吩咐一声，车夫飞奔而去。

一回到家里，郭佳丽就责怪刘怡冰，丢下鹿鸣鸣一个人，特务可不是吃白饭的。刘怡冰让她放心，鹿鸣鸣早回住处了。郭佳丽问她用了什么障眼法，把她变成另一个人。刘怡冰故意逗她，说此乃天机，不可泄露。郭佳丽急了，说把她当外人了，她这就回家，说着装模作样的要往外走。刘怡冰拉住她，附在她耳朵上，说了两个字"尼姑"，郭佳丽一下子跳起来，说多亏有这一招。

刘怡冰突然认真起来，说："你刚才看到的就是特派员，几个月来，他就这样一直跟踪着我们，想起来都害怕。"

郭佳丽说："过去他是不是跟踪不知道，刚才看到的就是他。"

刘怡冰沉思了一会儿，说："老常说得对，不是他死就是我们死。"

郭佳丽忧虑地说："老常他们死了几个人，都没有动他一根毛，我们更不是他的对手。"

68

鲁副官打来电话，要代表鲁司令去看望外公，要刘怡冰陪他一同前往。刘怡冰放下电话，自言自语地说，国军要撤了。

刘怡冰又给外公打电话，说鲁副官要去作坊里看望他，让他准备好茶水。

不多久，传达室打来电话，说鲁副官在楼下等，刘怡冰向郭佳丽交代了一句，匆匆下楼。

在刘怡冰的指引下，鲁副官掉转车头，朝铜锣街驶去。车子一启动，刘怡冰对鲁副官说，接到他的电话，首先想到的是国军要撤了。

鲁副官告诉她，共军肖劲光兵团越过武胜关，即将攻打孝感。此外，共军的一个师从团风渡江，正在姚店休整，准备对武昌进行包抄，这两个因素，促使白总司令下决心弃守。

刘怡冰听了，精神一下子振奋来。

刚说几句话，车子已经开到外公作坊，刘怡冰跳下车，带着鲁副官往里走。这时，外公也迎出来，拉着鲁副官的手，说感谢他从保密站救出外孙女。鲁副官说是应该的，刘小姐也没犯什么罪。外公仍然抓鲁副官手不放，说中午请他吃饭，敬几杯酒表示心意。

刘怡冰告诉外公，鲁副官是来道别的，不能久留。外公这才松开手，请鲁副官进去喝茶。

鲁副官坐下来喝了几口茶，说了几句离别话后，又说车上有十几箱饼干和罐头，让伙计去搬下来。外公说有得吃、有得喝，不需要。鲁副官告诉他这是鲁司令的心意，一定要收下，他才好回去复命。

外公说："那就搬一箱吧，领受鲁司令的心意。"

鲁副官说："鲁司令替您老人家想得周全，怕共军来了会缺粮，特意让多带些，好多渡些日子。"

伙计把十几箱饼干、罐头搬进院子里后，鲁副官放下茶杯准备离去，外公带着伙计跟在身后送行。

刘怡冰准备叫黄包车回关里，鲁副官说送她。

到了江汉关大楼时，刘怡冰有些伤感，说："这一别不知能否再见面？"

鲁副官挺乐观，说："都是中国人，再撤也不会撤到国外，不用担心。"

刘怡冰受到他的鼓舞，情绪好起来，问他和鲁司令什么时候动身，她和外公去送行。鲁副官说几万人撤退，不是容易的事儿，三天后开始陆续撤离。

跳下车，刘怡冰又叮嘱鲁副官，留心机场撤退时间。鲁副官点点头，说已经向驻汉空军司令部熟人交代过了，一有消息，就打电话过来。

刘怡冰回到办公室，让郭佳丽给李白瑞打电话，让他来一趟。

不一会儿，李白瑞就跑过来。

刘怡冰说："国军三日后开始陆续撤退，一周内完全撤出，把这个情报尽快报告给鹿鸣鸣。我和郭佳丽已经被特派员盯上了，动弹不得。"

李白瑞说："我去自卫队借一把手枪，去要他的命。"

郭佳丽说："别逞强，老常他们都不是他的对手。"

李白瑞说："实在不行，我到特派员办公室，趁他不备，一枪毙命。"

刘怡冰说："这是一个不错的选择，我也这样想过。"

郭佳丽说："把他打死了，你们往哪儿跑，也要把命搭上。"

刘怡冰说："搭上命倒不要紧，就怕也像老常他们一样，出师未捷身先死。"

李白瑞说："我这就去自卫队借一把手枪，今晚就要他的命。"

李白瑞说着匆匆离去，郭佳丽拉了他一把，没拉住，扭回头时，眼泪已经止不住地往下流了。

刘怡冰安慰说："李白瑞对付坏人有一套办法和经验，不会有危险。"

郭佳丽说："鲁火已经失踪了，我怕李白瑞再有个三长两短。"

刘怡冰顿时难过起来，想安慰郭佳丽，却没有找出合适的话。

过了一个多小时，李白瑞兴匆匆地回来，顺手把门关上，从包里取出一支驳壳枪，晃了晃说有一阵子没摸它了，手都有点痒痒，说着把驳壳枪拿在手里，比划起来。

郭佳丽脸别到一边，不敢看他，也不敢看他手里的枪。

刘怡冰上前一步，想从李白瑞手里接过枪。

李白瑞说："这不是绣花针。"

刘怡冰不服气，说："不就是一把手枪吗，有什么大不了的。说着从李白瑞手里抢过去，掂了掂，感觉像块砖头。"

刘怡冰学着李白瑞的样子，在手里比划了一阵子，不一会儿，手腕子就有点累了。又比划了几下，让李白瑞教她打枪。李白瑞白了她一眼，说她连一只鸡都没有杀过，还想去杀人。

郭佳丽也吓一跳，过来抱住刘怡冰，说："这不是女孩子干的事儿。"

刘怡冰推开郭佳丽，平静地说："这事儿非我莫属，李白瑞没和特派员接触过，现在突然去接近他，会是什么结果，不说也能想得到。"

李白瑞、郭佳丽目瞪口呆起来，一时不知道说什么好。

刘怡冰把枪递给李白瑞，说："办公室里不安全，晚上找个地方练习练习。"

李白瑞说："到处都有国军把守，拿着枪根本出不了城。"

刘怡冰想了想，说："下班后到外公作坊里练。"

李白瑞认为，作坊虽不是适合练习的地方，但也算是一个不错的选择。

下班后，三个人在街边餐馆吃了几口饭，就匆匆来到外公作坊，伙计们已经吃过饭，正在院子里抽烟聊天。外公见他们进来很高兴，老远招呼他们过去喝茶。

三个人围过去，外公一边给他们倒茶，一边说三个小鬼儿有口福，锅里正在炖着人参乌鸡汤，过会儿一人喝一碗。

喝了几口茶，刘怡冰让外公吩咐伙计们到外面蹓达，他们要在作坊里干点事儿，外公也不多问，吩咐伙计去书场听说书，让书场先记着账，他明天去结账。伙计们一听，高高兴兴走出去。

刘怡冰带着李白瑞、郭佳丽来到作坊里，又把门关上。李白瑞从包里拿出驳壳枪，说手枪的特点是单臂据枪，支撑面小、稳定性差，重点是枪、手结合，手腕固定，人枪结合稳定。接着他又把据枪、瞄准、扣扳机等要领，手把手地教刘怡冰。

在李白瑞的指导下，刘怡冰很快就掌握了开枪要领。李白瑞有点遗憾，说如果能打几发子弹就好了。正说着，外公来敲门，说鸡汤炖好了，让他们也喝一碗。

三个人出来时，外公已经将鸡汤盛好，放在桌子上。外公介绍说，人参鸡汤

气血双补，固脱生津。治劳伤虚损，食少倦怠。三个人也不客气，屁股没坐下来，就拿起筷子，你追我赶，一碗鸡汤顿时吃下肚，刘怡冰张罗着要再添一碗时，外公说人参乌鸡汤大补，年轻人吃多了受不住。他像这个年龄时，有一回吃了一锅人参鸡汤，坏了事儿，浑身又热又燥，像要起火一样。刘怡冰问他怎么办，外公笑起来，说跳长江里泡了一夜。

69

早上一到办公室，刘怡冰就把驳壳枪拿出来，打开保险后，又放进包去，闭上眼睛，默默叨了几句，向楼上走去，步子却越走越小，腿也越来越软，上楼梯的时候，几次要跌倒，上了不到一半，前心后背被冷汗浸湿，终于迈不动脚步，又转身下来，浑身无力回到办公室。

郭佳丽替她擦去脸上的汗珠子，不知道说什么好。

刘怡冰喝了一杯水，才感觉身体不再那么软了，郭佳丽又倒了一杯水过来，刘怡冰端起来，喝了两口放下，面无表情地说："杀人说起来容易，做起来难啊。"

郭佳丽说："杀人不是女人干的活儿。"

刘怡冰默默地点点头，说："把特派员约出去吃饭，李白瑞下手后也好逃跑。"

郭佳丽说："大街小巷，李白瑞都熟，逃跑也容易。"

刘怡冰说："我这就去约特派员。说着出门向楼上走去。"

约好特派员晚上吃饭后，下楼时，正好碰上赫斯特。赫斯特见她表情异样，问她有什么心事儿，刘怡冰摇摇头，赫斯特又问，是不是又遇到什么麻烦，刘怡冰又摇摇头。"

赫斯特说："没有就好，我也天天提心吊胆的。"又说如果有什么困难，可以找特派员请保密站帮助，特派员已经借了两个特务保护了。

刘怡冰心里一惊，面色顿时白了，忘了和赫斯特告别就下楼而去。赫斯特看着她的背影，摇摇头，想叫住她，张了张口又合上。

郭佳丽、李白瑞见她回来，问她约好没有，刘怡冰说约好了。李白瑞松一口气，说晚上看他的。刘怡冰忧虑地告诉他，特派员从保密站弄了两个特务保护着。李白瑞说大不了和他们拼了，郭佳丽抢白他，只怕还没拚，就像老常他们一样倒下了。刘怡冰也劝李白瑞冷静下来，不要蛮干，如果他出事儿，会连累江汉关。李白瑞说他从出生到现在，没离开过武汉，汉口的大街小巷，他比特务们熟，眨眼工夫就能躲起来。停了一会儿，又说他先去"楼外楼"踩点。说着转身出门，郭佳丽追出去，想把他拉回来，被李白瑞一把推开。

郭佳丽想了一会儿，说让特派员喝酒，喝醉了，李白瑞才好下手。

忽然，刘怡冰想起昨晚外公的话，意识到什么，闭上眼睛，想了一阵子，又睁开眼，告诉郭佳丽她有主意了。

郭佳丽跳起来，问什么主意，刘怡冰让她先去"楼外楼"，吩咐老板煲一锅人参乌鸡汤，再告诉李白瑞，不要动手了。郭佳丽一阵欣喜，轻快地离去。

下了班，刘怡冰陪特派员一起往"楼外楼"走，路上她留心了一下前后，倒没发现有人跟着，顿时松了一口气。

"楼外楼"是一栋两层的青砖青瓦建筑，外表看上去古朴典雅。还没走进大门，早有店伙计迎上来，引着他们往里走。刘怡冰朝一楼大堂里扫一眼，见李白瑞埋头坐在角落里。她收回目光时，发现特派员正向另一个角落的两个人点了一下头，刘怡冰看过去时，那两个人已收回目光，眼睛看向窗外。刘怡冰心里想，那两个家伙，一定是保密站的特务，心又紧张起来。

刘怡冰、特派员随伙计来到二楼单间里，郭佳丽一边站起来迎接，一边吩咐伙计上菜。

刘怡冰说："几个月来，特派员没少为我们费心劳神。"

特派员说："当官不为民做主，不如回家种红薯。只是官儿不够大，很多时候，心有余而力不足。"

正说着话，伙计将一罐人参鸡汤端上来，盖子一掀开，香气四溢，不一会儿，整个屋子充满了香味儿。伙计拿起汤匙，在罐子里搅了几下，给各人盛了一碗，屋子里的香气更浓。

刘怡冰拿小匙，喝了一口，说："这些日子，疲于应付各种意想不到的事情，没吃好，身体有些亏欠，喝两碗人参鸡汤补一补。"

特派员喝了一口，连声说好，又喝了两口，感叹从来没喝过这么好的鸡汤。

刘怡冰说："以后常请您来喝汤，也花不了多少钱，吃着高兴就好。"

特派员说："到底是大家出生的大小姐，我平民出身，不能比。"

两碗汤下肚，特派员感觉增添了许多力气似的，刘怡冰准备给他再盛一碗，特派员摇着头说："这汤不能多喝。"

刘怡冰说："又不是天天喝，天天补。外公七十岁了，还像个年轻人似的，走起路来健步如飞，前两年还想续弦找老伴，妈妈不同意。他身体这么好，就是经常喝人参酒和人参鸡汤。"

这时，伙计抱着一坛子白酒进来，刘怡冰吩咐换上等人参酒来，伙计应声退下去。

不多会儿，又抱着酒坛子进来，刚打开盖子，一股浓浓的人参酒香，飘散开来，屋子里的香气更是沁人心脾。特派员认为喝汤就够了，不要再破费。刘怡冰说无酒不成席，没有酒缺少气氛。

刘怡冰端起酒杯，和特派员碰了下，一饮而尽，酒杯还没放下，就剧烈咳嗽起来。特派员安慰她不能喝也就罢了，刘怡冰让郭佳丽陪他喝几杯。

喝了一阵子，郭佳丽从脸到脖子渐渐红起来。再看特派员一脸的平静，甚至没有一点变化。

刘怡冰恭维说："特派员酒量大，一点反应都没有。"

特派员说："这种补酒，不能多喝。"

刘怡冰说："人参酒能滋补气血、温肾壮阳、强心安神、抗老防衰，但喝无妨。"

郭佳丽说："刘小姐从来没喝过酒，今天因为特派员的魅力，才第一次端酒杯。"

特派员很感动，端起酒杯，一仰脖子，倒进肚里。当刘怡冰举起杯子，又要和他碰杯时，他坚决不喝了。

刘怡冰说这是和特派员最后一次喝酒了，特派员一惊，问为什么，刘怡冰告诉他，过几天就要去美国，一边留学，一边寻找鲁火。特派员听了，有点伤感，想说几句安慰话，张了张了嘴，又咽了回去，端起杯子，将一杯酒倒进肚里。

在刘怡冰、郭佳丽轮番"进攻"下，特派员终于有些醉意，不过头脑依然清醒，当郭佳丽和他再碰杯时，说："肚子里像火一样在烧了。"

郭佳丽说："您上刀山都不怕，还怕火海。"

刘怡冰说："您杀日本人都不怕，这几杯酒又算什么。我这个从来没喝过酒的，都打算一醉方休。"

刘怡冰、郭佳丽两人一番恭维，特派员也高兴起来，说："我是怜香惜玉，保护你们二人。"

刘怡冰说："酒逢知己千杯少，话不投机半句多，我们早把您当知己了。"

特派员举着杯子说："为两位美女引我为知己干杯。"

又喝了一阵子，一团子酒几乎要喝干。郭佳丽脸像红布一样，刘怡冰看了，心疼起来，她心里清楚，郭佳丽有意护着她，让她少喝。再看特派员，也已经有九分醉意，脸虽然没有郭佳丽那样红，但眼睛已经红了，像患红眼病一样，充满血丝。

伙计端来茶水，特派员喝了一口又放下，让伙计端一碗凉水来。郭佳丽也说要一碗凉水。不多会儿，伙计端了两碗凉水过来，特派员接过去，一口气灌进肚子里。不一会儿，又吩咐伙计，再给他端一碗凉水。

喝了两碗凉水，特派员仍然感觉燥热，把胸前扣子解开。刘怡冰给郭佳丽递一个眼神，问她怎么样，郭佳丽告诉她还能坚持。

刘怡冰心里踏实下来，从包里拿出一把钱，递给伙计去结账，又准备去扶特派员。特派员自己站起来，说让女孩子扶，有失体统。刘怡冰便去扶郭佳丽，悄声告诉她去长江边。

刘怡冰在前面，特派员、郭佳丽跟在她身后，向楼下走去。下楼的时候，三个人都有点摇晃，尤其是特派员，还有些打摆。李白瑞走来，不知道扶哪一个好。这时，保密站的两个特务也冲过来，问怎么回事儿，李白瑞白了他们一眼，说一看就明白了，还用问。特务又问李白瑞是什么人，李白瑞告诉他们，是江汉关的。两个特务不再理会他，赶紧扶住特派员。

出了门，微风一吹，醉意更浓，刘怡冰、郭佳丽感觉步子越来越飘，像走在棉花上。特派员已经把上衣全解开，想光着膀子，被两个特务劝住。

一伙人分坐几辆黄包车，来到江汉关大楼前，李白瑞正要付车费，刘怡冰、郭佳丽叫起来，一个人说热，一个人说燥，也学着特派员要把上衣脱下来。李白瑞赶紧跑过来拦住，说她们是女孩子，不能敞胸露怀。

这时，特派员已经把上衣扯下来，光着膀子叫热，喊着要喝凉水。两个特务一时不知所措。

李白瑞走过去和两个特务商量："他们不但喝了人参乌鸡汤、还喝了人参酒，补过了头，肚子在燃烧，如果不给他们降温，会把他们的五脏六腑烧烂。"

两个特务有点急了，问有什么好办法，李白瑞告诉他们，有一个土办法，丢进长江里泡。

特务一听更急了，说："丢下去不就冲走了？！"

李白瑞说："一人腰里拴一根绳子，另一头牵在我们手里。夏天热得睡不着觉时，经常有人这样做。"

两个特务嘀咕了几句，说只有这样了。

李白瑞把刘怡冰、郭佳丽扶到台阶上坐下来，告诉两个特务，他去找几根绳子，说着拾级上楼。

一会儿工夫，李白瑞又匆匆跑回来，一手扶刘怡冰、一手扶郭佳丽站起来。见李白瑞扶着两个人艰难走着，一个特务走过来，帮他扶住郭佳丽，一起往江边挪动。

到了江堤上，李白瑞先给刘怡冰腰里绑上绳子，然后又往郭佳丽腰里绑，特务也拿着绳子往特派员腰里绑，最后，李白瑞和两个特务一起把三人扶到江边，李白瑞跳下去，把三个人分别抱进江水里，只把脑袋露出水面。安放好三个人，李白瑞爬上来，把绑着特派员的绳头交给特务，他则一手扯着一根绳头，坐在江边。

三个人相对无语地坐了一阵子，一个特务发牢骚说："他们在水里泡着倒是舒坦，我们却在这儿活受罪。"

另一个特务也不满地说："成天跟着他真是苦差事儿。"

李白瑞不解地问，特派员平易近人，怎么叫苦连天。特务告诉他，派他们来的时候，认为他在海关当领导，跟着吃香喝辣，可是来了才发现，他太抠门，一日三餐都是便餐，吃得嘴里都淡出鸟来。

李白瑞把绳子交给特务，他去弄些吃的喝的。特务说这样最好，他们都好几天没沾荤了。

一个多时辰后，李白瑞抱着两只烧鸡、几斤卤牛肉和三瓶老白干，匆匆跑回来，将怀里的东西一放下，赶紧去扯绳子，一个特务告诉他，与两位小姐没冤无仇，不会害她们。另一个特务说，他们也喜欢美女，也有怜香惜玉之心。

李白瑞边往他们手里塞酒，边说一人一瓶，谁也不多，谁也不少，谁也不吃亏，谁也不占便宜。

特务说："有任务在身，酒就别喝了。"

李白瑞说："喝醉了就躺在江边睡。"

特务说："都睡了，长江里的人怎么办？"

李白瑞安慰说："绳子拴在手腕上，不会出问题。"

三个人先将绳子系到手腕上，然后开始大块吃肉、大口喝酒。李白瑞趁二人不注意，把酒往地上洒去一大半。

酒喝光了，肉吃完了，两个特务也醉了，倒在草地上，呼呼大睡起来。李白瑞从怀里摸出一把剪刀，穿到绳子上，用手抖一下，剪刀立即滑到水里。

不一会儿，刘怡冰扯了一下绳子，告诉李白瑞已拿到剪刀。

李白瑞心里踏实下来，在两个特务身边躺下。

不知过了多久，李白瑞感觉绳子动了一下，知道刘怡冰已经剪断特派员腰里的绳子，心里踏实下来，昏沉沉地睡去。

天快亮的时候，一个特务突然叫起来，说王朝胜没了，说着把绳子收上来。

李白瑞也跳起来，一边扯手里的绳子，一边问特务，郭佳丽还在不在，特务说还在。

两个特务跑下去，问昏昏沉沉的刘怡冰、郭佳丽，特派员哪里去了？二人睁大眼睛，前后左右看了好一会儿，突然惊叫起来，反问两个特务到哪儿去了。两个特务见状，懒得再理她们，开始上下寻找。

李白瑞也跟着两个特务屁股后，一边帮助寻找，一边唠叨绳子没绑紧，被水冲散了。两个特务摇摇头，又点点头。一个特务纳闷地说，两位小姐没冲走，倒把他冲走了。李白瑞说也不起怪，特派员人高马大，在水里阻力大，两位小姐小巧玲珑，阻力小。

两个特务在江边寻了一阵子，不见特派员踪影，像泄气的皮球一样，又回到堤上，惋惜王朝胜一世英雄，却喂了鱼。

李白瑞问谁是英雄，一个特务索性说反正他也死了，不用再瞒，王朝胜其实

是保密局特工，外号玉狐狸，抗日的时候，潜伏在上海、南京，杀过很多日本人，日本特务提起他就胆战心惊。

70

刘怡冰、郭佳丽喝了两杯茶，精神恢复过来，只是走路还有点头重脚轻，坐在椅子上懒得动弹。

郭佳丽对刘怡冰说："昨晚喝酒时，一直替你捏着一把汗，怕喝出问题来。"

刘怡冰说："当时也是心一横，醉就醉吧，能把任务完成就行，没想到是那么不堪一'喝'。"

郭佳丽说："伤了我们的胃，救了李白瑞。又说他是军统的玉狐狸，日本特务提起他都畏惧。这么一个神奇的人，败在弱女子手下。"

刘怡冰有些伤感的说："其实，特派员不是坏人，只是因为他是军统特务。"

正说着，李白瑞满头大汗的进来，两个人同时站起来，问找到鹿鸣鸣没有。

早上，李白瑞把二人送回办公室后，准备去给她们买早点。刘怡冰催促他去中山路西文书店找鹿鸣鸣，把国军撤退的情报送给她。李白瑞走后，她们就焦急地盼着他早点回来。

李白瑞也不说话，把郭佳丽的杯子端起来，一口喝干，又喘了口气，说去的时候书店还没开门，等了好一阵子，人家才开门迎客。顿了一下又说："见到了顾先生，他听说除掉了特派员，很高兴，说我们做了一件了不起的事儿。"

鲁副官打来电话，告诉刘怡冰，空军明天开始撤退，还说江汉关大楼被列入摧毁目标，为了个人安全，不要再上班了。

刘怡冰听了十分吃惊，一时说不出话来，等她意识过来，问为什么要炸大楼时，鲁副官已经扣下电话。

郭佳丽看她呆若木鸡的样子，把她扶到椅子上坐下来。

刘怡冰喝一口水，说国军要炸掉江汉关大楼。郭佳丽气愤地嚷起来："他们走也好、留也好，又碍不着他们。难怪他们越来越不得人心。"

刘怡冰说："尽快报告赫斯特先生，请他想办法。说着转身出门，往楼上跑去。"

听了刘怡冰介绍，赫斯特不相信，认为是制造恐慌。他说亲自听白总司令说"负华中剿匪重任，绝当不辞劳瘁，以争取剿匪事功"，现在共军还没有打过来，就说要撤退，还要炸大楼，绝无可能。

刘怡冰要去找城防司令部讲理，海关又没有惹他们，为什么还要炸海关大楼，说着转身出门。赫斯特叫住她，说别惹恼了他们，对她不客气。刘怡冰不听，坚持要去。

城防司令比过去戒备更严，进进出出的军官都要检查。刘怡冰知道进不去，干脆也不给卫兵费口舌，让他们打电话请鲁副官出来。

过了半个小时，鲁副官匆匆跑出来。

刘怡冰生气地质问他，为什么炸海关大楼，好像是鲁副官要去炸似的。鲁副官也不生气，告诉她不是他要炸，也不是鲁司令要炸，是白总司令下的命令，不光海关大楼要炸，凡是重要设施，张公堤、车站、水塔、军工厂、轮渡船都要炸毁，给共军留下一个烂摊子。国军的口号是"大破坏、大搬迁"，重要设施搬走，搬不走的炸掉。

刘怡冰告诉他，江汉关大楼能够建起来，十分不容易，经历很多曲折。从1899起，就想改善办公环境，一直未能如愿，直到1922年才得以修建。大楼从建筑设计到建筑质量，都达到国际先进水平，也是武汉的一个标志性建筑，一百年不落后。美好的艺术是人类文明成果，不分国界、不分阶级，不能以国军、共军决定存废。

刘怡冰激情澎湃的说了一通，并没有打动鲁副官："又不是你家的楼，管它干吗。"

刘怡冰说："江汉关的人早把大楼当成自家的了。"

鲁副官说："我向鲁司令反映一下，不过别抱太大希望，他可能顾不上这种事儿。还是早做打算，保命要紧。"

刘怡冰眼泪一下涌出来，不顾鲁副官安慰，跳上黄包车回江汉关。下了车，风风火火地闯进赫斯特办公室，把刚才和鲁副官见面的情况说了一遍。

　　赫斯特从椅子站起来，说："国军疯了，难道不知道这是自挖墙脚，自掘坟墓。"

　　刘怡冰说："打日本鬼子时，国军尚能得人心，打走日本人，就开始祸国殃民。"

　　赫斯特气呼呼走了几步，拿起电话，打给剿总司令部，不知道对方说了句什么，惹得他更生气，把电话扔到桌子上。赫斯特又转了好一阵子，终于停下来，念叨着说大楼难保了。刘怡冰建议总署领导去找国防部说理。

　　赫斯特叹口气说："他们也自身难保，像叫花子一样，跟着国民政府跑到广州，连个像样的办公场所都没有。"

　　停了一会儿，赫斯特自言自语地说："真是国将不国了，过去迫于形势，海关不能履行职能，至使走私猖獗，给海关造成不良影响，现在更不像样，连办公大楼也要没了。"

　　刘怡冰若有思，转身跑下楼，告诉郭佳丽国军制定了"大破坏、大搬迁"计划，武汉三镇重要设施都要搬走，搬不走的炸掉，快把这个情报送给鹿鸣鸣。

第八章　　守护江汉关大楼

71

刘怡冰起床后，正准备洗漱，李源打来电话，说传达室的老韦告诉他，国军要炸大楼了，让她快到关里来。刘怡冰将手里的牙刷往洗脸台上一丢，就往门外跑。老王还没到，刘怡冰也不等他了，跑到马路上，招手叫一辆黄包车，一脚跨上去，朝江汉关飞奔而去。

江汉关广场已经聚了一群人，有关员、更多的是过路市民，十几个荷枪的国军士兵正在驱赶人群。刘怡冰跳下车，拨开人群钻进去时，才发现高连长带着他的兵，已经在大楼的石柱上埋好炸药。高连长一手拿着烟头，一手捏着导火线，准备点火。

刘怡冰冲到高连长面前，质问他好端端的大楼，为什么要炸掉。

高连长说："奉命行事。"

刘怡冰说："这是一个荒唐的命令。"

高连长说："我们是军人，服从命令是天职，如果军人都不服从命令，就不叫军队了。"

见高连长听不进去，刘怡冰生气地说："当初，你们都能把整个东北，留给日本鬼子去蹂躏，现在却不能把大楼留下来继续办公。"

高连长脸色顿时变了，示意两个士兵把刘怡冰推走，用烟头将导火线点燃，顿时蹿起一股白烟，飘散到空中。

刘怡冰冲高连长声嘶力竭地喊道："良心让狗吃了，忘了鬼子破坏你东北老家时的痛苦了吗？！"

219

　　高连长身子颤了一下，从士兵手里抢过一把剪子，跑上台阶，把导火线剪断。

　　不多一会儿，飘浮在空气中的白烟就散尽。

　　刘怡冰两腿一软，蹲到地上。李源和赫斯特赶过来，把她扶起来，一起谢高连长。

　　高连长告诉他们这是权宜之计，如果上级没有新的指示，还是要炸。

　　三个人一听，神情又紧张起来。

　　高连长说："即使我不执行这项任务，还会派别的人来执行。尽快想办法，让城防司令部取消这道命令。"

　　赫斯特说："我们对军队事务一窍不通，如何变通，请直截了当地说。"

　　高连长想了一下，说："根据以往经验，送钱就会起作用。"

　　一旁立着的士兵说："一定会起作用，有钱能使鬼推磨。"

　　高连长白了士兵一眼，说："过去也执行过这样的命令，一些建筑，因为送了钱就保住了。"

　　赫斯特尽管生着气，但还是平静地问："要多少钱。"

　　高连长仰脸朝楼上看一眼，说："估计要一万大洋，才能打动长官们的心。"

　　赫斯特一听，后退半步，说："这是狮子大开口。"

　　高连长说："这只是我的意见，具体情况，去司令部谈判。"

　　赫斯特对刘怡冰、李源说："不要说一万块了，就是一千块都拿不出来，最后一笔经费，已经当工资发了。"

　　刘怡冰说："我去给鲁副官打电话，了解情况后再商量。说着拾级上楼去办公室。走了一半，突然听到江边传来爆炸声，刘怡冰停住脚步，寻声望去，只见一股浓烟从码头上空升起。"

　　一个士兵跑过来，向高连长汇报说趸船已经炸沉。高连长又下令去炸水塔。刘怡冰一听，下楼对高连长说，上万个家庭靠它供水吃饭，养活家人。高连长想了想，说水塔可以不炸，但必须尽快想办法。停了一会儿，又对身边的士兵吩咐，去告诉胡排长，找一个旧火车头，把水箱炸个洞，拍几张照片回去交差。那个士兵愣一下，应声跑走。

　　刘怡冰转身往办公室跑去，电话打过去好一会儿，鲁副官才接电话。刘怡冰把高连长炸江汉关大楼的情况，简单说了一下。又说中国号称五千年文明，却仍旧贫穷落后，就是过去的官军也好，农民军也好，只知道破坏，不知道保护，国军怎么也像他们一样呢？

鲁副官说："这些大道理我也懂，可我不是决策者。"

刘怡冰说："海关准备筹一笔钱，交给司令部，把炸大楼的命令收回去。"

鲁副官说："大楼又不是你们家的，不要为此费心了。又说命令都传达下去，很难再收回。"

刘怡冰说："我们都把大楼当做自己的家，如果炸了，不但失去工作场所，心中的精神家园就没了。"

鲁副官想了想说："我去找参谋长问一下。"

不多会儿，鲁副官回话："参谋长同意了。"

刘怡冰松一口气，问需要多少钱。鲁副官告诉她，根据以往的惯例，需要一万块大洋。

放下电话，刘怡冰理了一下头发，下楼找高连长，把与鲁副官通话情况，说了一下，又说命令很快就到。

高连长说："这就对了，我也不用为难。"

这时，关员陆续赶来上班，围在楼下，议论纷纷。

因为炸药没有撤除，为了保证安全，赫斯特下令停止上班，但关员们都不愿离去。

刘怡冰建议赫斯特给总署打电话，请他们去找国防部通融。赫斯特从口袋里掏出一封电报，说："总署昨晚发来电报，要我带着人员南撤，哪还会再关心大楼的存废。"

刘怡冰目瞪口呆了一会儿，说："在此关键时刻，电报要保密，否则，大楼必毁无疑。"

李源说："一万大洋，是一笔巨款，如今之计，只有号召大家捐款。"

赫斯特说："大家都艰难度日，怕是没有积极性。我到汇丰银行一趟，先借一笔钱。"

望着赫斯特离去的背影，刘怡冰心里看到了一丝希望。他和汇丰银行的英国同胞交往频繁，凭着这种关系，借一笔钱不是问题。

李源跳上台阶，将大家召集过来，号召大家共同努力，把大楼救下来。

　　大家听了，纷纷攘攘起来，说国民政府金融改革，把大洋等硬通货都刮走了，手里尽是一些不值钱的金圆券，勉强过日子。也有一些关员表示，要把家里仅有的几块大洋，或金银首饰拿来。

　　李源很感动，说大家有钱出钱、有力出力。又让刘怡冰、郭佳丽负责登记收钱收物。

　　关员大部陆续散去，李白瑞等人搬出桌子，摆放好，等着大家回来。

　　大约过了一个多小时，大家又陆续回到广场，把从家里带来的银元、首饰，交给刘怡冰、郭佳丽等人。刘怡冰深受感染，也把身上的首饰取下来，放进盒子里。

　　快到中午时，刘怡冰清点了一下，收到大洋一千多块，再加上首饰变卖，大约有三千多块，离一万元差距还很大，但她还是很高兴，说赫斯特先生再从汇丰银行借一笔，就能把钱凑齐。

　　几个人正高兴着，赫斯特拖着疲惫的脚步走过来，刘怡冰一看就知道无功而返，想迎上去安慰他，却又找不出合适的话，正犹豫不决时，赫斯特已经来到近前。

　　刘怡冰轻声向他汇报，说大家捐款都很积极，算上手饰，已经有三千多块了。赫斯特听了，淡淡地笑了笑，什么也没说。

　　李源建议去找进出口商人借钱，赫斯特想了想说："有病乱投医，可以试一试。"李源转身跑进大楼，给商人们打电话。不多会儿，又垂头丧气的下来，说："才打几个打电话，个个都爱理不理的。"

　　赫斯特说："海关落到这步田地，商人们怕是也不正眼看了。无论是银行商人、还是其他商人，都是趋利避害，嫌贫爱富。汇丰银行过去无数次地对我说，有困难找他们，想用钱找他们，可是去找他们的时候，连面都不愿见，让我坐了两个小时冷板凳。"

　　李源急了，说："难道眼睁睁地看着大楼被炸掉？"

　　赫斯特说："已经尽力，对得起自己的良心了。"

　　李源问大家捐的钱物怎么办？赫斯特让退还他们。又说大家的一片赤诚之心，铭记在心里。刘怡冰不同意，说去找爸爸，让他筹钱。

　　刘怡冰跑到马路边，跳上一辆黄包车，直奔车站路。

　　刘百川正在听钱掌柜汇报账目，见刘怡冰进来，示意她先到隔壁等一会儿。刘怡冰让他们先停一会儿，她有十万火急的事儿。刘百川示意钱掌柜先退下，钱掌柜收拾起摊开的账本，起身离去。

钱掌柜刚出门，刘怡冰迫不及待地说："国军要炸江汉关大楼，炸药都埋好了。"

刘百川气愤起来，说："国军也像国民政府一样，病入膏肓了。"

刘怡冰说："他们说出一万块钱，就不炸了。"

刘百川说："真是岂有此理，国民政府的大楼，国军本来就不应该炸。"

刘怡冰说："大家捐了三千多块，指望赫斯特去汇丰银行再借一笔，可是他那汇丰银行英国同胞，连面都不愿意见，让他坐了两个小时的冷板凳。"

刘百川说："海关现在是落地的凤凰不如鸡，虎落平阳被狗欺。不要说是银行，就是小商人，不但不会对你们毕恭毕敬了，可能还会怠慢你们。"

刘怡冰吃惊地问他怎么知道的，刘百川告诉她，江汉关这半年来没有作为，既没给商人带来利益，也没有对商人造成不便，所以就不会把海关放在眼里了。刘百川又沉吟了一会儿，说他也只能拿得出两千块钱。

刘怡冰央求爸爸不要像那些商人，说他是江汉关最后的希望。

刘百川说："这半年来生意越做越小，赚的钱都用在自卫队的吃、住、行了。"

刘怡冰一听，带着哭腔说："难道看着大楼被炸掉？！"

刘百川难过地说："一分钱难倒英雄好汉，况且是七千大洋啊。"

刘怡冰突然止住哭，说："反正生意越做越小了，不如把车子卖掉。"

刘百川打了个愣怔，沉思了一会儿，说："也卖不了多少钱。"

刘怡冰说："大车、小车都卖掉。"

刘百川合计了一下，说："还差很多。"

刘怡冰望着刘百川，说把公司的楼也卖掉，将来形势好了，赚了钱再赎回来。

刘百川犹豫了一会儿，点点头。

刘怡冰高兴起来，破涕为笑，说她这就回去，告诉赫斯特和同事们。

72

午后，刘怡冰又去公司找爸爸时，刘百川正准备出门去江汉关，见了她又退回去。

刘百川叹口气说："急得卖，没卖出好价钱。"

刘怡冰心里一沉，问还差多少。

刘百川又叹口气，说："还差两千多块。"

刘怡冰想了一会儿，说："把外公的作坊也卖了，让他搬过来一起住。"

刘百川说："作坊是外公的命，轻易不要打他的主意。"

刘怡冰想也不想就说："把我们家的房子卖掉，搬过去和外公一起住。"

刘百川想了想，说："也好。"

刘怡冰匆匆回到家里，对妈妈说卖掉房子，搬过去和外公一起住时，妈妈虽然感到意外，却没有问为什么，只是说这样也好，一家人住一起，她也不用两边操心。

母女俩正说着，刘百川回来，告诉刘怡冰别墅没卖出价钱，已经到了这个地步，索性把作坊也卖了。又借了一笔钱，总算把钱凑够。

妈妈说："都卖了，一家人到哪儿住？"

刘百川说："到郊区买一处平房，先住一段时间，等形势好转，再把这些都赎回来。"

刘怡冰也说："将来江汉关会还钱的。"

刘百川说："既然做了，就不求回报。我虽然离开江汉关多年，对江汉关有感情，对大楼也一往情深，每当看见它，就会想起在海关的日子。"

刘怡冰为难地说："不知道怎样向外公开口。"

刘百川说："已经跟外公说好了，老人家深明大义，痛快地答应了。三天后，所有的东西交付别人。"

刘怡冰流出眼泪，说："因为我，一家人连家也没有了。"

刘百川说："人一生中能做一件有意义的事情，一辈子都会自豪。"

钱凑足够后，送到城防司令部，城防司令部立即撤销炸楼命令。

看着高连长把炸药起走，刘怡冰心里却踏实不下来，怕再有什么意外，建议关警队日夜守护大楼，赫斯特认为有这个必要，遂下令关警队搬到大楼里住，做到人在楼在。

刘怡冰陪爸爸去郊区寻房子，车子开出一半，突然想起有件要紧的事儿，又让车子掉头送她到江汉关。

到办公室换好衣服，正要出门，李源来找她，说赫斯特先生一直在等她。她便跟着李源，匆匆上楼。

赫斯特见她进来，与往日大不相同，显得格外热情，似乎想讨好她，让刘怡冰感到有点别扭。

赫斯特说："改朝换代、政权更迭，要允许个人做出自己的选择，同时也不应该限制人身自由。如果还像过去一样，甚至还不如过去，改朝换代也没有意义，就像中国几千年历史那样，一个封建王朝推翻了，又建立一个新的封建王朝，对人类进步和社会发展，没有什么意义。"

刘怡冰听得一头雾水，不明白这些话的含义，只好说："这些是建国立业的大道理，是政治家考虑的，不是平常人所能左右。平民百姓干好自己的工作，过好自己的日子就够了。"

赫斯特说："这也是我一贯主张，现在连这点可怜的权利，也被剥夺了。"

刘怡冰更是不解，问谁限制了他的自由。

李源插话说："今天一大早，李白瑞就通知他不得离开江汉关半步，等着迎接新政权。"

刘怡冰这才醒悟过来，说："他的本意是好的，想让大家为新政权服务。"

赫斯特告诉她："我想撤到广州。"

刘怡冰又吃一惊，问："您不是对国民政府绝望了吗，突然又依依不舍了？"

赫斯特说："国民政府的腐败无能，我从没有怀疑，但我已经快到退休年岁，撤到广州后不久，就能够退休回英国，不再和国民政府发生关系。"

刘怡冰说："为新政权服务，也可以拿退休金。"

赫斯特摇摇头，说："我曾经向国民政府宣誓过，要效忠国民政府，虽然国民政府已经不值得效忠了。在中国传统中，文臣武将有一个好的理念，王朝更迭时，往往会选择离去，哪怕是死，也不愿做二臣。此外，我已经研究过，新政权将不会允许洋人存在于政府机关，即便允许，因为惯性的原因，我也不想再去适应新政权的工作方式。"

刘怡冰说："良禽择木而息，良臣择明主而侍，新政权将会民主廉洁高效，带来新气象，正适合您。"

赫斯特说："我的心意已决，请你想办法，同时，相信你一定会有办法，让我们洋关员撤走。"

李源说："我也一起撤走，到广州后，就辞去海关工作，带着夫人到英国或在香港生活，从此以后，远离政府。"

刘怡冰问李源在海关工作十年，就没一点感情，不但要走，还要离开海关。

李源说："我是学工程的，当初进海关是一个错误，十年来，不停的应付各类政治活动，再不愿忍受。"

刘怡冰说："新政权能为你的发展提供条件，何必到香港、英国。"

李源告诉她，共产党的后台是苏联，国民党的后台是美国。战争主要是经济战和技术战，这两方面美国都比苏联强得多，一旦美苏战争爆发，美国必胜。到那个时候，国民党又会卷土重来。他不愿再身处乱世之中，此外，他也怕再看流血牺牲。最后，自责地说他是一个无用书生。

刘怡冰想了好一会儿，才说："想把你们留下来，也是出于一片好心，既然你们去意已决，又有自己的打算，应该成全你们，但必须悄悄地离去，不能张扬。"

二人连声说听从吩咐，说着就离开了，留下刘怡冰一个人立在那儿，大脑里一片空白。

刘怡冰回到办公室时，李白瑞正气冲冲责问她，为什么要放他们走。刘怡冰告诉他，不是所有的人都对新政权抱极大热情，政权更迭的过程中，要允许有不同的选择。他们过去尽了一个政府公务人员的责任，应该说问心无愧。对于新政权，他们还不了解，有一种恐惧和怀疑，也是正常的。他们对新政权既不恨，也不爱，但有一种期待，就是比旧的政权更好。他们的去留不必往心里去，去者自去，留者自留。

郭佳丽也认为他们既然要走，就让他们走，留下来也许还是一个麻烦，那些个洋人，既不能打也不能骂，最后还是要放他们走。再说赫斯特还做了不少好事儿，满足他最后一个要求，也是应该的，天要下雨，娘要嫁人，由他们去吧。

这时，鹿鸣鸣打来电话，说为了迎接解放，在国军撤退后的真空时期，尽快把抢印的《中国人民解放军布告》，从武昌运到汉口，张贴散发，安定民心。

李白瑞说："满大街都是军警，稍不注意，就会惹恼他们。我来的路上，见一男子惹了国军不高兴，一枪给毙了。"

刘怡冰想了一会儿，说："抓走私分子。"

郭佳丽说："又抓走私分子，会不会引起他们怀疑。"

刘怡冰说："这回走私分子逃了，查获了一批走私物品。"

李白瑞也认为这个办法不错，他带两个自卫队员去取。刘怡冰告诉他，自卫队派到各处，维持秩序和提供保护了。她和李白瑞去，郭佳丽也要一起去，刘怡冰让她留下来守电话。

刘怡冰、李白瑞往轮渡码头去时，见沿途都是警察和国军士兵，老百姓诚惶诚恐的躲在一边。

轮渡码头也尽是国军官兵，宪兵在维持秩序。李白瑞把执行公务介绍信递过去，宪兵瞄了一眼，挥手让他们进去。

到了武昌，刘怡冰叫了四辆黄包车，直奔紫阳路印刷厂。凭鹿鸣鸣给的暗号，与朱老板顺利接上头。朱老板也不客气，吩咐伙计从仓库里搬出两个麻袋，丢在他们脚下。刘怡冰让朱老板派一辆板车，再派两个伙计，帮助送到码头。朱老板有些犹豫，既不答应也没有拒绝，刘怡冰看出他的顾虑，告诉他已有万全之策，不会出问题。朱老板说不是不相信他们，在想如何才能更稳妥。刘怡冰便把来时想好的方案告诉朱老板，朱老板听了，长舒一口气，朝车间叫了一声，两个小伙计跑出来，朱老板吩咐他把货送到码头。

小伙计拉着平板车在前面，刘怡冰、李白瑞四个人跟在后面，一路往轮渡码头走去。进码头时，被宪兵拦住，问是什么东西，李白瑞一边把执行公务的介绍信递过去，一边说走私贩子逃跑了，留下了这些走私物品。宪兵没有接他递的介

绍信，而是朝麻袋踢了一脚，说进去吧。

几个人正要往里面走，过来一个军官，说："过去光听说有走私，从来没见过私货。"

另一个宪兵也说："有没有喜欢的东西，留两件用。"

李白瑞上前拦住，说："这些物品将来要拍卖，拍卖钱上交国库。"

军官收起笑，脸色变得难看起来，趁他还没有发作，刘怡冰把李白瑞推到一边，说："这是查获的反动宣传品，不值得看。"

军官的脸色缓和下来，说："那也要打开，看是不是骗我们。"

刘怡冰让小伙计把麻袋解开，露出一捆纸，军官抽出一张，打开看一眼，大惊失色，像拿了根烧红的铁棍，立即扔到地上，说还真是反动宣传品，又问从哪儿来的。

刘怡冰把地上传单捡起来，说："走私分子逃跑了，正准备追查。"

军官说："国军都要撤了，查出来又有什么意义。"

刘怡冰说："海关和国军不一样，国军可以撤退，海关没地方退，只能坚守岗位。"

军官说："海关精神可嘉，就追查到底吧。一边说一边挥手，放他们进了码头。"

回到办公室，郭佳丽告诉刘怡冰，鹿鸣鸣又打来电话，要求晚上把《中国人民解放军布告》贴出去，明天一大早，让市民们看到。

刘怡冰突然想起表姐，心里有些内疚，这些天把她忘得一干二净。她吩咐郭佳丽去商店买红布，晚上约几个女同事缝一面红旗，明天一早挂到钟楼上，迎接解放军。说着话离开办公室，去王家墩机场。

刘怡冰来到王家墩机场时，国军已撤走，一些工人正在站岗巡逻，保护机场。刘怡冰顿时两腿发软，心里愈加觉得对不起表姐。

回江汉关的时候，天渐渐暗下来，刘怡冰坐在黄包车里，朝外望着，发现一伙散兵游勇正在抢劫，她吩咐车夫快点走。车夫比她还怕，拉着她狂奔。

一回办公室，刘怡冰就吩咐李白瑞，把缉私科的武器取出来，准备发给大家。

李白瑞应声离去，刘怡冰又打电话给鹿鸣鸣，向她汇报路上见到的情况，又说会有更多的散兵游勇出来。鹿鸣鸣说她报告得很及时，立即向顾先生汇报，要求各单位把人员组织起来，同散兵游勇作斗争。

郭佳丽也回到办公室，兴奋地说明天要开始新生活了。

晚上，刘怡冰、郭佳丽等人一边绣红旗，一边兴奋地唱歌，一夜没合眼。天快亮的时候，刘怡冰、郭佳丽等人坐电梯来到楼顶，又爬上钟楼，把绣的红旗挂到钟楼旗杆上，红旗随风猎猎作响，几个人仰头看着，兴奋地在楼顶上跳起来。郭佳丽说这是武汉升起的第一面红旗，提议到楼下去看。

这时天已亮起来，刘怡冰、郭佳丽等人手牵手，仰面朝上看去，只见钟楼上的红旗正迎风飘扬，几个人搂在一起，跳了一阵子。突然听见不远处一阵喧嚣，几个人看过去，一群散兵游勇朝她们走来。

刘怡冰去找李白瑞，让他把武器拿出来，分给大家。李白瑞转身跑进楼里，抱来十几支枪长短枪。这时，关警队的人也赶过来。

散兵游勇朝江汉关奔来，见了刘怡冰她们，也不害怕，嘲笑她们拿的是烧火棍，吓唬人。李白瑞见他们步步逼近，朝天打了三枪，清脆的枪声，在晨曦中回响。

一伙人停下来，形成对峙局面。

李白瑞终于忍不下去，朝他们头顶又开了几枪，呵斥说再不撤退，就不客气。

散兵游勇们见不是对手，掉头离去。

说起来是一桩巧事，这天上午，撤到武昌的炮兵团，本打算向汉口这边放一通炮后撤退，正欲开炮之际，听到枪声，以为解放军已经进城，惊慌起来，急忙逃跑。关员们保护关产行动，不但使关产免遭劫难，也使汉口免遭轰击。

下午三时，解放军进城。刘怡冰、郭佳丽、李白瑞等人组成秧歌队，第一个走上街头，敲锣打鼓，迎接解放军进城。

73

隔日，武汉军事管制委员会派出的军代表，带领许中玉等十多名干部，接管江汉关，对人事、财产、文书、档案进行清理登记。

许中玉来找刘怡冰，带她去见军代表。刘怡冰放下手头活儿，跟着她上楼。

军代表室设在赫斯特办公室，室内布置基本没改变，只是比过去更简朴了。她们进去的时候，军代表正在看档案。

许中玉也不客气，进门后一边让刘怡冰坐，一边给她倒水。

军代表放下手里的档案，看了一会儿刘怡冰，说："刘怡冰同志很了不起，虽然不是共产党员，却为武汉解放做出了重要贡献。"

刘怡冰有点不好意思，说："只是力所能及的做了一些事情。"

军代表说："你做的那些贡献，将会永载史册。"

刘怡冰脸红起来，一时不知说什么好。

许中玉说："我和原武汉市委那一批同志，能活到今天，为党工作，完全是靠刘怡冰同志努力。"

军代表说："她的事迹远不止这些，给解放军送去了三条大船，这可是一件了不起的事儿。再比如这大楼，是你们家变卖了全部家产，送给国民党军，才保留下来的。"

军代表停顿了一下，又说："将来经济恢复，财政有盈余了，钱要连本带息一并归还。"

刘怡冰一听急了，站起来说："我和爸爸的想法一样，救大楼不图回报。"

军代表点点头，说："这是高风亮节，你们父女俩可以这样想，我们不能这样做。改日要亲自登门拜访刘先生，向他致意。"

突然军代表话锋一转，问："听说你想出国，有这回事吗？"

刘怡冰点点头，想解释一下，可是还没开口，军代表却先说了："海关已回到人民手中，亟须你这样的人才，为新中国海关服务，我衷心希望你留下来，一起为新中国海关奉献聪明才智。"

许中玉也说："过去不惜流血牺牲，就是为了新中国解放，现在理想变成了现实，还要继续为之努力和奋斗。"

刘怡冰想了一会儿说："听从组织安排。"

军代表上前握住刘怡冰手，说："等将来形势好转，一切步入正轨，再送你出国留学。"

从军代表办公室出来，在楼梯口等候的郭佳丽告诉她，鹿鸣鸣打来电话，让刘怡冰、郭佳丽、李白瑞等人，到维多利亚电影院，参加中共武汉地下党成员会师大会。

刘怡冰、郭佳丽等人到维多利亚电影院时，会议已经开始了。主席台上坐了一排人，刘怡冰看了一阵子，发现顾先生也坐在中间，穿着黄布军装，有点认不出来了。

经会议主持人介绍，刘怡冰才知道，原来他就是地下市委书记，过去和顾先生接触过几回，感觉他与众不同。

大会很快就结束，根据要求与会党员和外围组织成员，会后到大堂里填写登记表，党员填甲种登记表，外围组织成员填乙种登记表，分别交市委组织部和市青委组织部保存。

大堂里放着十几张桌子，上面放着纸和笔，每张桌子旁有一名工作人员提供帮助，那些不会写字的人，嘴说工作人员帮助填写。

刘怡冰出来的时候，大厅里围着一大群人，却多而不乱。工作人员问了一下她的情况，让她填写乙种登记表。刘怡冰拿着表格看了一下，开始填写，不一会儿就填写完，工作人员检查了一遍，没说什么了，刘怡冰便往外走，刚走两步，突然后面有人拍她肩膀，扭头一看是周无止，一时高兴得不知说什么好。

周无止说："知道你要来开会，一直在找你。"

刘怡冰问他这段时间躲到哪儿了，一点音讯也没有。

周无止说："说来话长，找个地方坐下来谈。"

刘怡冰说："天不早了，要回家。"

周无止把她送到门口，挥手叫一辆黄包车，等刘怡冰坐上去后，又对车夫说去洞庭路。刘怡冰告诉他不住在那儿了，又对车夫说沿着沿江路一直走，走到头就到了。

周无止问为什么要搬家，原来的别墅挺好的。刘怡冰告诉他也是说来话长，改日再细说。

路上，刘怡冰一直想，前段时间打听周无止时，鹿鸣鸣说失踪了，现在却又出现了。她又想鲁火也是那个时候失踪的，也许很快会出现在她面前。正想着，车夫停下来，说走不通了，刘怡冰这才回过神来，跳下车，付了车钱，径直走进一座四合院里。

　　院子不大，虽然算不上高宅大院，但也能自成一体，院内更是别有洞天，把风尘和喧嚣阻挡在外面。东南角有一口甜水井，井口四周有几株桂花树，绿意正浓。院子中间有一棵老枣树，枝繁叶茂，芝麻粒一样的小枣儿，密密麻麻的隐藏在叶间，预示着秋季将会果实挂满枝头。整个院落共有七间房子，青砖青瓦，朴实无华。

　　这个院落本来是一个小地主的，因为要随军官儿子南撤，急着出售，开价奇低，正好刘百川来寻房子，当即买下。虽然环境还算不错，但生活明显不如过去方便，没了自来水，无论做饭洗漱，都要到井里打水，此外，也没了电灯，照明只能用蜡烛。

　　外公正在廊下抽水烟，两眼茫然地看着天。刘怡冰走过去，替他装了一锅烟丝，又点上火，外公深吸一口说："快吃晚饭了，去洗漱吧。"

　　刘怡冰说："不急，陪您一会儿。"

　　外公说："天天吃住在一起，不在乎这会儿时间。"

　　刘怡冰又给外公装一锅烟丝，点上火后才转身离去。要进门的时候，又看了外公一眼，忽然觉得外公的身板，没有过去硬朗了，心里涌出一股酸楚。

　　因为公司卖了，刘百川暂时在家里闲着，要么看看书，要么侍弄一下院子。军代表曾征求他的意见，希望他重回海关工作，刘百川想了一晚上，还是谢绝了。

　　一家人的日子过得清淡平静，波澜不惊。

　　早上去办公室，传达室的老韦递给刘怡冰一封信，她拆开看了一遍，才知道是炮团李参谋留给她的，李参谋说准备撤退时逃出来，因为监视的也比较紧，没有找到机会，只好跟着往南撤退，有机会时再逃回来，同时，他还给未婚妻写了一封信，请刘怡冰帮助转交。看完信，刘怡冰轻叹一口气，忽然想起表姐，不知道现在到了何处。

　　军管会接管江汉关后不久，停滞的业务工作逐渐恢复。军管会认为海关的人事组织结构，是仿效英国文官制度建立的，组织严密，但执行不灵活，决定根据海关任务，对机构进行重新划分，设置六个科室。许中玉任秘书科长，刘怡冰任副科长。

　　周无止打电话来，约刘怡冰晚上一起吃晚饭，刘怡冰犹豫了一会儿才答应。下班后，她来到楼下广场，正准备招手叫黄包车时，周无止忽然出现在她面前，说怕她奔波劳累，在附近找了一家饭店。又说，有一段时间没见她了，挺想念的。

　　刘怡冰也说，那段时间也经常想起他。

二人说着话，往三阳路走去。走了一半，刘怡冰停住，说要去花鸟市场给外公买一只八哥，他一人天天坐在院子里，郁郁寡欢的，看着心疼。周无止要陪刘怡冰一起去，说着话就要拉刘怡冰的手，刘怡冰把手背到身后，说现在形势好了，没有安全问题，就别再演戏了。

周无止尴尬的笑一下，没话找话说："听说你当副科长了。"

刘怡冰回头看他一眼，说："消息真快。"

周无止说："我是公安局的科长，什么能瞒得住。"

刘怡冰笑起来，说："那可够累的，全市那么多人。"

周无止说："主要是关心你，别人我才懒得关心。本来想你会告诉我的。"

刘怡冰淡淡地说："没什么好说的，当官和不当官都一样工作、过日子。"

周无止说："那可不一样，当官可以体现你的价值，当了官也是对你过去革命工作的肯定。"

刘怡冰停下来，淡淡的笑一下，说她看法不同，说完又向前走去。

74

退守台湾的国军，不断派飞机轰炸上海港，海运受到严重影响，京广铁路成为进出口主要通道，为减少出口物资在九龙关验放手续，江汉关在武昌徐家棚、鲇鱼套车站设立办事处，在武汉办理出口手续。

刘怡冰与许中玉商量，从科里抽两名同志随她一起去火车站，帮助查验货物。许中玉认为这个想法好，应该向关长建议，抽调更多机关人员，支援一线。

许中玉向关长汇报后，关长认为这是一个好建议，立即下发通知，要求各科抽调人员，支援业务一线，开展物资抢运。

秘书科开会传达通知时，许中玉让刘怡冰和郭佳丽两人留守，处理日常事务，她带人去一线支援。刘怡冰不同意，说她的身体还没有完全康复，经不住日夜加班折腾。

大家认为刘怡冰说的有道理，七嘴八舌地劝许中玉留守机关，许中玉只好同意。

本来郭佳丽也不愿意留守，但她是机要秘书，不但走不开，而且别人还不能替换。

刘怡冰等人被分到徐家棚火车站，她们一到，办事处主任就告诉她们，没有固定上班时间，也没有固定下班时间，白天晚上都不能休息，有时要连着几天不能回家。刘怡冰说她们也不是温室里的花儿，尽可以一视同仁。

到徐家棚火车站不久，朝鲜战争爆发，西方国家对中国实行经济封锁和禁运，中国政府开展反封锁、反禁运斗争，刘怡冰他们，全力验放粤汉铁路抢运的进出口物资，短时间里，难以回到机关里。

在现场工作中，刘怡冰发现，进口比出口更有利可图，出口不赚钱甚至亏本，商人们都不愿意做出口生意，即使做也仅限于利润大的碎米、青豆，油脂等货物亏损较大，不愿问津，严重影响进口效益，刘怡冰向关里建议，采取以进搭出的办法调节，用利润大的进口货物，搭配无利可图的出口货物，组织商人订立购销计划和合同，扩大经营面，活跃内外物资交流。

刘怡冰提的两条建议都被关里采纳，关里专门下了个文件，对她提出表扬，还号召大家向她学习，开展提合理化建议活动。

郭佳丽很高兴，通知还没有下发，就迫不及待打电话，告诉刘怡冰。刘怡冰说现在太忙太累，坐下去起不来，倒下去睁不开眼，表扬也好，批评也罢，没有心思计较。弄得郭佳丽有点扫兴，怪自己多情。

郭佳丽找许中玉发牢骚，刘怡冰她们在一线抢运物资，自己留守，总觉得对不起她们似的，心里过意不去。

许中玉安慰她说："刚开始我也有这种感觉，其实，这种想法是不对的，留守也有很多工作要做，一个人干几个人的活儿，也一样辛苦。"

经许中玉这样开导，郭佳丽似乎理直气壮起来。

许中玉说："也不能自我感觉太良好，要谦虚谨慎，戒骄戒躁。周六去看看她们。"

郭佳丽说："都说几回了，一次也没成行。"

许中玉说："快半年没见面了，我也想念她们，这回一定成行。"

周六一上班，郭佳丽急急忙忙把文件、电报处理好，正要去隔壁叫许中玉时，何红牛急匆匆赶来。

建国后，何红牛安排到江汉关附近一派出所当警察，偶尔来办公室坐一会儿。郭佳丽说要去火车站看刘怡冰，没时间陪他。

何红牛说："她都要被枪毙了，你还不知道？"

郭佳丽以为自己听错了，问谁要被枪毙。

何红牛说："市公安局那边下来的通知，说她是叛徒、是国民党潜伏特务，抓起来三天了。"

郭佳丽不相信，说："前天还和她通过话呢，被公安抓走了，怎么连一点风声都没有？"

何红牛说："下班路上抓的，都不知道。"

郭佳丽还是不相信，何红牛说："别耽误时间了，今天中午就要行刑，一大早已经押到市局，再不想办法就来不及了。"

郭佳丽见他的一脸严肃，不像开玩笑，问他为什么不早点告诉她。

何红牛说："我也是刚知道，就马上跑来了。"

郭佳丽一把推开他，跑进许中玉办公室，把何红牛的话告诉她，许中玉听后，也感到意外，说："公安局打过招呼，只说调查。"

郭佳丽说："为什么不阻止他们，她哪儿是特务？！"

许中玉说："过去地下工作异常危险，也异常复杂，什么情况都会发生，我既不能肯定，也不能否定，而且我也阻止不了。"

郭佳丽没好气地问，人都要没命了，怎么办？

许中玉说："已经想过办法了，都行不通。关长亲自去公安局都不行。"

郭佳丽蹲到地上哭起来，说："她怎么会是特务，她要是特务，为什么还冒风险给你们筹药，又把你们送到解放区。"

许中玉面无表情，无言以对。

何红牛过来把她拉起来，说："现在不是哭的时候，赶快去找鹿鸣鸣，让她想办法。"

楼下正好有一辆黄包车，郭佳丽急忙地跳上去，说去报社救人，越快越好。

车夫一听，不敢马虎，迈开腿向前猛跑。

武汉解放后，鹿鸣鸣又回到报社工作，任新闻部主任，此外，还和顾先生结了婚。

郭佳丽冲进报社时，鹿鸣鸣正在主持碰头会，郭佳丽不管三七二十一，拉着她就往外走。鹿鸣鸣一把挣脱，让她开完会再说。

郭佳丽说："等你开完会，刘怡冰就没命了。"

鹿鸣鸣这才停下来，问到底怎么回事儿。

郭佳丽又拉住她外往走，边走边说："说她出卖同志，是国民党特务。"

鹿鸣鸣停住脚步，说："地下工作异常复杂，什么情况都会发生，这样的事儿、这样状况，也不是不可能。"

郭佳丽一听火起来，说："如果她是叛徒特务，她为什么还救你，把给自己准备的尼姑服给你穿。那个时候，连我都知道你是地下党联络员，她把你供出去，不是更能邀功请赏。"

鹿鸣鸣犹豫片刻，拉住郭佳丽跑出去，跳上采访车，直奔市委大院。

解放后，顾先生被任命为市委副书记，主管经济工作。郭佳丽和鹿鸣鸣来到市委时，他正在主持开一个座谈会。鹿鸣鸣让秘书进去叫，秘书告诉她们顾书记正在讲话，不能阻挠。

鹿鸣鸣急了，站到门口向顾书记招手，示意他出来一下，顾书记看了她一眼，没有理会。

郭佳丽急得直跳脚，说："不能再耽误了，再耽误她就没命了。"

终于，鹿鸣鸣忍不住了，闯进会议室，先对开会的人说："有十分重要的事情，耽误大家一会儿。说着硬把顾书记拉到门外。"

顾书记很生气，说："无组织无纪律，没看我正在讲话吗。"

鹿鸣鸣说："有重要事情向你汇报。"

顾书记说："先到办公室等着，开完会再说。"说着又要进会议室，郭佳丽上去拉住他的胳膊，哀求说："刘怡冰上午就要拉去枪毙，请您救救她。"

顾书记吃了一惊，问是怎么回事儿？

郭佳丽说："有人说她是特务，前天被抓到公安局的。"

顾书记表情严肃起来，说这是一件严肃的事情，国民党潜伏下来的特务、反

236

动党团骨干和会道门头子，不甘心他们的灭亡，勾结在一起，继续与人民为敌，刺探情报，破坏工厂，捣毁铁路，抢劫物资，甚至进行反革命武装暴乱。特别是朝鲜战争爆发后，他们的破坏更加猖狂。中共中央专门发布指示，开展清查和镇压反革命分子，稳定政权，配合土地改革和抗美援朝战争。

郭佳丽说："她不是叛徒。我和鲁副官一起去保密站，把她领出来的，保密站抓她进去，是动员她和鲁火分手。"

顾先生说："简直是天方夜谭，军统要是这样儿女情长，就不叫军统了。"

郭佳丽也急了，不客气地说："如果她是特务，为什么会倾家荡产，把海关大楼保护下来，为什么还除掉军统的王牌特务，为什么还把国军撤退的情报送给你们。明明知道你们地下市委的住处，你们还能安然无恙。为什么他爸爸出钱供养的自卫队，在国军撤退的时候，派到各重要地方进行保护，如果不是自卫队的保护，现在的市委办公楼就不会存在。"

顾书记的脸色和缓下来，吩咐秘书去接公安局长的电话。说着又回到会议室，让大家先讨论。

顾先生从会议室出来时，秘书说电话打不进去。顾书记让他备车，去公安局。

顾书记带着郭佳丽、鹿鸣鸣来到公安局，局长很吃惊，说打个电话，他到市委汇报，不用劳顾书记亲自来一趟。

顾书记说："你忙嘛，电话打不进来。"

局长说："我的电话没闲过，都是汇报战况。"

顾书记说："敌对势力不甘心退出历史舞台，纷纷跳出来与人民为敌，你们的责任重大呀。但是也不能搞扩大化，造成冤案，刘怡冰这个人暂时留下来，进一步调查后，再决定是否镇压。"

局长说："已经镇压了，行动提前了一个小时。"

郭佳丽一听，瘫倒在地上，鹿鸣鸣脸上也冒出冷汗。

局长秘书说："可能还没有，按计划，游街示众后，才押赴刑场。"

局长吩咐秘书快去刑场，把她再押回来。

顾书记又嘱咐说："让他们无条件服从。"

秘书应声跑出去。

公安局长把郭佳丽扶到沙发上，问怎么回事儿。

　　顾书记说："刘怡冰这个人对武汉解放、甚至中国革命作出的贡献，比你、我都要大，对她的问题要慎重。"

　　局长点点头，打电话让办案人员，带卷宗来汇报。

　　不多会儿，两个办案人员拿着卷宗过来，说全部材料都在这里，案情简单，但足以证明，她是军统潜伏特务。说着把卷宗递给顾书记。

　　顾书记接过案宗，却没有打开看，说："卷宗就不看了，把案情简单介绍一下。"

　　办案人员说，据周无止科长举报，因为她的出卖，导致他被保密站抓捕。根据他举报的情况，我们进行调查，发现解放前，她确实与保密站有过接触，尤其是与国民党军官接触密切，有重大嫌疑。武汉解放前一天，她放走洋人和对新政权怀有敌意的人。此外，她还和逃到香港的人员有来往。

　　郭佳丽从沙发上跳起来，气呼呼地说："解放前她和鲁副官接触多，是为了获取情报和开展地下工作提供方便。放走洋关员和李源，是因为他们不愿意留，而且他们也保证走了以后，不再为国民党政权服务。尤其是赫斯特，对我们开展革命工作比较理解，还提供过帮助。她和香港李源联系过，这事儿我也知道，李源人在香港，但一直关心江汉关发展，她是向他介绍江汉关的新情况、新气象。"

　　顾书记朝两个办案人员挥一下手，让他们退下去，又扭头示意郭佳丽坐下。他踱了几步，语重心长地对局长说，历朝历代都有冤大头，屈死鬼，这样的情况，在共产党领导下的新政权里，要彻底杜绝。尤其是对那些为中国革命作出过贡献的人，更不能让她们蒙冤受屈。刘怡冰这个案子，要做进一步调查，切不可草率结案，目前掌握的材料，不能认定她是国民党特务。这个案子局长要亲自抓，并向他汇报。

　　这时，秘书从外面兴冲冲地回来，说救下来了，几个人听了，顿时松了一口气。秘书又说，再晚一分钟就执行了，枪口顶着脑袋就差扣一下。

75

公安局打电话来，让去看守所接刘怡冰，郭佳丽放下电话，高兴地嚷起来，说她自由了，她清白了，她又是好人了。

看守人员把刘怡冰带到郭佳丽面前时，郭佳丽几乎认不出她，只见她蓬头垢面，一脸惊恐。郭佳丽哭起来，上前抱住她，说："我是郭佳丽，来接你出去。"

刘怡冰没有反应，只是呆呆地看着她。

工作人员提醒她们离去，有话回去再说。

郭佳丽搀扶着她走出看守所，叫了一辆黄包车，把她扶上去坐好后，才对车夫说去沿江路。车夫应声朝前跑去，跑出没多远，郭佳丽忽然想她这副样子回家，会让她爸爸、妈妈伤心，干脆先在自己家里休养几天，再送她回去。想到这儿，吩咐车夫掉头。

回到家里，郭佳丽把刘怡冰往椅子上一撩，去烧了一锅热水，开始给刘怡冰洗澡，从上到下，洗了个干净，擦干头发后，发现竟有一缕缕白发，郭佳丽忍不住抽泣起来。

郭妈妈将一碗鸡蛋面端上来，刘怡冰盯着碗，却没有反应。

郭佳丽对妈妈说："她吓坏了。"

郭妈妈说："就是个男子汉也会吓呆，枪都顶着脑袋了。"

郭佳丽端起碗，一口口喂刘怡冰吃。

吃完饭，郭佳丽帮刘怡冰擦了一下嘴，开导她说安全了，不用怕了，刘怡冰还是没应，郭妈妈让郭佳丽扶她去床上睡一觉。

刘怡冰躺在床上，却两眼呆呆地看着天花板，郭佳丽帮她合上眼，手一拿开，眼又睁开。郭佳丽不知道如何是好，赶紧叫来妈妈。郭妈妈看了一会儿，让她去药店开镇静药。

郭佳丽转身往外跑去，妈妈提醒她慢点，别摔着了。

　　吃了镇静药后，刘怡冰慢慢合上眼，开始睡去，但惊恐的表情，依然留在脸上。郭佳丽坐在床头，给她理头发，揉太阳穴。

　　直到次日午后，刘怡冰才醒来。她呻吟了一下，喃喃自语地说："我是在阴曹地府，还是在世间啊。"

　　郭佳丽鼻子一酸，眼泪又流下来。一边给她倒水，一边说："在我家里。"

　　刘怡冰将信将疑，说："感觉已经死了。"

　　郭佳丽说："你没有死，顾书记把你从刑场上救下来了。"

　　刘怡冰掀开被子跳下床，却站立不稳，险些跌倒，郭佳丽连忙扶住。

　　刘怡冰说："去叫一辆车，送我回家。"

　　郭佳丽说："你现在的身体虚弱，动不得。"

　　刘怡冰说："好几天没回了，家里人一定很担心。"

　　郭佳丽说："家人见你这副样子，会更担心、更伤心，我去告诉他们，你在这儿。"

　　刘怡冰又躺下去，催郭佳丽快去。

　　郭佳丽转身出门，叫一辆车直奔刘家。

　　郭佳丽到刘家大门外，敲了一阵大门，没有动静，就推门而入。院子里几只麻雀，惊慌失措地飞到院墙上。郭佳丽感觉有些异样，过去每次来，到处都有响动。她四处看了看，景物依旧，却死一样沉寂。

　　她径直向堂房走去。刚跨进门，见刘百川坐在椅子上，头深深埋在胸前。刘百川头毛灰白，满脸凄凉，人一下老了很多。在郭佳丽的印象里，刘百川本来是满头黑毛，一脸红润，标准的中年汉子。

　　见她进来，刘百川费力地抬起头，布满血丝的眼睛朝她看了一眼，又埋下去。

　　郭佳丽说："刘怡冰生病了，这几天住在我家里。"

　　刘百川又抬起头，声音嘶哑的声音说："她是咎由自取，也是罪有应得，怪不得别人。"

　　郭佳丽一愣，正要问他为何这样说话时，却听里间传来刘妈妈微弱的声音，郭佳丽循声走进去，见躺在床上的刘妈妈满头白发，简直是不折不扣的白毛女。刘妈妈挣扎着想坐起来，郭佳丽连忙上前扶住。

　　刘妈妈终于坐起来，喘了几口气，对郭佳丽说："求你一件事儿，看在和刘怡冰好姐妹的份上，去买一张席子，替我们把她的尸体收一下，不能让野狗吃了。收了她的尸体，我死也能瞑目了。大恩大德，我们母女俩下辈子还你。"

郭佳丽终于听出来，原来他们不但知道刘怡冰被抓进去，而且还知道被押赴刑场。她原来还怕说破了，让他们担惊受怕，现在也不用再瞒了，赶紧说："她没有死，被顾书记从刑场上救下来了，昨天接到了我们家里。她本来要回来，身子弱不能动，我先来给报个平安。"

刘妈妈说："郭小姐，你别安慰了，我们总是要面对这个现实。"

郭佳丽说："是我去找的顾书记，又和他一起去公安局救下的。"

刘妈妈一把抱住郭佳丽，大哭起来，却没有眼泪，因为泪水已经流干了，只是干号。

刘百川闻声走进来，听说刘怡冰还活着，高兴得大哭起来。

刘妈妈要下床去看女儿，郭佳丽让她别动，晚上把刘怡冰送回来。

刘妈妈流着泪说："解放前革命，国民党要杀她，现在解放了，革命成功了，咋还要她的命呢。"

郭佳丽安慰说："公安局抓错了。"

郭佳丽问刘百川，怎么知道刘怡冰押赴刑场的，刘百川告诉她，是公安局通知的，让一家人到中山公园参加公审大会，到了中山公园一看，刘怡冰胸前挂了个大木牌子，上面写着国民党特务，正站在台子等着宣判。她妈当时就晕过去了。他本来想去收尸，但一想她是国民党特务，悲愤交加，一狠心没去。

停了一会儿，刘百川又说："上天有眼啊，还了我女儿清白。"

76

半个月后，刘怡冰的身体基本恢复正常，只是神情木讷，偶尔还会在噩梦中惊醒。郭佳丽要带她来关里上班时，许中玉似乎面有难色。

郭佳丽把许中玉拉到一边，说："她现在身体虽然恢复了，但精神上的创伤，

还需要一段时间才能抚平，不能再让她到火车站上班。"

　　许中玉说："关里决定让她到食堂工作，当食堂管理员。"

　　郭佳丽目瞪口呆了好一阵子，才问为什么要这样安排。许中玉长叹一口气，告诉她关里也不想这样做，这是公安局的意见，说她有特务嫌疑，不能在要害岗位工作，尤其是秘书科，各种文件、电报多。此外，也不适合再当副科长了。

　　郭佳丽跳起来，说："这是什么道理，人都放出来了，还留一条尾巴。"

　　许中玉劝她先带刘怡冰去食堂上班，其他的以后再说。

　　郭佳丽十分气愤，说："不能这样对待有过贡献的人，我这就去找顾书记。"说着气冲冲下楼，坐上黄包车，直接去市委找顾书记。

　　顾书记正在批阅文件，见郭佳丽进来，放下手中的文件，吩咐秘书倒茶。

　　郭佳丽说："人都放出来了，怎么还说有特务嫌疑呢？"

　　顾书记站起来，在室内走了几步，叹口气说："公安局先是打电话给广州公安部门，后又派人到广州，查找军统局撤退时留下的档案，一直没找到有关刘怡冰的记录。"

　　郭佳丽说："没有就是清白，为什么要在乎反动派的档案。"

　　顾书记说："我找周无止谈过，他说特务审讯他时，告诉他是刘怡冰出卖的。"

　　郭佳丽说："这是特务的离间计，特务什么都干得出来。"

　　顾先生点点头，说："有这种可能。"

　　郭佳丽说："也许周无止也不可信，为什么单听他的。"

　　顾先生说："他的那段历史已经调查过，经受住特务严刑考验。保密站撤退的头天晚上，把他装入麻袋丢进长江里，麻袋滚到江边时，被树桩挡住，被两个渔民救上来。为了革命，他也是九死一生，相信他不会诬陷刘怡冰。"

　　郭佳丽气愤地说："都是好人，却苦了刘怡冰一个人。"

　　顾书记说："这是一个严重的事情，不能马虎。"

　　郭佳丽说："您的意思是宁信其有，也不能信其无。"

　　顾先生又叹口气，说："我也无能为力，从感情上说，我希望这不是真的，但是我不能感情用事。"

　　郭佳丽不满地说："难道要让她继续委屈下去？"

　　顾书记说："也许不会太久，我已让公安局尽快查证。"

郭佳丽含着泪说："让她去食堂当管理员，这对她太不公平了。"

顾书记说："让她去食堂工作，也是出于多方面的考虑，这是暂时的，不久的将来，一切都会好起来。"

郭佳丽还想再说下去，秘书提醒她顾书记要去开会了。郭佳丽犹豫了一会儿，起身离去。

刚到食堂的时候，刘怡冰不知道干什么，常两眼直勾勾地看着一样东西，一动不动。郭佳丽一有空就跑过来，陪她说几句话，可是她一离开，还是会发呆。

郭佳丽去找许中玉，说："把刘怡冰放在食堂里，根本不适合，她干不了，也不会干，而且会对她的精神造成进一步刺激。"

许中玉说："她的身份太特殊，大家都无能为力，即使同情，也只能在心里同情。"

郭佳丽说："就凭特务一句话，就把她定为特务，太不负责任。"

许中玉说："这个道理领导们也清楚，安排她去食堂工作，已经是尽力关照她。"

郭佳丽转身准备离去，许中玉叫住她，让她把手头工作处理完后，就去食堂陪刘怡冰，多开导开导她。人生不会一帆风顺，会遇到一些坎坷，这样才更成熟，这样的人生，才更丰富多彩。郭佳丽嘟囔说，如果是这样，宁愿永远不成熟、永远单调。

每天上班，郭佳丽都以最快速度，把该做的工作做完，然后到食堂里陪刘怡冰，不让她一个人发呆。几天下来，郭佳丽发现即使是她陪着，刘怡冰还是会两眼直勾勾地看着一个地方，一动不动。郭佳丽还发现，她和食堂人员没有沟通，食堂人员也不敢和她说话。

下班后，郭佳丽拉上李白瑞一起陪她，可是她仍然显得孤寂，与以前比，判若两人，再也见不到她那自信乐观表情。

李白瑞认为要让她动起来，让她没有工夫发呆。

郭佳丽说："管理员本来没多少事情做，差不多是个闲差事。"

李白瑞说："让她择菜、洗菜、洗碗、涮锅、炒菜、做饭。"

郭佳丽说："她一个大小姐出身的人，哪会干这些。"

李白瑞说："她现在已经不是大小姐了，也不能再把她当大小姐看，必须让她干活，只有这样，她才能适应今后的生活，也只有这样，才能使她精神恢复正常。"

243

　　郭佳丽不忍心让她干这些事情，认为这简直是让她重新做人。李白瑞抢白她说，难道忍心让她这样待下去，成为一个精神病人。

　　根据李白瑞的意见，郭佳丽找食堂班长商量，每天给刘怡冰分派点活儿干。班长听了直摇头，说："她是领导，应该她指派我们干活才是。"

　　郭佳丽解释说："不是让你去领导她，而是把择菜、洗菜之类的活儿，让她也参与一下，如果可能，将来还可以让她掌大勺。她当管理员，要熟悉业务。"

　　班长说："她自己想干就干，我不会阻拦，但是一定不能由我来开口指派，这是犯上。"

　　郭佳丽说："没有那么严重，现在是新社会，大家都平等了。"

　　班长说："再平等领导还是领导，群众还是群众，不能马虎。又说她如果想学做饭炒菜，他会尽心尽力教。"

　　郭佳丽笑起来，说："你意思我明白了，她可以去做，但你不能让她去做。"

　　班长也笑起来了，说："就是这么个理儿。"

　　刚开始，刘怡冰对择菜、洗菜提不起兴趣，没择几颗菜，就站起来不干了，或者把菜洗一遍就不管了。郭佳丽扯着她的手，陪着她一起做，鼓励她坚持下去。

　　一个月后，刘怡冰适应了管理员工作，每天一上班，就坐到地上，对着一大堆菜，一一择去枯枝烂叶，然后，又搬到水池里清洗干净。饭后，又和其他人一起，刷锅洗碗，尤其是几百个碗碟，要洗上两个小时。她的手越来越粗糙（冬天的时候，两手冻得又肿又涨，像红萝卜），但她的精神状态明显好起来。

　　刘怡冰甚至还能杀鸡杀鱼，切肉剁骨头，俨然是一个不折不扣的女火头军。郭佳丽说她是肉案西施。

　　刘怡冰留心观察大家的饮食爱好，调剂花色品种，丰富大家的口味。她还要求食堂人员，根据每个人食量，打饭打菜时候，不多打也不少给，减少浪费。

　　有一天，关长指着泔水桶，对总务科长说剩饭剩菜越来越少，说明食堂工作做得好。

　　总务科长说是刘怡冰同志的功劳，她既是管理员又是炊事员。关长点点头，又摇摇头，想说什么，却什么也没说，转身走开。

244

77

刘怡冰连着几天没来上班，郭佳丽正准备去找她时，她却慌慌张张找上门来。郭佳丽问她这几天去哪儿了，总也见不到人影儿。刘怡冰面无表情地告诉她，爸爸被划为右派，这几天批斗他，要一家人陪着。

郭佳丽大吃一惊，说："他怎么成右派了？他不是一直很谨慎、很低调。"

刘怡冰说："茶叶公司给了五个右派指标，公司领导找他谈话，让他主动报名，为领导分忧，他就报了名。"

郭佳丽说："他真糊涂，右派又不是什么好东西，还主动报名。"

刘怡冰说："其实报不报名，都有他的份儿，领导谈话算是给他一个面子。"

郭佳丽说："他倒是理解领导的心思，要是我可不这么听话。"

刘怡冰羡慕地说："你的出身好，考虑问题和我们不一样。"

郭佳丽心里想真是三十年河东，三十年河西，过去羡慕她出生在有钱人的家庭，有一个好爸爸，可以过衣来伸手，饭来张口的日子。如今，反过来她羡慕自己穷苦家庭出生。望着她粗糙的手和满脸愁容，郭佳丽心里涌出一股酸楚，说晚上请她吃饭。

刘怡冰说："光请吃饭还不行，还要到你家借宿一晚上。"

郭佳丽说："没问题呀，让李白瑞回他妈家住。"

刘怡冰低下头，不好意思地说："还要把你的衣服借两件。"

郭佳丽说："咱俩的身材一样，想穿哪件都行。"

刘怡冰叹口气说："一时没找到住处，不然不会麻烦你，就一个晚上，明天就去找。"

郭佳丽有点不明白，问她还找什么住处？

刘怡冰说："我们家被查封了，住不进去了。"

郭佳丽跳起来，说："刚划了右派，怎么家又被查封了？！"

刘怡冰又叹口气说："爸爸过去的那些朋友，听说他划了右派，挨了批斗，来安慰他，但这些人也都有问题，不是资本家，就是工头，有的还是右派，就有人举报说，他们聚在一起，攻击社会主义，妄图复辟，公安局就来人把家查封了，连一件衣服都不让取。"

郭佳丽问她："爸爸、妈妈住哪儿。"

刘怡冰说："回信阳老家了。"

郭佳丽说："找公安局论理去，不能这样逆来顺受。"

刘怡冰说："还能怎么样，胳膊扭不过大腿。"

郭佳丽再看刘怡冰时，她脸上早没了意气风发的表情，更多的是无奈。

次日一上班，郭佳丽拉着她去找许中玉，向关里要一间房子。刘怡冰不好意思，不愿意去。郭佳丽丢下她，急匆匆找许中玉，希望她出面，在单身宿舍找一间房子。

许中玉面有难色，告诉她因为历史遗留问题，去年转干时，关里决定等刘怡冰遗留问题解决后，再办理转干手续，但是遗留问题一直没解决，所以她现在不是干部，单身宿舍十分紧张，原则上只给干部，刘怡冰不符合这个条件。

郭佳丽说："如果不是她们家变卖家产，这办公楼早被炸掉了，现在倒好，连一间房子都不能给她，这样对待她太不公平。"

许中玉说："这个道理我懂，领导也懂，可这是一个原则性问题，由不得同情。"

郭佳丽说："哪个特务像她这样，一心扑在工作上。"

许中玉不同意她的观点，说："也不能认定，是特务就不认真工作。"

为了解决刘怡冰的遗留问题，郭佳丽和刘怡冰多次去公安局，打听调查情况，得到的答复都是尚无进展，耐心等待。找顾书记反映情况，顾书记安慰她，相信组织会还她清白。这一等就是八年。八年下来，她的遗留问题没有解决，爸爸又被划为了右派，无疑是雪上加霜。

郭佳丽又来到食堂，气呼呼地对刘怡冰说，都是官僚作风，事不关己，高高挂起。

刘怡冰劝她不要埋怨，她的问题实在太特殊，没把她踢出海关，已经是关心爱护了。郭佳丽让她先跟自己住，问题解决了再搬出来。刘怡冰说她是结了婚的人，不能再说傻话，她更不能傻乎乎住过去，时间久了，不但影响夫妻感情，还会惹人怀疑，郭佳丽也有政治问题。又说把工作安排一下，就去外面租一间房。郭佳丽说她也一起去。

二人在江汉关周围两条街道，挨门挨户打听，半天下来，也没有租到一间房子，只好垂头丧气回来。路上，郭佳丽埋怨刘怡冰死心眼，人家问她有没有政治问题时，不应该说自己有特务嫌疑，爸爸是右派，谁敢让一个特务住进家里。刘怡冰说人家早晚会打听清楚，还是会被赶出来。

郭佳丽仰脸长叹一声，说真是红颜薄命，上天对刘怡冰太不公平。刘怡冰说她已经认命，早就不怨天尤人。

下班的时候，郭佳丽来叫刘怡冰一起回家时，刘怡冰说已经找到住处，郭佳丽要去看看，刘怡冰犹豫了一会儿，才带她过去。原来是一间阴暗潮湿的小仓库，里面漆黑一团，拉开灯，只见几块砖头，支着几块木板，算是床。一只老鼠立在床板上，看了她们一会儿，才不甘心似的跳下来，钻进洞里。

郭佳丽直摇头，说："这哪能住人呀？！"

刘怡冰说："已经知足了。"

又对郭佳丽说，工资都给爸爸他们了，手里没有钱，还要再借她一床被子。

郭佳丽鼻子一酸，流下眼泪，说："这种环境，住下去会生病。"

刘怡冰安慰说："也就是晚上睡几个小时，不会有大碍。"

停了一会儿，又叹口气说："我要活下去啊。"

次日上午，刘怡冰正专心切肉，鹿鸣鸣和郭佳丽进来，站在她身后，她一点也没察觉。

鹿鸣鸣说："应该叫肉案西施好，还是叫灶台西施好。"

刘怡冰听了，吓一跳，转身见是她们二位，笑起来，说："都可以，这两样都是我的本职工作。又问鹿鸣鸣，怎么突然大驾光临了。"

鹿鸣鸣让她把刀放下，看着有点别扭。

刘怡冰放下刀，垂着两手，毕恭毕敬地立在鹿鸣鸣面前，等着她说话。

鹿鸣鸣说："我到航务局采访，顺便来看一下。"

见刘怡冰有点拘束，又说："别这样，大家是朋友、是战友，不要拘礼。"

刘怡冰说："我已经习惯这样了，见了领导都这样。"

鹿鸣鸣脸上掠过一丝悲哀，想安慰她几句，张开口却说，去看看她睡觉的地方。

　　刘怡冰没有动，说她不需要怜悯和同情，鹿鸣鸣说这不是怜悯，也不是同情，这是关心。

　　郭佳丽扯了刘怡冰一把，让她带路，刘怡冰还是没动。郭佳丽松开她，自己引着鹿鸣鸣往小仓库走去。刘怡冰这才紧走几步，赶上去。

　　一钻进小屋，一股刺鼻的霉烂气息扑面而来，鹿鸣鸣仰面打一个喷嚏，一只蚊子又在她脸上叮一口，她伸手拍时，蚊子已飞走，脸上又痒又疼，抓了几下，一个红疙瘩就起来了。她赶紧退出来，说："过去搞地下工作时，那么艰难，也没有这么苦。这种环境怎么能住人，搬到我家去住，晚上我来接你。"

　　刘怡冰说："我是一个有特务嫌疑的人，即使顾书记同意，保卫人员也不会放我进去。"

　　鹿鸣鸣一时无语。

　　刘怡冰又说："我早已不是过去的大小姐，现在生存能力强了，生活标准低了，比这更差的环境，都能过下去。"

　　鹿鸣鸣叹口气，说："顾书记最近也不顺利，有人说他是逃跑主义，给革命工作带来了损失。"

　　刘怡冰、郭佳丽二人没听明白，一起望着她，等她说下去。

　　鹿鸣鸣说："刘怡冰被抓进去前几天，已经有几个同志被捕，他担心保密站掌握了市委行踪，紧急撤离。这件事情，今天看有些操之过急，所以有人就拿这件事情，向他发难。"

　　鹿鸣鸣从包里取出二十块钱，递给刘怡冰，要她去买蚊帐、蚊香，再买些生活用品。虽然生存环境差，但要尽量改善。

　　刘怡冰又推回去，说："晚上躺在床上，把头一蒙，什么蚊子、老鼠都不怕。"

　　鹿鸣鸣说："大热天的，蒙着头怎么能睡得好。"

　　刘怡冰还是不接，又推了回去。鹿鸣鸣生气了，命令她收下。

　　刘怡冰笑起来，说："我又不归你管，命令无效。"

　　鹿鸣鸣把钱递给郭佳丽，让她去替刘怡冰买。郭佳丽为难起来，不知道是接过来好，还是推回去。她多次想资助刘怡冰，都被她拒绝了。

　　刘怡冰看郭佳丽为难的样子，把钱接过去。过去她对钱没有概念，也从来没缺过钱，现在一分钱恨不能掰两半花。

郭佳丽说："她爸爸妈妈在老家，也靠她寄钱过日子。又自言自语念叨，为什么大家的日子，越过越好，她家却越来越过不下去？"

鹿鸣鸣眼圈湿润起来，强忍着没让泪水涌出来，说她要写一份内参，让市委给予关注，尽快解决这个问题。

78

1959年，印度尼西亚出现反华、排华事件，大批华侨归国，中央决定广东作为安置归侨主要省份，同时规定他们的行李物品免税。来自非排华地区的一些华侨，乘机携带物品进口。广东各海关投入大量人力监管，仍然不能满足要求。

1960年元旦后，郭佳丽来找刘怡冰，说收到海关总署电报，要从江汉关抽调人员，增援九龙关，要求自愿报名。九龙关在一个小镇上，条件艰苦，工作量大，不太愿意去。但是在武汉工作和生活太安逸，没有挑战性，想换一个工作环境。

刘怡冰说："你先征求李白瑞的意见。"

郭佳丽说："李白瑞早就想过去了，九龙关处在缉私前沿地带，正适合他。我们希望你也报名，一起过去。"

刘怡冰说："我要等着，把问题查清楚。"

郭佳丽说："这里有许中玉、鹿鸣鸣、顾书记，他们会把这事儿放在心上。"

刘怡冰摇摇头说："这样不明不白的，别人还以为是逃跑。"

郭佳丽劝她活着为了自己，又不是为了给别人看，在乎别人干什么，另外，也没有人在乎。

刘怡冰不同意她的观点，认为人活着是为了自己，也是为了别人，纵使不能给别人带来快乐，也不应该给别人带着痛苦。

郭佳丽灵机一动，说："报名去九龙关，就是给别人带来快乐，你报名了，会给其他人减轻心理压力。此外，关领导正苦于无人报名，担心完不成总署下达

的任务。"

刘怡冰还是有些犹豫，郭佳丽又开导她："深圳和香港一河之隔，到九龙海关后，便于寻找鲁火。"

刘怡冰想了好一会儿，终于同意报名。

刘怡冰既不是干部、也不是工人的身份，成为一个难题，不知如何向九龙关发送个人材料，一位副关长建议，劝刘怡冰收回申请，许中玉说报名的人本来就少，她报名也是为领导分忧。此外，换一个工作环境，对她的身心健康也有好处。本着人文关怀，建议以干部的身份，向九龙移交档案。其他人提出，她的遗留问题没有解决，贸然给予干部身份不妥，就低不就高，以工人的身份移交档案。最终形成一致意见，以工人身份移交。

九龙关的回复很快就发过来，要求五日内报到。刘怡冰特地回老家住了一晚上，向爸爸妈妈告别。回来后，又去报社找鹿鸣鸣，希望她和顾书记继续关注她的问题。

上回鹿鸣鸣回去后，就她的问题专门写一份内参给市委，因顾书记是当年地下市委书记，市委决定由顾书记抓这件事情。顾书记把刘怡冰叫过去，说她的问题他一直放在心上，现在市委也很关心，整个武汉市类似她这样的人和事还有不少，暂时都难以彻底解决，希望她耐心等待。

临行前，关里开了一个欢送会。想到要离开为之付出过的江汉关大楼，酸甜苦辣一起涌上心头，刘怡冰忍不住抽泣起来，轮到她发言时，一句话也说不出。

次日上午，关里派车把十个人送到火车站，许中玉和另一位副关长到火车站送行。准备登车时，接替郭佳丽工作的李文秀，匆匆赶来，递给许中玉一份电话记录，许中玉接过去看了一眼，脸色骤变，痛苦地闭上眼睛，好一会儿，才睁开眼，缓缓走到刘怡冰跟前，轻声告诉她出了一点问题，不能去了。

刘怡冰似乎早有思想准备，也不问为什么，静静地从人群中退出来。郭佳丽也跟着退出来，问许中玉出了什么问题。

许中玉说："有人向九龙关反映，她有历史问题，说让她去，是给她逃跑台湾开绿灯，九龙关打电话来说，不能接收她了。"

郭佳丽骂起来，说："世上还有这样无耻的人。"

刘怡冰安慰郭佳丽："报名时就想过，会是这样的结局。"

郭佳丽说："本来是想给你换个环境，才想了这么个主意，结果该走的没走，不该走的却走了。"

郭佳丽把肩上的包扔下来，说她也不走了。

刘怡冰说："调令已下，哪能儿戏。"

郭佳丽不服气地说："你的调令不是也下了吗，还不是又留下了。"

刘怡冰说："你和我不一样，我有历史问题。"

郭佳丽说："我和李白瑞去九龙关，本来就是为了和你做伴，你不去了，再去意义也打折扣了，干换脆别人。"

刘怡冰说："什么时候都要以工作为主，个人感情放在后面。现在九龙关正缺人手，早一天去，就能早一天投入工作，减轻他们的负担。"

许中玉也说这是组织纪律，不能以自己的情感，影响组织决定，如果想回江汉关工作，以后再申请调回来。

郭佳丽抱住刘怡冰，要她答应一件事儿才登车。刘怡冰点点头，答应她。

郭佳丽说："不能再等鲁火了，要尽快结婚，有人关照你。"

刘怡冰愣住了，一时不知如何回答。

郭佳丽又说："何红牛对你一往情深，一直在暗恋着你。"

刘怡冰有点生气，说郭佳丽尽说没头没脑的话。

这时，人们已陆续进站，只有郭佳丽、李白瑞还没进去。

郭佳丽说："如果不答应，我就不走了。说着掮起地上的包，往站外走。"

刘怡冰心一横，追上去扯住她的胳膊，说："答应你。"

郭佳丽回过头，又哭又笑地说："鲁火即使活着也会理解。"

郭佳丽又拉住许中玉，交代她给两人牵线搭桥，尽快办婚事。

79

何红牛在单身宿舍的门上，贴一个"喜"字，刘怡冰把几件衣服收拾一下，

251

搬进去就算结婚了。

何红牛一直高兴得合不拢嘴，晚上拥着刘怡冰时，说要是解放前，他连多看几眼都不敢，更别说娶她做老婆了，简直是痴心妄想。刘怡冰开玩笑说她这朵鲜花，插在他这泡牛粪上了。

婚前那几天，刘怡冰一直觉得对不起鲁火，许中玉开导说已经等他十多年，还没有音讯，要说对不起，也应该是他先对不起刘怡冰。

尽管如此，婚后很长一段时间里，刘怡冰仍然有亏欠鲁火的感觉。

何红牛是典型大老粗，没有读过书，仅认得几个字，人虽然长得粗糙，但粗中有细，对刘怡冰处处关心爱护，慢慢的，刘怡冰对他产生了感情，渐渐把对鲁火的爱，转移到他身上。因为有何红牛的关心呵护，刘怡冰的精神状态和身体明显好转，脸色也开始红润起来。

有一天，刘怡冰正躺在床上看书，何红牛从外面回来，帽子没来得及摘下来，就冲到床前，兴奋地告诉她要当副所长了。刘怡冰也高兴，祝贺他有了进步。何红牛把帽子放在一边，又扭头说是市局周副处长推荐的。刘怡冰听了，脸上的表情一下僵住，心里有一种说不出的难受。

何红牛问她怎么了，刘怡冰说怀孕了，有点反应。

何红牛高兴起来，说："怎么不早说。"

刘怡冰说："也没什么，只是偶尔有点反应。"

要当爸爸了，何红牛高兴得手舞足蹈，说："生个儿子，将来送他到部队当兵。"

次日上班，刘怡冰老远见一老人，立在大门外，点头哈腰的向门卫说着什么，门卫不听，把他驱赶到一边。刘怡冰觉得背影看上去像爸爸，可是又不太像，因为在她的印象里，爸爸从来都是身体挺拔，接人待物，有礼有节，不卑不亢。刘怡冰紧走几步，来到大门前，拾阶而上时，老人正垂着头走下台阶。两个人擦身而过时，刘怡冰突然叫了一声爸爸。刘百川应声止住脚步，站立不稳，身子晃动了两下，险些跌倒，她连忙扶住。

刘怡冰定睛打量起爸爸，只见他神情疲惫，脸色蜡黄，两眼深陷，头发枯槁，说话气喘吁吁。刘怡冰以为是坐夜车没有休息好，埋怨他信阳过来有好几趟车，为什么非要坐夜车。

刘百川说："昨天傍晚就到了，没来找你。"

刘怡冰说："提前打个电话，可以去车站接一下。"

刘百川说："我又不是对武汉不熟，还用接？！"

刘怡冰又问他昨夜里住在哪儿，刘百川犹豫了一会儿，告诉她在火车站候车室里，坐了一个晚上。

刘怡冰的鼻子一酸，想爸爸当年曾是百万富豪，江汉大楼都是他拿钱救下来的，到如今不但大楼不能进，在武汉也没了立足之地，还要在火车站过夜，坐等天明。想到这儿，眼泪就涌了出来，埋怨说已经告诉他宿舍在那儿，为什么还要在候车室过夜。

刘百川说："年纪大了，哪能什么都记得住。"

刘怡冰心里清楚，爸爸是在找借口。她本来还想埋怨爸爸几句，见他有气无力的，再也站不住了，说先去给他弄点吃的。

刘怡冰把爸爸扶到石凳上坐下，转身到食堂里，拿来两个馒头和一杯热水，刘百川接过去，狼吞虎咽地吃起来。

吃了两个馒头，又喝了几口水，刘百川的精神才好了些，他对刘怡冰说："去年信阳地区出现百年不遇的旱灾，整整一百多天没雨，没了收成，食堂开不了火，群众只好偷偷在家煮红薯叶充饥。"

"干嘛不出来？"刘怡冰问。

刘百川说："各路口都没了岗拦堵，不允许逃荒，认为这是破坏'大跃进'，给社会主义抹黑，哎，有些人活生生就给饿死了！"

刘怡冰说："既然这样，为什么不把妈妈一起带回来？"

刘百川说："还有几十位村民呢，不能眼睁睁地看着他们饿死。"

刘怡冰说："向上级反映情况，才能从根本上解决问题。"

刘百川说："我是右派，你也有历史遗留问题，谁会相信我们。可能也有人向上级反映，还未引起重视。"

刘怡冰说："可以向报纸反映情况，让他们去做深入报道。"

刘百川说："只怕结果是事与愿违。"

刘怡冰想了想，问有什么办法才能救他们。

253

刘百川说："买些食品带回去，分给大家吃。"

刘怡冰说："我一个人的工资，也买不了多少东西，还不够塞个牙缝。"

刘百川说："买点麻糖、点心什么的，拿回去放进大锅里煮一下，每个人喝一碗汤水，让命能活着就行。"

刘怡冰不敢怠慢，回到大楼，请了假后，带着爸爸往副食商店赶去。

刘怡冰陪爸爸买好吃的东西后，看看时间还早，要爸爸到家里去休息一下，刘百川不同意，说要去车站，村民还都眼巴巴地盼着他回去。

刘怡冰也不再坚持，她知道爸爸是怕给她带来麻烦。她和何红牛结婚时，爸爸说要和妈妈回武汉一趟，到结婚时，又写信说走不开。刘怡冰知道，这其实是借口，真正原因是怕他的右派身份，惹何红牛不高兴。他在信中说她结了婚，了却了他们一桩心事，只要她过得幸福，他和妈妈也幸福。

把爸爸送到火车站时，已经快中午了，刘怡冰要给爸爸买碗面吃，刘百川让她把钱省着，饥荒还不知道要闹到哪年哪月，他少不了要常来常往。

刘怡冰说："就是天天来，也要吃饭。说着硬把爸爸扯进餐馆里，陪爸爸吃了一碗面。"

吃饭的时候，爸爸告诉她，因为缺吃少穿，忍饥挨饿，王奶奶旧病复发，已经去世了。刘怡冰听了，心里一阵难过。

送爸爸上车的时候，刘怡冰忽然想起一个办法，她扯住一个乘务员，把老家闹饥荒和饿死人的事情，向乘务员说了一遍，乘务员刚开始不信，见刘怡冰说得很认真，又见刘百川一副饿鬼模样，才半信半疑。

刘怡冰告诉她，隔三差五的送点粮食、点心回去，救济乡亲，请她帮助带过去，爸爸在信阳车站接应。乘务员有些犹豫，刘怡冰动情地说，本来可以把爸妈接到武汉，可是一村几十口人，就会眼睁睁地饿死。乘务员又想了一会儿，终于点头同意，同时，还一再告诫，千万不能搞投机倒把。

刘怡冰把爸爸叫过来，和乘务员约定每隔三天，乘务员当班时，她在武汉把食物送上六号车厢，他在信阳车站接应。

80

从送走爸爸那天开始，刘怡冰每天考虑的问题，就是怎样弄到食物，然后赶往火车站，把东西送上火车。刘怡冰把这件事情向何红牛说起过，何红牛很支持，说他的工资也可以拿去买食物。尽管如此，两个人的工资，几回下来就花光了。刘怡冰还把食堂的剩饭剩菜，甚至泔水桶里的剩菜、剩饭收起来，放进锅里焙干，装进袋子，送上火车。

刘怡冰去找许中玉借了几回钱，许中玉也吃不消了，告诉她存的钱都拿出来了，问她有什么困难，向关里提出来，由关里帮助。刘怡冰没同意，只说快渡过难关了，不用组织帮助。

刘怡冰又硬着头皮去找鹿鸣鸣借，借了几回，鹿鸣鸣感觉有问题，问到底出了什么事儿，过去给钱不要，现在又不停的借。刘怡冰只说以后连本带利一起还，其他什么都不说。

鹿鸣鸣生气了，说："借钱还钱是天经地义，出于友谊，借钱给你也应该，但我总有权知道钱用到哪儿了。"

刘怡冰犹豫再三，才把老家闹饥荒的事情，轻描淡写地说了几句，然后又叮嘱鹿鸣鸣不要走漏风声，否则，会被人说成是给社会主义抹黑，不能再救家乡人了。

鹿鸣鸣听了，严肃地说："这是一件十分严重的事情，不能隐瞒，必须尽快写出内参，上报中央。"

她从隔壁叫来两名记者，吩咐他们立即赶往信阳，做深入调查，二人正要出门，她又叫住，让他们以微服私访的形式调查，然后立即回来。

刘怡冰在往返火车站的过程中，肚子越来越大，行动也越来越不方便。

一天她又往 6 号车厢送食物时，那位乘务员递给她一封信，她一眼看出是爸爸写来的。爸爸在信上说，上级已经从外地调来粮食，生活有了着落，大家重又燃起新的希望。爸爸还在信中说，她提供的食物，救了全村人的性命，村里没有一个人饿死。

看了信，刘怡冰长长地舒了一口气，两行热泪止不住地流下来。

不要再为家乡事情费心劳神了，刘怡冰正要松一口气，食堂却出了问题，因食物中毒，三十多人住进医院，公安局派人来调查，周无止副处长亲自带队。还没展开调查，就把中毒事件定性为投毒，破坏社会主义大好形势。不到半天的工夫，又说投毒人就是刘怡冰。

很快刘怡冰被隔离起来，进行审查。办案人员厉声问她，为什么要投毒，受谁的指使，上级组织在哪儿。周无止坐在一旁，冷冷地看着她，一言不发。刘怡冰反复申述，这事儿她应负一定责任，但不是她造成的。审问她的人不听，只是追问谁指使她这样干的，毒是哪儿来的。

很晚了，刘怡冰还没有回来，何红牛感觉有些不对劲，去找许中玉问情况，听许中玉一说，立即紧张起来，说："他们又不做调查，一来就把刘怡冰抓去审问，这不是办案，以刘怡冰的性格，一定不会屈服，那些人也不会善良甘休。她还怀着孩子，弄不好母子俩都会死于非命。"

许中玉也紧张起来，问有什么办法救，何红牛认为只有把食物送去化验，才能还刘怡冰清白。许中玉担心，半夜里找不到人，何红牛让她去市委找顾书记，他会有办法。

许中玉不敢怠慢，叫来食堂的人，带着食物样本，去市委大院找顾书记。顾书记听了情况介绍，立即安排人连夜化验。结果很快就出来了，原来是买的卤肉过期，买回来后没有高温消毒，直接上了餐桌，最终导致几十人中毒住院。

刘怡冰被放出来，公安局要求江汉关反思，并进行整改，他们还认为像刘怡冰这样的人，不适合在食堂工作，必须立即调出，另行安排工作。

本来把刘怡冰安排到食堂工作，就是经过反复权衡和研究，不得已而为之。现在又要给她换工作，一时找不出适合她的岗位。一些领导提出先不安排工作，让她回家生了孩子再考虑。一些领导认为，尽管她对武汉解放作出过贡献，也不能躺在功劳簿上一辈子，况且她还有历史问题，即使不是叛徒特务，但被保密站抓进去过，所以劝她主动辞职，省去日后更多麻烦。

许中玉建议安排刘怡冰到传达室工作，不过是来人登记，分发报纸、信件，不会出什么问题。其他人听了，也觉得合适。

刚开始到传达室时，因为不像食堂那样忙碌，刘怡冰有些不适应。只是每天给各科室送报纸信件时，令她想起自己坐办公室时的情形，每次路过秘书科时，她都会不由自主地停下脚步，忍不住朝里面看上一眼。当看到自己坐过几年的办公桌前，坐着另外一个人时，心里涌出一股难以言说的痛。

不多久，刘怡冰就适应了新的工作，楼上楼下给各科室送报纸信件时，面对同事们的各色眼光，心里已经泛不起一点涟漪。

一同在传达室工作的老韦，不忍心刘怡冰挺着大肚子，楼上楼下的奔波，每次都抢着送报纸信件，每次她又从老韦手里再夺过来，不让他帮助，还说楼上楼下奔波，正好可以锻炼身体，有助于生孩子。老韦又点头又摇头，自言自语地说罪过。不知道他是说刘怡冰，还是说他自己。

大寒那天，刘怡冰给各科室送完报纸信件，回到传达室，端着杯子正要喝水，突然，肚子疼起来，脸上开始冒汗。老韦急忙打电话给许中玉，说刘怡冰得了急病。许中玉很快跑下来，见她一脸的痛苦，也急起来，打电话给总务科，派车送她去医院。

医院诊断结果很快就出来了，因受凉感冒引发早产。许中玉帮助办完住院手续，又把刘怡冰送进病房，然后回到关里，打电话给何红牛，让他尽快去医院陪伴。

何红牛赶到医院时，刘怡冰正要被推进产房，他冲上去，握着刘怡冰的手说："一定要生个大胖小子。"

护士把他推搡到一边，说："都什么年代了，还男尊女卑。"

何红牛也振振有词，说："派出所里的同事都有儿子，我不能让他们笑话。"

何红牛像热锅上的蚂蚁，在外面等了许久，见一个护士出来，他连忙上前，问是儿子还是女儿，护士不高兴的看他一眼，说："还是个公安，这么重男轻女。"

何红牛说："公安也是人嘛，别人喜欢儿子，我当然也喜欢。"

护士说："对你这样的人，惩罚的最好办法就是适得其反。"

何红牛以为护士开玩笑，要进去看一眼。

护士拦住他说："产妇身体虚弱，还在抢救，看不看都是女儿。"

何红牛呆呆地立了一会儿，气哼哼地一跺脚离去。

刘怡冰住了几天院，一个人抱着女儿回到家里。何红牛还在生气，见母女俩回来，仍然冷着脸。刘怡冰说她也不想生女儿，可是这由不得她。

因为没有奶水，刘怡冰天天给女儿喂奶粉，或者煮点稀粥面糊，也顾不上何红牛的冷脸热屁股。

女儿快满月时，何红牛的脸色才好看一点，偶尔抱起来看一眼，或弯下腰逗一逗，刘怡冰的心才踏实一点。

女儿满月这天，刘怡冰正在给女儿喂面糊，何红牛气冲冲的回来，把几件婴儿衣服，狠狠地扔到地上，刘怡冰见他面色难看，没有理会他，把女儿放在床上后，才轻声问出什么事儿。

何红牛一把从她手里夺过碗，摔到地上，抓住她的头发，把她扯倒在地上。

刘怡冰惊恐万状，问他要干什么时，何红牛气哼哼地说："给我戴绿帽子，还装无辜。"

刘怡冰从地上坐起来，气愤地说："不要血口喷人，结婚的时候，不是你也说我是处女嘛。"

何红牛说："处女和破鞋没有联系，结婚前是处女，不等于结婚后不找野男人。"

刘怡冰更气愤，说："口口声声说我找野男人，野男人是谁？"

何红牛一脚把她踹倒在地上，恶狠狠地说："就是过去有过勾搭的周无止。勾搭就勾搭吧，还要羞辱我，买两套小衣服送派出所来。"

刘怡冰从地上坐起来，说："解放前为了他的安全，和他假装恋爱，这段历史，婚前已经告诉过你，解放后再没有和他联系过，为什么非要把我和他扯上，他送的衣服，你不接收就是了。"

何红牛又把她踹倒在地上，又一脚踏上去，把她踩在脚下，说："我两次见他在门前出现，还不承认。"

刘怡冰想把何红牛的脚扳下来，她越想扳开，何红牛踩得越紧，把她踩得透不了气儿，她似乎听到了肋骨断裂的声音。

何红牛还不解气，正要下力气往下踩时，女儿大哭起来，何红牛一惊，犹豫一下，刘怡冰趁机使出全身力气，把他的脚扳下来，然后大口大口地喘气。

何红牛红着眼睛，恶狠狠地说，都是因为她，副所长报告打上去半年多了，还没有批下来，因为和她结婚，天天抬不起头。何红牛越说越气愤，抓住她的头发，一把提起来，另一只手抓起女儿，塞进她怀里，让她滚出去。说着把她们推到门外。

刘怡冰抱着女儿，立在门外，苦苦哀求，何红牛就是不开门，后来，何红牛被女儿的哭声叫烦了，拉开门，把周无止送来的几件衣服，扔到刘怡冰脸上，然后又把门关上。

刘怡冰的心彻底凉了，她知道这段婚姻到头了。想到这里，把何红牛甩到脸上的衣服扯下来，扔在地上，狠狠地踩一脚，毅然离去。

81

刘怡冰抱着女儿，出了派出所宿舍，来到马路上，却不知道往何处去。一会儿，就被寒风吹得瑟瑟发抖。她绝望地想已无处安身，又拿什么养女儿成人，干脆跳进长江里，一了百了。

她抱着女儿，一步步向长江边走去，步子却越来越小，费了很大力气，才走到江边，正要往江里跳时。突然，远处传来一声轮船汽笛声，她停止脚步，想起当初冒着杀头危险，把缉私艇、运输船开给解放军时的情形，心里涌出一股自豪的情绪。她又想女儿才来到世上一个月，她没有权力剥夺她的小生命。大风大浪都走过来了，现在这些小坎坷又算得了什么。想到这儿，她把被寒风吹乱的头发理了理，毅然走上江堤，迈着坚实的步子，向火车站走去。她想爸爸、妈妈永远是她的靠山，爸爸、妈妈会帮她抚养女儿。

刘怡冰在老家住了三天后，又回到武汉，因为无处栖身，去找许中玉，想请她帮忙找一间宿舍住，许中玉吞吞吐吐了好一会儿，才告诉她，因为她既不是干部，又不是工人，已经把她划入临时工行列，而临时工是不安排宿舍的。刘怡冰听了，很生气，问这样的事儿，为什么不告诉她。许中玉说，她也是后来才知道的，曾去找过领导，但领导说已经上报总署，既成事实。刘怡冰一跺脚，回到传达室，支了一张床，白天在传达室上班，晚上住在传达室。

每个月领了工资，第一件事就是去给女儿买牛奶，匆匆送回信阳老家，再把剩下的钱，留给爸爸妈妈用，她只留几块钱做生活费。

日子在不知不觉中过着，女儿一天天长大，刘怡冰一想到女儿，就一脸的知足，她觉得特务遗留问题与女儿比起来，简直不值得计较。每次从家里回来，就盼着发工资，然后回去看女儿。

一天傍晚，刘怡冰卖了一颗白菜，正要进传达室时，却听见有人叫她，她扭头向后张望了一会儿，发现郭佳丽带着女儿朝她走过来，她连忙迎上前，拉住郭佳丽的手，说几年不见，还是那个样子，又弯腰抱起郭佳丽的女儿，亲了又亲。郭佳丽说她可是变多了，如果在大街上，走对面可能都认不得。刘怡冰笑一下，

说岁月不饶人。

郭佳丽见她手里拿着一把菜，问她这是干什么，刘怡冰告诉她要做晚饭。说着把她们母子请进传达室。

刘怡冰给郭佳丽倒了一杯水，有点不好意思地说："你几年不回来，也不能请你们到外面吃顿饭，工资要养活女儿、养活爸爸、妈妈，还要养活自己，月月都入不敷出。"

郭佳丽很吃惊，问："何红牛死了吗？让你一个人全扛着。"

刘怡冰叹口气，犹豫再三，把她和何红牛的事情简单说了一遍。

郭佳丽跳起来，说："他当初再三保证，要一辈子好好待你。"

刘怡冰说："有一个女儿，什么都不重要了。"

郭佳丽说："传达室这么小，怎么住得下呀。"

刘怡冰说："已经习惯了，晚上把床支起来，白天收起来。她又用手指着油乎乎的煤油灶，说用它做饭，有点费事儿，做出来的饭，还有煤油味儿。"

郭佳丽鼻子一酸，泪水不由自主掉下来，说："上天真是不公平，让你受这么多的苦。"

刘怡冰说："也许是我上辈子作恶太多，这辈子偿还。"

二人正说着，电话铃响起来，刘怡冰拿起电话，正要问有什么事儿，只听电话里先传来背毛主席语录的声音，接着红卫兵说，江汉关大楼是英帝国主义侵略中国的罪恶产物，要彻底铲除。明天运炸药来炸大楼，江汉关要全力配合。

刘怡冰十分惊慌，愣了好一会儿，才放下电话，自言自语地说："红卫兵破四旧，拆庙砸孔夫子牌位，现在又要炸大楼了。"

郭佳丽说："可能是庙拆完了，孔夫子牌位砸光了。"

送走郭佳丽母女，刘怡冰也不做饭了，一会儿坐一会儿站，思来想去也没个好办法，向领导汇报吧，领导都成牛鬼蛇神，自身难保。其他人都闹革命，不知道闹到哪儿去了。她觉得保护海关大楼的重任，又落在她的身上。她甚至想，自己进海关就是为救海关大楼的。

她正在焦虑时，猛然看见桌上的《毛主席语录》，像触电一样，浑身一颤，双手将小红本捧起来，自言自语道："大楼有救了！"

她飞奔一样跑出去，把身上仅有的两块钱，买来纸、墨水、毛笔等，又回到传达室，把纸裁好，然后郑重地写上"千万不要忘记阶级斗争"、"备战备荒为人民"和"毛主席万岁"等标语。

郭佳丽把女儿送给母亲后，又赶过来，与刘怡冰一起，将标语贴在大楼四周，又将招贴画《毛主席去安源》，挂到大厅屏风的正中间。

第二天上午，红卫兵雄赳赳、气昂昂来到江汉关，却见大楼四周贴满"毛主席万岁"和毛主席语录，顿时蔫了，不知道如何是好，几个头头议论了一阵子，用传达室的电话向司令部请示汇报。

刘怡冰和郭佳丽十分紧张，心里咚咚直跳。老王的女儿拿起电话，说："海关大楼被革命群众贴了毛主席语录，不能炸了。"

那边说："到大楼里去砸。"

老王的女儿说："伟大领袖毛主席去安源，现在正在大楼里休息着。"

司令部那边沉默了一会儿，下令暂时撤回。

二人的心终于落回肚里，额头上的汗这才敢冒出来。喝了几口水，才觉得魂又归了位。红卫兵走前，她们心里一直没底，既怕这一招不灵，大楼被炸不说，自己还会被红卫兵揪去算账。

下午，红卫兵打电话来，说要拆楼顶上的钟楼，命令刘怡冰做好准备。刘怡冰一想，干脆红卫兵有千条计，她还用老主意。她把几张纸粘起来，画了一幅大幅毛主席画像，严严实实贴到钟楼的唯一进出口，凭上午经验，红卫兵们绝不敢去撕画像（其实画像画好后，她也不敢再去碰），不敢撕毁画像，红卫兵就上不了楼。果然，红卫兵们左看右看，不敢动手，肚子里有火发不出。

老王的女儿涨红着脸说，革命行动是不能阻止的，即使搭人梯也要上去，把帝国主义的锥子拔下来。她命令建筑公司的两个红卫兵，把他们单位的牛鬼蛇神招来，连夜搭脚手架，明天从外面爬上去拆除。又把刘怡冰叫过去，命令她全力配合。

晚上，建筑公司的牛鬼蛇神被集中到楼下，搭脚手架，刘怡冰看着看着，心里已打定了主意，还用毛主席老人家来当保护神。

黎明时，脚手架终于搭起来，趁牛鬼蛇神休息打盹工夫，她轻手轻脚地爬上去，把几幅"毛泽东思想光芒万丈"的标语，贴到钟楼的四面八方。

早晨，太阳出来，金光四射，"毛泽东思想光芒万丈"几个金色大字，发出

261

万道金光，格外醒目。红卫兵们看了，有些吃惊，又有点恼火，觉得有人走在他们前面。

红卫兵们把她和几个牛鬼蛇神拉出来批斗，想出出心里的不痛快，却又闹了点小笑话，批斗时，硬要刘怡冰和几个牛鬼蛇神低头认罪，刘怡冰问犯了什么罪恶，一时把红卫兵问住。老王的女儿反应得比较快，说刚才看她们听钟楼发出的资产阶级音乐时，不但没有拒绝，还一副陶醉的嘴脸。下令对牛鬼蛇神好好看守，不许离开半步。刘怡冰听了，又紧张起来，她知道红卫兵的意思是，再等上个十天半月，来一场风，落一场雨，把那些标语吹走了，他们再下手。

回到传达室，刘怡冰与郭佳丽合计，下一步如何应对，合计了许久，也没个好主意。晚上八点的时候，马路上的广播传来《东方红》音乐序曲，"各地新闻联播"准时开始。刘怡冰若有所思地听着，突然一拍大腿，说有办法了。

郭佳丽也兴奋起来，两眼专注地盯着她，等她说下去，刘怡冰又思考了一会儿，说："把钟楼英国威斯敏斯特教堂曲，换成《东方红》乐曲，红卫兵就再也不敢打主意了。"

郭佳丽说："钟表厂有一个表兄，请他来帮忙。"

表兄已成为牛鬼蛇神，显然已被斗破了胆，郭佳丽把他叫过来，听了刘怡冰的主意，不住摇头，任刘怡冰、郭佳丽怎样劝说，就是不同意，二人急了，硬把他架到钟楼上。

当悠扬《东方红》乐曲，从钟楼上响起的时候，刘怡冰给红卫兵司令部打电话报告，接电话的人说派人来看看再说。不多久，老王的女儿带着一群人赶来，先是困惑，接着是失望和无奈，又把刘怡冰和几个牛鬼蛇神叫来，呵斥一通，然后，气呼呼的离去。

望着红卫兵离去的背影，刘怡冰、郭佳丽长舒一口气，仰脸看了看大楼，欣慰地说大楼又保住了。

郭佳丽拉着刘怡冰去吃饭时，刘怡冰才想起来，已经两天没吃东西了，突然，两腿发软，几乎站不住。郭佳丽连忙扶住，要送她去医院。刘怡冰说太饿了，头发晕。停了一会儿，又说请她吃一顿饭还不够，她身无分文，还要救济一下。

第九章　　有挑战的生活

82

在周无止的点拨下，红卫兵们查出，是刘怡冰在和他们作对，一伙人气势汹汹的来到江汉关，不由分说，给她剃成阴阳头，胸前挂一块"狗特务"的牌子，进行批斗。一天下来，刘怡冰被折磨得没了人形，但她始终不承认。红卫兵们想让她承认是国民党特务，破坏大好形势。

对红卫兵来说，认不认罪都可以让她死。傍晚，老王的女儿带着几个人，把她押回来，扔到江汉关楼下，一个红卫兵说，狗特务死猪不怕开水烫，把她扔进长江，彻底解决问题。老王的女儿认为有理，其他几个红卫兵也都赞同。于是，又把她从地上架起来，朝江边走去。

刘怡冰虽然没有力气反抗，但神志还清醒，当拖着她往江边走时，她想起了女儿，她想女儿已经没有爸爸，现在连妈妈也要失去，要成为一名孤儿，以后漫漫人生路，要靠她一个人摸索，想着想着就泪流满面。红卫兵见她流泪，骂她狗特务怕死。

快走到江边时，一声轮渡的汽笛声响起，红卫兵扔下她，就往轮渡码头跑去。因为大家都忙着闹革命，或者被革命，轮渡码头的开行，也不正常，而且每天收工时间大大提前。那几个红卫兵又都住在武昌，如果错过这班轮渡，就回不了家。几个人边跑边说，先留她一条狗命，明天再来取。

郭佳丽来给刘怡冰送饭时，见两条野狗围着地上的人转圈，好像要撕咬，出于同情和怜悯，她跑过去把野狗驱走，一看却是刘怡冰，她把手里的饭盒丢到一边，不顾一切地把她抱起来。

　　刘怡冰凄惨地笑一下，说："以为要被野狗吃了呢，脸上血都让狗舔干净了。"

　　郭佳丽问谁下的毒手。

　　刘怡冰说："红卫兵知道是我干的了，我也承认了，他们又说我是国民党特务，我坚决不承认。他们就打我，准备把我扔长江里。"

　　郭佳丽说："红卫兵也是洪水猛兽，一点人性没有。说着吃力地背起刘怡冰，往传达室走去。"

　　刘怡冰说："活过今天，也活不过明天，他们还要来拿命。"

　　郭佳丽把刘怡冰放到床上，又用毛巾替她擦洗一遍，喂了几口水，刘怡冰就昏昏沉沉睡去。

　　郭佳丽把门关好，去宿舍区找许中玉。

　　许中玉听了郭佳丽介绍，很吃惊，当郭佳丽要她帮助刘怡冰时，却面有难色，说："造反派认为她当年不应该越狱，应该留下与国民党反动派作斗争，越狱是懦弱的表现，是革命意志不坚强。我已经靠边站，连自己都自顾不暇。"

　　郭佳丽说："再困难，总比刘怡冰日子好过，去找江汉关当权的人，出面替她说几句话，兴许她命就能保住。"

　　许中玉还是犹豫，说："心有余而力不足。"

　　郭佳丽生气了，说："当初你在国民党监狱的时候，刘怡冰去救你们，危险性比现在大多了。"

　　许中玉顿时脸红起来，说："我也被批斗过几回，现在的领导，都是刚夺权的人，本来也准备批斗她，去求他们，什么结果？可想而知！"

　　郭佳丽两腿一软，坐到椅子上，自言自语地说："难道眼睁睁地看着她死！？"

　　许中玉给郭佳丽倒了一杯水，说："再想想，总会有办法。"

　　郭佳丽突然有了主意："把她送回信阳老家，山高皇帝远，红卫兵再也够不着了。"

　　许中玉也认为是个好主意，又说事不宜迟，连夜把她送上火车。

　　郭佳丽说："她现在行动困难，下了火车还有几十公里路。"

　　许中玉想了想，让郭佳丽去传达室准备，她给信阳的一位老领导打电话，让他派人在信阳车站接应。

　　郭佳丽、许中玉扶着刘怡冰，艰难地往火车站走，不多久，就走不动了。三个人坐下来喘气。上早班的环卫工人，推着板车过来，郭佳丽哀求他，帮忙把刘怡冰送到火车站。

环卫工人问怎么帮助，郭佳丽说用垃圾车拉她去火车站，把她送上车后，她们再帮他打扫大街。环卫工人想了想，说好是好，只是垃圾车太脏。郭佳丽说救命要紧，不在乎干净不干净。环卫工人也不再多说，抱起刘怡冰放进垃圾车里，然后拉着车子往火车站跑去，郭佳丽、许中玉跟在后面。

二人把刘怡冰送上火车，央求列车员路上多关照，又说到了信阳站，再帮助把她送下车。

83

爸爸、妈妈住的房子，是三间土坯房，在小村子最南端，大门外三五步是一池塘，一年四季满蓄着水。池塘东南角有一棵老柳树，正对着大门。老柳树通身发黑，树皮不成纹理的龟裂着，树身已空，可容人身。树上只有几根也老了的枝杈，伸向八方，枝杈上，稀稀疏疏的倒挂着可数的枝条，看上去像老艺术家们的披肩发，给人一种世事沧桑感，进而叫人生出崇敬之情。

爸爸说他年轻的时候，老柳树就是这个样子，他还说向老人打听老柳树的年岁，得到的回答是他们小时候，老柳树就是这样子。

田头地角，房前屋后，河边道旁，凡成材的各类树，早在1958年大炼钢铁时，砍下来烧了，结果就形成老柳树一枝独秀。

池塘外不足百米是一条小河，河道宽处丈许，窄处三尺。源头在天目山里，潺潺流水，四季不绝，汇入十几公里外的淮河里。水流如一首永远奏着的乐曲，夏季偶遇洪水时，也会奔腾，但那是这乐曲的一个高潮，高潮过后，又归于舒缓。由于河岸两边树都被砍光，这首乐曲的演奏，早已不那么和谐了，河床已不是原来的河床，河道也不是原来的河道，河水也没原来清亮。

在爸爸、妈妈照料和女儿陪伴下，刘怡冰恢复得很快，不多久，就能带着女

儿到处走走了。有时带着女儿到田野里，有时到小河边，有时到山坡上。

晚上，刘怡冰将女儿哄睡后，坐到爸爸、妈妈身边，忽然想起外公的音容笑貌，尤其是外公最后日子的情景。她发现外公总是郁郁寡欢，给外公买了一只鹦鹉，想让外公遛鸟，增添一点乐趣，开始几天，外公挺高兴，没几天却把鸟给放飞了，说不忍心把它关在笼子里上蹿下跳。她知道外公一生劳碌，视遛鸟养宠物为好逸恶劳，天天劳作心里才踏实，年纪大了，不能再干，看别人干活心里才快活。失去作坊使他失去快乐的源头，岂是一只鸟能解决的，当然也不是她下班回来，陪着说几句就能解决的。不久，外公便离开人世。身体一直硬朗的外公，突然去世的原因，她埋上心里，一直为此内疚。

想到这儿，刘怡冰愧疚地说："因为我一时的冲动，造成倾家荡产，流落到这个小山村。本来外公可以活九十岁、一百岁，因为把他的作坊卖了，使他失去了生活乐趣，早早地离去。"

刘百川说："历史上任何一个朝代，都有冤死鬼。改朝换代，政权更迭，都会造成几家欢乐几家愁，这种遭遇不在我们家出现，也会在其他人家里出现，而且可以肯定，有这种遭遇的，绝不止我们一家。人生七十古来稀，外公活到了七十三岁，也算是长寿了。天有不测风云，人有旦夕祸福，这些都不以人的意志为转移，你不要在心里背着沉重的十字架。我和妈妈曾经享受过荣华富贵，再来小山村过一过田园生活，也别有一番乐趣。回头想，当初散尽财产保护江汉关大楼，对我们来说也是一种保护，因为没有了万贯家财，所以没被划为资本家，如果划个资本家，连现在这种生活也没有。"

思索了一会儿，刘百川又说："既然还活着，就要活下去，要永远保持活下去的信心。行军打仗要轻装上阵，人活着也一样，不要有包袱。生命的过程，要像清风一样，轻轻吹过，只留下一丝清凉。"

84

十多年后，一个太阳西斜的傍晚，小村的宁静被打破，各家各户的狗突然兴奋了，冲到村口狂吠起来，三个外地男女，惊骇地立在原地，不敢再往前走，也不敢往后退，正在左右为难之际，几个放学回家的小孩子把狗驱散，三个人连声感谢孩子们。小孩们并不在意，蹦蹦跳跳地跑走。

眼看着小家伙们跑开，三个人赶紧叫住后面的一个男孩，问他村子里有没有一个叫刘怡冰的人，小男孩不假思索地回答没有，然后钻入自家大门里。

这三个人是郭佳丽、许中玉、李源，他们是专门来找刘怡冰的，已经在附近村落寻找了两天，都没有着落。过去他们只是大概知道在这一带，可是来了以后才知道，类似的小村落到处都是，想确定是哪一个村子，实在不容易。于是就用笨办法，一个村子一个村子的问下来。

三个人又往村子里走去，见一位老大爷正蹲在墙角抽烟，李源走上前去，亲切地说："老哥，跟您打听一个人。"

老人家很热情，问他找谁？

李源说："叫刘怡冰，听说她在这个村子里。"

老大爷脸色变得严肃起来，说："她早死了，埋在南面山坡上。"

三人一听，脸色一下难看起来。郭佳丽趋前一步，说："她还有一个女儿，在哪儿？"

老大爷站起来，拄着拐杖，一边走，一边头也不回地说也死了。三个人听了，顿时呆若木鸡，好一会儿，郭佳丽反应过来，嘤嘤哭起来。

李源一边擦眼泪，一边数落说："你们俩再艰难，再不容易，也还是可以帮她，来看她一眼，哪怕每月寄来三两块钱也好啊，让她能有一点生活来源，让她也能感受到生活的热情。"

郭佳丽、许中玉伤心欲绝，说不出话。

李源还在数落："当初就劝她哪个党都不反对，也不效劳，她听不进去。"

他又自责地说，当时也是明哲保身，没有天天劝，月月劝，否则就不会有今天。停了一会儿，他又埋怨郭佳丽、许中玉，说她本来要出国留学，却被她们劝下来，否则，不会变成一抔黄土留这里。

三个人又沿着来时的路离去，走了几步，郭佳丽停住脚，要去坟前看一眼。

李源看看天，说："不但要去看，以后清明节还要来给她扫墓。今天天晚了，先回县城住下，好好准备一下，明天再来，举行一个仪式，她活着的时候受尽苦难，死了要让她极尽哀荣。"

许中玉说："江汉关要给她开追悼会，不能忘了她。"

李源说："海关如果寻找关魂，寻找精神，就到她坟上找。"

三人默默地走到小河边，踩着石头正要过河，却听上游有人用英语对话。李源停住步子，一脚河里一脚岸上，说这个小村子还有高人呢。

郭佳丽、许中玉也停下来，支着耳朵听时，却又没了说话声。

郭佳丽认为李源听差了，穷乡僻壤，听一句普通话都不容易，更别提说英语了，县城的人都尽说土话。

许中玉附和说："经过这些年闹腾，大城市都没多少人能说英语。"

郭佳丽说："我的英语都说不好了。"

李源摇摇头，两步跨到对面，三个人正要离去时，上游又传来英语对话声，而且一直在说着，三个人不约而同地停下来，相互看一眼。

郭佳丽说："过去看一下，说不准还能发现了人才呢。"

李源说："如果是人才，就把他们带走。"

说着话，三个人又回到河对面，寻声往上游方向走去。

大约走了一百米，看见一对母女正在用破盆子，把河里的水往外泼。这时，小女孩放下破盆，跳上来喝水，见不远处立着三个人看她们，有点不好意思，低下头专注的喝水。

母亲弯着腰，用力往外泼水，凌乱的头发把脸遮住。

他们站了一会儿，母子却再没有说话，三人有些扫兴，转身往回走，却听小女孩用英语对母亲说："刚才路过的阿姨和伯伯，衣着得体，气质不凡。"

母亲头也不抬地说："当年妈妈在武汉的时候，也和她们一样。"

郭佳丽听了，浑身一颤，一股热血涌上头，转身大叫一声刘怡冰，然后满怀期待地等待奇迹发生。泼水的女人像没听见，一点反应都没有，专注的往外泼水。

小女孩看一眼郭佳丽，回头对泼水女人说："妈妈，刚才过路的阿姨叫你呢。"

泼水的女人仍然没有停，催促女儿快下来泼水，晚了就不能抓鱼了。

郭佳丽又喊了一声，也不等泼水女人有反应，就跑了过来。

小女孩拉住泼水女人的胳膊，说："真的有人找你。"

泼水女人这才慢慢直起腰，把头发向后捋了捋，迷茫的四下张望着。

郭佳丽一边走过来，一边说："我是郭佳丽，来看你来了。"

泼水女人愣了一会儿，突然扔下盆子，迎上去，激动地说："真是你吗？你怎么来了？"

郭佳丽一把拉住她，泪流满面地说："我是郭佳丽呀，连我都认不出来了。"

刘怡冰说："刚才低头泼水，一下子直起腰，眼花缭乱的。"

郭佳丽把许中玉、李源拉过去，问刘怡冰："他们俩还认得吗？"

刘怡冰看了一会儿，说："头发白了，别的没变。"

李源对刘怡冰说："你倒是变了，都认不出来了。"

四个人抱成一团，喜极而泣。

说了一会儿话，刘怡冰擦着眼泪，对女儿刘薄冰说："这就是常说的伯伯、阿姨。三个人过来，把刘薄冰搂在怀里抱一会儿，尤其是郭佳丽，生怕她会跑了似的，舍不得松手。"

刘怡冰又拿起盆子，说："没别的东西招待你们，一会儿捉几条鱼上来，晚上烧给你们吃。"

李源纳闷地问："这是干什么？"

刘怡冰笑起来，说："这叫竭泽而渔，是个笨办法，虽然费力，但很管用。又说先在上流打一个围堤，把上游来水堵上，然后跳下去，把水泼干，再抓鱼。"

李源也笑起来，说："原来竭泽而渔就是这样啊，听着动听，却这样辛苦。"

刘怡冰正要跳下去，李源把她拉住，说："别再辛苦了，到县城去吃饭。"

刘怡冰说："那怎么行，再穷也要招待你们，表达我的心意。"

李源说："这样辛苦抓的鱼，哪能吃得下去。"

刘怡冰望着快要泼干了水的小河，不忍心放弃。

　　刘怡冰一边收拾破盆和铁锹，一边吩咐女儿，上去把围堤扒开，女儿应声跑过去，三下两下扒开一个口子，一股清水流下来，小河里一会儿灌满了水。

　　刘怡冰要带郭佳丽等人到家里去。

　　李源不让她们再回去，直接跟他们走。

　　刘怡冰很吃惊，问到哪儿去。许中玉说回武汉。

　　刘怡冰还是一脸迷茫，郭佳丽解释说，打倒了"四人帮"，"文化大革命"结束了。刘怡冰问"四人帮"是什么，许中玉说是王洪文、张春桥、江青、姚文元四个人，就是他们兴风作浪，闹得全国不得安宁。

　　刘怡冰摇摇头，说："好像听说过，记不清了。"

　　郭佳丽惊叫一声，说："竟然连这几个人都没记住，真是幸福。"

　　刘怡冰说："没有报纸看，也听不到广播，外面发生什么都不知道。"

　　许中玉感慨地说："也算是因祸得福，少了无尽烦恼和无奈。"

　　李源不满地对许中玉说："人家都到这个份上了，还说这样的话。"

　　郭佳丽对李源说："你在香港，不知道内地发生了什么。我们也过得不容易，天天生活在敢怒不敢言之中，是另外一种绝望。"

　　刘怡冰打断他们的话，说要和村里人打个招呼，这些年来，多亏他们关照。

　　李源说："这个村子民风不厚道，你明明活着，他们不是说不知道，就是说你死了，不告别也罢。"

　　刘怡冰笑起来，说："为了保护我们母女俩，村里人想尽办法，最后就想出了这个办法，凡是外人来，要么说没这个人，要么说早死了。他们那样说，是怕我们母女被抓走。"

　　李源说："如此说来，错怪乡亲们了。"

　　刘怡冰告诉他们，她刚回来那半年，就从武汉来了两批红卫兵，非要抓她回去，都是被乡亲们救下来的。还有一回，武汉那边给县公安局打电话，说她是国民党特务，公安局来到村子里，已经把她押上警车，乡亲们硬是围着不让走，险些酿成重大事故，县里专门来了一位领导，村民又围住这位领导陈情，说三年自然灾害时，刘怡冰救了一村的人，如果抓她走，就把他们一起抓走。这位领导也很为难，问公安局的人搜出电台没有，公安局的人说连手电筒都没有。又问有没有外人来接头，公安局的人说也没有。这位领导思考许久，说考虑到村民们的感情，暂时不抓人，由大队民兵监视。不久，民兵也撤走了。自那以后，村里的人要么说没有她这个人，要么说死了。其实，山坡上埋的是她爸爸、妈妈。

李源感叹这一村人，有情有义，知恩图报，这才是中华民族应有的美德。

几个人说着话，不知不觉到了家里，一进大门，刘怡冰就张罗着要烧开水给他们喝，郭佳丽说别耽误时间，让她带女儿去向乡亲们告别，她去烧水。

刘怡冰便拉着女儿，挨家挨户话别去了。

郭佳丽和李源、许中玉推开门走进屋里，只见屋里空荡荡的，旧木板床上铺着一张破被子，灶台上放着半碗米，除此之外，再没有其他东西。另一间房子里，几张木板拼了一个台子，算是书桌，上面整齐的堆着几十张画纸，李源打开来，见是刘怡冰的画作，便饶有兴趣地一张张翻看起来，有山水、人物、动物；山水画儿透着灵气，人物画传神，动物画则憨态可掬，尤其是江汉关系列画儿，最亲切。其中一幅画儿背景是江汉关大楼，楼前立着赫斯特、李源、郭佳丽、许中玉、鲁火、郭中规、李白瑞，每个人的神态各不相同，却再现了当年的风采，令李源想起失去的岁月。

郭佳丽一边烧水，一边哽咽着说，十几年她是怎么活下来的？

烧了开水，又发现没有杯子，只有两个破碗。

刘怡冰拉着女儿回来，直奔床头，把仅有的两件补丁衣服拿出来，让女儿抱在怀里。又把半碗米倒进口袋里。郭佳丽走上前，先从女儿怀里夺下旧衣服，扔到床上，说这衣服哪还能穿，到了武汉买新衣服，又从刘怡冰口袋里，掏出那几把米，说这也用不着了。

刘怡冰手足无措起来，一时不知道如何是好。

许中玉拉住郭佳丽，说："让她们都带着吧，可以做个纪念。"

李源把那几十张画收拾好，抱在怀里，安慰说："突然离开，可能会有点伤感，不过没关系，以后常回来看看。"

出了门，李源才发现刘怡冰和女儿光着脚，提醒她们把鞋穿上。

刘怡冰不好意思地说："我们一年四季，有三季不穿鞋，冬天才舍得买双鞋穿。"

郭佳丽听了，搂着刘薄冰的脖子，说："阿姨再也不让你受苦受穷了。"

到了村口才发现，全村的人正等在那儿，给她娘俩送行。

271

刘怡冰含着泪，一一握手告别。

终于告别了乡亲们，五个人匆匆过了小河，刘怡冰拉着女儿，一起跪下来，面朝小河上游方向，磕了三个头，才起来和郭佳丽他们一起，钻进等候在那儿的吉普车里。

车子启动后，郭佳丽才问她磕头是什么意思，刘怡冰说："这些年来，是这条小河养活了我们娘俩，一年中，我们娘俩就像你们看到的那样，不停做着竭泽而渔的事情，头天抓几条鱼，第二天拿到集上去卖，卖了钱再买点口粮，抓不到鱼就会断炊。"

郭佳丽问："如此辛苦抓鱼，能卖多少钱？"

刘怡冰说："有时几毛钱，有时能卖几块钱。河里的鱼快被我们娘俩捉尽了，越来越少。"

李源不解地问："乡亲们不是在关照你们吗？"

刘怡冰说："乡亲们也是缺吃少穿，像现在青黄不接季节，常常揭不开锅。不过，秋收的时候，每家会给我们端来一盆粮食，过年的时候，还会把准备的年货，给我们送一份来。如果不是乡亲们资助，我们娘俩的日子，更难过下去。"

刘薄冰心有余悸地说："有时抓的鱼卖不出去，或者没有抓到鱼，一天连一顿饭都吃不上。每天一起床，就开始想吃饭问题。"

郭佳丽、许中玉、李源三个人听了，说不出话。

刘怡冰抱着女儿的肩膀，自豪地说："顾先生当书记了，鹿鸣鸣当总编辑了，李源发财了，许中玉当副关长了，李白瑞当缉私科长了，郭中规当参谋长了，他们都有进步。我也有收获，把女儿拉扯大了。"

85

又回到武汉，刘怡冰感觉既熟悉又陌生，就像整个城市没发展变化一样，她的遗留问题，还是没有解决，她的身份仍然难以认定，既不是干部，也不是工人，平反昭雪与她不沾边。她去找顾书记求助，顾书记说已经指示公安局尽快调查结案，但公安局也有难处，他们已经想尽了办法。

在旅馆里住了几天，刘怡冰已经有些不习惯了，准备去找许中玉，让她先安排个工作，哪怕是回到传达室也好。郭佳丽坚决不同意，说如果以临时工身份回江汉关，可能永远都是个临时工，问题也永远得不到公正解决，政府机关习惯把临时的变成永远的，从此，再也没有人关注。

刘怡冰觉得郭佳丽说的有道理，不再急着上班。可是过了两天，她还是去找许中玉，说让女儿接她的班，她去街上摆个地摊，做小生意。

许中玉说："孩子还小，将来有工作的机会。又劝她耐心等下去，她的问题一定会解决。"

刘怡冰说："女儿入关，就等于我回到海关工作。那个历史问题，对我来说也不再那么重要了。"

许中玉想了想，说："我可以把你的请求，开会时提出来。又让刘怡冰把刘薄冰的有关材料拿来，交给人事科。"

刘怡冰一惊，问什么材料，许中玉告诉她是刘薄冰中学毕业证。

刘怡冰紧张起来，说："她连一天学都没上过，哪有毕业证？"

许中玉也吃了一惊，说："无论接班还是招工，都要有中学水平。"

刘怡冰松了一口气，说："她大学水平都具备了。"

见许中玉似乎不太相信，刘怡冰又说："在老家的时候，学校不敢接收她，也没钱供她上学。爸爸妈妈商定，我们自己教她学习，一直教到大学。三个人按照课程分类，从小学到大学，一步步教下来，虽然她没有进过学校门，但她的文化水平，达到大学水准，尤其是她的英语水平，不会比大学毕业生差。"

许中玉听了又感动、又难过地说："你爸爸、妈妈和你都是大学毕业，相信能把她培养成才。我这就让人事科准备一个报告，开会的时候研究。"又说遗留问题解决后，还要请刘怡冰回江汉关工作。

第二天，郭佳丽要回深圳，刘怡冰带着女儿陪她散步。

刘怡冰说："想让女儿去看看过去外公、外婆住过的地方。"

郭佳丽说："二十年没住人，怕是早倒塌了，即使没倒，院子里也长满了杂草。"

刘怡冰说："房子建得牢固，用料讲究，不会有大问题。"

三个人沿着江边马路走，半个多小时就到了，只见四合院还像过去一样，静静的坐落在那儿，一条马路从门前通过，此外，小院四周出现了一些房子，除此之外，没有变化。

四合院大门锁着，刘怡冰从门缝里看了一眼，又回过头，吃惊地说："这里面住着人。"

郭佳丽扒在门缝里看了一会儿，说："看样子一直有人住着。"

刘怡冰很纳闷，说："自从被查封后就再没来过，有人住进来也没打过招呼。"

郭佳丽建议到居委会去打听，看是什么人住在里面。

在路人的指点下，很快就找到居委会，一位老太太告诉她们，里面住的人叫陈海儿。原来和一个姓周的一起住，后来离了婚，她一个人住，已经十多年了。

离开居委会，刘怡冰一下不知道如何是好。

郭佳丽说："等陈海儿回来，问她怎么回事儿。"

刘怡冰说："人家都住二十了年，还能把她赶出来。"

郭佳丽说："当年你爸爸被划右派是错误的，房子要物归原主，中央有政策。"

三个人来到院门口，等了两个时辰，陈海儿才扭着屁股回来，郭佳丽走上去打招呼，陈海儿很吃惊，但很快又镇静下来，向郭佳丽她们问好。说着打开锁，推开门，一脚跨进去，转身就要把门关上。

郭佳丽上前挡住，问谁让她住进来的。陈海儿理直气壮地说："这房子是我自己的，与别人没关系。"

郭佳丽指着刘怡冰说："这房子是她的，她才是这房子的主人。"

陈海儿脸色骤变，说："不管是谁的，反正住了二十年，就是我的了。"

郭佳丽说："如果不说清楚，就别想关门。"

陈海儿说："我要报警，让公安来驱赶你们。"

郭佳丽说："巴不得把公安叫过来，把事情闹大，把你这个入侵者赶出去。"

陈海儿见郭佳丽和刘怡冰态度坚定，不会罢休，犹豫了一会儿，才说是周无止让她住的。

她说武汉解放的时候，高连长当逃兵，留了下来，她就和原来的老公离婚，和高连长一起过日子，因为高连长没什么技术，只能靠积攒下来的钱过日子，坐吃山空，没两年就过不下去了。高连长只好到码头当装卸工，勉强过日子。正在这个时候，一次舞会上，她认识了周无止，那时周无止是公安局的科长，与高连长比起来，无疑更胜一筹，她就投到周无止怀抱里，又和高连长离婚。"文化大革命"的时候，周无止和老王的女儿搞上了，把她抛弃，作为补偿，把四合院给了她。

郭佳丽气愤地对刘怡冰说："你的厄运，就是周无止捣出来的。"

刘怡冰说："我早知道是他！"

郭佳丽说："这个人太不厚道，恩将仇报。"

刘怡冰说："我从来没想过，让他回报什么。"

郭佳丽说："决不能饶了他。"

刘怡冰叹口气说："他现在是公安局的副局长，我是一个女特务，怎么奈何得了他。"

郭佳丽说："终有一天，他良心会受到谴责。"

刘怡冰说："他如果有良心，我也不会到今天这步田地。"

刘薄冰问他们说的这个人是谁，刘怡冰告诉她，大人间的恩怨，不要打听。说着拉女儿和郭佳丽回招待所。

许中玉到招待所找刘怡冰，告诉她开会研究没通过，虽然关领导都很同情她，也都相信刘薄冰达到了大学水平，但因为没有文凭，只能视作文盲。根据政策规定，文盲不得招入。

因为许中玉再三说有政策规定，刘怡冰也不好再说什么，她也知道，许中玉和领导们也不是推托搪塞。

停了一会儿，许中玉有些忧虑地说："根据有关规定，刘薄冰尽管达到了大学水平，可是连报考大学的机会都没有，甚至连去读中学都困难，因为她没上过一天学。"

刘怡冰听了，脸上笼上一股淡淡的愁绪，不一会儿又散开，扬起脸，平静地说："苦日子都过来了，还有什么过不下去的。"

李源写信来告诉她，画界对他带过去的作品评价极好，远在英国的赫斯特也赞不绝口。他要在香港为她举办画展，同时，还寄来母女去香港的邀请函。刘怡

冰不想去，她对自己作品是否如李源所说，心里没底儿，怕引起不好影响；此外，遗留问题还没有解决，也没有心思参与这样的活动。

许中玉和鹿鸣鸣劝她不要错失机会，这样的机会，很多人梦寐以求。顾书记也通过鹿鸣鸣传话，说举办画展，不单单是个人的事情，可以增进内地和香港间的文化交流，可以为武汉增光，为海关增光。刘怡冰这才改变想法，为画展积极做准备，挑选作品进行装裱。

眼看画展日期就要到了，签证却一直没有批下来。她去公安局询问时，工作人员告诉她，像她这样身份的人，不适合去香港。

刘怡冰听了很生气，说："本来不想去，是顾书记让去的。"

工作人员也不客气，说她拿大话吓唬人，又嘲讽地问，是不是在报纸上认识顾书记的。不等刘怡冰回话，又接着挖苦说："请你告诉顾书记，周副局长有指示，像你这样的人，别说去香港了，在武汉还要监视居住。"

刘怡冰气得浑身发抖，一时说不出话，过了好一阵子，才平静下来，转身离开，还没出门，就听身后传来一阵嘲笑："也不撒泡尿照照，都老特务了，还想去香港。"

回到招待所，刘怡冰拿起剪子，就要把画作全部剪碎，女儿抱住她，开导说："留着还有用处，可以作为遗产留给我。"

听了女儿的话，刘怡冰愣了一下，接着又笑起来，说："这个我倒没想过。"

刘薄冰又说："还有没想到的呢，顾书记劝你去办画展，为什么不去找他？"

刘怡冰扔下剪子，把女儿搂进怀里，说："女儿大了，可以给妈妈出主意了。"

86

在李源的策划和安排下，画展前电视、报纸、广播进行了大量报道，说刘怡冰是改革开放后，内地来香港办画展第一人。画展开幕那天，很多人慕名前来参观，刘怡冰和女儿一整天都站在展厅迎接。

傍晚的时候，参观的人渐渐退去，刘怡冰和女儿退到一边休息，这时，一位西装革履中老年男人，拿着一份展品宣传材料过来，一边专注地打量她们母女俩，一边说想请刘怡冰签名，刘薄冰从他手里接过来，再递给母亲。

刘怡冰从包里取出笔，认真签上自己的名字，然后又递给来人。男子接过去，看了看，抬起头问还认得他吗？

刘怡冰朝男子看去，觉得似曾相识，但一时又想不起在哪儿见过，于是摇摇头，说："可能见过，但一下子想不起来。"

男子轻声笑起来，说："我是王朝胜，当年江汉关的特派员。"

刘怡冰听了，吸了一口凉气，不由得后退一步，又一把将女儿拉到身后。

王朝胜仍然笑着，说："我不是鬼，是大活人。"

刘怡冰仍然在恐惧之中，问他不是死了吗。

王朝胜说："那天夜里，我被冲到芦苇里，第二天一早，醒了酒，又爬上岸。"

刘怡冰闭上眼睛，长长地舒了一口气，说："你的命大。"

王朝胜说："爬上岸前，还想把你和郭佳丽送到保密站，上了岸，风一吹，脑袋清醒过来，想既然认为我必死无疑，干脆就死到底，脱离军统，自谋生路，于是买了一张火车票，先到广州又到香港做生意。这些年来，积了一些财产。"

停了一会儿，又说："前几天，报纸上说你要来办画展，一直盼着早点来。我也是因祸得福，能有今天，还要感谢您。"

刘怡冰说："感谢谈不上，当时可是真心实意的要杀你。"

两个人正说着，李源来接刘怡冰母女。刘怡冰指着王朝胜说："这是当年的特派员。"

李源打量了一番，说："像他。"

王朝胜说："不是像，而是就是。"

几个人都笑起来。

李源说："既然有缘，就一起吃晚饭，边吃边聊。"

王朝胜说："我刚说过能有今天，还托刘怡冰的福，这顿饭我请。"

三个人都很激动，吃饭的时候，一会儿唏嘘光阴如梭，一会儿怀念江汉关的日子。

李源说："王朝胜隐藏太深，我一直认为他是货真价实的关员。"

刘怡冰也说："我也没有怀疑过，还是鲁副官告诉我的。"

王朝胜说："不是我善于伪装隐藏，我确实把自己当成关员了，那个时候，我心里常想，首先是一名关员，然后才是特务。"喝一口酒，又说："其实，我早就知道刘怡冰跟着地下党活动，为地下党工作，本来可以让保密站把她抓进去，但我一直认为，刘怡冰是受了地下党的影响，她本人并不是共党，所以不忍心让特务抓走，另外，我也想通过刘怡冰，找到地下市委，如果地下市委破坏了，刘怡冰自然会安分守己，不会再为地下党做事。"

停了好一会儿，王朝胜又说："再晚一天，我就把武汉地下市委一窝端了。"

刘怡冰笑起来，说："一直在你魔掌中，却什么都知道。"

王朝胜说："也不是什么都知道，也有不清楚的，否则，早把地下市委端掉了。"

刘怡冰问他是不是为破坏地下市委，才来江汉关的。

王朝胜点点头，说当时有情报说地下市委活动频繁，华中剿总司令部要求尽快侦破，保密局才调他来江汉关。本来他在总署卧底监视洋人，但保密局的命令难违，只好来到武汉，正好这个时候，《大刚报》报道刘怡冰画展情况，从报道情况看，刘怡冰有亲共倾向，他估计地下党会拉她为其办事儿，所以，便以特派员的身份到江汉关。

李源说王朝胜是一个有良心的特务，在江汉关半年多，为江汉关做了不少事情，还保护关员。像刘怡冰、郭佳丽几个人，连他都知道在为地下党做事，还批评过几回。

王朝胜叹口气，说："我也做了一件后悔一辈子的事情，把鲁火给害死了。对不起鲁火，也对不起江汉关。"

刘怡冰一听，脸色顿时煞白，呼吸也急促起来，问鲁火是怎么死的。

王朝胜长叹一口气说，有一天，在楼道里鲁火悄悄告诉他，解放军就要进攻武汉了，他很吃惊，问他从哪来的消息，鲁火说广播收听到的。鲁火还说他经常收听新华广播，还把这些消息，印成传单。他把这件事情告诉保密站，第二天晚上，鲁火往外送刻好的蜡纸时，被特务抓走。抓鲁火前，他再三要求保密站长，把他关几天，然后让他出国。站长也答应了，可是鲁火很倔，抓进去后，什么都不说，站长很生气，下令把他装麻袋里，准备扔到长江里。本来想吓唬吓唬他，可是两个特务领会错了，真的投进了长江。

刘怡冰哭起来,说:"一直怀疑鲁火死了,可是又不愿意相信,以为他出国了。"

李源安慰她说:"人死不能复生,活着的人要好好活下去,只有这样,才能更好地告慰逝者英灵。"

王朝胜止住话,问刘怡冰这些年过得怎样。

刘怡冰痛苦地摇摇头,说不堪回首。接着又说,她这个子虚乌有的特务,没有他这个真正的特务过得好。

王朝胜不理解,看看她,又看看刘薄冰。

李源叹息一声,把刘怡冰二十多年的坎坷,说了一遍。王朝胜跳起来,说:"我可以作证,周无止先抓进去,因为他刘怡冰才被抓。"

刘怡冰瞪大眼睛,一时茫然不知所措。

王朝胜又回忆起当时的情况,有一天鲁火去找他,说周无止已经找过他三回了,让他与刘怡冰解除恋爱关系,他没有答应,周无止就威胁他。鲁火很苦恼,找王朝胜诉苦。王朝胜也很生气,说不三不四的人,居然如此无礼,他要替鲁火摆平周无止。他去找保密站,让他们给周无止安个地下党帽子,关个半年一年。没想到周无止抓进去后,还没用刑就和保密站谈条件,说如果能动员刘怡冰嫁给他,他就把地下市委藏身的地方告诉保密站,如果保密站做不到,他也不告诉地下市委的任何消息。保密站急忙把刘怡冰抓进去,正耐心劝说时,鲁副官又把她强行带出来。最后,王朝胜有些敬佩地说:"这个周无止还真是说到做到,他的要求没达到,无论怎样用刑,都没透露半个字。"

刘怡冰听了,激动得浑身发抖,再也坐不下去,想尽快回宾馆,给许中玉打电话,把这些情况告诉她。

出了饭店,分手时,王朝胜告诉刘怡冰,鲁副官也在香港,这几天到台湾了,不几天就会回来。

刘怡冰迫不及待地回到宾馆,给许中玉打电话,许中玉听了,也很高兴,说她这就去找鹿呜呜,商议这件事儿。

279

87

第二天晚上，许中玉打电话过来，说她去找顾书记反映情况，顾书记却说就是真有其事，仅凭一个特务的一面之词，奈何不了周无止。刘怡冰的问题还是不能定性，不能结案。

刘怡冰一听，愤怒地说："为什么可以凭周无止一句话，给我扣二十几年的特务帽子。"

许中玉安慰说："已经初现曙光，还你清白的日子，不会远了。"

刘怡冰说："盼了快三十年，好不容易找个证人，又说不可信。"

许中玉说："会苦尽甘来，只是时间问题。"

许中玉还告诉她，在顾书记的过问下，陈海儿已经搬出来了，她已派人进行了清理，刘怡冰回去后，就可以住进去。

刘怡冰想了想，说："既然王朝胜一个人的话不可信，保密站长、鲁副官也在香港，让他们也出来作证。"

许中玉说："这是个不错的办法，把他们的证言材料传过来，再去找顾书记。"

刘怡冰没心思迎接参观的人，恨不能马上找到鲁副官和当年的保密站长。李源和王朝胜安慰她，说鲁副官不找也会来，倒是保密站长，虽然不干特务营生了，却仍然神出鬼没，神龙见首不见尾，一时半会儿，难以找着。

第三天晚上，王朝胜喜滋滋来找刘怡冰，告诉她保密站长找着了，他还爽快的写了证言材料，刘怡冰激动得说不出话。

王朝胜还告诉刘怡冰，他给台湾那边打电话，让人转告鲁副官，鲁副官怕她急，把写好的一份证言，也传真过来。

刘怡冰感慨地说："想不到过去的冤家对头，也能尽弃前嫌。"

王朝胜说："相逢一笑泯恩仇，本来是一家人，只是信仰不同罢了。那个时候，也根本没把你当敌人。"

次日一早，刘怡冰就让李源把王朝胜、鲁副官和保密站长的证言，传真给许中玉，然后开始忐忑不安地等待，盼着许中玉尽快把好消息传来。

直到半夜里，许中玉才打电话过来，说顾书记找周无止谈过话，周无止坚决不承认，说他们都是逃跑的国民党反动派，故意陷害他。

刘怡冰没好气地说："真是没有公理，他说我是叛徒特务，我就是叛徒特务，他说人家陷害就是陷害。"

许中玉说："过去被军统抓进去时，都有审问记录，如果能把那个原始记录找出来，就不怕他再抵赖。"

刘怡冰有点绝望，说："那个时候，特务们急着逃跑，可能早丢了，也可能早一把火烧了。"

许中玉说："军统向来做事严密，如果没有十分特殊情况，轻易不会把到手的材料丢掉或毁坏。"

刘怡冰说："如果在台湾找到了，周无止又会说是伪造的。"

许中玉说："真是如此，也能鉴定出来。"

放下电话，刘怡冰又打电话给王朝胜，请他再去找保密站长打听，那些档案资料的下落。

王朝胜说："干脆给你一笔钱，回去做生意，费这工夫干吗？"

刘怡冰说："背了二十多年的黑锅，不把它取下来，不还我清白，我死不瞑目。钱也好，官也好，对我来说都不重要。"

次日中午，王朝胜来到展厅，告诉刘怡冰，那批档案留在长沙，本来准备运广州，因为形势变化太快，没来得及运走。

刘怡冰一听，激动得泪流不止，自言自语地说："我终于要见到天日了。说着就要回宾馆打电话。"

王朝胜提醒她说："必须亲自向顾书记汇报，由他安排人去长沙查找。周无止如果知道了消息，一定会赶在前面，把资料毁坏，你就再也没有机会了。"

刘怡冰说："画展还要十几天，我等不下去了。"

王朝胜想了想，说："把女儿留下来照看。"

刘怡冰不同意，说："放心不下她。"

王朝胜说："这里有李源和我，尽可以放心。已经惊动了周无止，想必他已

281

经想好对付你的办法，以他这些年来对你的陷害情况看，下毒手他也干得出来。你提前赶回去，出乎他的意料之外。"

王朝胜又叮嘱刘怡冰，下了火车，直接去找顾书记，而且就住在顾书记家里，不离开半步。这是过去当特务时积累的经验，行之有效。

保密站的档案材料很快取回来，摆在顾书记的办公桌上，有刘怡冰审问记录，也有周无止的审问记录，此外，还有鲁副官强行带走刘怡冰的记录。

顾书记陷入沉思，也使他为难起来，周无止确曾有过叛变想法，但因为保密站没有满足他的条件，在此后严刑烤问下，他又做到了守口如瓶，保持了一个革命者的气节。如何给他定性，倒成为问题，说他是叛徒吧，他又没有供出什么。说他不是吧，他却有叛变企图。此外，刘怡冰所谓的叛徒特务，完全是他诬陷的。

吃过晚饭，顾书记对刘怡冰、鹿鸣鸣说："档案材料取回来了，王朝胜、鲁副官等人的话是真实的。"

刘怡冰一听，大哭起来。

鹿鸣鸣立即抱住她，安慰了几句，又对顾书记说："一定要对周无止从严从重从快处理。他竟然在革命队伍中混了几十年。"

顾书记说："给他定性还有点难，说他叛变吧，他又没有，说他没有吧，他又有这个企图，也许只是革命信念一时动摇。"

鹿鸣鸣说："单凭陷害刘怡冰这件事儿，就应该对他严肃处理。"

顾书记说："为了慎重和对他个人政治生命负责，上报省委组织部，请他们决断。"

停一会儿，又说把档案材料转交公安局，让他们尽快结案，立即恢复刘怡冰的名誉。

鹿鸣鸣感叹说："好人终归是好人。"

顾书记对鹿鸣鸣说："海关召开恢复名誉大会时，报社要派人进行报道。我也要参加。"

鹿鸣鸣说："我明天去江汉关，让他们尽快召开大会，为刘怡冰恢复名誉。"

江汉关恢复名誉大会一周后召开，在鹿鸣鸣的要求下，邀请了郭佳丽、郭中规、李白瑞前来。

参加完刘怡冰恢复名誉仪式后，顾书记、鹿鸣鸣正往外走，市委一位工作人员匆匆赶来,告诉顾书记,周无止自杀了,顾书记面无表情地点点头。鹿鸣鸣气愤地说,没种的家伙,死了倒便宜他了。

88

李源带着刘薄冰回到武汉,说画展很成功,在香港引起巨大反响,香港画界准备邀请更多内地画家办画展,扩大交流。还说赫斯特汇来十万英镑,把她的画全部买走。

刘怡冰一听急了,认为根本不值那么多钱。

李源告诉她,赫斯特先生回英国后,专门做艺术品生意,不会看走眼。

刘怡冰舒一口气,数落着说:"有了这笔钱,可以还爸爸当年赎江汉关大楼时,借人的钱,还可以支援老家村子搞建设,剩下的,给女儿做小买卖。"

李源说:"赫斯特正在为刘薄冰办理赴英国留学手续,很快就会办好。"

刘怡冰很感动,说:"感谢过去的老同事、老长官。"

李源说:"我也一直感谢你,当初如果不放我们走,我也和你一样,不知要吃多少苦,更不可能有现在。又说赫斯特也常念叨她,当初,如果他被留下来,不但拿不到退休金,回英国可能还会受到歧视,说他亲共。"

刘怡冰说:"当时只是想人各有志,既然不愿留,要另谋出路,也就没必要强人所难,如果强行把人留下,也是人在曹营心在汉。强人所难,也不是革命目的。"

李源劝刘怡冰不要再回江汉关,他投资一个星级饭店,让她打理。

刘怡冰没有答应,说她要打破笼罩在她们家族头上的宿命,一家三代人都是半途离开海关,1906年,清政府筹建税务处时,爷爷被朝廷从粤海关调到北京,离开海关;1938年,日本人占领江汉关,爸爸因为反抗日本人,离开海关,而她又因为一个莫须有罪名,也被迫离开海关。

不久,赫斯特寄来刘薄冰的留学资料。

刘薄冰出国前一天,刘怡冰带她去见何红牛。何红牛和刘怡冰离婚后不久,

当了副所长，又娶了一位工人阶级老婆，只是这位工人阶级老婆也没能为他生下儿子，一连生了五个女儿后，坚决不愿意再生。没有儿子成为他终生遗憾，另外，当了二十多年的副所长，也让他耿耿于怀。

刘怡冰带女儿去见何红牛时，他正架着二郎腿喝茶，刘怡冰她们走进去时，他头也不抬地说："没看门上的牌子，这是所长办公室，报案到隔壁去。"

刘怡冰说："不是来报案，是你女儿来认爸爸。"

何红牛这才抬起头，朝二人看了一会儿，把杯子重重放在桌子上，说："我的女儿们正在学校上学。"

刘怡冰似乎早就料到了，也不再多说，拉着刘薄冰退出来，边走边安慰说："早晚有一天，他会认你这个女儿。"

刘薄冰说："以后他想认，我还不认他呢。"

刘怡冰说："你的生命也是他给的，对他也要有感恩的心。"

从香港送女儿出国后，刘怡冰回来时路过深圳，郭佳丽带着她走动，整个深圳呈现一派繁忙景象，刘怡冰被这种火热场景感动。

郭佳丽动员她到九龙海关工作，说："深圳已经划为特区了，各项建设突飞猛进，很有挑战性，正适合你来。"

刘怡冰说："我一个中年妇女，哪能想来就来。"

郭佳丽说："让李白瑞协调，他有这个能力。"

刘怡冰说："告诉李白瑞，我愿意过有挑战性的生活。"

全文完